KB175729

야수가 간다

야수가 간다 : 야수답게 살아라

ⓒ이창욱 2012

초판 1쇄 발행일 2012년 6월 29일
초판 5쇄 발행일 2012년 7월 30일

지 은 이 이창욱
펴 낸 이 이정원

출판책임 박성규
편집책임 선우미정
디 자 인 김지연
편   집 김상진 · 이은 · 한진우 · 조아라
마 케 팅 석철호 · 나다연 · 도한나
경영지원 김은주 · 김은지
제   작 이수현
관   리 구법모 · 엄철용

펴 낸 곳 도서출판 들녘
등록일자 1987년 12월 12일
등록번호 10-156
주   소 경기도 파주시 교하읍 문발리 출판문화정보산업단지 513-9
전   화 마케팅 031-955-7374 편집 031-955-7381
팩시밀리 031-955-7393
홈페이지 www.ddd21.co.kr

I S B N 978-89-7527-934-8 (04810)
        978-89-7527-931-7 (세트)
값은 뒤표지에 있습니다. 잘못된 책은 구입하신 곳에서 바꿔드립니다.

야수가간다
3권. 야수답게 살아라

이창욱 지음

들녘

차례

거제도는
아름다웠다

얼마나 걸었던 것일까. 뻐근해진 다리가 모래주머니를 찬 듯 무거웠다.

웬만한 중소도시를 방불케 할 정도로 번화한 고현 부근을 빼고는, 거제도 땅은 영락없는 시골이었다. 밤 10시만 되면 버스는 물론 인적이 뚝 끊겨버렸다. 차 없이 거제도 여행을 한다는 것은, 각오는 했지만 역시 불편했다.

광서는 학동을 목표지로 삼았다. 살갑게, 때로는 뚱하니 말을 걸어올, 그 자갈들의 재잘거림을 듣고 싶었기 때문이다. 밤 9시를 약간 넘은 시각에, 고현에서 허겁지겁 버스를 탔다. 학동 행 버스는 없었다. 그 근처다 싶은 곳을 찍어, 버스에 올랐다. 어차피 거제도는 좁은 곳이다. 그곳에 가면 당연히 학동으로 연결되는 버스 하나쯤은 있지 싶었다.

일이 꼬였다. 차창에 머리를 기대고 깜박 잠이 들었던가 보다. 눈을 떴을 때, 버스는 학동 방향이 아니라 엉뚱한 데로 가고 있었다. 학동 부근이라면 어선에서 뿜어져 나오는 불빛이 수평선에 어른거리고 비릿한 바다 내음이 끼쳐올 터였다. 버스는 바다가 아니라 산속을 달리는 중이었다.

뒷자리에 앉은 사람들에게 물어버리려다가 그만두었다. 아무리 멀어봐

7

야 두 다리로 충분히 커버할 수 있다고 생각했다.

광서는 차에서 내렸다. 숨을 흠뻑 들이마셨다. 나무들이 뿜어내는 신선한 냄새가 폐부 깊숙이 들어왔다.

다시 걷기 시작했다. 제기랄, 이게 무슨 개고생이람, 하는 생각을 하면서. 그때 눈앞에 놀라운 장면이 벌어졌다. 달을 싣고 흔들거리는, 해변일 게 틀림없는 풍경이 2백 미터쯤 앞에 펼쳐져 있었던 것이다. 그곳이 어디인지 가늠할 수 없었지만, 암튼 바다라는 사실이 안도감을 주었다.

반 토막 난 달빛과 쏟아질 듯한 별빛을 받아 길은 윤곽을 간신히 내보이고 있을 뿐, 사위는 어두웠다. 거제도를 한두 번 와본 것도 아닌데, 이곳은 당최 낯설었다. 그곳에 가까이 다가서서야, 착각이란 걸 깨달았다. 그곳은 바닷가가 아니라, 깊은 산속에 자리를 튼 호수였다. 광서는 실소를 했다. 그리고 혀를 찼다. 군대를 제대한 뒤 처음으로 야간 행군을 감행해야 할 판이었다.

겨울을 코앞에 둔 거제의 산속은 이가 덜덜거릴 만큼 한기가 넘쳐흘렀다. 가로등 하나 없는 산길은 무시무시한 어둠으로 무장하고 있었다. 어쩌다 내가 이 시간에 이 자리에 있게 되었을까. 황당하고 막막했다. 묵직한 다리를 뉘고 싶은 생각이 간절했다.

아주 뜨문뜨문 차가 지나갔다. 광서는 손을 들어볼 생각도 했다. 하지만 야심한 산길을 안 그래도 불안한 마음으로 달리고 있을 운전자가, 길가에서 툭 튀어나오는 광서의 그림자를 보고 기겁하지 않을까 하는 우려에 그 생각을 지워버렸다.

택시라도 부를까? 그러기엔 주머니가 가벼웠다. 호주머니에 들어 있는 돈은 5십만 원이 다였다.

그래, 걷자. 밤새도록 걷자. 누군가 구원해주리라는 생각은 하지도 말자.

거제도에 가고 싶다는 충동이 불처럼 일어난 건, 안과에 들려 약물 치료를 받고 막 병원을 나왔을 때였다. 서울 오피스텔은 당분간 놔두기로 했다. 필요한 짐만 챙기고, 나중에 정리할 생각이었다. 광서는 옥수동에 사는 여동생에게 전화를 걸었다.

"소연아, 당분간 이 이야기는 절대 어머니나 아버지에게 하면 안 된다."

그렇게 단서를 달고, 회사를 그만두었다는 얘기를 전했다.

"오빠가 맘고생 많았다는 거, 안 그래도 짐작하고 있었어."

"맘고생은 무슨……. 좀 쉬어야할 것 같아서 그런 거야."

소연은 한숨을 내쉬었다.

"오빠 얼굴 보면서 주제넘게 그만두라는 말 하고 싶더라. 갈수록 얼굴이 축 나고 있었거든."

"내가 그렇게 표를 냈든?"

"오빠, 앞으로 어떡할 거야?"

"거제도에 잠시 다녀올 생각이다."

"그런 다음에는?"

"부산에 가야지. 시간이 좀 지나면 어머니한테도 말씀드리고, 부산에서 새로 시작할 생각이다."

소연은 잠시 뜸을 두었다가 입을 열었다.

"그래, 오빠. 이왕 쉬는 거, 아무 생각 하지 말고 푹 쉬어. 거제도에서 뽕을 뽑고 와. 엄마나 아버진 걱정 말고. 내가 알아서 둘러댈 테니까."

"고맙다, 소연아."

여동생의 말에 힘이 불끈 솟는 기분이었다. 광서는 고맙다는 말을 다시 한 번 하고는 전화를 끊었다.

두 시간쯤 걷다 보니 한기가 가시고, 그 대신 속에서 열기가 올라왔다. 생각을 안 하려 해도, 며칠 전 맞닥뜨린 봉변의 기억들이 스멀스멀 머릿속에 기어들었다. 그럴 때마다 광서는 괴성을 질러댔다. 그리고 욕을 퍼부었다. 들을 사람 없는 산속이 고마웠다.

호흡이 마구 거칠어졌을 때, 이정표가 눈에 들어왔다. 주황색 가로등 아래 표지판이 빛나고 있었다. 학동이라는 글자가 눈에 확 들어왔다. 절로 탄성이 터져 나왔다. 하지만 화살표가 가리키는 방향을 보고는 어리둥절했다. 화살표는 먹물처럼 짙은 산속을 겨누고 있었다.

학동해수욕장 8km.

게다가 눈앞에 보이는 그 방향은 꽤 가파른 오르막길이었다. 제기랄. 맥이 다 풀렸다. 이곳은 학동으로 넘어가는 산자락의 초입일 거였다. 광서는 이정표 옆 가로등 밑에 있는 바위에 엉덩이를 실었다.

핸드폰을 열어 시각을 확인했다. 벌써 자정이 넘었다. 혼곤함이 다리를 타고 전신에 지르르 퍼졌다. 고개를 두리번거려 봐도, 모텔이나 펜션은커녕 민박집 같은 곳도 보이지 않았다. 여긴 남녀가 그 흔한 정사(情事)의 염도 갖지 못하게 하는 곳인가? 고개를 절레절레 흔들었다.

숲속의 숙성된 향이 견딜 수 없어 담배를 하나 꺼내 물었다. 사실, 진즉부터 니코틴 욕구가 발광하듯 몸서리를 치던 참이었다. 담배에선 마른풀 태우는 냄새가 났다. 매번 경험하는 바지만, 도시에서와 이런 숲에서의 담배 맛은 다르다. 광서는 연기를 훅 내뱉으며 그런 생각을 했다.

연기가 가로등 조명에 갇혀 뭉실뭉실 헤엄을 쳤다. 빨간 담뱃불이 어둠 속에서 귀신의 외눈마냥 점멸했다. 불현듯 이렇게 밤길을 혼자 걷기를 잘했다는 생각이 들었다. 사위는 어두웠고, 오로지 정적이었고, 연기와 불꽃은 몽환처럼 아름다웠다.

바로 그때 굉음이 정적을 깼다. 퉁퉁퉁! 광서는 소리를 가늠해보았다. 경운기 소리가 어둠 저 먼 곳에서 점점 커져오고 있었다. 광서는 꽁초를 바닥에 던지고 발로 지근지근 밟았다.

경운기가 모습을 드러냈다. 자동차 헤드라이트보다 훨씬 흐릿한, 손전등 같은 라이트를 전방으로 처박으며, 경운기가 느릿느릿 기어오고 있었다. 삼거리 방향에서, 다행히 경운기는 광서가 있는 쪽인 학동 방향으로 기수를 틀었다. 광서는 길 한복판으로 나가 손을 흔들었다. 경운기의 엔진 소리가 잦아들었다.

핸들을 잡은 사람은 이 밤중에도 밀짚모자를 쓰고 있었다. 깡마른데다 주름이 짜글짜글한, 언뜻 봐도 아버지보다 10년은 나이 들어 보이는 노인이었다.

"할아버지! 가는 데까지라도 태워주시면 안 될까요?"

양 볼이 움푹 파인 노인은, 말하는 것조차 힘겹다는 듯 손가락만 까닥거렸다. 광서는 얼른 짐칸에 올라탔다. 큼지막한 호박 세 개와 대파와 이름 모를 채소 몇 가지가 무더기로 실려 있었다. 경운기는 다시 엔진 소리를 달달거리며 어둠 속을 뚫고 나아갔다.

흐드러진 별들이 경운기의 진동을 받아 마구 흔들렸다. 그때 별똥별 두 개가 사선을 그리며 떨어져 내렸다. 광서는 경운기의 요동이 잠자코 있는 별들을 흔들어대고 있다고 생각했다. 순간, 저 별들이 한순간 와르르 쏟아져 내리면 어쩌나 걱정이 되었다.

아! 아름답다! 먹물 같은 어둠이 내린 산속은 또 하나의 바다였다. 경운기는 그 바다의 한복판을 서핑 하듯 떠내려갔다. 명치끝에 찌르르 한 감동이 밀려왔다.

밤하늘에, 하나의 얼굴이 동그랗게 떠올랐다. 문정이었다. 그녀의 동그랗게 오므린 입술이 살짝 벌어졌다. 그리고 커다란 눈동자가 깜박했다. 티 없이 하얀 흰자위에 까만 동공이 하늘거렸다. 그녀가 말했다.

'아니? 난 알아. 오빠가 우뚝 일어서리라는 거. 오빠는 야수거든. 잠시 웅크렸다가 다시 일어서서 이빨을 드러내는 야수.'

문정의 입술에서 새어 나오는 소리가 이명처럼 귓가를 간질였다. 광서는 눈을 질끈 감고, 고개를 아래로 내렸다. 문정아, 난 야수도 그 무엇도 아니었어. 비참하게 깨진, 풍차를 향해 달려간 무모한 돈키호테일 뿐이었어.

눈가가 축축해졌다. 병신! 광서는 스스로를 책망하며 손등으로 눈을 비볐다.

할아버지는 어느 순간 속도를 늦추었다.

"젊은 양반, 여서 내려야것다."

광서는 눈을 들었다. 그러고는 눈앞에 펼쳐진 풍경에 입을 벌렸다. 저 아래로 반짝거리는 학동해수욕장의 불빛이 보였다.

"고맙습니다."

광서는 경운기의 짐칸에서 뛰어내렸다. 경운기는 산 중턱배기에 광서를 내려놓고, 학동으로 내려가는 갈림길의 다른 쪽으로 달달거리며 사라졌다. 광서는 경운기의 모습이 보이지 않을 때까지 서 있다가, 이내 산길 도로를 따라 학동을 향해 내리막길을 걸었다.

우르릉. 데구르르. 우르릉. 데구르르.

가을이 농익은 학동해수욕장은 이미 을씨년스러웠다. 해변도로에 백열 가로등이 줄지어 광채를 발산하고 있었지만, 사람의 기척이라곤 아예 없었다.

편의점에서 소주 두 병과 새우깡을 사 들고는, 물길이 닿지 않는 곳에 엉덩이를 앉혔다. 주먹만 한 몽돌들이 파도를 따라 재갈재갈 떠들고 있었다. 병따개를 비틀었다. 송골송골 매달렸던 땀방울은 감쪽같이 증발해버렸고, 몸서리를 쳐야 할 정도로 추위가 스며들었다.

짙은 코발트색 밤바다는 고깃배에서 켜놓은 환한 집어등을 수평선에 쭉 걸어놓은 채 길게 누워 있었다. 파도가 흰 포말을 내뿜으며 광서에게로 달려왔다. 파도는 마치 제트스키처럼 긴 꽁무니를 매달고 있었다. 광서는 종이컵을 옆으로 치우고, 병째로 한 모금 들이켰다. 원식이 형, 잘 살고 있어?

어느새 병 하나가 바닥을 보였다. 광서는 나머지 병 하나를 더 따려다가 그만두었다. 혼자 마시는 술은 영 밍밍했다. 광서는 남은 병 하나를 가방에 집어넣고 담배에 불을 붙였다.

거제도로 향하는 고속버스 안에서 아버지로부터 연락이 왔었다. 광서는 속이 뜨끔했다. 불현듯, 아버지가 했던 말이 떠올랐다. 광서야, 세상에 공짜는 없다.

아버지 말씀이 옳았어요. 세상에 공짜보다 더한 독은 없네요. 제가 진짜 지독한 꿈을 꾸고 있는 건 아마도 그것 때문일 거예요. 아버지, 죄송해요.

"니, 밖에 있는갑다? 차 소리가 들리고 하는 거 보이."

"예. 고속버스 터미널이에요."

"어디 축장이래두 가나?"

"아뇨. 바람 좀 쐬려고요. 한 사나흘 여행 좀 다녀올까 합니다."

음! 아버지는 작은 신음을 흘렸다.

"아버지, 건강하시죠?"

"내사 별 일 읎다. 광서야, 니 말다."

아버지의 목소리에 짙은 걱정이 묻어 있었다. 어쩌면 광서의 말소리가 그런 걱정을 불러일으켰는지도 모른다.

"이 말 꼭 명심하그래이."

"예? 어떤……."

"세상은 하나로 끝나는 거 아이다."

광서는 침묵을 지킬 수밖에 없었다.

"내는 잘나지도 배우지도 몬했다만, 이거 하나는 알고 있다. 세상은 하나로 종치는 거 아이다. 그러니 섣불리 판단하지 말그라. 광서야, 니한테는 한 번도 그런 말 안 했다만, 내는 니를 믿는다. 괘않타. 함 해보그라. 애비가 힘을 못 조가 미안할 뿐이다."

"아버지, 그런 말씀 마세요."

"그래. 더 말 안 하마. 다시 말하지만, 애비는 니를 믿는데이."

아버지의 전화를 끊고 광서는 한동안 먹먹한 가슴을 힘들게 끌어안아야 했다. 아버지, 말씀 못 드려 죄송해요. 쉽게 말씀드릴 수 없는 거 이해해주세요. 이젠 침잠하려고 해요. 다시, 부끄럽지만, 옛날의 가망 없는 아들로 돌아가더라도, 봐주세요.

뱃고동이 들려왔다. 절간의 범종소리만큼이나 은은했다.

마음이 느긋해졌다. 그러자 뭉쳐놓은 피로가 급작스레 요동을 쳤다. 광서는 몸을 일으켰다. 가로등 아래 몇 개의 간판들이 눈에 들어왔다.

모텔을 잡을까? 아니면 해금강으로 갈까? 전화기를 꺼내 폴더를 열자, 시각은 새벽 4시를 넘어가고 있었다. 애매한 시각이었다. 지금 이 시간에 모텔에 들어가봐야 잠도 제대로 이루지 못할 테고……. 결국 해금강을 가기로 결심을 굳혔다.

성태는 자고 있을까? 어쩌면 그도 잠을 이루지 못할 거라는 생각이 들었다. 광서는 번호를 눌렀다.

짐작한 대로, 성태는 자고 있지 않았다. 처음 들려오는 소리는 치잇! 하는, 투정 같기도 하고 비웃음 같기도 한 요상한 소리였다. 그러나 성태는 말을 잇지 않았다. 너, 어딨냐? 하는 상투적인 물음도 해오지 않았다.

"성태야."

광서는 자그맣게 그의 이름을 불렀다. 하지만 수화기는 먹통이 된 듯 묵묵부답이었다.

"씨이…… 발."

들려오는 소리는 고작 그거였다. 광서는 성태가 혀가 꼬부라질 정도로 취했다는 사실을 알아챘다.

"성태야, 전화 끊으마."

"조옷…… 도, 우리가 이렇게…… 밖에 안 되는 거였어? ……좆같은……."

그리고 울음이 터져 나왔다. 1분쯤 흐느낌이 이어졌다. 광서는 전화기를 귀에 댔다가 이내 허리 아래로 내렸다. 어깨를 들먹이고 있을 성태. 전화를 끊었다. 그런데…… 상열은 어떤 모습으로 있을까?

"최상열! 잠은 잘 자고 있냐!"

광서는 바다를 향해 소리를 내질렀다.

세상, 호락호락하지 않을 거라는 상열이 말이 귓가를 맴돌았다. 그

15

래, 니 말이 맞다. 그 말, 나는 호되게 겪고 있는 중이다. 세상살이란 게 마음대로 되지 않는다는 말 많이 들었다만, 너한테 그런 수업을 받을 줄은 몰랐다. 하여튼 고맙다, 상열아!

두 다리에 전해오는 감각이 한없이 둔했다. 행군 속도는 점점 더뎌져 갔다. 학동에서 해금강까지는 이미 지쳐버린 몸뚱이가 소화하기엔 만만찮은 거리였다. 뒤늦게 후회가 밀려들었다. 객기였다. 멈추기엔 늦었다는 사실을 깨달았을 때, 표지판 하나가 눈에 꽂혔다. 푸르스름한 새벽빛 사이로 '해금강'이라는 글자가 번득였다. 광서는 우뚝 멈추어 섰다.

그 순간, 거제도가 기지개를 폈다. 아주 짧은 순간, 시간이 장면을 바꾸고 있었다. 온갖 사물들이 놀라운 속도로 제 색깔을 되찾았다. 그와 함께 생명의 소리들이 왈칵 쏟아지기 시작했다. 정적만이 깔려 있던 해변도로는 귀가 따가울 정도로 요란한 새소리로 가득 메워졌다. 나무들은 광서가 통과할 때마다 잎사귀를 흔들며 술렁거렸고, 그 술렁임 뒤로 상쾌한 바람뭉치가 스치고 지나갔다. 아침의 거제가 폭발하듯 일시에 함성을 내질렀다. 광서도 소리를 질렀다.

아아!

우와!

거제가 메아리로 대답했다.

광서는 고개를 두리번거렸다. 여러 개의 점들이 먼발치에서 꾸물꾸물 달려오고 있었다. 광서는 손을 들어 흔들었다. 그 점들도 손을 흔들었다. 다시 한 번 소리를 질렀다.

아아!

우와! 우와!

광서는 웃음을 터뜨렸다. 꿩인지 뭔지 모를 새 하나가 뒤쪽 나무들 사이에서 포르르 날아올랐다. 썩은 나무둥치에서 들쩍지근한 냄새가 물씬 풍겨 나왔다. 광서는 그 냄새를 한껏 들이마셨다.

눈을 떴을 땐 오후 2시였다. 정확히 2시 2분이다. 광서는 잠을 깨고도 한참을 자리에서 일어나지 못했다. 이마에 팔뚝을 얹고 천장을 향해 눈만 멀뚱거렸다.

지난 밤, 아니 오늘 새벽 아침 7시가 되어서야 해금강에 도착했다. 도장포라는 푯말이 붙은 내리막길을 타고 걸었다. 얼마 안 가 자그마한 어촌항구의 풍경이 눈에 들어왔다. 거기에 이르자 건전지가 다 달았다. 후들거리는 다리로, '민박'이라는 큼지막한 붉은 글씨가 쓰인 시멘트벽을 향해 걸어갔다.

머리에 수건을 두건처럼 두른, 해풍에 검게 그을린 50대 아주머니가 마당을 빗질하고 있었다. 안녕하세요, 광서가 인사를 하자, 아주머니가 환한 얼굴을 들었다. 그 집은 겉보기엔 추레해도 방을 여러 개 갖춘 전문 민박집이었다.

"방 있나요?"

"아이고마, 딱 한 개 남았는데…… 이리 오이소."

방값은 의외로 저렴했다. 광서는 방을 배당받자마자 씻지도 않고 그대로 들어가 누웠다. 그러곤 세상모르게 곯아떨어졌다.

또다시 린치를 당했다. 두들겨 맞는 광서를, 뒤편에서 팔짱을 긴 채 상열이 지켜보고 있었다. 니가 왜?

광서는 번쩍 눈을 떴다. 등줄기가 식은땀으로 젖어 있었다. 제기랄, 이런 꿈은 언제나 안 꾸게 되려나. 광서는 토하듯 한숨을 내쉬었다. 목이 몹시 탔다. 사방을 휘둘러보았지만, 물병이 있을 리 없었다밖에서 여러 사람들의 목소리가 들려왔다. 사내들이 뭐라 뭐라 했고, 아주머니가 짧게 대답하는 소리가 들렸다. 간헐적으로 웃음소리도 문틈으로 기어 들어왔다. 파도 소리, 나뭇가지를 흔드는 바람 소리, 멀찍이 아주머니가 누굴 부르는 소리. 소음은 이어졌다. 하지만 귀에 거슬리지는 않았다. 광서는 자리에서 일어나 앉아, 멍하니 그 소음에 귀를 기울였다.

한참 뒤, 끙 하며 몸을 일으켜 세웠다. 방문을 열자, 가을 오후의 햇살이 확 쏟아져 들어왔다. 대면하기가 쑥스러울 만큼 찬란한 빛살이었다. 바람에는 갯내음이 물씬 배어 있었다.

광서는 눈을 가늘게 뜨고 주변을 둘레둘레 보았다. 우물가에 조사들이 모여 앉아 잡아온 고기들을 손질하고 있었다. 씨알 굵은 감성돔들이 사내들의 손에서 해부되는 중이었다.

슬리퍼를 질질 끌며 화장실로 향했다. 뒤에서 무슨 소리가 언뜻 들린 듯했지만, 뒤돌아보지 않았다. 몸을 부르르 떨며 지퍼를 올린 뒤에야, 일행 중 한 명이 자신을 불렀다는 걸 인식했다.

광서는 밖으로 나와 그들을 쳐다보았다.

"아따, 그 아저씨, 아무리 불러도 대답이 없네. 저기, 식사 안 하셨으면 이리 와서 한 점 합시다."

사실, 회라면 사족을 못 쓰는 광서였다. 더군다나 평소 제일로 치는 회가 가을철 감성돔 아닌가. 침이 절로 고였지만, 낯선 사람들과 섞이고 싶은 마음은 없었다. 그리고 아직도 얼굴에 남아 있는 상처를 대낮에 드러내고 싶지도 않았다. 광서는 웃으며 손사래를 쳤다.

"괜찮습니다."

그러나 일행은 광서의 거부 의사는 아랑곳없이 수저와 젓가락을 한쪽에 내려놓았다.

"요 좋은 걸 우리만 먹을 수 있어야지요. 그러지 말고 와서 한 따까리 합시다."

처음에 광서를 불렀던 사람이 맹렬한 손짓을 하며 말했다. 어쩔 수 없었다. 광서는 미적미적 그들에게로 다가갔다.

내켜하지 않던 낯선 이들과의 조우는 대낮 술판으로 이어졌다. 처음에는 몇 잔 받아먹고 말 생각이었다. 하지만 그들이 화통한 데다 대화 수준도 높은지라, 두어 시간 지났을 즈음에는 이미 소주 열댓 병이 비어버렸다.

광서를 불렀던, 올해 쉰이 되었고 간판 일을 하고 있다고 자신을 소개한 윤판기라는 사람은 조력이 제법 된 듯했다. 가무잡잡한 피부에 170쯤 되는 중간의 키, 뚱뚱하지도 그렇다고 마르지도 않은 표준적인 체격을 가지고 있었다. 짙은 눈썹에 엷은 쌍까풀은 나이에 맞지 않게 귀여운 인상을 풍겼다. 하지만 울림이 있는 목소리 때문인지, 아니면 쉰이라는 나이 때문인지, 그도 아니면 광서가 미처 모르는 무엇 때문인지, 그에게선 묘한 카리스마가 느껴졌다. 그는 급조된 무리에서 알게 모르게 대장 대접을 받고 있었다.

윤판기 대장은 PC방을 운영한다는 후배 강민수, 부인과 둘이서 거제도로 결혼 20주년 여행을 왔다던 조용수, 그리고 백수 이광서를 짧은 시간 안에 모조리 수하로 거두어버렸다. 그리고 한 명도 예외 없이 거제도에서 하루 더 묵게 만들어버렸다. 하기야 대낮부터 취했는데, 운전은 누가 할 것이며, 이 상태로 어딜 가겠는가.

사실, 이런 사태를 초래한 가장 큰 원인 제공자는 소주 공급을 맹렬히 했던 광서 자신이었다

"허, 목이나 축일 생각이었는데, 이거 이광서 씨한테 제대로 걸리고 말았네요."

조용수가 부인의 얼굴을 쳐다보며 말했다. 그의 얼굴엔 웃음이 배어 있었다.

"죄송합니다. 그럼 음주가 있었으니 이제 가무를 실어야겠죠?"

"당연히 그래야지."

광서의 말에 윤 대장이 맞장구를 쳤다.

그 뒤로 광서는 어지간히 많은 노래를 불렀고, 어지간히도 몸을 흔들어댔다. 그렇게라도 울적함을 날려버리고 싶었다. 광서의 노래가 끝나면 윤 대장이 불렀다. 모두들 취기가 오를 대로 올랐다.

"광서 씨, 좀 쉬었다가, 저문 뒤에 밤낚시나 같이 가는 거 어때요?"

"조옿습니다!"

광서는 자리에서 일어섰다. 화장실로 가는 척하며 주인아주머니를 조용히 불러냈다. 그러고는 그들의 방값으로 10만 원을 주었다. 화장실에서 일을 마치고 나오자, 일행들은 이구동성으로 왜 그랬냐며 눈을 부라렸다. 안 그러면 제가 불편해서요, 광서는 머리를 긁적이며 말했다.

하나둘 자리에서 일어나 제 방으로 들어갔다. 곧 온 방마다에서 그르렁거리는 소리들이 마당까지 새어 나왔다. 광서는 참혹한 술판의 잔해들을 물끄러미 쳐다보았다. 노래에 춤에, 땀을 흠뻑 흘려서였을까? 이상하게 머리가 멀쩡했다. 맥주잔에 소주를 붓고 한입에 털어 넣었다. 그리고 자리에서 일어섰다. 밤낚시를 약속한 이상, 조금이라도 눈을 붙여야 했기 때문이다.

상열은 시선을 아래로 내리깐 채 침울한 표정을 짓고 있었다. 그의 얼굴을 보자마자, 울화가 치밀어 올랐다. 이빨을 드러내며 주먹을 불끈 쥐었다. 그러나 주먹을 내질러버리기엔, 상열의 얼굴이 너무나 슬퍼 보였다.

"광서야, 난 정말이지 널 돌봐주고 싶었을 뿐이야. 근데 니가 그걸 거부했다."

"개소리 하지 마!"

광서는 사나운 눈으로 상열을 노려보았다. 갑자기 코 밑이 뜨끈했다. 손바닥으로 훔쳤다. 먹 같은 시커먼 체액이 손바닥에 묻어 있었다. 상열도 그 손바닥을 보았다. 그가 키득거렸다.

"그것 봐. 니 피는 나보다 더 더럽잖아. 넌 촌구석 양아치였고, 그런 양아치를 때깔 나게 만들어준 사람이 나야. 그걸 몰랐니? 그래서 덤빈 거야?"

이런, 씨팔새끼가!

광서는 키득거리는 상열에게 달려들었다. 목을 힘껏 움켜잡았다. 상열의 이마에 굵은 힘줄이 돋았다. 광서는 손아귀에 더욱 힘을 실었다. 상열의 얼굴이 흉하게 뒤틀려갔다. 그 뒤틀리는 얼굴을 쏘아보던 광서의 눈이 크게 벌어지기 시작했다. 그것은 상열의 얼굴이 아니었다. 광서는 화들짝 놀라며 그를 바닥에 패대기쳤다.

"광서야, 너……."

땅바닥에 주저앉아 목을 잡고서 쿨럭거리는 사람. 그는 김형우 부장이었다! 광서는 다리에 맥이 풀려, 그 자리에 풀썩 무릎을 꿇었다. 손바닥으로 머리를 감싸 쥐고 고개를 마구 흔들었다.

뎅뎅뎅, 뎅뎅뎅.

정체 모를 소음이 의식 속에 스며들었다. 광서는 절반은 잠 속에, 절반은 현실에 발을 걸치고 있었다.

뎅뎅뎅, 뎅뎅뎅.

양철 비슷한 것을 두드리는 소리라는 걸 알았을 때, 목소리가 들려왔다.

"광서 씨, 이제 일어나세요. 낚시 갑시다. 자자, 다들 일어나요."

뎅뎅뎅, 뎅뎅뎅.

"아, 예!"

광서는 벌떡 일어나 문을 열었다. 윤판기 대장이 냄비 뚜껑을 꽹과리 치듯 두드리고 있었다.

조용수의 부인은 민박집에 남았다. 밤낚시가 위험한 데다 아직 숙취에서 완전히 벗어나지 못했기 때문이다. 윤판기 대장이 나누어준 밴드랜턴을 이마에 둘러매고, 낚싯대를 하나씩 할당받았다. 조력 30년의 윤판기 대장은 물론이고 광서나 강민수도 그럭저럭 낚시를 할 수 있었지만, 조용수는 바다낚시에 문외한이라 간단한 낚싯대 사용법을 설명 들어야 했다. 그는 30분도 되지 않아 그 방법을 깨우쳤다. 그는 구체적인 직업을 밝히길 꺼려했지만, 생김새 하며 탁월한 이해력을 본다면 십중팔구 전문직이지 싶었다.

윤판기 대장이 앞장서고 그 뒤를 세 명이 따라 걸었다. 웬 산속으로 들어가나 싶더니 이내 파도소리가 잔잔히 들려왔고, 다시 나무 잔가지를 헤치며 경사진 비탈길을 탔다. 울퉁불퉁한 돌밭을 지났고, 푹신푹신 쌓인 낙엽을 밟았고, 움푹움푹한 밭을 가로질렀다.

"포인트로 가는 길은 여기밖에 없거든."

윤 대장은 일부러 험난한 코스를 택한 것에 대해 변명 아닌 변명을 했다. 흐릿한 달빛과 랜턴 불빛이 있어 시야는 그럭저럭 확보되었지만,

울울한 밤중 산길을 헤쳐 간다는 건 여간 까다롭지 않았다. 발아래를 조심하느라 긴장한 탓에 등허리로 땀이 줄줄 흘러내렸다. 그렇게 한 시간 가까이 거친 행보를 한 후에야, 윤 대장이 말한 포인트에 도착했다.

바다는 어제보다 훨씬 잔잔했다. 토막 난 반달이 그 꺼먼 바다 위에 몸을 누인 채 넘실넘실 흔들리고 있었다. 이따금 바람뭉치들이 사정없이 얼굴을 때려왔다. 그때마다 바닷가의 냉기가 콧속을 휘저으며, 허파 세포들을 바짝 일으켜 세웠다. 반짝반짝 점멸하는 빨간 빛의 찌가 물결을 타고 적당히 리듬을 맞추고 있었다.

30분쯤 지났을까? 서너 걸음 옆에서 낚시에 열중하던 윤 대장이 대뜸 말을 걸어왔다.

"광서 씨, 광서 씨는 지금 무슨 일 하시오? 백수라는 말은 아무래도 농인 것 같고."

또다시 얼버무렸다가는 성의 없다는 핀잔을 듣지 싶었다. 곤혹스럽긴 했지만, 말하지 않을 수 없었다.

"부동산 쪽 일 봤는데, 지금은 그만둔 상탭니다."

탁! 하는 소리와 함께 윤 대장의 얼굴이 전등처럼 밝아졌다가 곧 어두워졌다. 새빨간 담뱃불이 그의 입가를 희미하게 비춰주었다.

"얼굴 상처가 그만둔 계기랑 모종의 관계가 있지 싶소만……. 광서 씨가 표독한 사람 같지는 않고, 그렇다면 그 사람들이 크게 실수했다는 생각이 왠지 드네요."

순간, 양미간 살이 절로 부풀어 올랐다. 의뭉스럽게 넘겨보는 듯한 말이 불쾌했다. 이 사람이 날 간보는 거야, 뭐야? 광서는 힘주어 대답했다.

"그린 기 없습니다."

"광서 씨는 아무 생각 없이 했겠지만, 아까 술자리에서 얼핏 그런 느낌의 말들을 들었어요. 게다가 웃고 떠들다가도 갑자기 넋 놓은 사람처럼 가만히 있질 않나, 간간히 한숨을 내쉬질 않나. ……다른 사람들은 몰라도 나 같은 뱀들은 금방 알아차립니다."

머리가 띵했다. 광서는 담배 하나를 꺼내 입에 물었다. 아니, 이 양반이 간판 달면서 사람도 달았나! 갑자기 요상한 심보가 솟구쳤다.

"어느 정도로 죽여야 할까요?"

"예?"

비록 얇은 천 같은 어둠이 둘 사이에 쳐져 있었지만, 윤 대장의 두 눈이 화들짝 커져 있을 것임은 보지 않아도 알 수 있었다. 빨간 담뱃불이 그의 허리 옆에 정지해 있었다. 잠시 후 그의 입에서 화통한 웃음이 터져 나왔다.

"그거야 손을 잡고 몸을 일으켜줄 때 두 눈에서 눈물을 펑펑 쏟을 때까지 죽여야지요. 그래야 다시 내 편이 됩니다. 그럴 용기와 배짱이 없으면 차라리 잊고 사는 게 나아요."

이번에는 광서의 눈이 휘둥그레졌다. 무슨 뜻으로 그런 말을 했는지 모르지만, 윤 대장의 말은 정곡을 제대로 찌르고 있었다. 윤 대장이 말을 이었다.

"광서 씨를 해코지한 사람은 이도저도 아니고 그저 사람 감정만 건드려놨기 때문에 큰 실수를 했다고 보는 겁니다. 하지만 이제 광서 씨도 판단을 잘 내려야죠. 보통사람도 수치를 당하면 칼을 들고 일어선다는데, 그건 진정한 용기가 아니에요. 객기일 뿐이지. 진짜 겁나는 사람은 조용히 그리고 무겁게 움직입니다. 즉각 반응하지 않는다, 이 말이죠. 가만히 지켜보다가 때가 되면 주도면밀하게 상대를 확실히 제압

해버리는 사람, 그런 사람이 진짜 무서운 사람이에요."

광서는 어둠속에서 윤곽만 가늠한 채 윤 대장의 얼굴을 뚫어지듯 쳐다보았다. 말 몇 마디만 섞어보고도 줄기를 덜컥 잡아내다니, 놀라웠다. 저런 능력은 어떻게 갖게 되는 걸까. 처음에 느꼈던 카리스마가 괜한 게 아니었다는 생각이 들었다. 윤 대장에 대한 궁금증이 폭발할 것처럼 솟구쳐, 결국은 묻고야 말았다.

"대장님은 간판업 이전에 어떤 일을 하셨습니까?"

"아니, 대장님이라뇨?"

윤 대장은 광서가 저도 모르게 내뱉은 대장이라는 말에 또 한 번 흔쾌한 웃음을 터뜨렸다. 그러다가 거짓말처럼 웃음을 뚝 거두었다.

"평범한 샐러리맨이었어요. S그룹에 있었지요. 광서 씨의 적들이 어느 정도인지 모르지만, 아무래도 S그룹과는 비교가 안 되겠죠. 알다시피 S그룹은 우람한 산맥과 같은 곳이에요. 난 어리석게도 그런 우람한 산맥과 승산 없는 싸움을 했습니다."

윤 대장의 입에서 빨간 빛이 1초간 번쩍였다. 한숨을 쉬듯 그는 담배 연기를 길게 내뿜었다.

"능력이 안 되면 차라리 벙어리로 있어야 살아남는 곳이 S그룹입니다. 그게 억울하면 제 발로 걸어 나가면 돼요. 주머니는 아쉽지 않을 만큼 두둑해져 있을 테니까. 그건 선택의 문젭니다. 헌데 이도저도 아니고 그저 심사가 뒤틀린다고 쓴 말을 뱉었다간 한 방에 날아갑니다. 나도 반항 한 번 못 하고 쫓겨났지요. 내가 가진 내부기밀이 꽤나 값어치 나가는 줄 알았는데, 그 값어치만큼 나도 똑같은 무게의 무언가를 걸어야 한다는 걸 그들이 가르쳐주더군요. 아무튼 그걸 다 말로 옮기지면 몇 날 며칠도 모가랄 거에요."

25

그랬구나. 묵직한 돌덩이가 가슴팍에 부딪친 듯한 기분이 들었다. 그래서 이 양반이 감을 잡고 내게 말을 걸었구나. 광서는 고개를 주억거렸다. 또 하나의 의문이 입을 간질였다.

"헌데 어떻게 간판 하실 생각을……?"

"뭐, 할 줄 아는 게 있어야죠. 막막한 마음으로 거리를 걷다가 우연히 '신지'라는 간판을 봤어요. 새로울 신(新), 땅 지(地). 그날 무슨 귀신에 씌었는지 그 간판이 자석이 쇳가루 당기듯 내 마음을 잡아끄는 겁니다. 아마 그걸 한 시간 넘게 넋 놓고 쳐다봤을 거예요. 아! 내가 갈 길은 바로 이거구나! 번개라도 맞은 것처럼 그런 생각이 들더군요. 그게 계기가 됐어요. 돌이켜보면 참 터무니없는 일이지요. 어쨌거나 그날부터 무작정 간판 만드는 기술을 하나하나 배우기 시작했어요. 신지. 새로운 땅. 어때요? 나랑 뭔가 아귀가 맞지 않아요?"

윤 대장은 그 말을 하며, 하하하, 웃었다.

그러나 광서는 웃을 수 없었다. 세상은 좁다지만 도대체 알 수 없는 게 세상이었다. 거제도의 이 구석진 땅에서 자신과는 비교도 안 되는 고수를 만나게 되다니. 윤판기는 대장이라는 말이 전혀 어색하지 않은 사람이었다.

윤 대장이 귀신에게 씌어 간판을 보았듯, 광서도 귀신에 씌었다. 그가 부처처럼 보였다. 광서는 윤 대장에게 이제껏 겪어온 일들을 몽땅 털어놓았다. 윤 대장은 아무 질문도 던지지 않은 채, 끝까지 광서의 이야기를 들어주었다. 사이사이 탄성을 지른 게 윤 대장의 유일한 반응이었다. 족히 한 시간은 그랬으리라. 광서는 장시간 말을 한다는 게 얼마나 많은 에너지를 소진시키는지 비로소 깨달았다. 이야기를 끝냈을 때는 힘이 빠져 현기증이 일 정도였다.

윤 대장이 입을 열었다.

"본래 그렇습니다. 자고로 돈 앞에서 아름다운 막장은 없는 법이지요. 좋아요. 그렇다면 광서 씨의 최종 마음가짐은 뭡니까?"

"몰살시키고 싶습니다."

광서는 입술까지 꾹 깨물며 그렇게 말했다. 이야기를 이어가는 동안 조금씩 스며들던 분노가 어느덧 가슴을 한가득 메우고 있었다. 윤대장의 시선이 자신을 향해 있음을 어둠 속에서도 느낄 수 있었다. 잠시 후 나지막한 윤대장의 목소리가 바람에 실려 왔다.

"그럼, 이제부터라도 자기가 부족하다 싶은 걸 메워 나가세요. 내가 볼 때 광서 씨는 정말이지 돌파력 하나는 뛰어나지만 그 밖의 실력은 아직 많이 부족해요. 그러니까 구멍이 생기잖습니까."

구멍이라는 표현에 절로 이마가 찌푸려졌다. 늘 그렇듯, 실력 부족이라는 말을 들으면 예리한 통증부터 느꼈다.

"광서 씨, 물질적인 재산이란 건 한순간입니다. 속된 말로 홀딱 망해도, 시간이 지나면 사람들은 그 바닥상태에서도 어떻게든 살아나가게 돼 있어요. 신이 그렇게 만들어놓았지요. 돈이란 것, 알고 보면 별 거 아닙니다. 세상을 살다 보면, 돈과 관련된 아픔을 털어버릴 수 있는 내공이 생겨요. 하지만 자존심, 자신에 대한 기대나 명예, 이런 눈에 보이지 않는 어떤 것이 걸리면 극복하기가 쉽지 않습니다. 마음이 깨지면, 웬만한 내공을 가진 사람이 아니면 복구하기가 쉽지 않아요. 까딱 잘못하면, 폐인이 되고 말지요."

광서는 한숨을 내쉬며 고개를 숙였다. 폐인! 지금의 자신이 꼭 그렇다는 생각이 들어서였다. 그럼, 제가 어떡하면 되겠습니까? 하고 물으려다 그만두었다. 대답은 이미 나왔다는 생각이 들어서였다.

"광서 씨, 세상에 공짜는 없습니다. 방법은 스스로 찾아야지요."

세상에 공짜는 없다! 윤 대장의 입에서도 아버지의 말이 그대로 튀어나왔다. 나이는 그냥 먹지 않는다는 사실이 새삼 광서의 마음을 무겁게 했다. 나는 얼마나 더 살아야, 그들이 체득한 철칙을 얻을 수 있을까!

윤 대장이 낚싯대를 고쳐들었다.

"바람이 슬슬 잦아드는 걸 보니 감성돔이 곧 입질을 시작하겠네요."

바로 그 순간, 강민수의 고함 소리가 어둠을 뚫고 귓전으로 날아들었다.

"왔다! 감성돔이다!"

감감무소식이던 감성돔이 윤 대장의 말대로 얼굴을 내보이기 시작했다.

"놈들이 갯바위에 붙기 시작했어요. 자, 이제부터 본격적으로 한바탕 해봅시다!"

윤 대장은 기분 좋은 목소리로 말하며, 밑밥을 부지런히 투척했다.

"광서 씨, 낚시도 알고 보면 타이밍 싸움이고, 때가 있는 법이에요. 때를 놓치면 원하는 돔을 낚을 수 없습니다. 광서 씨도 때를 기다리세요. 그리고 무엇보다 먼저 준비하세요. 뭘 움켜쥐기 위해 준비하는 게 아니라, 자신을 깨우치기 위해, 자신을 구원하기 위해 준비하세요. 이 광서라는 사람의 의지가 단단하다면, 헝클어진 판때기를 정리하는 과정에서 스스로 질문하게 될 거고 스스로 답을 찾게 될 겁니다."

광서도 밑밥을 던졌다. 2분쯤 지났을까, 윤 대장의 말이 다시 날아왔다.

"그 정도 규모의 부동산이면 앞으로가 더 문제입니다. 틀림없이 국가펀드가 광서 씨를 필요로 할 겁니다. 보아하니, 정작 무겁게 움직이고 있는 데는 국가펀드겠군요. 나랏돈만큼 무서운 건 없습니다."

윤 대장은 밤바다에 너털웃음을 날렸다.

국가가
부른다

"형님, 자판기 커피나 한 잔 하러 가시죠?"

대학원생 김성필이 그 큰 머리를 광서의 코앞으로 쑤욱 들이대며 말했다. 그러고는 슬리퍼를 딱딱거리며, 학습도서관 동편 출입구로 발걸음을 옮겼다. 광서는 좀처럼 해석이 되지 않는 문구 몇 줄에 머리를 싸매고 있는 중이었다. 에라, 모르겠다. 성필에게 물어보자. 광서는 의자를 뒤로 빼고 일어섰다.

김성필은 입매가 선명하고 피부가 새하얗고 턱 선이 뾰족한, 해서 보기에 따라선 다소 차가운 인상일 수도 있는 친구였다. 그는 이곳 한국해양대학교 석사과정 대학원생이자, 도서관의 왕고참이기도 했다. 올해 나이가 서른으로 변리사 시험에 세 번이나 떨어졌지만 아직 포기하지 않은 상태다. 늦은 나이임에도 목표를 달성하지 못해서인지, 가끔 가벼운 우울증이랄까, 후배들에게 약간의 히스테리를 부리는 경향이 있었다. 그런 탓에 후배들 중에는 그를 기피하는 아이들이 꽤나 되었다.

요사이 광서는 관리회계에 거의 목을 매달다시피 하고 있었다. 처음엔 회계라는 용어 자체가 엄청난 부담감을 주었지만, 일단 작심하고 파고드니 그리 겁낼 것도 없다는 걸 알았다 더불어 상가부동산과 관련된 판례들을 선별 분석하여 노트화 작업을 진행했다.

광서가 갑작스레 때 아닌 공부에 뛰어들게 된 이유는 몇 가지 있었다.

우선, 김형우 부장을 빼놓을 수 없었다. 첫 번째 계기는 그로부터 비롯된 것이었다. 바둑으로 서로의 사이가 꽤 가까워진 어느 날, 국가펀드와의 정례 미팅이 끝난 뒤 김 부장이 조용히 광서를 불렀다.

"이광서, 너 아까 회의 때 송 차장이 하던 말 못 알아들었지?"

"예?"

"니 대답이 어긋나서 하는 말이야. 진즉부터 봐왔는데, 앞으로 회의 때 모르는 부분이 나오면 아예 입을 닫고 있는 편이 낫겠다. 그래야 최소한 무식은 면해 보여. 넌 시행사 사장이니까 차라리 무게만 잡고 그들의 눈빛만 놓치지 마라."

그 말을 들었을 때, 광서는 너무나 창피했다. 공부 부족을 뼈아프게 절감한 순간이었다. 그 다음부터 알아듣기 어려운 법률 용어가 나올 때는, 김 부장의 충고대로 엄숙한 표정만 유지한 채 입을 다물었다.

또한 윤판기 대장과의 만남도 공부를 하게 된 큰 계기였다. 엄밀히 말하면, 만남 자체보다는 그의 진면목을 알게 되면서 강렬한 동기부여를 받았다고 하는 게 옳다. 그는 지식의 스펙트럼이 놀라우리만치 넓었고, 특정 부분에서는 어느 전문가에 못잖게 깊이가 있었다. 그가 S그룹 자금기획 운영팀의 핵심 멤버였던 것도 그런 지식이 있었기 때문에 가능했을 것이다.

"내 인생 모토가 뭔지 알아?"

광서가 너무 머리가 무겁지 않느냐고 농담처럼 말하자, 윤 대장은 말했다.

"지식은 즐거운 것! 즐겁게 배우자!"

하지만 가장 결정적인 계기는 전혀 엉뚱한 방향에서 다가왔다. 어느 날 통장을 확인하고 알게 된 뜬금없는 송금이 광서를 바로 공부에 뛰어들게끔 만들어버렸다.

서울 오피스텔을 정리하고 부산으로 내려온 지 달포쯤 되었을 때였다. 올겨울 추위가 기승을 부릴 거라는 기상청의 예견이 과연 사실로 판명되기 시작한 11월 하순이었다.

광서는 부모님 집으로부터 얼마 떨어지지 않은 자그마한 투룸 빌라를 전세로 얻었다. 날씨도 날씨였지만, 광서의 올겨울은 유독 추울 수밖에 없었다. 월급이 돈 이상의 의미가 있음을 날이 갈수록 체감하고 있었다. 그동안 받았던 돈은 부모형제에게 주었고, 나머지 돈으로 겨우 전셋집을 얻었으니, 호주머니는 얄팍하기 그지없었다.

그렇다고 남에게 일자리를 부탁하거나 현재의 주머니 사정을 입 밖에 꺼낼 수도 없었다. 자존심이 허락지 않았던 것이다. 잘 나가던 니가 왜? 광서 너, 서울에서 잘 나가던 거 아니었어? 그런 반문을 듣는다는 생각만으로도 구역질이 나오려고 했다. 그래서인지 그런 물음을 듣게 될 확률이 높은 부산 땅이 가시방석에 눌러앉은 것처럼 불편하게 느껴졌다.

방 안에 가만히 처박혀 있으려 해도 마음이 편하지 않은 것은 마찬가지였다. 뭔가 잃지 말아야 할 것을 잃어버렸다는 묵직한 상실감에 맥이 풀리곤 했다. 소외감과 무력감, 그리고 이렇게 가만히만 있을 수 없다는 초조감에 낮부터 일정량의 소주를 퍼부어야 했다. 윤 대장이 말했던 폐인이라는 표현이 딱 어울리는 시간이 도래한 거였다.

밤에 자다가도 불쑥불쑥 울화가 치밀어 깨어날 때가 부지기수였다

광서는 이중고에 시달리고 있었다. 살기 위해 뭔가를 해야 한다는 강박감과, 여전히 사그라지지 않는 최상열에 대한 증오.

어느 날은 갑갑증을 도저히 이기지 못하고 집을 뛰쳐나왔다. 민락동 튀김집에서 소주 두 병을 마셨다. 그러나 제법 오른 취기도 갑갑함을 물리치기엔 턱없이 역부족이었다. 광서는 핸드폰을 꺼내 무작정 전화번호부를 뒤졌다. 이 친구, 저 친구 훑어가다가, 이름 하나에 눈이 머물렀다. 윤판기였다. 광서는 번호를 눌렀다.

"대장, 바쁘십니까?"

"오, 광서! 간판이나 만들고 있지."

늘 그렇듯 윤 대장의 목소리는 활기가 넘쳐흘렀다. 광서는 새삼 그의 활기가 부러웠다.

"왜? 일을 못하니 몸이 근질근질해? 그러기에 자리가 나왔으면 들어갈 것이지, 왜 뻐팅겨?"

윤 대장이 말하는 자리란, 골든게이트에서 함께 일했던 분양대행사 사장이 알선한 곳이었다. 모르긴 몰라도, 그것은 분명 한석의 부탁일 터였다. 아무튼 그 분양대행사 사장은 광서의 사정을 딱하게 보았는지 다른 대형 쇼핑몰 시행사 오너에게 부탁해 자리를 만들어놓았다. 하지만 광서는 정중히 사양했다. 최상열이 비웃을 거라는 생각 때문이었다. 그 정도에서 자존심을 버릴 요량이었으면 애당초 나와서도 안 되는 거였다. 안 그래, 이광서?

"에이 씨. 나도 윤 대장처럼 간판이나 만들어볼까?"

"그러든지. 지금부터라도 내 밑에서 기술을 배워. 내가 월급 줘가면서 가르쳐주지 뭐. 이게 죄다 내가 전생에 저지른 업이다 생각하고 말야. ……아 참, 국가펀드에선 안부삼아라도 연락이 없던가?"

광서의 얼굴이 금방 굳어버렸다. 윤 대장의 말처럼, 그저께 김형우 부장으로부터 전화가 왔었기 때문이다.

거의 자정에 다다른 시간이었다. 핸드폰 액정을 보고 깜짝 놀란 광서는 얼른 통화 버튼을 눌렀다. 김 부장의 목소리엔 술 냄새가 잔뜩 묻어 있었다.

"지금 뭐 하냐?"

"바둑 공부합니다. 부장님한테 기필코 한 번은 이기고 싶어서리."

김 부장은 헛헛한 웃음을 던졌다. 하지만 그 뿐이었다. 일절 골든게이트에 관련된 얘기는 하지 않았다. 지나가는 말로라도 할 법한데, 골든게이트의 '골'자도 입에 담지 않았다. 은근히 선을 긋고 있다는 느낌마저 들었다.

"광서야, 인간을 다스리는 건 말야, 채찍이 아니란다."

그는 뜬금없는 소리를 했다. 광서가 대꾸할 틈도 주지 않고, 김 부장의 혀 풀린 소리가 이어졌다.

"그럼 뭐가 다스리는 줄 아냐?"

"선문답 하자시는 겁니까?"

"시간이야. 시간보다 위대한 도구는 없다."

"……."

"꺼억! 아, 취한다. 나도 많이 늙었나 보다. 그만 자야겠다."

"댁이십니까?"

"그래. ……광서야, 내 말 명심해."

그 말을 하고는 전화를 끊어버렸다.

"없었는데요."

왜 그랬을까? 광서는 윤 대장에게 일부러 거짓말을 했다.

"그래? 그렇다면 상황이 좀 애매해지는군. ……광서야, 차라리 맘 편하게 살길부터 찾자. 암만해도 그게 낫겠어. 니 말대로 기술을 배워보든가 하자. 농담이 아니고."

기술이라는 말에 번쩍 뇌리를 스치는 것이 있었다. 뭔가 해야 한다는 강박감에 짓눌리면서도, 왜 그 생각을 못 했을까?

"저 재봉틀 좀 탈 줄 압니다. 소싯적 꿈이 디자이너라."

"광서 넌 도대체가 괴짜야. 언제 또 봉제를 배웠냐? 참, 너도 알면 알수록 기인이야."

그 말과 함께, 윤 대장은 오토바이 엔진 소리를 연상케 할 정도로 괴팍한 웃음을 쏟아냈다.

잠깐 그랬었다. 방위 복무를 하던 때, 배우 안토니오 반데라스를 빼닮은 명훈이라는 선배 때문에 재봉틀을 탔었다. 그는 가죽쟁이였다. 아주 큰 여행용 가방부터 자잘한 필통까지, 가죽으로 못 만드는 게 없는 사람이었다. 그 시절 명훈은 광서의 유일한 우상이었다. 그런 아티스트적인 요소에다 훤칠한 키, 갈색의 매끈한 피부와 뚜렷한 이목구비, 특히 그의 트레이드마크인 긴 머리. 정말이지 같은 남자가 봐도 그는 환상적이었다.

명훈이 남포동에서 네 평 남짓한 가죽공방을 열어놓고 밥벌이를 하고 있을 때, 그곳은 거의 광서의 아지트나 마찬가지였다. 거의 매일이다시피 들락거리다가 자연스레 그로부터 가죽 소품의 패턴을 뜨는 방법과 재봉틀 기술을 배우게 되었다. 처음에는 문정에게 지갑이나 만들어줄 욕심에 시작했지만, 1년 남짓 시간이 흐르다 보니 웬만한 기술은 다

구사할 수 있게 되었다. 나름대로 근사한 가방을 만들어 선물했을 때, 문정이 깜짝 놀라했던 기억이 아직도 새롭다. 다 지나간 일이지만, 어쨌든 그랬다.

"대장, 저 가방가게나 하나 열어볼까요? 수제가방 전문점. 일도 재미있고, 그게 차라리 속편하겠어요."

"야, 대단한데? 이광서가 가방 디자이너라. 그렇다면 디자인 업계에도 이제 새바람이 부는 건가? 전직 부동산 개발회사 CEO 이광서, 디자인 업계에 혜성처럼 나타나다. 거, 생각할수록 괜찮은 시나리오네."

윤 대장은 한참 동안 껄껄거렸다.

생각할수록 나쁘지 않았다. 그래, 통영이나 거제에 가서 가방가게나 차리고 조용히 사는 것이다. 가방의 금속 부속을 원단에 박고 있는 자신의 모습이 영상처럼 머리를 스쳐 지나갔다.

윤 대장과의 전화가 끝난 뒤에도 그 결심에는 변화가 없었다. 아니, 오히려 시멘트가 굳어가듯 단단해졌다.

결심이 섰으니 저지르는 일만 남았다. 광서는 다음 날 즉시 신발 디자이너를 하고 있는 후배에게 연락해 자투리 원단을 구해줄 것을 부탁했다. 재봉틀은 남포동에 가서 중고 부라더 미싱으로 사고, 실과 각종 징과 망치, 가위, 그 밖에 가방 제작에 필요한 부속을 일괄 구입했다. 그날 저녁, 후배가 원단 몇 롤을 직접 집에까지 배달해주자, 광서는 당장 가방을 만들기 시작했다.

며칠 동안 바깥출입 한 번 하지 않았다. 오로지 방 안에 틀어박혀 패턴을 뜨고, 가죽과 천의 원단을 재봉틀로 박고, 손바느질하고, 금속 부속을 박는 데 몰두했다. 신기한 것은 가방을 만드는 데 열중하는 동안은 뒤숭숭한 꿈 한 번 꾸지 않고 꿀 같은 잠을 이루었다는 사실이다. 걸핏하면 울컥하던 감정의 기복도 겪지 않았다. 물론 워낙 오랜만에 손을 대보는 것이라 여러 번 실패했지만, 3일째가 되는 날에는 그럭저럭 첫 작품을 완성할 수 있었다.

가방을 만들기 위해 가위를 들고, 망치를 들고, 재봉틀 앞에서 의자를 고쳐 앉을 때는, 추레한 봉변의 기억들, 최상열에 대한 어금니 깨물리는 증오도 말끔히 지울 수 있었다. 가방은 광서에게 자유를 주었다. 뭔가를 만든다는 것은 광서에겐 진지한 수양이자 수행이었다.

가방 제작에 손이 익어가고, 이제 슬슬 가게자리나 알아보리라 작정하고 있을 때였다. 한석에게 전화가 왔다. 마침, 한석에게 물어볼 말이 있는 참이었다.

"한석이냐?"

그러나 광서가 말을 꺼내기도 전에, 한석은 한 움큼의 말을 속사포처럼 쏟아냈다.

"형님! 상가 분양이 결국 박살났습니다. 해약 신청이 봇물 쏟아지듯 터지고 있어요. 이게 다가 아닙니다. 해약 신청에 기름을 붓는 만행을 또 저질렀어요. 이제부터 형님, 제가 하는 말에 놀라지 마십시오!"

드센 흥분이 묻어 있는 한석의 목소리에 광서는 이맛살을 찌푸렸다. 달포 가까이 전화가 없다가, 난리라도 난 듯 웬 호들갑인가.

"최상열 사장이 상가에 중국 상인들을 대규모로 유치한다고 발표했습니다. 자다가 봉창 두들긴다고, 지금 와서 이게 말이 됩니까? 안 그래도 분양 중지로 해약이 쏟아지고 있는 판인데, 그 소문이 쫙 퍼지면서 해약을 요구하는 민원이 불같이 일어나고 있습니다. 상가는 지금 완전히 패닉 상태예요. 형님, 제 말 듣고 계십니까?"

어디 듣고만 있다 뿐이랴. 동공이 확장되어 밖으로 튀어나갈 지경이었다. 뭐? 중국 상인단? 최상열 이 자식, 또 무슨 꿍꿍이수작을 부리고 있는 거야!

힘이 들어간 손아귀에 전화기가 부서질 것 같았다. 하지만 이내 눈을 질끈 감아버렸다. 이광서, 망각하지 마라! 넌 지금 아무 힘도 쓸 수 없는 시체가 아니냐!

한석이 다시 한 번 물었다.

"형님, 제 말 듣고 계십니까?"

"듣고 있다."

"기가 찰 노릇 아닙니까? 아니, 뜬금없이 중국 상인단이 왜 나옵니까? 개그콘서트하자는 것도 아니고."

한석은 소리를 쩌렁쩌렁 질러대고 있었다. 그래서 날더러 뭘 어쩌란 말이냐? 광서는 그렇게 물으려 했다. 그때 장면 하나가 눈에 떠올랐다. 한석에게 '만약 내가 다시 이 서울 바닥에 올라올 일이 있다면, 넌 이곳에서 사라져라'고 했던 말. 함부로 하지 말아야 할 소리였다. 그래서 한석은 지금도 광서에게 힘이 남아 있을 거라는 미련을 품고 있는 것이다.

내가 한석을 제대로 기만했구나. 광서는 자책했다. 그와 동시에, 그렇게 생각하는 자신에 대해 경악했다. 그 짧은 시간 사이에, 이토록 무뎌질 수 있다니!

광서는 고개를 아래로 떨어뜨렸다. 재봉틀 테이블 위에 통장이 놓여 있었다. 그것을 보자 한석에게 물어보려던 말이 생각났다.

"한석아, 이 돈은 뭐냐?"

통장을 정리하러 갔다가, '힘내십시오'라는 이름으로 3백만 원이 입금된 사실을 알았다. 이틀 전에 송금된 돈이었다. 수수께끼 같은 송금자의 이름에 광서는 어리둥절했다. 경어체의 문구라면 우선 한석이 떠올랐고, 다음은 광현이었다. 그들이 아니면 또 누가 있을까? 그 즉시 한석에게 전화를 걸었지만, 하필 그때 한석의 핸드폰은 꺼져 있었다.

"신경 쓰지 마십시오. 이대성 마케팅 팀장이랑 광현 형님, 저랑 고원 부장이 조금씩 각출했습니다. 보나마나 형님이 돈에 휘달릴 것 같아서요. 하기야 다음 달부턴 우리 월급도 안 나올 것 같습니다. 그나마 이렇게 나올 때 나눠 써야죠."

한석은 한숨을 왈칵 쏟아내고는 말문을 닫았다. 잠시 사이를 둔 후, 다시 입을 연 한석의 목소리는 가팔라져 있었다.

"형님, 지금 그런 잔돈이 중요한 게 아니잖습니까! 이 개판 상황을 정리할 사람이 있어야 합니다. 계속 이런 식으로 나가다간, 정말 큰 사건이 제대로 터지지 싶습니다. 그리고 기두표 사장은 요새 상가에 잘 나오지도 않습니다."

한석아, 당장은 무슨 수가 없을 것 같다. 광서는 그 말을 하려다가 입을 꾹 다물었다. 그랬다간 한석의 염장을 지를 게 뻔했기 때문이다.

"형님!"

"말해."

"여기를 정리할 수 있는 사람은 아무리 생각하고, 또 생각해봐도 형님밖에 없습니다. 국가펀드도 이렇게 방치하지만은 않을 거고, 그렇다면 자연히 내부사정도 잘 알면서 칼을 제대로 휘두를 수 있는 사람을 찾을 거 아닙니까? 전 확신합니다. 국가펀드에서 형님에게 손을 내밀 걸 말입니다. 그러니 준비하고 계십시오."

윤 대장의 실실거리는 얼굴이 눈앞을 지나갔다. 한석은 윤 대장의 그 대사를 그만의 버전으로 재연하고 있었다.

"그 돈은, 그동안 공부하고 계시라는 일종의 학자금입니다. 뭔가 윤곽이 잡힐 때까진, 저 혼자라도 생활비를 계속 보낼 생각입니다. 저, 그만한 돈은 챙겼습니다. 형님한텐 되게 송구스럽지만……."

"이 미친놈아! 니가 무슨 내 마누라라도 되냐? 생활비를 니가 왜 보내게?"

생활비라는 말에 자극을 받아 그만 고함을 질렀지만, 어설픈 분노는 곧 한숨으로 바뀌었다. 돈 때문이 아니었다. 이제 얼마 남지 않은 귀한 사람들마저 잃을지 모른다는 불안 때문이었다.

"형님, 시간 있을 때 골든게이트를 연구해보세요. 형님은 할 수 있습니다. 골든게이트의 직원으로서 순수하게 부탁드리는 겁니다. 공작금은 걱정하시 마시고요."

한쪽 손으로 얼굴을 아플 만큼 쓸어내렸다. 답답하고, 미안하고, 뭉클해서였다. 광서는 짧은 침묵에 빠져들었다.

"형님."

"알았다. 무슨 일 있으면 바로 전화 다오."

"뭘, 알겠다는 말입니까? 준비를 하시겠다는 겁니까?"

한석의 채근에, 더군다나 피 같은 그들의 돈을 받아들고 머뭇거린다는 게 너무나 버거워서, 광서는 입을 열지 않을 수 없었다.

"걱정 마라. 화끈하게 칼을 갈고 있으마."

"아따! 형님 대답 시원하게 듣고 나니까, 제가 매가리가 좀 생기네요."

이를 씩 드러내고 웃고 있을 한석의 모습이 눈앞에 선했다. 광서도 무심결에 옅은 미소를 지었다.

결국, 한석네의 송금은 광서가 공부에 매진하도록 대못을 박아버린 셈이었다.

"아, 정말 쩌네. 전 어제 너무 무리했습니다. 근데 형님은 진짜 말짱하시네요. 슈퍼 건전지, 광서 형님!"

자판기에 동전을 딸각딸각 투입하던 김성필은 연신 키득거리며 그 말을 내뱉었다. 슈퍼 건전지 이광서라. 하긴 서울에 있을 때 많이 들어본 말이지. 그리고 상열과 배아를 향해서도 그런 생각을 했었고. 광서는 김성필을 보며 씁쓰레 웃었다.

종이컵이 건네지자 광서는 따뜻한 밀크커피를 한 모금 마셨다. 그때 10여 미터 앞에서 광서네를 보고는 뽀르르 달려오는 사람이 있었다. 국제통상학과 3학년 김해원이었다. 그 역시 군대를 갔다 온 예비역이었고, 어제 술판에 끼인 멤버였다. 동전 두 개가 더 투입되었다.

광서가 해양대학교 도서관에 똬리를 튼 지도 벌써 두 달이 지났다. 한석의 장학금이라 해야 할지, 아니면 음흉한 공작금이라 해야 할지, 그 애매한 돈을 송금 받은 다음 날부터 광서는 이곳 도서관에 발을 디디기 시작했다. 낮에는 공부하고 밤에는 가방을 만드는, 주독야작의 백수생활에 접어든 것이다.

눈앞에 창창한 바다가 펼쳐져 있다는 것. 공부방을 이곳으로 정한 결정적인 이유는 그거였다. 한국해양대학교는 장장 1킬로미터에 달하는 긴 방파제를 '까치섬'이라는 무인도에 연결하여 세운 대학이다. 영도 봉래산에서 내려다보면 캠퍼스 구도가 영락없는 까치둥지였다. 가끔씩 시퍼런 바다를 눈에 넣어야만 속이 풀리는 광서에게는 동서남북 사방에서 바다를 볼 수 있다는 것이 무엇보다 맘에 들었다.

처음엔 의자에 엉덩이를 붙이고 앉아 있는 것 자체가 고역이었다. 하지만 얼마 안 가 곧 적응하리라는 건 광서 자신이 가장 잘 알고 있었다. 이제껏 제대로 오기를 품을 때면 늘 그래왔다.

그렇게 적응하는 과정에서 멤버들을 만났다. 멤버들은 모두가 이 대학 학생들이었다. 대부분 20대 중반 이상의 예비역들이었고, 지향하는 목표점은 다르지만 거의가 수험생들이었다. 회계사, 감정평가사, 변리사 혹은 7급 중앙 공무원직. 광서가 앞으로 해나가야 할 공부에 조금이라도 조언을 해줄 수 있는 사람들이었다.

이렇듯 멤버들이 정기적으로 모이게 된 것은 광서의 어찌할 수 없는 오지랖 때문이었다. 광서는 어느 날, 담배를 피울 수 있는 공간인 벤치에 들렀다가 학생 버전 100분 토론회를 보았다. 그들의 대화에서는 광서가 귀담아들을 만한 내용이 꽤 있었다. 점심을 마치고 커피 자판기 앞 길쭉한 5인용 나무의자에 사람들이 채워지면 대화가 시작되었다. 주제가 정해져 있는 건 아니었지만, 발칙하고 엉뚱한 견해들이 가끔 광서의 귀를 건드렸다.

그날도 5인용 나무의자에 멤버들이 들어앉고 담론이 펼쳐지기 시작했다. 한가히 그들의 이야기를 듣기엔 날씨가 너무 추웠다. 온풍기가 풀풀대는 도서관 학습실로 가려는데, 단어 하나가 광서의 발을 붙들어 맸다. 부동산이 주제였다. 광서는 이를 덜덜거리며 엉덩이를 눌러 앉혔다.

토론의 주제는 이거였다. 정부가 시행하고 있는 일련의 부동산 정책들이 앞으로 어떻게 귀결될 것인가. 노무현 대통령이 도입키로 한 종합부동산세의 운명은 어떻게 될 것인가. 집권하자마자 '집값과의 전쟁'을 선포하며, 투기꾼들을 잡아 서민들의 주거 안정에 도움을 주겠다고 열렬히 외쳤던 노 대통령의 정책이 전혀 약발 서지 않는 이유는 무엇인가.

광서는 누구보다 그런 정황을 숙지하고 있었다. 부동산이라는 게 원체 한 뭉텅이로 연결된 그물과 같다. 한쪽을 당기면 전부 그 방향으로 쏠리게 되어 있다. 아파트에 대한 세금이나 규제가 강화되면 강화될수록, 갈 데를 찾지 못한 뭉칫돈은 상가부동산으로 쏠릴 수 있다. 그러니까 용도상으로 전혀 상관없을 것 같은 아파트와 상가 부동산이 알고 보면 서로 긴밀한 영향을 주고받는 함수관계를 이루고 있다는 거였다.

상가 부동산과 달리, 아파트는 정책 실패를 거듭하고 있었다. 광서가 골든게이트에 입사할 당시인 2003년에 비해, 그 2년 뒤인 지금은 아파트 매매가가 천정부지로 치솟아 있었다. 오죽하면 강남 사모님이 광서를 찾아와 이런 말을 했을까. 그녀는 빨간 입술을 헤벌쭉하며 말했다. 이광서 사장님은 얼마든지 돈을 벌 수 있는 사람이에요. 이참에 돈 좀 벌어보지 않을래요? 강남불패라는 말 들어보셨죠? ……그 사모님의 말이 신문지상에 그대로 옮겨지는 데는 오랜 시간이 걸리지 않았다. 어처구니없어 하면서도 광서는 그런 현실을 그대로 목격해야 했다.

"양도소득세 같은 세금은 과세 후 징벌성 세금이라 부동산 투기 수요를 근본적으로 차단하지 못해."

광서는 그 학생의 말에 속으로 박수를 쳤다. 당연히 그렇지. 그 인간들이 어떤 족속들인데 멍청히 당하고만 있겠어? 양도세만큼 매입자에게 그 돈을 전가시키겠지. 힘의 논리라는 게 바로 그런 거 아냐? 아쉬운 놈이 무릎 굽힐 수밖에. 나중에 알게 된 일이지만, 그 발언자의 이름은 김성필이었다.

"종합부동산세 같은 보유세를 중과세하는 게 훨씬 낫다고 봐. 그게 훨씬 잘 먹힐 거야."

김성필이 말을 잇자, 광서는 다시 속으로 박수를 쳤다.

"난 징벌적 세금론에 반대예요. 집값을 안정시키는 데는 공급 확대가 가장 효과적이지 않을까요? 노태우 정권 때 우리나라 부동산은 가격

안정기를 맞이했죠. 왜 그랬죠? 올림픽을 맞이해서 공급을 확대했기 때문이 아닌가요? 어차피 투기꾼들도 공급이 많아지면 희소가치에 따른 메리트가 줄어들 테고, 그럼 손을 들지 않을까요? 내 이야긴 좁은 범위에서 복잡하게 다툴 게 아니라 넓게, 쉽게 가는 게 옳다는 거죠."

그 학생이 국제통상학과 김해원이란 것도 뒤에 알았다. 물론 그 의견도 틀리진 않았다. 하지만 나중에라도 과잉 공급된 부동산 거품이 꺼지면 어떻게 될까. 광서가 굳이 말하지 않아도 여러 가지 말들이 쏟아졌다. 그렇게 되면 대한민국도 일본이 빠졌던 질퍽한 진흙탕에 빠질 거라는 일본답습론, 그 어떤 시책도 한국인의 집과 땅에 대한 욕망을 이길 수 없을 거라는 정책무용론 등 다양한 의견들이 나왔다. 귀에 거슬리지 않는 욕설마저 곁들여져, 토론회는 그야말로 싱싱했다.

"그렇다면 어떻게 해야 집값을 잡을 수 있을까요? 확실한 효과를 볼 때까지 징벌적 조세 정책을 밀어붙여야 할까요, 아님 새로운 전환을 모색해야 할까요?"

김해원이 질문을 던졌다. 토론회를 접기 위한 마지막 물음이었다.

"새로운 전환 따위는 말장난에 불과해. 말장난으로 정책의 효과가 나타나는 거 봤어? 내 생각엔 징벌적 정책을 일관되게 밀어붙이는 게 낫다고 봐. 그러면 강남 아줌마들도 결국 뒷걸음질 치게 될 거야. 이건 일종의 기싸움이야. 절대 밀리면 안 되지. 그래서……."

하지만, 그래서, 라고 한 뒤의 말은 이어지지 않았다.

"난 강남 아줌마들이 호락호락 당하고만 있을 거라고는 생각하지 않는데?"

왜 그랬는지는 모르겠다. 광서는 불쑥 끼어들고는, 학생들의 어리벙벙한 눈초리를 받자 몹시 당혹스러웠다. 박제라도 된 양 멀뚱한 표정을 짓고 있을 때 김성필이 손짓을 했다.

"그럼, 생각을 한번 말씀해주시죠."

광서가 그 멤버에 끼어든 건 정말이지 우연이었다.

김성필이 몰라서 그렇지, 광서 또한 숙취로 쩔쩔매는 중이었다. 아닌 게 아니라 어제의 술자리는 좀 과했다.

믹스커피를 홀짝거리며 김성필이 물었다.

"형님, 어제 모임 때 잠시 말한 거 있잖습니까? 부동산을 리스 개념으로 풀 수 있냐는……? 제가 꼼꼼히 생각해보니까 충분히 가능한 콘셉트입니다. 세법상의 잣대로 인정이 되느냐 마느냐가 단지 문제일 뿐이죠."

"그래?"

김성필의 말대로 광서는 회계학 파트 중 금융리스에 굉장한 호기심이 있었다. 당연히 시간도 많이 투자했다. 그 호기심의 발단은 우연찮게 찾아본 영영사전의 글귀였다. 영영사전은 이렇게 그 뜻을 풀이하고 있었다.

[NOUN] A lease is a legal agreement by which the owner of a building, a piece of land, or something such as a car allows someone else to use it for a period of time in return for money.

'리스란 빌딩, 토지, 차와 같은 대상물의 소유자가 일정 기간 동안 그 소유물을 임대하고 임차인으로부터 일정 대가를 받는 법적 계약이다.'

광서는 리스의 본래의 뜻에는 '허' 넘버가 달려 있는 차뿐이 아니라 빌딩과 토지에도 적용할 수 있는 개념이 있다는 것을 깨달았다. 즉, 자동차나 빌딩이나 리스의 대상이 될 수 있고, 자동차를 리스한 회계 정리나 빌딩을 리스한 회계 정리나 똑같다는 말이 아닌가? 머리에서 번쩍 불꽃이 튀었다.

광서가 조사한 리스의 개념은 크게 두 가지였다. 빌려주고 사용료만 받는 운영리스, 그리고 빌려준 뒤 나중에 그 자산을 사용자에게 매각까지 하는 금융리스. 한 마디로 일정 시기에 그 자산을 사용한 사용자에게 리스 자산을 매각할 것인가 아닌가에 따라 운영리스와 금융리스로 나눠지는 거였다. 그러니까 한때 광서가 타고 다니던 법인 리스 자동차의 경우 매입할 의도가 없었으니까 개념으로 보자면 운영리스였다. 만약 그 차량을 법인이 인수했다면 금융리스로 전환하게 된다는 뜻이다.

광서가 포커스를 맞춘 것은 금융리스였다. 광서는 이것을 염두에 두고, 골든게이트 상가 전체에 대한 가상 시나리오를 짜보았다.

골든게이트 상가를 리스해주고 그 사용료를 받는다? 그게 일반 부동산의 월세 개념과 무슨 차이가 있을까?

하지만 회계 관점에서 그 목적 부동산을 바라보면 하늘과 땅 차이였다. 예컨대, 일반 부동산을 소유한 건물주가 임차인에게 월세를 받는다면, 그건 단지 월세라는 명목으로 소득이 발생하는 거고, 그 소득분에 대해 과세를 받을 것이다. 하지만 부동산을 소유한 건물주가 그 건물을 임차인에게 자동차처럼 리스해주고 월세 대신 사용료를 받는다면, 건물주는 그 사용료에 대해서만 소득 과세를 받게 된다. 그렇다면 월세나 사용료나 하등 다를 바가 없어 보인다.

리스는 내재이자율이란 잣대로 스스로의 가치를 조금씩 상실시킨다는 데 포인트가 있었다. 간단한 개념이었다. 이를테면 법인에게 자동차를 빌려준 리스회사는 일정액의 사용료를 받았을 것이고, 그 사용료는 아마도 시중은행 금리에다가 나름의 이익률을 부가하여 책정했을 것이다. 이것이 바로 내재이자율이다. 책에는 그렇게 기술되어 있었다. 30개월 후쯤, 그 리스회사는 대여한 승용차의 사용료로 제법 많은 금액을 뽑아내었을 테고, 그 승용차의 잔존가치는 그동안 뽑아낸 금액과 연동되어 굉장히 축소되어 있을 거였다. 남은 잔존가치대로 그 차를 회사가 매입한다면 금융리스가 되는 것이고, 그냥 회수해가면 운영리스가 된다는 게 리스의 요지였다.

그렇다면 골든게이트 상가도 그런 식의 리스 개념을 도입하지 말라는 법이 없었다.

고개를 기우뚱 기울인 김성필은 다시 말을 이었다.

"하지만 그게 말입니다. 미국에서 운용되어지는 리츠라는 개념이나 별반 다를 게 없습니다. 차라리 리츠를 한번 제대로 찾아보시지 그래요? 헌데, 감정평가사 시험공부 하시는 분이 너무 옆길로 새는 거 아닌가 모르겠네요."

"그러지, 뭐"

광서는 고개를 모로 삐딱이 올리며 대답했다. 아닌 게 아니라 7월이면 감정평가사 시험이 있었고, 멤버들은 모두가 그 시험을 준비하는 중이었다. 감정평가사 시험과목에도 회계학은 필수였다. 회계학에 관한 1차 시험에 합격한 김성필이 가장 믿을 만했다.

그러나 이번만은 광서가 바라는 답에서 약간 비껴나 있었다. 광서도 리츠를 알고 있었다. 리츠는 이미 실무차원에서도 널리 응용되는 개념이었다. 리츠는 자금을 모아 어떤 부동산을 매입한 후, 예컨대 최첨단 멀티영화관을 세워 운영수익을 창출한 다음, 그 이익금을 다시 투자자들에게 나눠주는 개념이었다. 하지만 리츠에는 광서가 염두에 두고 있는 가장 중요한 조건이 빠져 있었다. 다름 아니라 스스로 가치를 생각할 수 있는 무엇이었다. 그래서 회계사를 준비하고 있는 김성필의 입을 통해 리스가 가능할 수 있다는 언급을 광서는 내심 바라고 있었던 거였다.

"형님, 모레 용제 서울 떠나는 거 아시죠?"

응용통계과 4학년 전용제가 서울 소재의 기업체에 막 취직해서 서울로 이사해야 한다는 거였다. 하지만 광서는 무조건 축하연에 참가하겠다고 확답을 줄 수가 없었다. 나름 정리해야 할 일이 있었기 때문이다. 그런 마음을 꿰뚫었는지 김성필이 입가를 찌그러뜨리며 한마디 했다.

"내일 가마솥에서 송별회 있습니다. 회비는 2만 원입니다."

안 나오면 남자가 아니라는 투였다.

"도무지 이걸 어떻게 이해해야 하는 건지 기가 찬다. 두 달 전인가 한 번 말하기에 그땐 그냥 그러려니 했다. 그런데 정말 중국 상인단을 대규모로 입점 추진하고 있더라고. 광서야. 이게 대체 무슨 날벼락이냐? 이태리 솔루션은 언제부턴가 수면 아래로 가라앉아버렸다. 중국 상인들한테 내건 임대료가 얼만 줄 알아? 구좌 당 30만 원이다. 소문이 그래. 당연히 분양자들 난리가 났다. 그리 되면 투자 수익률 자체가 안 나오는 데 뭔 뚱딴지같은 소리냐고 들고 일어났다. 이거 분양사기 아니냐고 말야."

성태의 맥 빠진 소리가 고막을 간질였다. 하지만 별로 새로울 것도 없는 소식이다. 이미 두 달 전, 한석으로부터 들은 소리였으니까. 그때 광서는 틀림없이 중국 상인단이 추진될 거라는 확신을 가졌다. 최상열은 한번 입 밖에 꺼낸 말은 어떤 식으로든 저지르는 스타일이었으니까.

광서가 리스에 대해 시간을 집중 투자한 것도 그런 통임대 내지 통매각을 염두에 두고 한 일이었다. 올 것이 왔을 뿐이다. 광서는 차라리 덤덤했다. 사과를 아작아작 씹으며, 성태의 넋두리를 들은 지도 벌써 10분이 훌쩍 넘었다.

문제는 중국 상인단의 실체가 정말 존재하는가이다. 그리고 월 임대료도 문제였다. 계산기를 두들겨봐도 대답이 쉽게 나오지 않았다. 구좌당 30만 원이면 임대 수익으로는 턱없이 적다. 더구나 통임대를 염두에 두었다면, 원래 분양했던 것도 원점으로 되돌려야 한다. 그렇다면 기분 양자들로부터 소송마저 각오하고 털기를 하고 있다는 거였다. 노골적으로 국가펀드를 건드려보겠다는 심사가 아닌 한, 불가능한 구상이다.

아, 최상열! 너 벼랑끝 전술로 몰고 가는구나. 너 죽고 나 죽자는 전술! 너 죽기 싫으면 내 의도대로 따라오라는 전술!

"광서야, 너 뭐 먹고 있는 거야?"

"사과."

"어휴, 씨벌놈!"

한숨을 푹 섞은 성태의 음성이 들려왔다.

"그래, 목구멍으로 잘도 넘어가냐?"

"아무렴."

"너, 아무래도 맛이 간 것 같다. 옛날, 불같은 깡다구는 다 찜 쪄 먹은 거야? 이젠 완전히 여기에 정나미를 뗀 거니?"

"정나미? 골든게이트가 언제 내 거였어? 내가 무탈하게 쫓겨나는 게 가장 아름다운 그림이라는 말 니가 했잖아? 그런데 정나미는 무슨……. 그리고 난 시체야. 모처럼 편히 드러누워 있는 시체한테 좀비까지 하라는 건 좀 잔인하지 않아?"

"그렇다면 왜 그리 강렬한 인상을 남기고 떠났어? 안티 최상열 정서를 니가 다 심어놓고 떠난 거잖아? 그게 죄다 너의 음흉한 작전이었니?"

작전 같은 소리 하고 있네. 광서는 코웃음을 쳤다. 물인 줄 알았는데, 소주를 들이켠 것 같은 황당함이 불시에 몰려들었다.

성태가 다시 입을 열었다.

"너, 문석이 이야기 들었어?"

"무슨 이야기?"

"골든게이트 때문에 민원이 폭주하자 국정원에서 전담 TF팀이 발족됐단다. 문석이 말에 따르면 징조가 고약해. 뭔가 움직이는 것 같대."

사실 그 이야기는 어제 사무라이 문과 통화하면서 이미 들은 바 있었다. 사무라이 문은, 국정원이 지금 해당 검찰청에 골든게이트에 관한 자료 수집을 비공식적으로 요청했다며, 그 정보를 청하지도 않았는데 광서에게 전해주었다. 그러고는 자기 회사 간부들도 모종의 루트를 통해 협조를 빙자한 압력을 받고 있다는 사실까지 전해왔다. 순간, 선거 포스터처럼 정면을 향해 웃고 있는 김형우 부장의 모습이 눈에 그려졌다. 그의 네트워크라면 어떤 식으로든 소식을 듣고 있지 않겠는가.

"광서야, 넌 어쩌면 절묘한 타이밍에, 절묘한 방식으로 잘 빠져나간 것 같다. 정말이지 우린 하루하루가 살얼음판을 걷는 느낌이야. 한마디로 좆같다."

"야, 김성태. 날 너무 머리 좋은 놈으로 생각 마라. 니 말 들으면 내가 괜히 으쓱해진다."

"암튼 상열이가 요새 너무 무리수를 두고 있어. 그걸 지 스스로도 알아야 하는데. ……난 상열이가 무슨 생각을 하고 있는지 대충 감을 잡고 있다. 하지만 글쎄…… 세상이 상열이 맘대로 움직여줄까?"

광서는 피식 웃음을 흘리며 성태에게 되물었다.

"니가 보기에, 상열이가 어떤 생각을 하고 있는 것 같니?"

"척 보면 모르겠어? 국가펀드에 상가를 통째로 떠넘기겠다는 생각이겠지."

역시 성태의 촉수도 보통은 아니었다. 광서는 잠자코 수화기만 붙들고 있었다.

"별로 놀라지 않네? 광서 너도 나랑 비슷한 생각을 한 모양이지?"

"글쎄, 난 이제 최상열의 꿍꿍이속은 관심도 없다. 잘되길 바랄 뿐이야."

성태가 뭐라 대꾸하기 전에, 또 다른 전화가 왔다는 신호음이 들렸다. 광서는 그 번호를 본 순간 바짝 긴장했다. 김형우 부장이었다.

"성태야, 딴 데서 전화 왔다. 다시 연락할게. 끊는다."

"야, 너!"

"됐어, 인마!"

그 말을 끝으로 매몰차게 전화를 끊었다. 그러고는 곧바로 수신 버튼을 눌렀다.

"아, 예. 부장님."

"오랜만이지? 그래, 요즘 뭐하고 사나?"

"바둑 공부하고 있다니까요? 부장님을 꼭 이길 겁니다."

"날 이겨서 뭐하게?"

"기분이 좋잖습니까? 도도한 김 부장님 코 한번 완전 납작하게 만든다는 거."

김 부장은 한참을 허허허, 웃었다.

"그럼, 내일 바둑판 갖고 국가펀드로 올라오너라."

"바둑판은 이미 기증했는데, 또 사란 말입니까? 돈 없는 백수가
요??"

"그래도 하나 더 사와! 바둑판이 몇 푼이나 된다고."

국가펀드에서 광서를 가장 먼저 반긴 사람은 경비원 아저씨였다.

"여, 이 사장, 이게 몇 년 만이여?"

"아저씨, 우리 한 20년 됐지요?"

"그러게. 꼭 그런 것 같어. 뺀질뺀질한 얼굴 한 두어 달 못 보니께 그
새 20년이 흘러간 것만 같네그랴."

"아저씨, 말씀도 참.…… 내가 뺀질뺀질했다는 겁니까?"

광서는 짐짓 화가 났다는 듯, 표정을 찡그려 보였다. 아저씨는 흘흘,
웃었다.

"삐지긴. 말이 그렇다는 거지."

"아저씨, 이따 커피나 한 잔 뽑아주세요."

"바둑 두러 온 거제? 이사님하고?"

"이사님요?"

"그려, 이사님."

"새로 온 이사가 있습니까?"

경비 아저씨는 미소만 슬슬 흘렸다.

"올러가봐."

점심시간을 지나 얼마 안 돼서인지 사무실은 듬성듬성 비어 있었다.
나른한 오후가 길게 그림자를 드리웠다. 어기적어기적 복도를 걸어가는
도중, 맞은편에서 서류를 뒤적거리며 오는 기획투자부 차장과 눈길이
부딪혔다. 차장은 환한 미소를 지어 보이며 반갑게 손을 들어올렸다.

"여, 이광서 사장, 오랜만이네요. 그렇지 않아도 이사님이 기다리고 계십니다."

이사? 또 한 번 고개를 갸우뚱했다.

"따라올래요?"

그는 광서를 예전 김형우 부장의 방보다 좀 더 안쪽으로 안내했다. 광서는 그제야 국가펀드에 모종의 변화가 있었음을 직감했다. 차장은 이사실 앞에서 발걸음을 멈췄다. 똑똑, 노크를 힘차게 몇 번 하곤 손잡이를 비틀었다.

"이광서 사장 오셨습니다."

"그래?"

문틈에서 새어나오는 소리는 익숙했다. 주저하듯 들어서자, 김형우 부장이 서 있었다. 그는 손을 내밀었다.

"올라오느라, 수고했다."

김형우 부장은, 아니 김형우 이사는 입언저리를 끌어올리며 광서의 어깨를 가볍게 쳤다. 차장이 방을 빠져나가자, 김 이사가 소파를 가리켰다. 광서는 소파에 앉은 뒤에도 어리벙벙한 얼굴을 풀지 않았다. 끄응, 소리를 내며 김 이사도 소파에 자리를 잡았다.

"커피 한 잔 할래?"

"기차에서 많이 마셨습니다."

유심히 훑어보는 그의 시선이 부담스러워 광서는 사무실을 둘러보는 듯 괜스레 두리번거렸다.

"바둑 공부는 많이 했냐?"

"아, 예. 공부는 많이 했지만 이사님을 꺾으려면 한오백년 걸리지 싶습니다."

"국가펀드에 니가 필요하다. 어쩔 테냐? 물론 특혜적인 보답 같은 건 없다. 단지, 니가 정리할 수 있는 기회를 주겠다는 것뿐이다."

김 이사는 껄껄껄 웃었다. 정말이지 오랜만에 들어보는 웃음이었다. 그는 몸을 일으켜 책상 위의 전화기를 집어 들었다. 누군가에게 이사장님의 소재를 묻고 있었다.

"가자. 이사장님한테 보고부터 해야 하니까."

광서는 입을 굳게 다문 채 고개를 끄덕였고, 김 이사는 넥타이를 고쳐 맸다.

"반갑네. 자네가 이광서인가? 김 이사한테 자네 얘긴 귀가 따가울 정도로 많이 들었어."

정중히 목례를 하고 고개를 들자, 이사장은 악수를 청하며 대뜸 반말을 던졌다.

"예. 제가 이광서입니다."

광서로서는 그 이상 할 말이 없었다. 김 이사는 겸연쩍은 표정으로 옆에 서 있었다.

국가펀드 이사장을 전에도 보긴 했지만, 이렇게 맞대면을 하고 말을 섞어보기는 처음이었다. 이사장이란 타이틀에 걸맞게 그에게서는 중후한 관록이 묻어났다. 정수리까지 번들거리는 반 대머리, 비만에 가까운 몸피, 짙은 눈썹과 뚜렷한 쌍꺼풀. 국가펀드의 보스다운 외모였다.

"골든게이트 때문에 골치 아파 죽겠다. 그때 내가 무슨 귀신에 씌었는지……. 여기 김 이사도 매한가지지만."

이사장의 시선이 슬쩍 김 이사에게로 이동했다. 곤혹스러움을 회피하려는지, 김 이사가 갑자기 너털웃음을 터뜨리며 말했다.

"면목 없습니다."

김 이사도 상사 앞에서는 고개를 숙이는구나. 낯선 장면이었다.

"이미 엎질러진 물, 뭐 어쩌겠어? …… 이광서, 아니지 이젠 내가 뭐라 불러야 하나?"

이사장은 김 이사에게 고개를 돌리며 물었다.

"부장 대우로 한다고 했나?"

"예. 그렇습니다."

김 이사는 고개를 끄덕였다. 이사장이 다시 말을 이어갔다.

"그래, 이 부장. ……이 부장은 누구보다도 골든게이트상가의 속사정을 잘 알고 있을 테지? 그렇다면 골든게이트의 해법에 대해 어떤 생각을 갖고 있는지 한번 속 시원히 털어봐 보게."

광서는 당황했다. 상견례 자리 정도로 생각하고 왔는데, 당장 해법부터 듣자고 하다니.

곁눈질로 김 이사의 얼굴을 살폈다. 김 이사가 눈을 끔벅했다. 하고 싶은 말, 다 하라는 투였다. 그럼에도 광서는 망설이지 않을 수 없었다. 어쩌면 자신의 견해가 국가펀드가 생각해온 구도를 뒤엎을 수도 있다는 판단 때문이었다. 하지만 언제까지고 숨길 수도 없는 노릇이었다. 광서는 숨을 한 번 크게 몰아쉰 후, 입을 열었다.

"이사장님께서 말씀하셨듯이, 골든게이트 상가 PF는 이미 엎질러진 물입니다. 국가펀드가 쉽게 빼지 못할 만큼 발을 깊이 담근 것도 사실이고요. 그것부터 솔직히 인정하는 게 문제를 푸는 실마리인 것 같습니다."

광서는 이사장과 김 이사의 얼굴을 번갈아보았다. 이사장이 계속 말하라는 듯, 고개를 살짝 끄덕였다.

"이런 상황에서 손해 보지 않고 넘어가자는 발상은 잘못입니다. 관건은, 그 손해를 손해 아닌 손해로 만들어갈 수 있느냐, 그리고 얼마나 손해를 줄여나갈 수 있느냐 하는 겁니다. 제가 생각하는 솔루션으로는, 지금보다 소요자금이 배로 들어갈 수 있습니다."

순간, 이사장의 이마가 종잇장처럼 구겨졌다.

"소요자금이 배로 더 들어가? 김형우! 이 사람 지금 무슨 말을 하고 있는 거야?"

이사장의 뜨악한 시선이 곧장 김 이사의 면전에 박혔다. 하지만 김 이사의 반응은 놀라우리만치 차분했다. 그저 턱을 매만지며 느릿느릿 고개를 몇 번 흔들 뿐이었다. 그러고는 무척 가라앉은 목소리로 말했다.

"사실, 저도 최악의 경우, 그걸 염두에 두었습니다."

"허!"

이사장이 기막히다는 듯, 신음을 내질렀다.

"그러니까 김 이사나 이 부장 얘기로는, 최악의 경우 우리가 골든게이트 상가를 인수할 수밖에 없다, 이건가?"

광서는 크게 고개를 끄덕였다. 이사장이 다급하게 물었다.

"왜 그래야 하는지 근거를 설명해봐."

"최상열은 이미 국가펀드에 상가를 넘길 구조를 차근차근 구축해 놓았습니다. 국가펀드는 거기에 끌려들어갔고요. 이 상태에서 난타전이 벌어지면, 그래서 골든게이트가 완전히 붕괴되면, 그걸 해결해야 하는 것도 다치는 것도 국가펀드입니다."

다친다는 말 때문이었을까? 이사장의 안색이 흙빛으로 변했다. 김 이사가 이맛살을 와락 구기며 광서를 노려보았다. 그런 성급한 표현을 쓰면 어떻게 해? 하는 질책이 묻어 있었다. 하지만 광서는 생각이 달랐다. 이참에 이사장에게 명확한 현실 인식을 시켜줘야만 향후 국가펀드의 행보가 거침없으리라는 계산 때문이었다.

어색한 분위기는 오래가지 않았다. 이사장은 채 5초가 지나지 않아 평상의 얼굴로 돌아갔다. 범상한 사람들은 도저히 할 수 없는, 아주 기민한 수습이었다.

"김 이사, 그런 구조로 가도 유동성에 문제없겠어?"

"자회사 중에서 C펀드를 동원하면 유동성에 큰 문제는 없을 것 같습니다."

"거 참, 완전히 당했구먼."

이사장은 입맛이 쓰다는 듯, 고개를 절레절레 저었다.

"김 이사, 기왕에 그렇게 갈 거라면, 이광서가 굳이 개입할 이유가 없잖아?"

이사장의 말에 광서는 얼굴이 화끈거렸다. 이 양반, 정말 털털한 사람이군. 당사자를 눈앞에 두고 그런 말을 거침없이 내뱉다니. 하지만 김 이사를 위해서도 광서는 입을 열어야 했다.

"김 이사님이 제가 좋아서 불렀겠습니까? 써먹을 데가 있으니까 불렀죠."

김 이사가 눈살을 가늘게 찌푸리는 걸 보며, 광서는 내처 말을 이었다.

"우선, 최상열이 개인 연대보증을 한 만큼, 차후에 숨겨진 재산을 파악하는 데 제가 필요했을 테고, 둘째, 인수를 한다 하더라도 양도 과정이 복잡한 만큼 상가 내부조직을 정리하는 데도 절 활용할 필요가 있었겠죠."

이사장이 김 이사를 보았지만, 김 이사는 눈을 지그시 감은 채 가타부타 말이 없었다. 광서가 말을 이었다.

"그것 말고도, 저에게 카드 하나가 더 있습니다."

"카드?"

누가 먼저랄 것도 없이, 이사장과 김 이사는 똑같이 고개를 치켜들었다. 광서는 부산에서 나름 연구한 결과물을 꺼낼 때가 왔다고 생각했다.

"다름 아니라 중국 솔루션에 관한 겁니다. 최상열이 주창하는 중국 솔루션에 제동을 걸어봐야, 국가펀드로선 하나도 이로울 게 없습니다. 이젠 중국 솔루션만이 골든게이트 문제를 해결할 수 있는 유일한 대안이 되었기 때문이죠."

이사장과 김 이사의 얼굴이 동시에 일그러졌다. 그들이 중국 솔루션이라는 말만 들으면 기겁부터 한다는 방증이었다. 하지만 현실은 현실이었다. 이태리 솔류선이 최상열에 의해 불구가 된 지금, 최상열이 내세우는 중국 솔루션에서 마지막 비상구를 찾을 수밖에 없었다.

"문제는, 최상열의 말대로 과연 중국 솔루션의 실체가 있느냐 하는 것이겠죠. 만일 중국 솔루션의 실체가 분명하다면, 국가펀드는 회계상으로나 법적으로나 아무 문제없이 빠져나갈 수 있습니다. 게다가 장기적인 관점에서는 현금흐름까지 잡아낼 수 있고요. 말하자면 두 마리 토끼를 한꺼번에 잡게 되는 겁니다."

광서는 알고 있었다. 국가펀드 수뇌부에게 가장 화급한 일 역시, 최상열과 다르지 않다는 것을. 어떻게든 법적으로 면피하는 것이 그들에겐 급선무일 터였다. 그런데 잘만 하면 현금흐름까지 창출해낼 수 있다니, 귀가 번쩍 뜨일 건 당연한 일이다.

"그런 구조가 가능하겠어?"

이사장이 물었다. 광서는 가방에서 볼펜과 종이 한 장, 그리고 숫자판이 큼지막한 대학노트 절반 크기의 전자계산기를 책상 위에 차례대로 올려놓았다. 그러고는 자신의 생각을 하나하나 설명하기 시작했다. 그들의 눈이 볼펜 끝으로 모아졌다.

광서가 국가펀드와 한 배를 타는 순간이었다.

흑백의 돌들이 바둑판을 절반쯤 채워갔을 때 승패는 이미 판가름 났다. 초반에는 과감한 수로 거세게 몰아붙였다. 김 이사는 연신 고개를 갸우뚱거리며 겨우겨우 막아내기에 바빴다. 과연 이를 갈며 공부한 효과가 있었다. 하지만 중반에 접어들자 판세가 어두워졌다. 광서의 밑천이 드러나면서, 김 이사의 저력이 본격적으로 발휘되기 시작했다. 우변과 중앙 일대에 공고히 지어놓았던 집들이 김 이사의 강력한 펀치 세례를 견디지 못하고 허무하게 무너져버렸다. 대마불사라는 말은 광서에게 전혀 통용되지 않는 것이었다. 거의 모든 땅이 흰 돌 차지가 된 것을 보고, 광서는 고개를 푹 숙였다.

돌을 쓸어 담으며, 김 이사가 말했다.

"그새 바둑 많이 늘었네?"

"지금 약 올리십니까?"

김 이사의 껄껄껄 웃는 웃음이 슬슬 귀에 거슬려왔다. 바둑 두기 전, 부산에서 수양 좀 하고 왔습니다, 라는 말을 괜히 했지 싶었다.

인상을 찌푸리고 있는 광서를 미소 띤 얼굴로 힐끗 쳐다보더니, 김 이사는 자동판매기에 동전을 집어넣었다. 퇴근시간을 훌쩍 넘어선 휴게실은 자동판매기의 소음이 유난스레 크게 울렸다.

김 이사는 시선을 비스듬히 아래로 둔 채로 한동안 커피만 홀짝거렸다. 광서는 그런 김 이사의 모습을 조용히 응시하고 있었다. 갑자기 김 이사가 얼굴을 들며 말했다.

"광서야, 니 말대로 로드맵이 흘러간다면, 당장 사법 조치를 내리는 건 곤란하겠구나?"

"당연하죠. 아직 때가 아닙니다."

광서는 못을 박듯이, 강한 어조로 대답했다. 안 그래도 사무라이 문의 귀띔으로 어쩌면 김형우 이사가 최상열에 대해 모종의 조치를 취하고 있을지도 모른다는 의구심을 가진 터였다. 김 이사의 말은 사무라이 말이 전혀 근거 없지 않다는 것을 증명해주고 있었다. 김 이사는 종이컵에 입을 댔다. 그러고는 다시 미소를 지으며 말했다.

"너, 아까 이사장님한테 네 구상을 설명하는 걸 보니, 공부 좀 한 거 같더라? 최소한 무식은 면했어. 잘했다. 시간이 지나면, 그게 다 사는 데 밑천이 될 거다."

"근데 왜 바둑은 안 되는 겁니까?"

김 이사는 웃음으로 대답을 대신했다.

국가펀드에서 정해준 모텔에 도착했다. 가져온 짐을 대충 정리하고 샤워를 마치고 나오자, 시간은 10시를 넘어가고 있었다. 국가펀드에 제출할 신상 관련 증명서들을 서류봉투에 집어넣고 있는데, 핸드폰 액정이 빛을 뿌렸다. 이름을 확인한 광서는 순간적으로 가슴이 쿵쾅거렸다. 최상열의 이름이 반짝이고 있었다. 광서는 목소리를 가다듬기 위해 잔기침을 몇 번 한 다음, 통화 버튼을 눌렀다.

"오랜만일세."

아무렇지도 않는 듯 먼저 말을 걸었다. 그러나 수화기에서는 아무 답변이 없었다

"뭐여? 전화를 걸었으면 말을 해야지."

"어디냐?"

"국가펀드에서 잡아준 모텔이다."

"기껏, 모텔을 잡아주더냐."

"왜? 니가 호텔로 바꿔주기라도 할 테야?"

"원한다면……. 부산에 내려가 있는 동안에는 잘 지냈냐?'

"그럼, 신간이야 편했지. 하지만 심심해서 견딜 수가 있어야지. 그래서 짚으로 니 인형 만들어놓고 바늘로 폭폭 찔렀다. 뭐, 몸이 콕콕 쑤시거나 하지 않디?"

상열은 특유의 키득거림을 흘렸다. 웃음소리가 흐릿해지고, 거친 숨소리가 튕겨 나왔다. 광서는 상열의 발음에서 그가 취했음을 알 수 있었다. 잠시 침묵을 지킨 뒤, 광서가 말했다.

"배아는 잘 지내?"

"우리 좀 만날까?"

상열은 광서의 말을 싹 뭉개버렸다.

"상열아, 쓸데없는 걱정하지 마라. 나, 너 해코지하려고 올라온 거 아니니까."

"우리 좀 보자, 광서야."

하긴, 무작정 피한다고 될 일도 아니었고, 피하고 싶지도 않았다. 상열은 이렇게 전화를 걸어오기까지 꽤 많은 고심을 했을 거였다. 충분히 짐작할 수 있는 일이었다. 광서는 모텔 방 벽시계를 올려다보았다. 10시 31분이다.

"어디서?"

"힐탑으로 올래?"

"거긴 됐다. 비록 용역계약직이지만 엄연히 국가펀드 소속이야. 이젠 눈치 보여서 룸살롱 못 간다. ……음, 똥꽝은 어떠냐?"

"그래. 한 시간 후에 거기서 보자."

"오냐."

전화를 막 끊으려는데, 상열의 나직한 음성이 아직도 매달려 있다는 걸 알았다. 광서는 다시 수화기를 귀에 갖다 댔다.

"뭐, 할 말이 남았어?"

"고맙다. 목소리 다시 들으니까 너무 좋다, 광서야."

이런 엿같이! 매캐한 감정이 불끈 솟구쳤다. 최상열, 그런 사치스런 단어는 제발 쓰지 마라. 듣기에 따라서는 역겨울 수도 있다!

차분해져야 했다. 앞으로의 일을 위해서도, 지나간 일은 거의 잊었음을 알릴 필요가 있었다. 광서는 아무렇지도 않은 듯, 농담처럼 대꾸했다.

"이노무 자슥, 병 주고 약 주나?"

상열은 말이 없었다. 광서는 상열의 대답이 나올 때까지, 방바닥에 널브러진 옷가지며 칫솔이며, 검정 비닐 봉투 속의 우유팩과 소주병이며, 양말 뭉치와 만들다 만 가방 원단들을 조용히 내려다보고 있었다.

"광서야, 넌 오해하고 있어. 니가 본 거, 니가 당한 거, 그게 다는 아니다."

광서는 대꾸하려다가 그만두었다. 그리고 나직한 웃음을 토해내고는 종료 버튼을 눌렀다.

똥꽝 포장마차는 없었다. 서울을 비운 몇 달 사이에 포장마차는 감쪽같이 사라져버렸다. 제기랄. 광서는 흰색 바탕에 굵은 블루 스트라이 프 무늬가 새겨진 셔츠를 만지작거리며 상열에게 전화부터 넣었다.

"야! 똥꽝 없다. 철수해버린 것 같아."

"그래? 잠시만 기다려. 나도 다 왔으니까."

5분이 지나지 않아, 광서가 서 있는 도로변으로 깜빡이를 켠 승용차 하나가 속도를 줄이며 다가왔다. 상열의 벤츠였다. 번호판이 식별될 만큼 가까워졌을 때, 운전석에 상열이 앉아 있는 걸 발견했다. 저 새끼가! 얼핏 봐도 얼굴이 벌겠다. 광서는 미간을 잔뜩 찌푸리며, 운전석 문을 활짝 열어젖혔다.

"최상열! 너, 지금 술 처먹고 운전하는 거야? 이 자식, 완전 개념 상실했네!"

광서는 그의 어깨를 옆으로 밀쳤다.

"빨랑 옆으로 가!"

상열은 피식 웃으며, 엉덩이와 다리를 조수석으로 이동시켰다. 상열이 숨을 내쉴 때마다 알코올 냄새가 진동했다.

"연말이라 단속이 장난 아닌데, 걸리면 어쩌려고! 이 중요한 시기에!"

운전석에 올라타자마자 매섭게 노려보았다. 상열은 시선을 외면한 채, 창밖을 바라보고 있었다. 잠시 후, 고개를 돌린 상열이 입속말처럼 중얼거렸다.

"그동안 뭐하고 지냈냐?"

광서는 차선을 바꿔 서서히 액셀러레이터에 힘을 주기 시작했다.

"가방 만들었다. 니 덕분에 취미생활 징하게 하고 있어."

"재밌어?"

"당근! 골든게이트에서 왜 진즉 나오지 않았나 후회막심 중이다."

"근데 왜 다시…… 올라온 거냐?"

"빚 갚으려고."

"빚? 너, 빚이라고 했냐?"

"그래, 빚! 내가 너무 오래 머문 바람에 생긴 빚!"

상열은 한숨을 내쉬었다.

"광서야, 말했잖아. 니가 본 게 다가 아니라고."

차 안에 갇힌 술 냄새가 농도를 더해갔다. 광서는 환기를 위해 창문을 내렸다. 세찬 바람뭉치가 쏟아져 들었다.

"광서야."

"시끄럽다. 살갑게 내 이름 부르지 마라!"

윽박지르듯 대답하자, 상열은 단박에 입을 닫아버렸다. 그게 또 어색했다. 곧, 광서는 입을 열었다.

"교대나 가자. 곱창 먹으러. 오케이?"

상열이 고개를 끄덕거렸다. 차창으로 들어오는 바람이 그의 머리카락을 뒤로 휘날렸다. 광서는 시디플레이어를 작동시켰다. 딸칵 하는 작은 소리와 함께 귀에 익은 노래가 흘러나왔다. '마마스 앤 파파스'의 '캘리포니아 드리밍'. 통기타의 현을 퉁기는 산뜻한 음을 앞세우고 남녀 4인조의 목소리가 흘러나왔다.

그때는, 그러니까 광서가 태어나기도 전인 1965년에는 아련한 꿈이 있었나 보다. 노래 부르는 사람의 모습도 지금과는 무척 달랐다. 언젠가 흑백 화면으로 보았던 가수들이 떠올랐다. 턱수염 기른 남자, 빼빼마른 키 큰 남자, 임신복을 걸친 듯한 뚱뚱하고 키 작은 여자, 그리고 모델 출신이라던 비교적 예쁜 여자. 그 네 명은 음성만으로, 가벼운 율동만으로, 광서를 아늑한 곳으로 데려갔었다.

All the leaves are brown

And the sky is grey

I've been for a walk

On a winter's day

나뭇잎은 모두 시들고

하늘은 잿빛인데

난 걷고 있네

어느 겨울날에

I'd be safe and warm

If I was in L.A.

California dreamin'

On such a winter's day

평화롭고 따스했을 텐데

엘에이에 있었다면

캘리포니아를 꿈꾼다네

어느 겨울날에

Stopped into a church

I passed along the way

Oh, I got down on my knees

And I pretended to pray

한 교회 앞에 발을 멈추었어

길을 따라가다가

무릎을 꿇었지
그리고 기도하는 척했어

You know the preacher likes the cold

He knows I'm gonna stay

California dreaming

On such a winter's day

알잖아, 목사들이 얼마나 냉정하다는 걸

그는 내가 머물려 한다는 걸 알아챘어

캘리포니아를 꿈꾸었지

어느 겨울날에

All the leaves are brown

And the sky is grey

I've been for a walk

On a winter's day

나뭇잎들이 모두 시들고

하늘은 잿빛인데

나는 걸었지

어느 겨울날에

If I didn't tell her

I could leave today

California dreamin'

On such a winter's day
그녀에게 말하지 않았다면
오늘 떠날 수 있었을 텐데
캘리포니아를 꿈꾼다네
어느 겨울날에

　광서는 리듬에 맞춰 핸들을 손바닥으로 툭툭 두드렸다. 그러고 보면, 히피의 시절이 좋았다. 그때나 지금이나 현실은 슬픔이자 좌절이자 외로움 투성이이다. 하지만 그들의 마음은 날 수 있었다. 도망갈 곳이 있었으니까.
　광서는 교대를 향해 차를 몰았다. 이대로 따뜻한 캘리포니아를 향해 영원히 질주하고 싶었다.

마지막
선의

곱창은 나온 그대로 점차 검댕이 숯이 되어갔다. 소주병은 마냥 새 것으로 바뀌었다. 곱창은 곱창대로, 광서는 광서대로, 상열은 상열대로 까맣게 타고만 있을 뿐이었다. 곱창 집에 도착한 후 시간이 꽤 흘렀다. 최상열은 어지간히도 입을 열지 않았다. 마침내 그가 광서를 불렀다.

"광서야."

"말하시오."

광서는 상열이 말문을 열었을 때, 젓가락으로 이미 못 먹게 된 곱창 조각들을 건져 테이블 옆 휴지통에 던지는 중이었다.

"왜, 하필 국가펀드냐?"

역시 최상열다웠다. 에두르지 않고 정면으로 찌르는 걸 보면.

"백수가 콜이 왔는데 가만히 있을 수 있나? 더구나 5급 공무원 대우 인데. 몇 달 집구석에서 아무 하는 일 없이 틀어박혀 있어봐라. 너라도 덥석 물었을 거다."

상열은 어이없다는 표정으로 고개를 모로 저었다. 그는 잔을 비웠다. 그리고 한 잔을 더 비웠다. 상열은 거칠게 잔을 내려놓으며, 섬뜩한 시 선으로 광서를 겨누어보았다.

"나한테 복수하고 싶은 거야?"

광서는 여전히 젓가락질을 멈추지 않았다. 지글지글 타는 곱창을 뒤집다가, 그중 노릇노릇 익은 놈을 하나 집어 들고는 입에 넣었다.

"복수라……."

생각보다 곱창이 질겼다. 광서는 우물우물 씹다가 그것을 쓰레기통에 퉤, 하고 내뱉었다.

"그래서 나한테 남는 게 뭔데?"

광서는 나직한 소리로 물었다. 상열은 머리를 가볍게 흔들며 푸푸거렸다.

"내가 하고 싶은 말을 니가 해버리는구나. 하지만 그렇다고……."

"그렇다고, 뭐?"

광서는 턱을 치켜들고, 뒤끝을 흐리는 상열의 말을 재촉했다.

"국가펀드가 널 계속 데리고 있을 거 같아?"

"아마도 아니겠지."

"……."

"하지만 상열아, 공무원들은 우리 같은 노예사냥꾼들하고는 품질이 좀 틀리다. 대체로 성격들이 연약하고 물렁하지. 모난 짓 하지 않고 열심히 살아가는 사람들이야. 난 비록 용역 직이지만 그들과 매일 시시덕거리고, 같이 커피 마시고, 바둑도 두고, 곰살궂게 얼굴을 붙이다보니 쪼금은 정이 들더라. 그거면 됐어. 기간이 얼마가 됐든 상관없다. 아등바등 여기에 뼈 묻을 생각은 없으니까."

순간, 상열은 이마를 찡그리며 느닷없이 목소리를 높였다.

"그럼, 진즉에 나한테도 그러지?"

광서도 목소리를 높여 상열의 말을 되받았다.

"말했잖아! 그들은 우리 같은 노예사냥꾼들하고는 품질이 틀리다고."

"노예사냥꾼? 그 말 참 재밌네."

상열은 상체를 앞으로 쭉 내밀어 광서의 얼굴 가까이에 대고 그 말을 했다. 그러고는 다시 뒤로 물러나며 키득거렸다. 잠시 후, 웃음을 그친 상열은 침울한 표정으로 술잔을 집어 들었다. 한 잔을 들이키고, 또 한 잔을 마셨다. 다시 잔에 손을 뻗으려는 걸, 광서가 막았다.

"천천히 마셔."

"광서야, 이미 상가는 다른 솔루션으로 가고 있어. 니가 국가펀드의 일원으로 그걸 막으려 한다면, 우린 또 끔찍한 마찰을 일으킬 수밖에 없다. 난 싫다. 진짜로……."

상열은 고개를 절레절레 흔들었다. 광서는 상열의 정수리를 응시하며 입을 열었다.

"나도 국가펀드에서 브리핑 받고 좀 놀라긴 했다."

상열의 얼굴이 더욱 붉어졌다. 고개를 아래로 비스듬히 내린 채 눈만 치켜뜬 상열의 얼굴에는 절박함이랄까, 완강함이랄까, 비장함이랄까, 아무튼 뭐라 딱 꼬집어 말할 수 없는 복잡한 표정이 서려 있었다.

"광서야, 제일 좋은 방법은 국가펀드가 상가를 접수하는 거야. 그래야 모두 피해 없이 살 수가 있어."

상열이 속셈을 털어놓는 순간이었다. 하지만 모른 체했다. 광서는 입가로 올리려던 잔을 내려놓으며 고함을 질렀다.

"뭐? 국가펀드가 상가를 접수해야 한다고? 지금 제정신으로 하는 말이야?"

"그래야 성태도 살고, 두표도 살고, 학찬이도 살고, 나도 살아. 아니, 다른 금융기관도 살고, 기분양자들도 피해를 안 봐."

광서는 알고 있었다. 상열의 말이 틀리지 않다는 걸. 그래야 관계된 모든 사람들이 살 수 있다는 걸. 하지만 면전에서 인정할 순 없었다. 광서는 잔을 들어 한입에 털어 넣었다. 그러고는 터무니없다는 듯 고개를 가로저었다.

"말이 되는 소리를 해라, 상열아."

토끼처럼 빨갛게 충혈된 눈으로 상열이 말했다.

"너, 진짜 말이 안 통하는구나!"

인마, 니 생각 알아! 그러나 절대 곧이곧대로 인정하진 않을 거야. 왜? 난 널 못 믿으니까.

"국가펀드가 상가를 접수한다는 건 말도 안 돼!"

광서는 감정을 이기지 못한 양 불끈 쥔 주먹으로 테이블을 내려쳤다. 시늉이었다. 그리고 몸을 비틀며 고개를 돌렸다.

끙! 상열은 신음을 내질렀다. 다시 정면을 바라보자, 상열은 두 손으로 얼굴을 감싸 쥐고 있었다.

"광서야, 사실 나, 중국 상인단 입점 작업을 하루 이틀 준비한 게 아냐. 니가 이태리에 가기 훨씬 전부터 공들여 작업했다. 넌 모르겠지만, 우리 회사에 중국 상인단을 극비리에 추진한 부서가 몇 년 째 있었어."

그런 부서가 있었다고? 아무도 모르게? 하물며 성태에게까지 비밀로 할 정도로 그게 그렇게 극비사항이었나? 광서는 이해가 가지 않았다.

"중국 솔루션을 펼칠 시간이 필요했어. 니가 추진한 이태리 솔루션도 구미를 당겼지만, 그걸 구현하는 데엔 자금이 문제였다. 결국 난 이태리 솔루션을 포기할 수밖에 없었어. 그래서 결단했지. 골든게이트는 무조건 중국 상인단으로 가야 한다고. 그러려면 상가의 주인이 하나가 되어야 하는데, 그 돈을 풀 곳은 국가펀드밖에 없다."

"좋아, 다른 건 다 때려치우고 하나만 묻자. 니 말은 중국 상인단이 상가 전체를 통임대한다는 뜻인가?"

"그래. 상가로 쓰는 하층부 전부."

"구좌 당 임대료는?"

"30만 원. 일단 그렇게 합의해놨다."

"그렇다면 보증금은?"

보증금이라는 말이 나오자 상열의 얼굴이 순식간에 어둑해졌다. 그는 미간을 찌푸린 채 선뜻 대답을 하지 않았다.

"뭐야? 보증금도 안 정하고 상인단을 입점시키겠다고? 그게 말이 되나?"

"광서야, 중국은 한국의 보증금 제도 자체를 이해 못 해. 너도 이태리에 가봐서 알잖아. 개념이 없는 사람들한테 어떻게 보증금을 달라고 할 수 있겠니?"

"그건 니 사정이지, 국가펀드가 고려할 입장은 아냐. 국가펀드는 보증금 한 푼 없이 상가를 내줄 이유가 없다."

상열은 고개를 푹 숙였다. 광서는 잠시 곱창을 뒤적이다가 말을 이었다.

"상열아, 보증금 6개월분만 끌어내봐. 그렇게만 하면 니 구도는 성사 가능할 수도 있어."

흉하게 얼굴을 찡그리며, 상열은 벌컥 소리를 질렀다.

"뭐, 6개월 분? 너 지금, 이 사업 접으라는 거야?"

광서는 부아가 확 치밀어 올랐다. 그러나 침착해야 했다. 입술을 깨물고, 평정심을 잃지 않기 위해 안간힘을 썼다. 광서는 건조한 목소리로 말했다

"잊지 마라, 최상열! 일을 이 지경으로 만든 건 내가 아니라 바로 너야. 난 니 친구 이광서가 아니라 국가펀드 용역 직 이광서 부장의 입장에서 요구하고 있는 거다."

상열을 향한 빳빳한 시선을 그대로 유지한 채, 광서는 허리를 곧추세웠다. 그리고 손을 들어 상열의 얼굴을 반으로 잘라내듯, 위에서 아래로 일직선을 쭉 그었다. 그걸로 끝이라는 뜻이었다.

대화가 끊어졌다. 냉랭한 침묵이 둘 사이에서 시멘트 벽돌처럼 싸여 가고 있었다. 어쩌면 생각보다 빨리 보따리 싸고 부산으로 갈 수도 있겠군. 광서는 신속히 마음을 정리했다.

중국 솔루션에서 보증금의 납입 문제는 절체절명의 키워드임을, 최상열은 알아야 했다. 만약 보증금 납입에 실패한다면 김 이사의 서슬 퍼런 칼이 곧장 상열을 겨눌 것이고, 그렇게 되면 빼도 박도 못 하고 물릴 것이다.

상열은 머리를 꺾은 자세를 그대로 유지하고 있었다. 결단을 위한 고민에 빠진 것인지, 아니면 허를 찔렸다는 생각에 당혹해하고 있는 것인지 도통 짐작할 수가 없었다. 침묵이 너무 길어 지루해질 즈음, 상열이 고개를 들었다.

"만약 보증금을 걸 수 있으면, 너도 국가펀드가 상가를 인수하는 데 협조할 거냐?"

상열이 드디어 결심을 했군. 다행이었다.

"그러지. 중국 상인단이 보증금을 걸면, 그렇게 밀어붙여보지."

상열은 잔을 내밀어왔다. 광서는 그 잔을 가볍게 부딪쳤다. 상열이 말했다.

"믿어도 돼, 그 말?"

믿어도 돼, 그 말? 인마, 그건 내가 할 말이다. 광서는 속으로 말하며, 잔을 입 안에 털어 넣었다.

"광서야, 이 작업 끝나면 다시 나한테 와라."

상열의 말에, 광서는 하마터면 웃음을 터뜨릴 뻔했다. 정말 엉뚱하고, 진짜 뻔뻔한 녀석이다. 광서는 상열의 눈을 멀뚱히 보다 피식 웃었다.

"얼마 줄 건데?"

"연봉이 문제냐? 니가 원하는 대로 다 주마."

"좆까, 최상열. 내 연봉 감당하려면 상가 문 닫아야 해."

상열이 고개를 번쩍 치켜들며 쏘아보았다.

"너한테 갑갑한 점이 뭔지 알아?"

"됐어. 듣고 싶지 않아."

불쾌감이 뭉클뭉클 솟아올랐다. 더 이상 앉아 있다간, 무슨 사달이 날지 몰랐다. 광서가 의자를 뒤로 빼며 말했다.

"가자, 늦었다."

상열도 고개를 끄덕거렸다. 하지만 뭔가 할 말이 남았는지 여전히 입을 꾸물거렸다. 광서는 자리에서 일어섰다. 상열은 고개를 들어 광서를 보았다.

"나, 이번 일 정리되고 나면 배아랑 결혼할 거다. 너한테 뭘 해줄까? 중매비로."

"진짜? 그건, 잘 생각했다!"

광서는 이를 드러내며 활짝 웃어주었다. 그리고 상열에게 손을 내밀었다.

상열과 헤어지고 모텔로 돌아온 시각은 새벽 1시쯤. 열쇠를 꺼내러는데, 문이 살짝 열려 있는 걸 발견했다. 방 번호를 재차 확인했지만, 자기 방이 틀림없었다. 안에 누군가 있었다. 두런두런 소리가 들리는 걸로 보아, 하나가 아니었다. 머리를 들이밀자, 호통부터 터져 나왔다. 성태였다.

"야, 씨발아! 나보고 11시까지 오라 해놓고는 어딜 쏘다녀? 게다가 핸드폰도 안 받고. 지금 똥개 훈련시키냐?"

아! 맞다. 광서는 이마를 툭 쳤다. 제기랄, 완벽히 까먹고 있었다. 문석과 성태는 이미 네댓 개의 맥주병을 방바닥에 세워놓은 채였다.

"미안. 상열이 만났어."

문석과 성태는 종이컵을 들다 말고 뚝 멈추었다. 그리고 허허로운 표정으로 서로를 마주보았다. 문석이 먼저 입을 열었다.

"최상열답네. 넉살이 어쩜 그렇게 좋을까."

"미리 변수를 제어하겠다는 거지."

성태가 문석의 말을 곧장 이어받았다. 그는 손가락마디 크기로 찢은 마른오징어를 고추장이 담긴 일회용 플라스틱 용기 속에 찍어 넣었다.

"그래, 사무라이 문은 뭐라 하디?"

광서는 문석과 성태 사이에 몸을 주저앉히며 물었다. 문석은 서류가방에서 메모지를 꺼내 건네주었다. 깨알 같은 글씨가 빼곡히 적혀 있었다. 광서가 그것을 대충 훑어본 뒤 고개를 들자, 문석이 말했다.

"상열이가 접촉 중인 중국 상인단은 대부분 진성 상인들이지만 개중에는 여권브로커들로 추정되는 인물들도 섞여 있는 것 같다고 하더라."

이미 짐작한 바였다. 광서는 눈을 끔벅끔벅했다. 문석이 말을 이었다.

"설마 너, 상열이가 지금 벌이고 있는 짓거리에 동의하려는 건 아니겠지?"

뚫어져라 광서를 쳐다보는 문석의 눈에 의구심이 꿈틀거리고 있었다. 광서는 대꾸하지 않았다.

"니가 이태리에 가서 개고생하며 세워놓은 걸 싹 말아먹고…… 거기다 중국 상인단을 끌어들인다면 상가가 아작난다. 대량으로 해약 사태가 날 것은 안 봐도 뻔해."

문석은 그렇게 말하며 성태에게로 고개를 돌렸다. 성태는 입을 우물거리며 오징어를 씹다가, 피식 콧방귀를 뀌었다.

"꼬라지를 보아 하니, 상열이 노림수는 따로 있어. 국가펀드에게 상가를 인수시킬 작전을 쓰는 거야. 그게 아귀가 착착 맞거든. 광서, 너도 눈치를 긁고 있지?"

그 말에 문석이 두 눈을 와락 키우며 광서를 바라보았다.

"성태 말이 참말이야? 상열이가 지금 그런 구조로 가고 있는 거 맞아?"

광서가 여전히 입을 열지 않자, 문석의 얼굴은 다시 성태에게로 돌아갔다.

"꼬라지가 그래."

성태가 짧게 말했다. 문석의 얼굴은 표 나게 굳어갔다.

"간땡이가 부었군. 부어도 단단히 부었어."

문석의 입에서 그 말이 군소리처럼 흘러나왔다. 그는 종이컵에 맥주를 채워 꿀떡꿀떡 마셨다.

"저건 뭐야? 저 가죽 쪼가리 말야."

성태가 턱짓으로 방 귀퉁이에 치워진, 절반가량 만들다 만 가방을 가리켰다. 광서는 얼른 일어나서, 가죽 조각을 옷가방 안에 집어넣었다.

"가방 같은데? 너, 부산에 내려가 대체 뭐한 거니?"

성태는 호기심이 발동한 모양이었다. 입을 닫고 있던 문석이도 슬슬 궁금증이 일었는지 광서에게로 시선을 보냈다. 친구들에게 굳이 숨길 필요가 없다 싶어 광서는 입을 열었다.

"아티스트 이광서의 작품! 만들다가 잠시 중단한 예술품이다."

성태는 황당한 표정을 지었다. 문석은 갑자기 생각났다는 듯, 박수를 짝 쳤다.

"맞아! 너 옛날에 이런 가방 만들어서 문정이한테 선물도 하고 그랬었지?"

광서가 이마를 살짝 찌푸리자, 문석은 아차, 하는 표정을 지었다. 성태가 둘을 번갈아 보며 물었다.

"문정이가 누군데?"

문석은 어깨가 들썩일 만큼 큰 한숨을 내쉬고는, 밋밋한 웃음을 흘렸다. 성태는 광서를 향해 말했다.

"너, 부산에 내려간 뒤로 좀 맛이 간 것 같다. 가죽 껍데기를 보고 작품이라 하질 않나, 지가 무슨 아티스트라 하질 않나, 아무래도 요상해졌어. 전에는 날뛰는 맛이라도 있더니, 이젠 영 매가리도 없어 보이고."

광서는 대꾸도 하기 싫었다. 자리에서 일어나 화장실로 갔다. 손에 비누칠을 하는 동안에도 성태의 비아냥거림은 그치질 않았다.

"너 혹시 거세당한 거야? 영감탱이처럼 새벽에도 그게 마냥 누워 있어?"

광서는 화장실을 나와서 수건으로 얼굴을 닦아 내리다 말고, 엄지를 중지와 검지 사이에 끼워 넣고 성태의 얼굴 앞으로 쑥 내밀었다. 좆 까!

그 모습을 말없이 지켜보던 문석은 실소를 터뜨렸다.

라이터를 연거푸 켰지만 불꽃이 올라오지 않았다. 광서는 성태의 입에 물린 담배를 빼내어 불을 붙였다. 한 모금 길게 빨아 당기자 폐부에 니코틴이 들어오면서 노곤한 안락감이 찾아왔다. 너무 **빡빡한** 하루를 보냈다는 생각이 들었다.

"문석이한테 디스켓은 줬어?"

"그래, 인마!"

광서의 물음에 성태는 짜증스럽게 대답했다.

광서는 가방 지퍼를 열고 준비해온 디스켓을 꺼내 문석에게 건네주었다. 골든게이트 상가 내에서 합필 작업이 불가능한 행방불명 기분양자의 구좌 위치와 그 기분양자의 이름 등이 상세히 적힌 디스켓이었다. 그리고 성태의 디스켓에는 성 행장과 상열이 J저축은행을 인수하는 과정을 빠짐없이 기록해둔 작업일지와 상열의 개인 명의신탁 재산목록이 들어 있을 거였다. 게다가 중국으로 흘러 들어간 불법 자금과 정치인에게 들어간 정치자금의 내역까지 포함되어 있다고 했으니, 말 그대로 폭탄 중에 폭탄인 셈이었다.

사무라이 문에게 이처럼 중요한 정보를 미리 넘겨야겠다고 결단한데는 분명한 이유가 있었다. 일련의 널브러진 사태가 시원한 종결을 맺지 못하고 끝나버리는 경우, 다시 말해 중국 상인단마저도 가짜로 들통 날 경우, 그 자료들은 곧장 시한폭탄이 될 터였다. 이렇게 하자고 한것은 성태였다. 단, 광서와 성태의 동의 없이 그 자료가 검찰로 가서는 안 된다는 단서를 못 박아두었다. 사무라이 문은 흔쾌히 그 조건을 수락했다.

"문석아, 근데 사무라이 문이 그럴 만한 역량이 있을까?"

광서의 말에, 문석은 발끈했다.

"무슨 소리! 그 인간 그래 봬도, 자기 부서에서 유일무이하게 빨간 명찰 단 사람시키고 선배들이 인정한 친구야. 똑똑하고, 고집도 있고,

철학도 있고, 국가관도 투철하고, 무엇보다 의리가 있고. 그거면 됐지, 뭐가 더 필요해?"

성태가 낄낄 웃었다.

"문석아, 나는 어때? 고집도 없지, 철학은 개똥이지, 국가관도 한때는 있었는데 이젠 엿 바꿔 먹은 지 오래됐고, 의리는 개떡이고, 똑똑했던 머리는 고장 난 지 한참 됐고. 그치, 문석아."

문석은, 웃음을 담고 있는 성태의 얼굴을 힐끔 째려보았다.

왜 갑자기 그런 궁금증이 들었을까? 광서는 사무라이 문의 얼굴을 떠올리며, 별 뜻 없이 말했다.

"사무라이 문 말야, 많이 안 만나봐서 모르지만 얼핏 보면 얼굴에 그늘이 있더라."

문석은 꿈쩍하며 고개를 치켜 올렸다.

"광서야, 그런 게 느껴지든? 난 10년을 넘게 봤어도 미처 몰랐는데."

문석의 대답에는 묘한 뉘앙스가 들어 있었다. 뭐가 있다는 말 아닌가. 그것도 유쾌하지 못한 스토리가.

"뭐야? 무슨 스토리가 있는 것 같은데?"

"당사자가 아니라서 말하기 뭐 하다. 그리고 너도 알아서 유쾌할 건 없고."

에라, 이 망할 자식아. 내가 알아서 유쾌하니 마니가 어딨니? 제삼자라는 게 다 그렇고 그런 거지. 광서는 입을 비죽거리며, 종이컵에 맥주를 부었다.

"그 사람 집에 무슨 우환이 있어? 뭐, 집사람이 아프다든지."

"그게 좀 복잡하다. 집안식구 문제는 아니고……."

문석의 띄엄띄엄한 대꾸에 호기심만 점점 커져갔다.

"그럼, 바람피운 거겠군? 그것도 골치 아픈 바람."

문석의 낯빛이 대번에 바뀌었다. 틀림없군. 광서는 자신의 넘겨짚은 말이 적중했음을 확신했다. 문석이 가라앉은 목소리로 말했다.

"광서야, 그런 식으로 이야기하지 마. 그런 건 아니니까."

광서는 피식 웃고는, 더 이상 캐묻지 않기로 했다. 안 그래도 복잡한 머릿속인데, 남의 세컨드까지 들춰서 뭐하나 싶었다. 문득 그 여자가 죽을병에 걸렸나? 하는 생각이 들었다. 왜 그런 생각이 스쳤는지 알 수 없었지만, 묘한 예감이 불쑥 튀어올랐다.

"애인이라는 여자가 컨디션이 안 좋은가?"

"그래. 두표 집사람처럼 많이 아프다. 하여간 광서 넌 눈치 하나는 타고난 모양이다. 그런 것까지 짚어 내다니."

"만난 지 오래됐나 보지?"

"집사람보다도 더 오래."

"결혼 전 애인이었다는 거야?"

"사실, 너도 안다, 그 애."

광서는 등짝을 세게 얻어맞은 기분이었다.

"누군데, 그 애가?"

"최리."

최리? 최리? 가만, 어디서 많이 들어본 이름인데? ……얼마 가지 않아 기억에 깔린 뿌연 안개가 걷히고, 하나의 얼굴이 어슴푸레 떠올랐다. 맞다, 최리라는 애가 있었다. 문정의 친구 최리! 까무잡잡한 피부에 눈이 큰 아이. 참 예뻤다.

"문정이 친구 최리가 사무라이 문과 사귀었단 말야?"

"한때는 죽고 못 살았지. 너희들처럼."

79

명치끝이 꽉 막혀왔다. 어떤 계기로 만나게 되었는지는 물어볼 필요도 없었다. 대학 동기 사무라이 문, 여동생 문정, 여동생의 친구 최리. 그림은 뻔했다. 광서는 애써 무표정을 가장하며 물었다.

"최리가 지금 많이 안 좋은가? 하긴, 옛날에도 약한 아이였는데……."

"사무라이 문과 결혼 못 한 이유가 그것 때문이었어. 사무라이 문 집안이 의사 집안이거든. 아버지는 내과 전문의고, 형도 내과 전문의야. 집안사람들이 모두 반대했지. 가난한 건 괜찮지만, 건강하지 못한 건 절대로 안 된다고. 결국 죽고 못 살던 둘의 관계도 깨지더라고. 최리는 지금도 혼자야. 재작년부터 몸이 부쩍 안 좋아졌나봐. 지난번 문정이가 병문안을 갔다 왔는데, 너무 안 좋아 보인다고 하더라."

괜한 걸 물었다. 문석의 말대로 마음이 영 씁쓸했다.

그때, 양말을 벗고 TV 옆의 서랍에서 손톱깎이를 꺼내 발톱을 깎고 있던 성태가 고개를 돌렸다.

"남의 정분 따위 별 관심이 없지만, 아까부터 영 귀에 거슬리는 게 하나 있다. 문정이, 문정이 하는데, 그 여자가 대체 누구야?"

문석은 성태를 노려보며 사나운 말투로 대답했다.

"내 하나밖에 없는 여동생이다. 됐냐?"

성태의 얼굴이 뜨악해졌다.

성태와 문석이 자리를 털고 모텔을 빠져나간 것은 3시를 약간 넘어서였다. 택시를 잡기 위해 도로변으로 걸어가는 그 짧은 도중에도 몸서리가 쳐질 정도의 한기가 얼굴을 때렸다. 손을 흔드는 성태를 잠자코 보다가, 문석은 광서에게로 고개를 돌렸다.

"광서야, 너 설마 그렇게 당하고도 상열을 믿는 건 아니겠지?"

광서는 즉시 대답했다.

"중요한 건 골든게이트 문제를 어떻게 푸느냐 하는 거야. 상열이를 믿고 안 믿고는 아무 상관이 없어."

문석은 인상을 찌푸렸다.

"내 말 뜻은 그게 아니라, 중국 솔루션이 문제가 많다는 거야. 아까 사무라이 문이 보낸 쪽지에도 그렇게 쓰여 있었잖아. 정말 상열을 위한다면, 사태가 더 이상 번지지 않게 해라."

아, 험악하다, 문석아! 상열을 위한다면 더 이상 시간 끌지 말고 지금 당장 끝장내라는 뜻 아니냐.

택시 두 대가 연달아 다가왔다. 앞 차에 성태가 타고, 다음 차에는 문석이 올라탔다. 광서는 택시들의 미등이 시야에서 완전히 사라질 때까지 그 자리에 서 있었다.

어수선한 머릿속에서 상열의 잔상이 끈덕지게 서성거렸다.

사무라이 문이 언질을 준 대로 여권브로커가 끼인 그 중국 상인단이 과연 진정성 있는 상인단이냐, 아니면 지금의 난관을 슬그머니 넘어가려는 위장된 상인단이냐. 상열아, 너 또 무슨 꿍꿍이속을 가진 건 아니겠지? 광서는 끙 하고 신음을 내지르며, 고개를 설레설레 저었다.

그래, 결론은 하나다. 일단 지켜보는 거.

광서가 막 모텔을 향해 걸음을 돌리려는데, 도로 맞은편에서 택시가 섰다. 뒷좌석 창문이 열리고 누군가 손을 흔들며 소리를 쳤다. 놀랍게도 문석이었다.

"야, 광서야, 우리 한잔만 더 하자! 이리 건너 와!"

아, 저 새끼, 피곤해서 몸이 천근인데, 그냥 집에 가서 잠이나 퍼자지. 그러나 문석은 계속 손짓을 하고 있었다. 광서는 잠시 미적대다가, 도로를 휙 가로질러 뛰어갔다.

"무슨 할 말이 있다고 이 시간에 소주를 푸자는 거냐?"

포장마차에 자리를 잡자마자 광서가 물었다. 문석은 대답 대신 주인 장에게 소주와 안주를 시키고는 담배부터 빼어 물었다. 얼굴이 의외로 심각했다. 침묵이 이어지는 사이, 홍당무와 오이가 든 접시와 소주가 나왔다. 문석은 한 잔을 따라 마신 후, 한숨을 내쉬며 말했다.

"사실, 문정이 이야기 좀 하려고 그런다. 지금까지 너한테는 한마디도 뻥긋 안 했다만……."

광서는 이맛살을 좁히고 가늘게 뜬 눈으로 문석의 입을 쳐다보았다. 가슴이 묘하게 쿵쾅거렸다.

"문정이 상황이 되게 안 좋아."

"왜?"

"너한테 할 말은 아니다만, 매제 이 자식이 엄청 애를 먹인다."

순간, 지난번에 만났을 때의 일이 뒤죽박죽 떠올랐다. 남편하고 잘 사냐고 물었을 때, 문정의 얼굴이 잠깐 어두워졌었다. 하지만 그녀는 곧, "그럭저럭"이라 대답했고, 애한테는 잘한다고 했다. 묘한 뉘앙스의 대답이었다. 지금 생각해보니, 확실히 그때 그녀는 뭔가 불편한 기미를 내비치고 있었다.

"문석아, 니 말대로 내가 꼭 들을 말은 아니다만, 이왕 끄집어낸 말, 편하게 해봐."

문석은 고개를 끄덕였다. 그리고 술잔을 집어 단숨에 비웠다.

"이 자식이 어쩌다 도박에 손댔나봐."

"아니, 멀쩡한 사람이 뭐가 아쉬워 도박질을 했대?"

"꾼들한테 걸린 것 같아. 그 때문에 문정이가 죽을 맛을 봤다. 씨팔!"

문석의 입에서 좀처럼 듣기 힘든 쌍욕까지 튀어나왔다.

"어떻게 된 일인지 자세히 말해봐!"

다소 강압적인 말투로 재촉하자, 문석은 마침내 술술 이야기를 풀기 시작했다.

"그 자식한테 선배가 하나 있어. 나도 아는, 증권사 지점장이지. 그 사람 소개로 바카라 하우스를 알게 된 모양이야. 아파트나 오피스텔을 옮겨 다니며 도박을 했는데, 꾼들의 방식이라는 게 그렇잖아. 처음엔 매제한테 푼돈 깨나 잃어줬겠지. 그 맛에 발목이 빠지고, 무릎이 빠지고, 급기야 턱 밑까지 빠져버렸어. 증권사 지점장도 고객 예탁금까지 손을 댔대. 매제도 어마어마한 노름빚을 지게 됐고."

"……."

"나중엔 매제 이 자식이 우리 회사 돈까지 요구하더라고. 난, 아주 완강하게 거부했지. 아무리 처갓집 돈으로 차린 회사지만, 회사는 엄연히 회사니까."

"중간에 선 문정이가 죽을 맛이었겠군."

"그래. 그 때문에 부부 사이가 차츰 틀어졌어. 그뿐 아니라, 도박 빚을 빌려준 채권 조폭들이 걸핏하면 집으로 찾아와 온갖 욕설을 퍼부어대고 진상을 쳐대니, 문정이 이만저만 수모를 당한 게 아니었다."

광서는 저도 모르게 주먹을 불끈 쥐었다.

"언제부터 그렇게 됐는데?"

"1년도 안 됐다."

광서는 푸! 한숨을 내쉬었다.

"문석이 너도 참 대단하다. 그 사이 속이 엄청 시끄러웠을 텐데, 표 하나 내지 않고 우릴 도우러 나서다니 말야."

문석은 어깨를 으쓱했다. 뭐, 도리가 없잖아? 하는 표정이었다.

"문정네 시댁이 잘산다며, 어떻게 해결해주지 못하는가?"

"물론 나중에 사돈어른까지 알게 되자, 노름빚은 해결해줬지. 헌 데……."

"헌데 뭐?"

"그 자식, 여자까지 생겼더라고."

광서는 깊게 심호흡을 하며, 시선을 바닥으로 내리깔았다. 얼굴도 모 르는 사람이지만, 그는 '맛 간 남편의 정석'을 제대로 보여주고 있는 거 였다.

"암만해도…… 문정이 이혼할 것 같다."

광서는 고개를 번쩍 치켜들었다. 고개를 푹 숙인 문석의 정수리가 눈에 들어왔다. 그 정수리에 대고 뭐라 고함을 치고 싶었지만, 입을 다 물어야 했다.

"너무나 비겁하고 너무나 무책임한 놈이다."

문석은 고개를 느릿느릿 저으며 말했다. 광서가 싸늘한 목소리로 말 했다.

"내가…… 그놈 죽여줄까?"

큭큭큭, 문석이 웃음을 흘렸다. 잠시 침묵이 흘렀다. 이윽고 문석의 목소리가 힘없이 흘러 나왔다.

"니가 무슨 자격으로?"

니네 아버지한테 총 맞을 뻔한 자격으로! 그 말이 목구멍까지 치고 올라왔지만, 도저히 입 밖에 꺼낼 순 없었다.

문석의 말은 옳았다. 문정의 일에 개입할 자격이 광서에겐 없었다. 가끔씩 가슴을 쿵쾅거리게 하는, 어딘가 똬리를 틀고 있는 오래 된 감정을 끄집어낼 자격도 없었다.

문정을 마음 놓고 사랑할 자격은…… 없었다.

모텔로 돌아온 뒤에도 내내 속이 더러웠다. 세면을 끝내고 거울을 향해 으르렁거렸다. 씨팔째끼! 상놈의 새끼! 눈을 부라렸고, 뺨을 후려 갈겼고, 발로 짓밟아버렸다. 물론 상상 속에서만.

아무래도 잠을 설칠 것 같은 예감. 빌어먹을! 광서는 냉장고에서 소주를 꺼내 와 뚜껑을 비틀었다.

서울에 다시 올라온 뒤 처음으로, 골든게이트 상가를 방문했다. 햇살이 물줄기처럼 쏟아지는 토요일 정오 무렵이었다. 그동안은 용역 계약에 따른 몇 가지 절차를 밟으며, 국가펀드에 대해 알아보는 시간을 가졌다.

국가펀드는 광서의 예상을 훌쩍 뛰어넘는 그야말로 방대한 조직이었다. 굵직한 자회사들도 여럿 딸려 있었는데, 각 자회사마다 운용하는 자금 규모가 엄청났다. 그중에서도 김형우 이사가 언급한 C펀드는 단연 돋보이는 조직이었다. C펀드는 자산 운용과 더불어 집합투자 업무를 하는 전문투자회사였다. 활동 무대는 국내외를 막론했고, 자산 규모는 1조 원을 상회했다. 그러고 보니 예전에 C펀드의 이름을 들었던 기억이 났다. 론스타와 싱가포르 투자청이 골든게이트 본사가 위치한 스타타워의 매각을 놓고 설왕설래할 때, C펀드 또한 스타타워의 투자 적정성을 검토했다는 이야기가 있었다. 광서는 그때 C펀드가 의미게 헤지펀드인 줄로만 알았다.

　너무도 익숙한 콘크리트 바닥에 발을 딛는 순간, 가슴이 텅 빈 듯한 느낌을 받았다. 이 바닥을 얼마나 숱하게 오갔던가. 지나간 날들의 기억이 주마등처럼 스쳐갔다. 광서는 우람한 기둥을 쓰다듬었다. 몇 달 전, 먹장구름이 두텁게 끼었던 그날, 너는 참 애틋했었지. 광서는 어느새 말뚝이 되어 그 자리에 붙박여 있었다.

　그 말뚝을 뽑은 건 한석이었다. 출입구 한쪽에서 두 팔을 벌린 채, 한석이 잰걸음으로 다가왔다.

　"형님! 드디어 상가로 재입성하셨군요. 저도 광현 형님에게 연락받고 오는 길입니다."

　한석은 광서를 와락 포옹했다. 팔을 풀고는, 광서의 가슴에 부착된 국가펀드 배지를 보더니 대번에 묘한 표정을 지었다.

　"형님, 이건 또 무슨 희한한 그림이랍니까?"

　"그렇게 됐다."

　한석은 허, 웃었다.

　"앞으로 판때기가 정말 재밌게 돌아가겠는데요."

　"한석아, 광현이한테 연락받고 오다니 그게 무슨 소리냐? 너 여기에 없는 거야?"

　"지난달에 관뒀습니다."

　한석은 멋쩍게 웃으며 뒷머리를 긁적거렸다. 그랬구나! 광서는 고개를 끄덕이며 한석의 팔을 잡고 승강기를 향해 발걸음을 옮겼다.

　승강기를 빠져나와 복도로 막 들어서는 순간, 누군가 이쪽을 응시하고 있었다. 광현이었다. 그는 어슬렁어슬렁 걸어왔다. 차분한 태도였다. 광서와 윤광현은 포옹은 하지 않은 채, 손만 맞잡고 말없이 미소를 주고받았다. 광현 역시 광서의 가슴에 달린 배지를 보고는 다소 복잡한 표정을 지었다.

"오늘은 국가펀드로 온 게 아냐. 단지 니가 보고 싶어서 왔다."

"압니다, 형님. 하도 오랜만에 형님 얼굴을 보니 새삼 기가 차서 그렇습니다."

광현은 사무실을 향해 손을 휘휘 저으며 말을 이었다.

"이 꼬락서니를 보십시오. 이게 도대체 무슨 분탕질이랍니까. 느닷없이 중국 상인단이라니, 정말이지 무너지는 건 한순간이구나 싶습니다."

광현은 고개를 모로 젖혀 올리며, 한숨을 푹 내쉬었다. 광서는 허리춤에 가 있는 광현의 손을 움켜잡았다.

"광현아, 니 도움이 또 필요하게 됐다."

광서는 한석과 광현의 손을 붙들고, 관리실 쪽을 향해 걸어갔다.

관리실 안쪽 맨 구석에 위치한 광현의 방에서 녹차를 마셨다.

"100% 수제 녹차입니다. 혈압에 아주 좋다네요."

광현의 마음이 녹차 향기만큼이나 진하게 느껴졌다. 녹차 두 잔을 비우는 동안, 광서는 둘의 말을 소상히 경청했다. 그동안 흘려보낸 시간이 엊그제 같은데, 상가의 상황은 엄청난 간극이 벌어져 있었다. 한석이 말했다.

"구좌 분할을 위한 합필 작업도 지지부진합니다. 기분양자 중에 행방불명자가 어디 한둘이라야죠."

대출을 위해 노숙자들의 명의까지 끌어들인 게 화근이었다. 그 허위 분양을 총지휘한 사람이 기두표였으니, 자칫 일이 틀어지면 그도 큰 결심을 해야 할 터였다. 그러나 이 문제는 수습하기가 결코 쉽지 않았다. 방법은 세 가지 중 하나였다. 강인도 어느 부둣가에서 햇볕에 대워진 그물 위에 몸을 뻗고 누워 있을 노숙자를 어떻게든 찾아내든가, 법원에 공탁을 하고 강제매입 절차를 밟든가, 아니면 벌을 무릅쓰고 문서를 위조하든가.

광서가 가장 우려하는 방법은, 그러나 가장 현실적인 방법은 문서를 위조하는 거였다. 노숙자를 일일이 찾아내기란 물 건너 간 일이었고, 법적인 절차를 밟는 것도 하세월일 뿐 아니라 만만치 않은 비용이 소모될 터였다. 그렇다면 위조를 택할 확률이 농후했다. 그런데 이 모든 걸 훤히 꿰뚫고 있는 광서가 국가펀드에 들어가다니! 최상열로선 악몽도 그런 악몽이 없을 것이다.

문이 활짝 열렸다. 문가에 두표가 우두커니 서 있었다. 그는 광서를 보자 눈망울이 크게 흔들렸고, 얼굴이 눈에 띄게 굳어갔다. 광서 역시 찜찜하기는 마찬가지였다.

어색한 분위기를 깨기 위해, 광서는 팔을 번쩍 들어 큰 소리로 인사말을 건넸다.

"어이. 친구! 반갑다!"

두표는 높지도, 그렇다고 낮지도 않은 어중간한 위치에서 손을 느릿느릿 흔들었다.

"그래. ……국가펀드에 들어갔다는 이야기 들었다."

두표의 목소리는 서늘했다.

"커피나 한 잔 주라."

광서는 자리에서 벌떡 일어섰다. 그러고는 두표의 옆을 스쳐 지나 사장실로, 그러니까 두표의 방으로 휘적휘적 걸어갔다.

소파에 등을 기댄 채 담배를 빼어 물었다. 두표는 소파에 마주 앉지 않고, 책상에 엉덩이를 반쯤 걸쳐놓았다. 그는 아까부터 광서의 눈을 피하고 있었다.

"뭐해? 커피 주라니까."

두표는 고개를 한 번 까딱거리곤 몸을 일으켰다. 들어올 때 보니 비서의 책상이 깨끗이 치워져 있었다. 더 이상 비서를 둘 여력조차 없는 건가?

두표는 소파에 마주앉아, 믹스커피가 담긴 종이컵을 광서에게 건네고, 자신은 녹차 티백이 담긴 종이컵을 쥐었다. 이 자식, 이제 몸 생각을 슬슬 하는구나. 그러자 왠지 송수지의 얼굴이 어른거렸다.

"상열이는?"

"몰라. 어제 저녁에 급하게 북경으로 출장 갔다. 상인단이랑 무슨 협상할 게 있는 모양이더라."

광서는 그 이유가 보증금 문제 때문일 거라고 짐작했다. 미적거리지 않고 금방 움직이다니, 징조가 좋았다. 그래, 마지막이라 생각하고 열심히 뛰어봐라, 상열아.

"두표야, 넌 요즘 구좌 쪼개기에 여념이 없겠네?"

두표는 고개를 까닥거렸다. 즉시 반응을 보이는 것으로 보아, 그는 현재의 상황에 대해 굳이 숨길 생각이 없는 듯했다. 하긴, 내 앞에서 다른 말을 해봐야 무슨 소용이 있을까?

"힘들긴 하겠지만, 그렇다고 편법은 쓰지 마라. 그랬다간 기두표 니가 다쳐. 난 그 문제에 대해 이의를 제기할 생각이 없다. 하지만 눈여겨보는 사람들이 많아. 내 말, 흘려듣지 마라."

광서는 경고하고 있었다. 광서를 바라보는 두표의 시선에 경멸 비슷한 빛이 서렸다.

"니가 더러운 꼴 당했다는 얘기, 나중에 들었다. 하지만 국가펀드로 들어간 건 좀 심하다는 생각 안 드나? 왜, 상열이한테 복수라도 할 참이야? 편법 쓰지 말라고? 그건 그냥 죽으라는 소리나 같잖아. 우리 사정을 다 알고 죽이러 온 놈한테 우리가 무슨 할 말이 있겠어? 죽이든 말든 니 맘대로 해라."

"말했잖아. 난 그 문제에 대해 이의를 제기할 의사가 없다고. 그리고 두표 너, 진짜 죽을 용기는 있는 거야? 목을 쭉 빼고 칼 받을 준비하고 있는 거야?"

"……."

"그럼, 잘됐네 뭐. 공권력이 바로 눈앞이니까, 길게 기다리지 않아도 되겠어. 푹 썩고 와. 니 첫값도 만만치 않을 거다."

해서는 안 될 말이었다. 하지만 꼭 해야 할 말이기도 했다. 두표의 눈가에 가느다란 경련이 마구 일었다. 당혹감을 감추려는 듯, 두표는 상체를 옆으로 획 돌렸지만, 곧 맥이 풀리면서 허리를 푹 숙였다. 그러고는 땅바닥이 꺼져라 한숨을 내뱉었다.

이 자식, 겁내하고 있다. 몸을 사리고 싶어 한다. 광서는 충분히 알 수 있었다. 임박해오는 공포를 광서의 입을 통해 새삼 확인하자, 두표는 소스라칠 만큼 절망을 느끼고 있을 터였다.

"두표야, 지금부터라도 내가 시키는 대로만 해. 그러면 어떤 일이 있더라도 너하고 성태는 살린다고 약속하마. 이건 문석이 부탁이기도 하다."

"과연 내가 살 수 있을까?"

"그래, 날 믿어봐."

"상열이 말로는 국가펀드가 상가를 인수해야만 그나마 우리가 살 수 있다던데."

두표의 목소리는 떨렸지만, 분명히 마음의 변화가 있음을 내비치고 있었다. 그렇다면 말귀가 통할 수 있다.

"그럴 수도 있겠지. 하지만 지금으로선 장담할 수 없어. 그래서 넌 선택의 여지를 둘 다 가지고 있어야 한다."

"내가 어떡하면 될까, 광서야."

"일단 합필 작업에서 손 떼. 그리고 어떤 핑계를 대서라도 사장 자리 던져버려."

두표는 담배를 꺼내 입에 물고 허겁지겁 불을 붙였다. 몇 모금을 연거푸 빨아 당기더니, 애처로운 시선을 광서에게 던졌다.

"광서야, 너한텐 참 미안한 일을 했지만, 난 진심으로 수지를 사랑한다. 수지를 두고 어딜 간다는 생각만 해도 진짜 두렵다."

그래, 수지가 너에게 변화를 주었구나. 두표의 어둑한 아픔이 코끝으로 찡하게 전해져왔다. 더 이상 저 녀석의 공포를 모른 척하면 안 된다는 생각이 들었다.

"그게 왜 나한테 미안한 일이야? 오히려 축하할 일이지. 다신 그런 말 하지 마! 그리고 니 말대로 발밑이 두려우면 지금부터 함부로 발목 빠뜨리지 마라. 알겠냐?"

광서는 자리에서 일어나 두표의 옆으로 가 앉았다. 그리고 두표의 왼쪽 어깨를 힘차게 움켜잡았다.

"두표야, 이젠 몸을 낮춰. 조용히 떠나 있어라. 설사 상열이 생각대로 된다 해도, 더 이상 니 몫은 없어. 그리고 그게 안 되면 넌 만만찮은 세월을 감방에서 썩어야 한다. 내가 반드시 널 구하마. 성태하고 너는 내가 절대로 놓치지 않을 거야. 약속한다."

"광서야, 지금 와서 이런 말하면 뻔뻔하지만, 고맙다."

제기랄. 갑자기 동공이 흐릿해지려고 했다. 두표 앞에서 습기를 내비치고 싶지 않아 안간힘을 써야만 했다. 하지만 두표의 정수리가 광서의 허벅지 위에 얹혔을 때, 그가 어깨를 들썩이며 울고 있다는 걸 알았을 때, 광서는 눈을 감고 말았다. 두표야, 너 그동안 얼마나 가위에 눌리며 살았냐? 끊임없이 시달려왔을 두표의 지난 날 고통이 허벅지 위에 고스란히 전해졌다. 광서는 두표의 등을 가볍게 두들기며 나지막이 말했다.

"우리, 마음을 굳게 먹자!"

외근 일지를 작성하는 동안에도 두표의 울먹거리는 모습이 자꾸만 눈앞에 아른거렸다. 얼굴을 북북 비벼대고 손바닥으로 뺨을 툭툭 쳐보기도 했지만, 몇 줄이면 끝날 그 일지를 앞에 둔 채, 광서는 어느새 멍한 시선을 모니터에 박고 있었다.

두표에게 별다른 작별인사를 하지 않고 조용히 상가를 빠져 나왔다. 그리고 양지탕 가게에 들어가, 한석과 광현을 불러냈다. 곰탕을 비운 후, 재빨리 카운터로 가 계산을 했다. 틈만 나면 규정 준수를 강조하는 김형우 이사의 말이 어느덧 뇌리에 깊이 각인된 탓이었다. 아마, 광현과 한석은 후다닥 카운터로 뛰어가는 광서의 모습을 보며 약간은 황당했을 것이다. 커피나 한 잔 더 하자고 한석이 말했지만, 광서는 뿌리쳐야 했다. 국가펀드에서 할 일이 남아 있기 때문이었다. 당연히 마음은 편치 않았다.

토요일 늦은 오후의 사무실은 횡했다. 그러나 그 횡한 분위기가 싫지 않았다. 어느 샌가 고독이 습관이 되어버린 듯했다. 광서는 모니터에서 눈을 떼고, 일지를 작성하기 시작했다.

"광서야."

깜짝 놀랐다. 파티션 칸막이 위로 김 이사의 얼굴이 쑤욱 떠올랐다.

"아직 퇴근 안 하셨습니까?"

고개를 추켜세우며 김 이사를 보았다. 그의 눈초리가 묘했다. 눈썹을 험하게 모으고, 찍어 누르듯 광서를 내려다보고 있었다.

"무슨 일…… 있으십니까?"

"너, 하늘이 두 동강 나도 사수한테 거짓말하지 마라는 것, 군대에서 배웠지?"

"당연합죠!"

두 눈에 힘을 잔뜩 준 채, 즉시 김 이사의 말을 되받았다. 별안간 김 이사는 주위를 두리번거렸다. 그러고는 다시 싸늘한 눈초리로 광서를 노려보았다.

"너, 국정원 쪽에 접촉하는 네트워크 있지?"

순식간에 눈앞이 하얘졌다. 제대로 걸렸다 싶었다. 귀신이 아니고서야 어떻게 그런 속사정까지 알아낸 말인가? 광서는 표정을 흐트리지 않기 위해 애를 썼다. 어떻게 대꾸해야 하나 고민하고 있는데, 김 이사의 눈매가 점점 더 살벌해져갔다. 빌어먹을 기무사!

"친구가 한 명 있습니다."

그제야 김 이사의 눈빛에 깃든 살벌함이 한풀 꺾였다. 그의 음성은 많이 누그러져 있었다.

"세상에 완전한 비밀은 없다. 모든 곳에 귀와 눈이 있어. 내가 너의 사수로 있는 이상, 시시콜콜한 정보도 나와 같이 공유할 것. 처음이자 마지막 경고다. 알겠나, 이광서?"

광서는 허리를 꼿꼿이 세우고 목청을 높였다.

"넵!."

긴 이사의 손바닥이 슬쩍 정수리를 스쳐갔다. 서늘함이 등줄기를 타고 내렸다. 광서는 슬리퍼 끄는 소리가 완전히 사라질 때까지 꼿꼿한 자세를 풀지 않았다. 멀찍이서 문을 여닫는 소리가 날 때에야 비로소 탄성을 지르며 경직된 허리를 풀었다.

저 양반, 완전 귀신일세!

"그게…… 이건 제 개인적인 추측인데, 우리 회사 차장님이 아마도 김형우 부장과 관계가 좀 있을 겁니다. 가령, 한때 한솥밥 먹은 사이였다든지 할 거예요. 물론 확인할 방법은 없지만……. 어쨌든 저도 그 문제로 차장님에게 불려갔다 왔습니다. 줄을 죽 긋더군요. 이제부턴 보고 없는 접촉은 절대 하지 말라고. 본래 이 바닥이 그렇고 그렇습니다. 어차피 비밀은 없어요."

수화기 너머로 들려오는 사무라이 문의 목소리는 생각보다 담담했다.

"문, 그건 그렇고요, 사실 중요한 부탁이 하나 있습니다."

"예?"

사무라이 문의 목소리가 갑자기 높아졌다.

"아니, 광서 씨는 이런 상황에서도 그런 말이 술술 나옵니까? 나 참, 어이가 없어서……."

광서는 이젠 사무라이 문도 어느 정도 위험부담을 나눠 가져야 한다는 생각을 갖고 있었다. 성태와 자신이 모든 것을 투서한 덕분에, 그는 골든게이트의 핵심 정보를 죄다 파악하고 있는 유일한 공권력이 되었다. 가는 게 있으면 오는 것도 있어야지. 까짓것 다소 말썽이 일어난다 한들, 그 좋은 머리로 어디 밥을 굶을까.

"만약에 말입니다. 상황이 악화일로로 치달을 때는 허철묵이 변수가 될 수도 있습니다. 예컨대, 최상열의 사주를 받고 조직을 동원해서 불법 점거를 할 수도 있잖습니까. 지금 제 입장에서는 그런 사태가 벌어지면 막을 도리가 없습니다. 먹을거리를 나눠주면서 조직을 동원할 처지도 아니고 해서⋯⋯."

"요점만 말씀하시죠."

사무라이 문은 짜증이 섞인 투로 말문을 가로막았다.

"그러니까 제 말은, 적당한 때를 봐서 사이즈 큰 데에서 한번 눌려줘야 한다는 거지요."

"정말, 광서 씨는 국정원에 대한 개념 자체가 없으시군요. 우린 국내의 사법적 사안에 대해서는 개입할 수가 없습니다."

"공식적으로야 그렇죠. 하지만 비공식이 더 많아서 탈이지. 그 정도는 검찰의 수사지휘를 통해 협조할 수 있잖습니까?"

"그래서요?"

"요는, 적당한 때를 봐서 미리 경고를 해달라, 이 말이죠. 함부로 설쳐댔다간 쥐도 새도 모르게 조직을 와해시켜버리겠다, 뭐 그런 멘트를 날려달라는 부탁입니다."

수화기 너머에서 잠시 헛헛한 웃음이 흘러나왔다. 그리고 곧 꽤 긴 정적이 흘렀다. 전화가 끊겼나 싶어, 여보세요, 하고 확인해보려던 찰나였다.

"광서 씨는 참 재밌는 분입니다."

"문, 문에게는 재미지만 전 사활이 걸린 문젭니다. 평생 밤거리를 눈치 보며 걷고 싶진 않으니까요."

사무라이 문이 대답을 해온 건 또 다시 짧은 정적이 흐른 뒤였다.

"약속은 못 드립니다. 사적 루트는 연구해보겠습니다. 그래서 광서 씨는 언제 그런 조치가 필요하단 겁니까?"

"그건, 곧 시그널이 오겠지요. 저도 잘 모르겠습니다. 그런 타이밍을 감 잡는 건 문이 한 수 위 아닙니까?"

얼핏, 사무실 모서리 복도에서 어기적어기적 걸어오는 김형우 이사의 모습이 보였다.

"문, 다음에 연락드리죠. 보스 입장하셨습니다."

"아, 예."

서둘러 전화를 끊고 나서, 눈을 바삐 움직여 정리할 거리를 찾기 시작했다. 하지만 책상 위는 평소의 광서답지 않게 깔끔히 치워져 있었다. 광서는 가방 속에서 서류 몇 장을 후다닥 꺼내어 책상 위로 휙 던져 놓았다. 그러고는 밍기적거리며 한 장 한 장 쪽을 맞춰갔다. 벽시계가 5시를 가리키고 있었다.

"넉 점 깔아 줄 테니, 저녁내기 할래?"

넉 점이란 단어가 금세 발열증상을 일으켰다. 이 양반이 이젠 아예 대놓고 무시하는군. 한편으로는 설마 넉 점을 깔고 지기야 하겠어? 하는 현실적인 계산도 들었다. 저녁 값은 세이브되겠구먼. 광서는 자리에서 벌떡 일어나 허리띠를 조였다. 그러고는 휴게실을 향해 손을 쭉 뻗었다.

"가시죠!"

그날 저녁 곰탕 값은, 납득할 수도 없고 어처구니도 없지만, 한 집 반 차이로 광서가 내야 했다.

편의점에 들러 맥주 캔 두 개와 쥐포를 사들고 모텔에 들어왔다. 시각은 밤 11시가 다 되어 있었다. 간단한 세면을 끝내고 캔 한 개를 비우자, 혼곤한 피로가 찾아들었다. 그럼에도 가물가물한 눈으로 케이블

영화를 붙들고 있었다. 졸음에 띄엄띄엄 끊겨 줄거리가 잘 연결되지 않았지만, 홍콩 경찰의 비밀 요원이 범죄조직 삼합회에 잠입하여 10년째 조직원으로 살았고, 보스의 심복이 되어 버티다가 어쩌고저쩌고 했다는 것이 대강의 내용이었다. 마침내 리모컨을 눌러 TV를 껐다. 용변을 보고 자야겠다고 생각하며 일어나 하품을 했다.

그동안 TV소리에 묻혔는지, 이제야 귀에 박혀 오는 전화벨 소리를 인식하고는 어슬렁어슬렁 옷걸이로 걸어가 바지 주머니에서 전화기를 꺼냈다. 낯선 번호였다. 자정을 넘긴 시간에 웬 전화? 주정뱅이가 잘못 걸어온 전화일 가능성이 높았다. 그냥 받지 않으려다가, 결국은 버튼을 눌렀다.

수화기에선 아무 말도 새어나오지 않았다. 광서는 저쪽에서 먼저 말을 하지 않는 한, 입을 떼지 않으리라 맘먹었다. 5초쯤 침묵이 흐른 후, 목소리가 흘러나왔다.

"광서 오빠……."

이맛살이 절로 모아졌다. 귀에 익은 여자의 목소리.

"수지? ……너, 수지야?"

잠기운이 일시에 휘발해버렸다.

"이 번호는 니 게 아닌데?"

"바꿨어. 귀찮은 전화 안 받으려고."

"근데 이 시간에 웬일이냐?"

"오늘, 두표 오빠한테 이야기 들었어. 광서 오빠, 이런 말하면 날 교활한 년이라 욕하겠지만…… 나, 두표 오빠 진짜 사랑하고 있어. 이 사실을 꼭 말해주고 싶었어."

깝지고 듣고만 있었더. 또다시 니코틴이 절실해졌기만, 참기로 했다.

수지가 말을 이었다.

"그리고 오빠한테도 미안하다는 말 꼭 하고 싶었어."

"수지야, 나한테 미안할 건 전혀 없다. 니가 두표를 그렇게 생각한다니 정말 다행이다. 걱정 마라. 두표는 내가 늘 신경 써서 지켜볼 테니까."

"고마워. 오빠."

수지의 목소리는 예전의 그것과는 확연히 달랐다. 간절함이라고나 할까, 애처로움이라고나 할까, 그런 마음이 묻어났다. 얘가 진짜 두표를 사랑하는구나. 묘한 안도감이 들었다.

"요즘은 어떻게 지내니? 아직 거기에 나가는 거야?"

"아니, 정리했어. 지금은 아는 언니네 백화점 의류 매장에서 부점장으로 일하는 중이야. 내년엔 내 가게를 꼭 열어볼 참이구."

"그래, 잘했다."

광서는 연신 고개를 끄덕였다. 수지와의 통화는 그 후로 5분쯤 더 이어졌다. 문득 박미선의 근황이 궁금하기도 했지만, 그걸 묻는다는 게 우스울 것 같아 그만두었다.

수지와 통화를 끝내고 나서 다시 냉장고에서 맥주 캔을 꺼내야 했다. 달아난 잠을 불러오기 위해서였다.

하루가 다르게 기온이 상승하고 있었다. 2005년 4월을 나흘이나 훌쩍 넘겨버린 날, 그러니까 식목일을 하루 앞둔 날이었다. 월요일이었고, 그동안 사실상 중단되다시피 했던 국가펀드와 골든게이트의 정례미팅이 있는 날이었다.

중국에서 돌아온 상열이 지난주부터 본격적으로 상가를 챙기며 진두지휘에 나섰다고, 그래서 헝클어져 있던 상가가 약간은 정리되어가는 느낌이 들기도 한다는 말을, 어젯밤 성태가 전화로 전했다. 다행이었다. 돌아가는 분위기가 그렇다면, 중국 솔루션이 몽상으로만 끝나지 않겠구나 하는 생각이 들었다.

소회의실을 살짝 들여다보니, 상열과 안학찬 그리고 홍진호가 벌써부터 앉아 있었다. 회의 예정시간보다 20여 분 이른 시간임을 감안하면, 이 또한 예전의 습성과는 다른 변화였다. 곧 낯익은 실무진들이 앞서거니 뒤서거니 소회의실로 입장했다. 개중 몇몇은 광서의 얼굴을 보자 인상을 쓴 채 고개를 갸우뚱했다.

이윽고 광서도 자료를 챙겨들고 소회의실로 입장했다. 비현실 같은 현실이 펼쳐졌다. 골든게이트 사람으로서 국가펀드를 상대했던 광서가, 이젠 국가펀드 사람으로서 골든게이트를 상대하게 되다니.

광서는 안학찬의 맞은편에 자리를 잡았다. 소문은 들었어도 막상 대하고 보니 어색하긴 할 터였다. 홍진호와 안학찬, 그 밖에 실무진들은 금세 똥을 씹은 듯한 표정을 지었다. 그들의 빨랫줄 같은 시선을 외면하기 위해 광서는 고개를 숙였다. 하지만 그것도 잠시, 기왕지사 이렇게 된 거 당당히 대해야 한다는 생각에 턱을 치켜세웠다.

두표는 보이지 않았다. 잘했다, 두표야! 일시적인 불참이 아니라 모종의 액션을 취한 게 틀림없다는 짐작이 들었다.

"기 사장은 안 오셨네요?"

"독감이 심해서 못 왔습니다."

김 이사의 물음에 홍진호가 대답했다. 그 말은 거짓이다. 당분간 기두표를 볼 수 없으리라는 걸, 광서는 단박에 확신할 수 있었다.

김 이사가 목청을 가다듬으며, 말꼭지를 틀었다.

"회의 건에 몇 마디 하겠습니다.   보시다시피, 지금 이광서 전임

사장이 여러분 앞에 앉아 있습니다. 물론 말도 안 되는 처사라 하시겠지만, 그 말도 안 되는 처사는 골든게이트 측에서 먼저 시작했다는 걸 아셔야 합니다. 사실, 우리는 상가 부동산에 대해 전문적인 식견이 부족했습니다. 그래서 이런 말도 안 되는 고육책을 쓸 수밖에 없었습니다. 그러니 더 이상 여기에 대해서는 왈가왈부하지 마시기 바랍니다."

김 이사는 좌중을 쓱 둘러본 뒤 말을 이었다.

"자, 그럼 본론으로 들어갑시다. 그동안 골든게이트에서는 분양 중단 사유로 구좌 쪼개는 작업과 상가 활성화가 불가능하다는 이유, 이 두 가지를 들었는데, 맞습니까?"

김 이사의 눈빛이 곧장 상열을 향했다. 상열은 그렇다고 힘주어 대답했다. 김 이사가 말을 이어갔다.

"그래서 우리도 법적 논쟁을 떠나 패닉 상태에 빠진 상가를 마냥 방치할 수가 없습니다. 국가펀드는 치열한 논의 결과, 최 대표의 안을 일단 고려해보기로 했습니다. 물론 골든게이트 업무를 새로 담당하게 된 이광서 부장도 골든게이트 안을 찬성했습니다. 이광서 부장이 전에 내걸었던 이태리 솔루션에 대해서는 이제 입 닫기로 하고, 최 대표 안을 본격적으로 따져봅시다. 최 대표, 중국 상인단에 대한 대책은 어떻게 돼가고 있습니까?"

김 이사가 발언하는 동안 눈을 감고 있던 상열은 잠깐 광서와 눈을 마주치고 나서는 묘한 미소를 지으며 마이크를 잡았다.

"우선, 골든게이트 업무 담당자로 이광서 부장이 오신 거, 당연히 축하드리겠습니다. 그 문제를 언급하는 건 저희도 싫습니다. 저희들의 과오도 인정하는 만큼, 더 이상 말이 안 나왔으면 합니다."

상열은 다시 한 번 광서를 쳐다본 뒤, 말을 계속했다.

"김 이사님의 중국 상인단 질의에 대해 말씀드리겠습니다. 현재 저희와 접촉 중인 중국 상인단은 북경과 연태 등지에서 백화점 등에 입점하여 활동하고 있는 대규모 상인 조직입니다. 한국 시장, 특히 동대문 진출에 옛날부터 눈독을 들여왔습니다. 현재 협상한 내용은 이들이 상가 전 층을 통틀어 사용하되 월 임대료는 구좌 당 30만 원을 내기로 책정했습니다."

상열은 김 이사에게로 시선을 고정시켰다.

"그러면 자연히 분양이 문제가 됩니다. 누가 투자수익률이 없는 우리 상가를 분양받으려 하겠습니까. 하지만 우리는 분명한 활성화의 실체를 가지고 있기에, 특단의 대책을 강구했습니다. 특단의 대책이란, 분양가를 20% 올리고 그 20%에 대한 연간 수익률을 10%로 책정한 다음, 확정수익률 형태로 2년간의 몫을 미리 지급하는 것입니다. 우리 분양의 강점은 거기에 있습니다. 2년간의 확정수익률을 지급할 뿐 아니라, 상가 활성화를 확실히 보장한다는 것이지요. 또한, 분양가 인상을 통한 확정수익률을 디스카운트 형식으로 미리 지급하는 것이기 때문에, 실제적으론 2년간 무상으로 상가를 활용할 수 있다는, 어마어마한 메리트마저 보유하게 됩니다."

상열은 물 컵을 들어 한 모금 마셨다.

"죄송합니다. 그럼, 계속하겠습니다. 아직 팔리지 않은 미분양 구좌를 쪼개는 이유는 그만큼 임대료를 더 받을 수 있기 때문입니다. 그런 이유로, 우리는 지금 어려움을 감내하고 있는 것입니다."

"아, 잠깐만요."

김 이사가 상열의 말을 끊고 마이크를 잡았다.

"이태리 솔루션에 끌려 분양받은 사람들은 어찌할 셈이지요? 이 사람들이 구좌 당 30만 원 소리를 듣고도 가만있겠소? 당장 해약 사유가 된다는 건 최 대표도 잘 알 텐데요?"

상열도 즉각 김 이사의 말을 되받았다.

"맞습니다. 그들은 투자수익률이 나오지 않는 이유를 들어 분명히 해약을 요구할 것입니다. 하지만 그들에게 우리는 그 어떤 확정 수익률을 약속한 적이 없기 때문에 법적인 문제는 그리 없을 거라 사료됩니다. 법으로 질질 끌어봐야 투자자들에겐 좋을 게 하나도 없습니다. 지치는 쪽은 결국 투자자들입니다. 그리고 이미 분양을 받은 사람들은, 우리가 새로 정한 규정에 따르면 구좌 당 개발비가 산정되어 있습니다. 대략 한 구좌 당 천 5백에서 2천만 원 사이입니다. 우리는 기분양자들에 대해서는 그 개발비를, 이제부터 재개될 분양 구조에 맞춰 확정수익률 10%로 대체하여 전부 감면해줄 예정입니다. 그렇게 된다면 법적으로도 빠져나갈 구실이 생기는 셈입니다."

광서가 듣기에도, 분양대책으로선 꽤나 구미가 당기는 묘책이었다. 확정수익률 10%의 2년간 지급이라. 만일 확실한 활성화 솔루션만 손에 쥔다면, 정말 멋진 아이디어였다. 한편으로 힐난하고픈 심정이 울컥하기도 했다. 이태리 솔루션에 이 같은 시스템을 적용했다면, 진즉에 게임 오버였을 거라는 아쉬움이 들어서였다.

"헌데, 문제가 하나 있습니다."

좌중의 눈이 상열의 입으로 집중되었다.

"국가펀드의 미분양 구좌도 분양가 인상에 동의를 하셔야 하고, 또 국가펀드 구좌 중 이미 분양된 구좌는 개발비 납부에도 적극 협조하셔야 합니다. 만일 중국 솔루션 자체를 거부한다고 해약을 요청해온다면, 국가펀드는 그 해약도 해주셔야 합니다."

김 이사가 황당하다는 표정을 지었다.

"최 대표, 그럼 이미 국가펀드 구좌를 분양받은 사람들 중에 개발비 납부는 애당초 없던 사항이라며 납부를 거부하면 어쩔 거요?"

상열은 짧게 한숨을 내쉰 후, 마이크를 잡았다.

"정 그렇게 비협조적으로 나오면 계약을 해약해줄 수밖에 없습니다."

"아니 그렇다면, 지금까지 분양된 국가펀드 구좌가 모두 해약을 원하지, 제정신이 아닌 바에야 계속 붙들고 있겠소? 최 대표 말에 따르면, 그동안 힘들게 분양했던 구좌를 다 털어버리고 다시 가자는 뜻 아니오? 내 말이 틀렸소?"

과연 그랬다. 광서 또한 김 이사와 똑같은 판단이었다. 상열은 다시 마이크를 잡았다.

"맞습니다. 대단히 죄송하지만, 저희가 내놓은 자구책대로라면 국가펀드의 담보 구좌 중 기존 계약분은 모두 해지하고, 계약금을 모두 돌려주는 것도 시간을 아끼는 한 방법입니다. 그러니까 원상태로 돌린다는 뜻입니다. 원점에서 분양을 재개하는 것이 훨씬 시간을 줄이는 방안입니다. 어차피 중국 상인단과 임대계약 당사자가 되려면, 국가펀드도 담보 구좌에 대한 소유권을 온전히 이전받을 필요가 있습니다."

김 이사의 목소리가 급격히 가팔라졌다. 그는 좌중의 가슴이 철렁할 만큼, 테이블을 쾅 내리쳤다.

"이봐요, 최 대표! 당신 말은 우리가 국가펀드 담보 구좌를 모두 인수하라는 뜻인가?"

상열은 김 이사의 말에 아무 대꾸를 하지 않았다. 그렇다는 뜻이었다. 살벌한 침묵이 삽시간에 소회의실을 짓눌렀다. 노기가 서려 벌게진 김현우 이사의 얼굴이 심하게 일그러져 있었다. 예상한 대로 최상열이

도발해온 것이다. 김 이사는 물 컵을 쥐고 단숨에 들이켰다. 컵을 거칠게 내려놓고, 다시 마이크에 입을 갖다 댔다.

"좋아, 그렇다 칩시다. 만약 2년 확정수익률을 지급하는 분양 형태가 실패한다면, 그러니까 분양 기간이 질질 끌려간다면 어떡할 것이오?"

상열은 벌겋게 상기된 표정으로 다급하게 말문을 열었다.

"2년간 상가를 운영하면, 중국 측으로부터 매월 일정액의 임대료가 나옵니다. 그 임대료를 고정비용만 제외하곤 모두 대여금 이자로 회수해가시면 됩니다. 그 후로도 마찬가집니다. 중국 상인단이 이 상가에서 영업행위를 하는 한, 국가펀드가 투자한 액수의 이자 부분만큼은 분명히 회수가 되기 때문에, 분양 환경은 점점 나아질 수밖에 없습니다."

상열의 말을 듣는 순간, 광서는 큼지막한 쇠망치로 뒷머리를 얻어맞은 듯한 충격을 느꼈다. 지금 상열이 한 그 말은 어쩌면 광서가 구상한 방안과 본질적으로 같을 수도 있다는 생각이 들었기 때문이다. 광서는 무의식적으로 마이크를 잡았다.

"최 대표님, 국가펀드 구좌는 그렇다 칩시다. 국가펀드가 아닌 다른 구좌, 즉 J저축은행 구좌라든지, H상호저축은행 혹은 Y저축은행 구좌에서도 이번에 분양받은 기분양자들이 개발비를 못 내겠다고 하면 그 구좌도 저축은행에서 해약을 해줄까요?"

상열의 얼굴이 순간 어두워졌다. 애매한 문제였다. 그러나 상열은 긴 콧바람을 훅 밀어내며, 의외로 담담하게 대답했다.

"아마, 힘들겠죠. 저축은행구좌들은 그냥 법으로 가야지요."

광서는 그 대목에서 잠시 망설여야 했다. 많은 사람들 앞에서 최상열을 코너로 몰아서는 안 된다는 판단이 선 때문이다.

국가펀드가 해약을 해주는 상태에서 다른 구좌들도 해약 요청을 해올 것은 불 보듯 뻔했다. 그리고 해약을 해주지 않는다면 줄 소송으로 이어질 것도 뻔한 일이었다. 이런 상황에서 골든게이트는 100% 패소하게 되어 있다. 단지 민사소송인 만큼 시간이 늘어질 뿐이었다. 그러면 또 한바탕 아수라장이 벌어질 테고, 그것은 곧 골든게이트의 사망으로 이어질 수밖에 없었다.

상열의 말은 단지 국가펀드 구좌만 가져가라는 뜻이 아니고, 이참에 상가 전체를 다 인수하라는 선언이나 다를 바 없었다. 아마도 김 이사도 당연히 최상열의 의도를 눈치 챘으리라. 이런 식으로 상황을 감아 버리다니, 괴물 같은 녀석!

상열의 목소리가 마이크 잡음을 한 차례 튕겨낸 다음 회의실에 울려퍼졌다.

"김 이사님, 관건은 분양이 아니라 상가 활성화입니다. 상가 활성화만 이루어진다면 분양은 언제든 가능합니다. 그런 점에서 보면 중국 상인단은 절호의 기회입니다. 완벽한 터닝 포인트가 될 것입니다. 자꾸만 엎질러진 물에만 집착하시면 아무런 진척이 없습니다. 어렵사리 중국 상인단을 데려왔는데 이를 거부하면 활성화는 불가능에 가깝다고 봐야 합니다."

김 이사의 미간이 또 다시 좁혀졌다.

"그러면, 애초에 이태리 솔루션으론 상가 활성화가 불가능했다, 이 말씀이요? 그럼, 저기 앉아 있는 이광서 부장은 결국 사기꾼이었다는 건가?"

최상열은 난감한 표정을 지었다.

"의도적인 사기가 아니라, 확률이 너무 낮았을 뿐입니다. 그리고 이태리 솔루션을 구현하려면 50억 가까운 자금이 더 소요될 것으로 추

산되었는데, 사실상 우리로서는 역부족이었습니다. 그래서 가장 현실
성이 높은 중국 상인단을 불가피하게 흡수한 것입니다. 더 늦기 전에
말입니다."

속에서 탄성이 절로 터져 나왔다. 재차 못을 박는 상열의 배짱에 혀
를 내두를 수밖에 없었다. 일단은 국가펀드의 담보 구좌부터 인수시키
고 때를 봐서 전체를 인수시키겠다는, 이른바 시간 차 전략을 상열은
펴고 있었다.

중국 상인단이 지불하는 임대료를 총합하면 만만치 않은 금액이다.
그 돈이 있으면, 분양이라는 현안에 목매지 않더라도 국가펀드의 600
억 채무를 내재이자율로 쳐서 유지할 수 있다. 즉, 상열의 말은 깔끔한
회계 정리를 위해 1년에 18억 정도는 임대료로 충당시켜 주겠다는 거
고, 그래서 활성화가 농익어 분양이 수월케 되는 시점까지 필요에 따
라 국가펀드의 채무를 느긋하게 끌고 갈 수 있다는 거였다. 개발비니
확정수익률이니 하는 용어들은 국가펀드를 상대로 완곡한 협박을 가
하기 위해 동원한 수식어에 지나지 않을 수도 있었다.

그렇다면 상열의 고민도 결국 광서와 같을 것이다. 국가펀드에 대한
내재이자율이 상가 임대료의 선에 맞춰질 것인가 하는 문제. 그리고
무엇보다 분양이 용이하게 될 시점이 불투명하다는 문제. 하긴, 후자는
상열의 고민 밖일 터였다. 그때쯤이면 이미 최상열은 손을 털고 난 뒤
일 테니까.

상열의 최종 요지는, 중국 상인단이 정상적으로 임대계약을 체결하
는 시점에서, 골든게이트가 더 이상 사고를 치게 방치하지 말고, 전체
상가를 인수할 준비를 하라는 메시지였다. 그렇다면 상열의 예상은 적
중한 셈이었다. 이미 김형우 이사와 광서는 중국 상인단과의 정상적인

임대계약이 진행된다는 단서 하에, 상가 전체의 인수에 대한 구체적인 논의를 바로 그 시점으로 찍어둔 상태였기 때문이다.

목이 칼칼했다. 광서는 상열을 응시하며 생수병 뚜껑을 비틀어 컵에 물을 부었다.

당장은 최상열에게 끌려갈 도리밖에 없다. 정상적인 임대계약을 위해서는 임대보증금이 있어야 한다. 제발 상열이 임대보증금 문제만 말끔히 처리해주기를 바랄 뿐이었다.

물론 인수까지 가는 길에는 여전히 구멍이 남아 있었다. 인수를 위해서는 상가에 자금을 대출한 금융기관과 우선 협의를 해야 한다. 그 협의의 기준 금액을 가장 낮게 잡아도, 추가로 투여될 비용이 만만치 않았다. 딜레마였다. 인수 대금의 크기에 따라서는, 광서가 짜낸 플랜 B가 빛 좋은 개살구로 전락할 가능성도 높았다. 그런 연유로 김 이사는 깊이 고심하지 않을 수 없었고, 그것은 광서도 마찬가지였다.

하지만 그런 고심에 앞서서 김 이사는 최상열 자체를 신뢰하지 않았다. 중국 상인단을 의심의 눈초리로 보는 것도 상열에 대한 불신이 컸기 때문이다.

며칠 전, 바둑알을 통에 집어넣으며 김 이사는 느닷없이 푸념을 내뱉었다.

"광서야, 이제 내가 옷 벗을 때가 다 되어가나 보다."

그러면서 평소답지 않게 허무함이 배인 눈으로 광서를 바라보았다.

"하지만 그전에, 내가 뿌린 씨는 내가 모두 거둬갈 작정이다."

섬뜩한 말이었다. 김 이사가 그런 생각을 가지고 있다면, 상열은 정말로 막다른 골목에 다다랐다고 할 수 있었다. 출구가 없는 그 골목에서 중국 상인단을 성공적으로 끝맺음만 한다면 상열은 살길을 도모할 수 있을 것이다. 광서는 깍지 낀 두 손을 코에 대고 상열을 물끄러미 바라보다가 마이크를 잡았다.

"최 대표님, 임대보증금은 어떻게 됩니까?"

김 이사가, 잘 물어주었다, 하는 투로 고개를 끄덕이며 동조의 눈빛을 보내왔다. 김 이사의 시선은 상열에게로 신속히 이동했다.

절로 고개가 갸우뚱해졌다. 정작 중요한 대목인데, 상열이 미적대고 있는 까닭이었다.

"지금 협의 중에 있습니다. 그건 협의가 끝나는 대로 발표하겠습니다."

상열은 그것으로 대답을 마쳐버렸다. 구체적이진 않아도 오늘쯤은 대강의 윤곽이라도 내놓아야 했다. 그러나 당당하기 그지없던 평소에 비한다면, 상열의 지금 모습은 께름칙할 만큼 석연치 않았다. 하긴, 제대로 몰리고 있는 상황에서 신중에 신중을 기하려는 태도로도 이해할 순 있었다.

마이크 공명음이 울리면서, 김 이사의 서늘한 음성이 흘러나왔다.

"차후에 기회를 봐서 회의를 다시 소집하겠습니다. 현재로선 타개책에 대해 왈가왈부하는 것도 그렇고, 로드맵을 언급하는 것도 무의미한 것 같습니다. 중국 상인단에 대해 더 구체적인 정보가 필요합니다. 오늘 회의는 이쯤에서 마치는 걸로 합시다. 다들 수고하셨습니다."

마이크를 끄고 한 손에 생수병을 든 채 김형우 이사는 천천히 의자에서 몸을 일으켰다. 그는 지체 없이 소회의실을 빠른 걸음으로 빠져나갔다.

몇 분 지나지 않아 소회의실은 썰렁하게 비워졌다. 몇 명만이 자리에 남아 있었다. 그 중에는 최상열이 있었고, 광서도 있었다. 생각에 잠겼는지, 비스듬히 아래로 떨어져 있던 상열의 눈이 광서를 향했다.

"윤곽이 아직도 안 나와?"

광서가 물었지만, 상열은 얼른 대꾸하지 않았다. 손끝으로 이마를 문지르며, 묘한 미소를 지을 뿐이었다. 상열은 턱을 약간 치켜든 자세로 광서를 응시했다. 그리고 소리는 내지 않고 입만 벙긋거렸는데, 걱정마, 라고 말하는 것 같았다. 광서는 피식 웃으며 고개를 주억거렸다. 이젠 자리를 떠야겠다고 마음먹는 순간, 시커먼 그림자가 광서 앞을 가로막고 섰다. 엉거주춤 엉덩이를 뗀 상태에서 그림자의 주인공을 올려다보았다. 낯익은, 그러나 낯선 목소리가 흘러나왔다.

"이렇게 해서라도 기웃거리고 싶냐?"

양미간에 힘을 잔뜩 넣고 안학찬이 내려다보고 있었다. 광서는 엉덩이를 다시 의자에 내려놓았다. 광서는 손을 내밀었다.

"오랜만이다, 친구."

안학찬의 눈언저리가 가늘게 떨렸다.

"너, 진짜 골 때린다!"

안학찬은 그 말을 씹어뱉고는 휑하니 몸을 돌려 출입구로 걸어갔다. 상열은 그 광경을 말없이 지켜보고 있었다. 광서는 상열에게 눈길을 던지며, 소리 없이 입을 벙긋거렸다. 야, 꼴 때린단다!

상열은 웃으며 가볍게 머리를 흔들었다. 그때 누군가 소회의실 창을 가린 두꺼운 커튼을 확 열어젖혔다. 청소하는 아줌마였다. 환한 햇살이 소회의실 안으로 양동이의 물처럼 왈칵 쏟아져 내렸다. 정통으로 햇살을 뒤집어쓴 상열은 인상을 찌푸렸다. 손차양을 한 채로 상열은 광서를 바라보았다. 광서는 자리에서 일어나 손바닥을 펴 보이는 것으로 작별을 고했다.

골든게이트 상가로 외근을 가기 위해 사무실을 나섰다. 오전 10시 언저리였다. 제법 익숙해진 길을 따라 버스정류장을 향해 걸어갔다.

어젯밤엔 간만에 푹 잤다. 모처럼 숙면을 취해서인지, 몸이 날아갈 듯 가뿐했다. 문득 정체 모를 충동이 솟구쳤다. 무작정 걸어보자는 고질병이 또다시 도졌다.

중간에 점심 먹은 시간을 것을 빼면, 족히 예닐곱 시간은 걸었나보다. 무슨 생각을 했는지 또렷하게 상이 잡히지 않는 것을 보면, 그 시간 동안은 그야말로 백치 상태였던 것 같다.

장딴지가 아플 만큼 팽팽했다. 결국 골든게이트 행은 포기하고 다시 사무실로 돌아왔다.

책상 앞에 다다랐을 때 광서는 흠칫 놀랐다. 책상에 누군가 등을 지고 앉아 있었다. 김 이사였다. 퇴근을 하기엔 아직 일렀고, 그렇다고 외근에서 돌아오기엔 좀 늦은 오후 5시 반이었다. 김 이사는 광서가 다가서는 것도 모를 정도로 독서에 빠져 있었다. 그의 손에는 최근에 광서가 인터넷 서점에서 구입한 중국 관련 서적이 들려 있었다.

"웬일로 제 자리에……?"

"그래, 상가 분위기는 좀 어떻더냐?"

"뭐, 그냥저냥입니다."

거짓말을 하려니 혓바닥이 까끌까끌했다. 가지도 않은 상가의 분위기를 낸들 알 수 있나. 양복 윗도리까지 걸친 옷차림으로 봐서는, 그는 벌써 퇴근을 서두르는 것 같았다.

"오늘 좀 일찍 마치고 근처에서 술이나 한잔할까?"

목소리를 나지막이 까는 걸로 보아, 은근한 강요였다.

"명령이십니까?"

"뭐, 그럴 수도."

"그럼, 그걸 왜 물어 보십니까. 나가자, 하면 되지."

김형우 이사는 푸푸, 웃었다.

30여 분 뒤, 국가펀드 건물 뒷길에 위치한 청운에 자리를 틀었다. 가격파괴를 내세운 신개념 일식집인 청운은 월급봉투가 얇은 샐러리맨들이 즐겨 찾는 곳이었다.

"광서야."

"예."

요즘 돌아가는 분위기가 그런 탓인지, 김 이사의 목소리에는 침울함마저 배어 있는 듯했다. 그는 막 비운 소주잔을 조용히 응시하는 중이었다.

"우리 아버지도 군인 출신이셨다. 해병대 상사셨지. 박정희 쿠데타 때 애매한 이유로 군복을 벗으셨다. 돌이켜보면, 아버진 천생 군인이셨는데. ……남한테 말을 않으셔서 그렇지, 아마 응어리가 많으셨을 게다."

그랬구나. 김형우 이사의 사적인 내력을 듣는 건 이번이 처음이었다. 슬그머니 김 이사의 빈 잔에 소주를 채워 넣었다.

"박정희 대통령은 내가 존경하는 인물 중 한 분이다. 하지만 개별적인 존경과 별개로, 원죄는 어쩔 수가 없지. 그도 쿠데타라는 원죄에 대해선 늘 입을 다무셨다. 어쩌면 늘 그 원죄를 인식하고 있었기에 대한민국을 통째로 동원 체제로 만들었겠지."

이 양반이 뜬금없이 왜 이런 말을 하지? 그런 의문이 솟구치기는 했지만, 광서는 고개를 주억거리며 가만히 듣고만 있었다.

"시멘트 바닥에 무릎이 꿇린 채, 고문하는 수사관에게 고통을 호소하는 사람들을 광서 너는 본 적이 없을 게다. 직접 겪어보지 않고서는 동원 체제에 배인 그 무서운 실상을 알 수가 없지."

그랬다. 그 살 떨리는 고문은 떠도는 소문으로만, 인쇄된 활자를 통해서만 알 뿐이었다.

"그게 다 원죄의 불가피성 때문이다. 하지만 그보다 더 무서운 후유증은 따로 있어. 한국은 박정희가 일으킨 쿠데타의 논리가 샘플이 되어 훗날 전두환까지 이어지는 관례를 남겼다. 하나의 성공한 사례는 당대에 끝나지 않는다. 그것을 학습하고 추종하는 세력들이 생기기 때문이지. 그걸 명심해야 한다."

양미간 사이가 바늘에 찔린 것처럼 따끔했다. 광서는 저도 모르게 이맛살을 오므렸다.

"광서, 지난 번 최상열의 말을 듣고 넌 무슨 생각을 했나?"

솔직한 속내를 까보라는 소리였다. 이 양반은 잔수가 통하지 않는 사람이다.

"최상열의 말대로 상가 활성화부터 잡고 나면 당장 분양에 목을 맬 필요는 없다는 생각입니다. 이제 최상열의 중국 상인단은 유일한 타개책일 뿐 아니라, 그게 잘되면 일거양득도 노릴 수가 있을 것 같습니다."

김형우 이사는 잠자코 고개를 끄덕였다.

"그리고, 또?"

"중국 상인단을 확실히 마무리할 테니 상가 전체를 인수하라는 통보 같았습니다. 올 것이 왔다는 생각입니다."

김형우 이사의 입 꼬리가 픽 올라갔다. 그는 잔을 들어 단번에 소주를 털어 넣었다.

"그러면서, 넌 우리가 제대로 걸려들었다는 생각을 했을 게다. 하지만 광서야, 나는 최상열의 논리 정연한 궤변을 듣고 무슨 생각을 한 줄 아느냐?"

논리 정연한 궤변? 김 이사의 최상열에 대한 불신이 여실히 드러나는 대목이었다. 광서는 지체 없이 되물었다.

"무슨 생각을 하셨습니까?"

"아, 이 녀석이 보증금을 가져오지 못하는구나. 난 그렇게 생각했다."

순간, 머릿속이 하얘졌다. 광서 역시 그 부분이 불안하지 않은 것은 아니었지만, 김 이사는 무엇을 근거로 저런 확신을 가졌단 말인가.

"대체 어떤 맥락에서……."

마지막 승부일지도 모르는데, 돌대가리가 아닌 마당에 상열이 그럴 리 있습니까? 광서는 그렇게 쏘아붙이고 싶었다. 그래서일까. 잠깐 동안 김 이사와 광서의 시선이 사각 전등 아래에서 불편하게 뒤엉겨버렸다. 김 이사는 눈을 지그시 감고는 헛웃음을 날렸다.

"넌, 역시……."

"뭐가 역시란 말입니까?"

김 이사의 눈매가 가늘어졌다.

"예전에 내가 했던 말을 기억하느냐? 넌 본성은 착하지만 얕다고. 너는 아직도 얕다. 이번에 넌 너무 앞서갔어. 그리고 니 본성에 따라, 최상열이 그런 입장이 될 수밖에 없었을 거라고 특수성을 부여하고 있다. 누구나 자신의 죄에 대해 특수성을 부여하지. 쿠데타의 본질도 그렇다. 내가 잘 봤다면, 너야말로 최상열에게 제대로 걸렸다."

어금니에 힘이 들어갔다. 상열에게 제대로 걸린 게 아니라, 당신에게 제대로 들킨 거지요. 하지만 들켰을망정 당신은 결코 이해할 수 없는 우리만의 공유 영역이 있답니다. 광서는 버팅기고 싶었다. 맥주잔에 소주를 팔팔 부은 다음 단숨에 비웠다.

"제가 제대로 걸렸다는 말씀은 도대체 뭘 보고 하시는……?"

김 이사는 턱을 치켜든 채 맞은 편 벽에 시선을 두었다. 그리고 나지막이 말했다.

"최상열이 배짱도 있고 머리회전이 비범하다는 건 나도 안다. 하지만 그 녀석은 한마디로 자기밖에 모르는 사람이야. 자기 앞가림에만 모든 게 집중돼 있는, 한마디로 쓰레기 같은 녀석이다. 니가 생각하듯, 고차원의 목표를 위해 고행을 자처하는 놈이 결코 아니란 말이다."

광서는 말문이 막혔다. 어이없어서가 아니라, 그의 말이 정곡을 찌르고 있었기 때문이다. 이 순간의 김 이사는 어찌 보면 김성태를 닮아 있었다. 적나라한 표현으로 증오를 드러내는 김성태를.

"차분히 복기를 해보니까, 최상열의 숨 가쁜 입지 변화가 한눈에 파악되더구나. 아마 최상열은 니가 이 상가에 나타나기 훨씬 전부터 자금을 이미 빼돌릴 만큼 빼돌려놓았을 게다. 그러니까 애당초 법적인 책임을 각오하고 있었다는 뜻이다. 추정컨대, 넌 나중에 최상열이 법정에 섰을 때, 최상열이 상가를 위해 최선을 다했다는 진술을 해줄 수 있는, 말하자면 그나마 형량을 감소시킬 참고인 정도의 용도로 널 부르지 않았을까 싶다."

귀가 윙윙거리기 시작했다.

"헌데, 웬걸! 촌구석에서 상경한 이광서가, 전혀 기대조차 하지 않았던 이광서가 이태리 솔루션을 턱하니 내놓은 거지. 최상열의 심경에 변화가 생긴 시점이 아마 그 언저리지 않을까 싶다. 더 중요한 건 이광서가 상가로 입성해서는 조직을 단숨에 장악해버렸다는 거다. 내가 놀랄 정도면, 최상열이는 경악을 했을 거다. 이때부터 최상열이 본격적으로 갈등했다고 본다. 야, 이거 잘하면, 감방에 가지 않고도 골든게이트를 민사적으로 끝낼 수 있겠는걸? 그런 마음이 서서히 들기 시작했다는 거지. 그래서 우발 채무를 포함한다면 분양이 다 되더라도 실상 남는 이문이 전무한 골든게이트 상가를, 인수 능력이 충분한 국가펀드로 몰고 간 것이다."

광서는 목이 갑갑해져 여민 넥타이를 풀어야 했다.

"국가펀드에 대한 첫 시도가 실패하자 최상열은 잠시 절망했겠지. 하지만 이내 국가펀드 작업에 온 승부수를 던져야겠다고 결심했을 것이다. 어차피 밑져야 본전이거든. 이광서를 중심으로 국가펀드를 돌파해보자, 이렇게 전략을 바꾼 거지. 그 예상은 적중했다. 결론적으로 우리는 최상열이 아니라 이광서에게 속았으니까."

이광서에 속았으니까! 그 대목에서 광서는 치솟는 열 때문에 두개골이 녹아버릴 것만 같았다. 어느 정도 가담되었던 게 아니고, 저 양반의 말에 따른다면, 정작 주연은 이광서였다는 뜻이 아닌가.

"아무튼 그건 엎질러진 물이니 그렇다 치고, 최상열의 비범한 머리는 여기서 진가를 드러냈지. 바로 국가펀드 뇌물 사건이다. 그는 국가펀드의 공신력이 부가되면 이광서의 파워와 맞물려 엄청난 파괴력이 될 수 있음을 미리 짐작하고, 의도적으로 안전장치를 갖춘 다음 변수로 터트린 거지. 아주 대단한 배짱이고 등골이 오싹한 머리회전이야. 상가가 여기에서 무너진다면, 국가펀드에게 골치 아픈 하자 상가가 또 하나 생길 거 아니냐? 그러면 국가펀드가 나서지 않을 수 없다고 판단한 것이다."

김 이사는 잔을 비운 다음 말을 이어갔다.

"이쯤에서 극적인 돌발 상황이 발생했어. 이광서의 괴력이 드러난 거지. 이광서가 최상열의 예상을 완전히 뒤집어버리고 분양을 다시 키고 나가는, 최상열로서는 끔찍하기 짝이 없는 사태가 벌어진 거야. 광서야, 이 대목은 니가 잘 들어야 한다. 최상열한테 눈엣가시인 니가 그나마 명줄이 길었던 이유가 뭔지 아느냐? 다름 아닌 니 친구들의 구좌를 먼저 털기 위해 국가펀드의 구좌를 묶어두었다는 점이다. 최상열의 입장에선 어쨌든 국가펀드를 묶어두었다는 게 천만다행이었고, 그래서 니 명줄이 길어졌던 게야."

그 순간, 귓가를 윙윙거리던 이명이 거짓말처럼 뚝 그쳤다. 광서는 눈을 휘둥그레 떴다. 아, 이 양반은 모든 걸 꿰고 있었구나!

"그걸 어떻게……."

광서의 눈앞에, 당시로는 이해불가였던 장면들이 빠른 속도로 스쳐 지나갔다. 그리고 그 장면들이 서서히 연결되기 시작했다. 아, 이 양반, 진짜 무서운 사람이다! 김 이사의 잔을 채우는 광서의 손이 파르르 떨렸다.

"그렇게 치밀했던 최상열도 드디어 실수를 연발하게 된다. 친구 이광서 때문에. 이광서의 예상치 않은 뒤집기가 그 녀석의 조급증을 유발시켰지. 그 조급증 때문에, 국가펀드가 털고 나가는 걸 막기 위해 상가의 구좌를 쪼갠다는, 참으로 급조된 명목을 만들어낸 거야. 그렇게 해서라도 분양을 중단시켜야 했으니까. 일단 발등에 불부터 끄자는 식이었지. 하지만 이광서가 또다시 강력한 반발을 하게 되지. 그래서 불가피하게 발생한 일이 바로, 이광서 린치 사건이다."

이광서 린치 사건? 마치 딱딱한 보고서 제목을 읽는 듯한 소리가 김 이사의 입에서 터져 나왔다. 그 참혹했던 장면이 떠오르자, 광서는 눈을 질끈 감았다.

"그러다 어디서엔가 난감한 정보가 감지되기 시작한 거야. 자기를 치

116

기 위해 공권력이 꿈틀거리고 있다는 정보 말이지. 최상열은 어쩔 수 없이 다급해졌어. 판을 키운 게 되레 자기 목을 조르는 형국으로 흘러가니 당연히 그럴 수밖에. 최상열이 고육책으로 만들어낸 명분이 바로 상가 활성화고, 그 활성화의 명분에 따라 급조한 게 바로 중국 상인단이다. 내 말 뜻을 알겠느냐?"

아주 아귀가 맞는 논리였고, 충분히 납득하고도 남을 논리였다. 김형우 이사의 논리대로라면, 최상열은 구제불능의 비열한 개자식이었다. 그러나 지금부터는 신중할 필요가 있었다.

"하지만 이번 발표를 보면, 고심한 흔적도 꽤나 엿보이는 부분이 많습니다. 좋습니다. 최상열이 중국 상인단을 급조했다 치더라도, 결과는 크게 달라지지 않습니다. 어찌됐든, 중요한 건 중국 상인단의 실체이기 때문입니다. 정상적으로 임대보증금이 담보된 임대차 계약만 맺는다면, 이 상태에서 하등 문제될 게 없습니다. 분양도 마찬가지고요. 이런 조건만 충족되면 때를 봐서 얼마든지 가능한 거 아닙니까?"

김 이사는 크게 고개를 휘저었다. 그러고는 광서의 코앞까지 얼굴을 가까이 댔다.

"그러니 보증금을 확보하지 못했단 뜻이다. 만약 보증금이 확보되었다면, 그 녀석은 최상열답게 자기 속내를 좀 더 대범하게 비쳤을 거다. 그놈이 이번에 발표한 대책이 그래. 너무 최상열답지 않다는 게 문제였다. 보증금이 확보되었다면, 그놈은 결코 누구나 고개를 끄덕일 만큼 다 퍼주는 방안을 발표할 녀석이 아냐. 지금 내밀히 주시하는 눈들을 의식하고 만든 방안이란 뜻이지."

그랬다. 광서도 발표석상에서 상열이 보인 석연찮은 태도에 께름칙함을 느낀 터였다.

"지금 상황은, 그 몇 푼 되지 않는 보증금을 자기가 대신 메우고 싶어도, 당장 편법으로 조달할 방법까지 죄다 막혀버린 지경이 됐거든. 중국에 숨겨둔 자기 재산은 모두 부동산으로 묶어놓았는데, 30억을 위해 당장 매각할 수도 없는 처지고, 그렇다고 서슬퍼런 공권력이 보고 있는 마당에 30억 가까이 되는 자금을 J저축은행에서 빼내 중국으로 돌린 다음, 중국 상인단 보증금으로 전환시키는 절차 자체가 불가능하고. 보증금을 충당할 방법이 이젠 도무지 없다는 걸 알게 된 거지. 더더구나……."

광서는 이미 멍해 있었다. 전직 정보부 베테랑답게, 김 이사는 수많은 개연성을 들어 설명하고 있었다.

"더군다나, 뭡니까?"

"그 악몽일 수도 있는 친구 이광서가 어이없게도 국가펀드의 옷을 입고 나타난 거야. 국가펀드가 이광서를 영입할 거란 소식을 처음 접했을 때, 아마 최상열은 살이 다 떨렸을 게다. 이젠 제대로 몰린 그놈이 선택할 수 있는 카드는 몇 개 없었을 거야. 고심을 거듭한 끝에, 특히 이광서까지 다시 출현했다면 결국 진정성을 가지고 나갈 수밖에 없다는 결론을 내렸을 게다. 넌, 당장 상가를 인수하라는 뜻으로 앞질러 갔지만 최상열의 지금 심정은 진정성을 가지고 분양에 온 힘을 다할 테니 국가펀드에서 협조해달라는 거야. 어차피 국가펀드의 인수는 피할 수 없는 기정사실이고, 자기가 어느 정도의 역할을 한 다음에 인수가 이루어진다면 공권력이 작동돼 자기를 친다 할지라도 충분한 참작사항이 될 수 있다고 계산한 거지. 그러니까 내 말의 결론은, 현재 최상열의 스탠스는 본능적으로 좀 덜 맞으려고 고안된, 그 녀석의 예리한 잔머리에 지나지 않는다, 이 뜻이다. 내 말 이해하겠느냐?"

빤히 날 쳐다보는 김 이사의 눈길은 광서를 참을 수 없는 갈증으로 몰아갔다. 광서는 큰 소리로 소주 두 병을 더 주문했고, 새 소주를 받자마자 맥주잔에 소주를 채워 벌컥벌컥 마셨다. 한동안 침묵이 이어지다가, 김 이사가 다시 입을 뗐다.

"우리나라에 언제부터인지 최상열 같은 금융건설족들이 활개를 치며 이중, 삼중 구조를 만들어놓고 일확천금을 챙기는 사례를 왕왕 목도해왔다. 그리고 미꾸라지처럼 빠져나가서는, 그걸 소위 작품이라며 자부하며 다니기까지 한다. 마치 자랑스러운 경제 쿠데타라도 일으킨 것처럼 말이다. 내가 진정 우려하는 것은 이러한 전례가 또 누군가에 의해 학습되고 추종된다는 것이다. 그래서 난 우리나라 금융건설족들에게 경고하는 뜻에서도 이번 사태는 그냥 넘길 수가 없다."

댕그랑 하는 종소리가 머릿속에서 울렸다. 지금 김 이사는 최상열과 피를 보겠다는 결심을 알려주고 있는 거였다. 광서의 온몸에 전율이 퍼져나갔다. 김 이사는 광서에게도 경고하고 있었다. 니가 최상열을 은근히 감싸보겠다면 너 또한 일종의 가담자로 인지하겠다는 경고! 결국, 광서는 질문을 던지지 않을 수 없었다.

"만약 최상열이 임대계약도 무사히 완료하고 중국 상인단에게 보증금을 받아 납입을 끝낸다면 어쩔 셈이십니까?"

잔을 든 김 이사의 팔이 허공에서 뚝 멈추었다. 그의 눈에서 묘한 분노가 감지되었다.

"만약 그렇다면, 난 두말없이 성공한 쿠데타로 인정하고 괜한 풍파를 일으키지 않겠다. 이건 너에 대한 배려도 조금은 포함되어 있어. 그러면 나도 묻자. 네 친구 최상열이 만약 보증금도 납입하지 못하는 사태가 벌어지면 너는 어쩔 테냐?"

김형우 이사의 물음에 한 치의 꾸물거림도 없이 단호한 어조로 대답했다.

"결코 용서하지 않을 겁니다."

그 말에 묘한 미소를 입가에 걸며, 천천히 고개를 흔드는 김 이사였다.

"너는 처음 이사장님을 보던 날, 국가펀드가 이광서를 필요한 까닭이 은밀한 내부 정보를 많이 알고 있느니, 상가의 양도를 수월케 할 수 있느니, 이따위 말을 쏟아놓았다. 난 그 이야기를 들으며 참으로 가소롭다는 생각을 했다. 내부 정보는 내가 너보다 더 많이 알 자신이 있다. 또한 넌 처음 듣는 얘기겠지만, 특수부대 퇴역군인들을 중심으로 한, 조폭들이 점유한 상가를 전문으로 때려잡는 양도 전문 회사도 우리는 자회사로 가지고 있다. 그러니 혹시나 발생할 상가의 양도문제도 사실 아무것도 아닌 셈이야. 국가펀드가 이광서 너를 필요로 한 이유는 실은 다른 데 있었다."

광서는 침을 꼴깍 삼켰다. 그의 다음 말이 몹시 기다려졌다.

"우리가 너희 골든게이트에 발을 담근 후에 면밀히 알아봤지만, 음흉한 세력들이 작당을 해서 상가를 이중, 삼중 구조로 만들고 있을 때, 이광서라는 정체불명의 사내가 단지 긍정의 힘 하나만으로 그들을 압도하고 있다는 걸 알게 됐다. 우리는 그 점을 높이 평가한 것이다. 지금은 더욱 그렇다. 그 긍정의 힘이 꺾이면 안 되기에 우리가 널 데려온 거야. 알겠느냐?"

광서는 고개를 푹 숙였다. 뭐랄까, 분수 넘치는 칭찬을 들었을 때의 면구스러움 같은 것이 낯을 붉히게 만들었다.

"니가 이사장님 앞에서 한 말은 주제넘은 거였다. 하지만 딱 하나, 마지막으로 말한, 골든게이트 상가를 금융리스 형태로 만들어 작업해

나가는 건 아주 놀라운 발상이었다. 내심 깜짝 놀랐지. 그래서 이건 너에게 하는 부탁이자 명령이다. 너의 그 특유의 긍정적인 힘을 향후 중국 상인단을 직접 상대하는 쪽으로 돌려라. 그래야 이광서 니가 구상한 금융리스 형태로 골든게이트 상가를 운영할 수가 있다. 하지만 안 되더라도 걱정할 필요는 없다. 어차피 확률이 별로 높지 않은 게임인 건 우리도 잘 아니까. 사실, 큰 기대도 하지 않는다. 중국 상인단이 결국 껍데기뿐인 허상일지라도, 난 그 사실을 담담히 받아들일 참이다. 그때는 최상열과 그와 작당한 모든 이해관계인들을 징벌하고, 이 국가 펀드에 누를 끼친 죄로 옷을 벗을 계획이다. 이 사실은 너만 알고 그 누구한테도 입을 열지 마라. 알겠지?"

시야가 뻥 뚫렸다. 동시에 심장이 마구 박동 쳤다. 상열뿐 아니라, 성태도, 두표도, 안학찬도 모두 저 무시무시한 김형우라는 급류에 떠내려갈 판이었다. 광서는 고개를 추켜세웠다.

"제가 어떤 일이 있더라도 이사님의 명령에 복종하겠습니다. 하지만 최상열한테 마지막 기회를 주십시오. 이건 친구의 입장이 결코 아닙니다. 골든게이트 상가를 경영했던 CEO로서, 개인적으로 짚이는 데가 있어 그렇습니다."

"얼마든지!"

김 이사가 단호하게 대답했다.

파란 색상의 추리닝을 입고 슬리퍼를 질질 끌며 성태가 오고 있었다. 그가 사는 아파트 상가의 치킨 가게로, 전화를 받고 10분도 채 되지 않아 얼굴을 내밀었다.

"뭐야? 벌써 많이 발랐네? 혼자서 그렇게 처먹다니, 너 혹시 무슨 좋은 일 있냐?"

우두커니 서서 희번덕거리는 눈으로 내려다보더니, 성태는 싸구려 티가 풀풀 나는 주황빛 인조가죽 소파에 몸을 풀썩 주저앉았다. 주인 아주머니는 한 사람이 마저 등장하자 컵과 팝콘이 담긴 대나무 그릇을 고동색 쟁반에 얹어 다가왔다. 컵 위엔 가죽 테두리가 달린 메뉴판이 얹혀 있었다. 성태는 치킨 한 마리와 생맥주를 주문했다. 방패를 잡듯 쟁반을 두 손으로 꽉 거머쥔 아주머니는, 무슨 영문인지 주문을 받는 동안 광서의 기색을 이리저리 살폈다. 의심이 깔린 눈초리였다. 그녀의 눈길에 광서는 기분이 상했다. 아주머니가 떠나자 성태가 물었다.

"무슨 일인데?"

성태를 마주한 상태에서 말꼭지를 열려 하니, 입이 잘 벌어지지 않았다. 성태가 과연 이 혼란스런 마음을 이해할까? 광서는 호흡을 가다듬고 조심스레 입을 뗐다.

"성태야, 오늘 너한테 고백할 게 하나 있다."

성태는 머리를 뒤로 젖히며, 눈에 각을 세웠다.

"뭔데? 퍼뜩 말해봐. 사람 불안하게 만들지 말고."

성태의 멀뚱한 시선이 광서를 더욱 난감하게 만들었다. 하지만 이제 와서 머뭇거리고 싶지는 않았다.

"나도 나를 못 믿겠다. 흉측하게도 아직도 내 마음 한구석에는 상열이에 대한 애정이 남아 있더라. ……지금이라도 그냥 손들어버리고 싶은 심정이야."

순간, 성태의 안면이 심하게 일그러졌다. 끙, 하는 신음소리 뒤에 거친 콧바람 소리가 일정한 간격으로 뿜어져 나왔다.

"아줌마, 여기 맥주부터 줘요!"

성태의 목소리에는 분노가 담겨 있었다.

성태는 아주머니가 생맥주를 테이블에 내려놓기 무섭게, 그 잔을 사납게 쥐고는 벌컥벌컥 비워버렸다. 연거푸 두 잔을 마셔대고 나서야 광서에게 시선을 던졌다.

"광서야, 넌 상열이와 고등학교 시절만 보냈지? 하지만 난 고등학교, 대학교, 심지어 사회에 나와서도 얼굴을 맞대고 살았다. 늘 현재진행형이었지. 그런 내가 최상열한테 애정이 눈곱만큼도 없을 거 같냐? 나, 김성태! 사실 최상열을 너무 너무 사랑한다. 하지만 상열은 이미 없다. 친구 최상열은 벌써 사망했어. 지금 광서 니가 알고 있는 최상열은 옛날의 그 최상열이 아니야. 놈은 이미 괴물이 되어버렸어. 그러니 너의 그 어설픈 관념론 속으로 나까지 끌어들이지 마라. 그 엿 같은 애정이 되레 상열이를 더 깊은 수렁에 빠트려왔어."

성태는 광서를 이글거리는 눈으로 노려보았다.

"그래, 좋아! 넌 그냥 손들어라. 현실은 감상 따위로 덮을 수 있는 게 아냐. 넌 아직 많이 부족하다. 애초부터 넌 상열이 상대가 못 되었어."

광서는 아무 대꾸를 하지 않았다. 성태가 말을 이었다.

"너, 상열이가 이야기한 중국 상인단을 설마 곧이곧대로 믿는 건 아니겠지?"

"성태야! 상열이가 중국 상인단을 마무리하지 못하면, 어차피 너도, 두표도, 학찬이도 다 다치게 되어 있어. 이건 믿고 말고의 문제가 아냐!"

성태는 어이없다는 표정을 지었다.

"광서야! 내가 말했지? 해결을 위해 다쳐야 한다면 어차피 다치게 돼 있다고. 그건 니가 아무리 개지랄을 떨어도 어쩔 수 없는 거다. 그리고 난, 너부고 구해달라 적 없다 똑바로 알고 덤벼라!"

광서도 슬슬 심사가 뒤틀리기 시작했다.

"야, 이 병신아! 중국 솔루션만 성공적으로 되면, 심지어 국가펀드도 손해를 보는 구조가 아니라니깐!"

성태의 눈빛이 반짝였다. 그의 입가에 냉소가 번지기 시작했다.

"역시 내 눈이 틀리지 않았군. 넌 알게 모르게 최상열이랑 비슷한 구석이 너무 많아. 광서야, 내가 왜 모든 학삐리들의 꿈의 직장인 산업은행을 관둔 줄 알아? 바로 할 말을 잃게 만드는 도덕적 해이, 그리고 구태의연한 정주영식 운영 방식 때문이었어. 최상열 같은, 그리고 이제는 이광서 같은, 일단 목표가 설정되면 무조건 밀어붙이고 보자는 식! 그래 놓고는 실패하면 어떻게 하는 줄 알아? 반성하는 놈은 하나도 없다. 왜? 그렇게 배웠으니까. 선배의 선배에서부터 대물림을 하며 그렇게 배웠으니까. 그걸 나한테도 강요하는 걸 참을 수 없었으니까. 그러면서 침묵을 요구하니까. 그게 그쪽 구석의 현실이었으니까."

성태는 당장 술을 마시지 않으면 죽어버릴 사람처럼 맥주를 벌컥벌컥 마셨다.

"광서야, 한 기업의 CEO라면 무조건 베이스로 삼아야 하는 덕목이 뭔 줄 아냐? 정직이다. 그 어떤 일이 벌어지더라도 일단은 정직해야 한다. 최상열은 그런 베이스 자체가 안 되어 있어. 넌 최상열한테 지금 휘둘리고 있다. 참 지랄 맞게도."

성태는 그 말을 끝으로 침묵에 돌입했다. 성태는 일정한 간격으로 술잔을 비웠다. 광서도 마찬가지였다. 성태가 감정을 이기지 못할 만큼 만취가 됐다는 걸 안 것은, 쉼 없이 맥주를 나르던 주인아주머니가 여전히 못마땅한 눈초리로 광서를 얼핏얼핏 바라보는 걸 보고, 그게 마뜩찮아 광서 또한 눈에 힘을 잔뜩 넣고 그 아주머니를 겨누어 볼 때였다.

"양아치 새끼."

어느새 자정에 가까운 시간이었다.

"딱 어울린다. 통닭집 아주머니나 열심히 잡아라. 이 양아치 새끼야."

그 말과 함께 느닷없이 기괴한 웃음소리를 터뜨렸다. 그것은 시작에 불과했다. 2초 후, 느닷없이 왼쪽 뺨에 얼얼한 충격이 가해왔다.

"이 씨팔놈아! 투사인 척 혼자 개지랄을 떨더니 정작 막판에 와서는 휘둘려? 개새끼, 넌 날 농락한 죄로 맞아야 한다. 니가 바람 따라 휘둘리는 갈대가 될 수밖에 없는 건, 안학찬의 말대로 근본이 없고 이데올로기가 없기 때문이다."

다시 양쪽 뺨에 후끈한 충격이 날아들었다. 그러나 광서는 저항을 할 수 없었다.

"강해져, 씨팔놈아! 어설픈 감상 따위는 집어치우고!"

기름기를 잃어가는 치킨 조각에 광서는 시선을 떨어뜨리고 있었다. 머리 위로, 거칠게 내뿜는 성태의 콧숨소리만 들려왔다. 이어, 악악대는 주인아주머니의 목소리도 들렸다. 지금 뭣들 하시는 거예요? 당장 나가세요! 안 그러면 경찰에 신고할 거예요! 고개를 들고 보니, 정말로 아주머니는 카운터 위의 전화기를 들고 있었다.

"너에게 날 구해달라는 말, 난 결코 한 적이 없다. 명심해라."

성태는 그 말을 광서의 귀 안에 박아놓고, 몸을 돌려 성큼성큼 걸어 나갔다. 성태가 출입구를 벗어나자 주인아주머니의 손에 있던 수화기도 제자리를 찾아갔다. 광서는 화끈거리는 얼굴을 쓸어내렸다. 미끈한 액체의 감촉. 새끼손가락이 시작되는 손바닥 가장자리에 붉은 색선이 그어져 있었다. 피였다.

아파트 상가를 마주보는 자리에 농협이 있었다. 광서는 농협 화단에 엉덩이를 걸치고 주구장창 담배만 빨았다. 혈관 구석구석을 스몄던 알코올 성분은 어느덧 휘발되어버렸고, 정신은 더없이 말짱했다. 손에 잡고 있는 게 마지막 담배였다. 이젠 숙소로 돌아가야겠다는 생각을 했다. 그때 진동음이 들렸다. 확인도 하지 않은 채, 전화기를 귀에 갖다 댔다.

"나다, 상열이."

새벽 1시에 다다른 시간이었다.

"이 늦은 시간에 웬일이냐?"

"혹시나 해서 걸어봤다. 안 잘 것 같아서. 통화 괜찮지?"

마지막 담배를 입에 물었다.

"그래, 괜찮으니까 이야기해."

"일주일쯤 있다, 중국에서 시찰단이 서울로 들어올 예정이다. 정확한 날짜는 다시 알려줄게. 암튼 그 중국인들이 국가펀드를 직접 방문해보고 싶다는 의사를 전달해왔다. 그래서 말인데, 그 중국 시찰단들이 국가펀드에 갔을 때 니가 신경 좀 써줬으면 하는데."

저도 모르게 웃음이 났다. 그렇다면, 확실히 실체를 파악할 수 있다는 얘기가 아닌가. 광서는 힘든 숙제를 끝낸 기분이었다.

"당연히 그래야지. 장담할 순 없지만, 이사장님 면담도 주선해보마."

"그럼, 더 고맙지."

광서는 요란스레 콧숨을 들이키고, 목소리에 힘을 주었다.

"상열아, 열심히 해봐!"

"당연하지. 내 식구 챙기려면 나부터 목매야지."

막 상열과 통화를 마쳤을 때 빗방울이 후드득 떨어지기 시작했다. 갑작스레 흙먼지 냄새가 나고, 상쾌한 바람 한줄기가 코끝을 스쳤다.

봄을 농익게 하는 봄비였다. 빗방울은 금세 굵어져 입에 문 담배를 두 동강내버렸다. 광서는 고스란히 빗줄기를 맞았다. 그래도 기분은 상쾌했다.

그래, 상열아, 과거 따위는 잊어도 좋으니, 이미 나와 술목 관계가 되어버린 상가를 한번 풀어봐라.

어둠속, 유일하게 빗줄기의 자태를 드러내주는 가로등을 지켜보며, 광서는 그렇게 중얼거렸다.

지오바니의 분노는 격렬했다. 밀라노, 볼로냐, 피렌체, 로마 등지에서 제 딴엔 명성이 있다고 자부하는 호올세일러들이, 그리고 세컨드 브랜드 제조업체들이 날이면 날마다 연락을 해온다고 했다. 그들은 골든게이트 이광서 사장의 이름을 거론하며, 이태리와 한국의 새로운 조합에 많은 기대를 하고 있는데, 지금도 기다리고 있는 중인데, 왜 이리 잠잠하냐고 닦달한다는 것이었다. 그런 판국에, 더구나 밀라노에 법인까지 덜컥 만들어 놓고는, 이제 와서 솔루션 자체를 없던 일처럼 끝내버린다니, 자기 상식으로는 도저히 이해가 안 간다며 분노를 터뜨렸다. 안 그래도 별로 좋지 않은 한국인의 이미지가, 관셔 생각엔 뭐가 될 것 같냐고 물었을 땐, 머리가 아득해졌다.

이제 이태리 법인도 운영자금이 바닥난 상황이라, 골든게이트에서 계속 이런 식으로 나온다면 폐쇄할 수밖에 없다는 말도 덧붙였다. 그의 말을 빌리자면, 한국 본사로 수없이 전화를 걸어 최상열과의 통화를 부탁했다고 한다. 하지만 본사에서는 목소리 다른 비서들만 전화를 받을 뿐이고, 최상열과는 단 한 번도 통화를 하지 못했다고 했다. 최상열이 365일 그렇게 바쁜 사람인 줄은 꿈에도 몰랐다고, 지오바니는 비꼬아 말했다. 최상열이 밀라노에 왔을 때 나름 가이드 노릇을 열심히 하며 인간적인 친분을 쌓았다고 생각했는데, 이렇듯 냉랭히 외면하는 걸 보면 한국인들의 진면목은 생각보다 무서운 것 같다고도 했다. 그가 쏟아내는 거친 발언을 여과 없이 듣는다는 건 끔찍한 고문에 가까웠다. 하지만 광서가 그에게 해줄 수 있는 것은 그의 울화를 묵묵히 들어주는 것뿐이었다.

서너 달 전부터 지오바니와의 그런 통화가 꾸준히 이어져오고 있었다.

광서는 지오바니에게 틈틈이 메일을 보냈다. 물론 이미 식어버린 그에게 회신을 바라고 띄운 메일은 아니었다. 그가 메일을 열어보든 말든, 더구나 답장을 하든 말든, 마음을 정리하는 차원에서 자판을 찍어나갔던 것이다.

국가펀드로 올라와서도 이런 메일을 게을리 하지 않았다. 며칠 전에도 메일을 보냈다. 광서 또한 최상열에 대해 신의 이름까지 들먹이며 증오했는데, 놀랍게도 아직 최상열에 대한 관심과 애정이 남아 있더라는 내용이었다. 이어 중국 상인단에 대해서도 대충 나열했는데, 마지막으로 이런 글귀를 적었다.

〈이 모든 사태가 조용히 해결되고 아무런 희생 없는 성공한
쿠데타가 되길 간절히 바래.〉

그런 내용이 지오바니의 염장을 질렀는지는 모르지만, 상열이 말한 시찰단이 한국에 도착하기 이틀 전, 지오바니로부터 전화가 걸려왔다.

한바탕 격렬한 분노가 지나간 후, 수화기 저 편이 먹먹해졌다. 지오바니가 퍼붓는 동안, 광서는 컴퓨터에 멍한 시선을 주다가 이따금 뒤통수를 긁기도 했다.

문득 핸드폰에서 무슨 소리가 나서, 광서는 다시 귀를 세웠다. 목소

리를 가다듬는지 흠흠 하는 소리가 들렸고, 잠시 후 한껏 차분해진 지오바니의 음성이 나타났다.

"관셔, 이틀 후 나와 이태리에서 같은 대학을 다닌 차이니즈 친구가 한국으로 갈 예정이야. 그 친구 칭따오에서 차이나를 통틀어 넘버 쓰리의 큰 의류 회사 CEO를 하고 있어, 명문 칭하이대학 출신인 데다가 아주 스마트한 친구야. 자세한 건 메일로 보내놨어. 그도 한국 시장에 관심이 많아. 도움이 될 수도 있을 거야."

지오바니로부터 예기치 않은 말을 듣자 코끝이 뜨끈했다. 미안함이 해일처럼 밀려왔다. 법인의 기본적인 비용조차 지원해줄 수 없는 상황에서 무슨 말을 할 수 있을까?

"법인 유지비용 때문에 골치가 아프겠다."

그래? 너의 말대로라면 골든게이트의 이번 중국 프로젝트 진행에 상당한 도움을 받을 수 있겠는데? 정말 고마워, 지오바니! 그런 말을 도저히 꺼낼 수 없어 고작 한다는 말이 법인 유지비용이 어쩌고저쩌고였다. 광서는 그 말을 내뱉고 곧장 후회했다. 방법이 없으면서 그걸 왜 말했을까? 아까도 지오바니가 분통을 터뜨린 건 바로 그 문제 때문이었는데.

그런데 뜻밖의 대답이 지오바니로부터 들려왔다.

"관셔, 사실, 밀라노 법인을 어떻게 알았는지, 관셔 같은 한국 사람들이 계속 우리를 찾아와. 그리고 우리랑 파트너 계약을 원하는 한국 회사들도 많아. 솔직히 말해서, 서울에서 온 Y회사랑은 MOU 맺으면서 10만 달러 받았어. 우리 법인도 살아남아야 하잖아. 조건도 심플해. 이태리 전역에 위치한 명품 호울세일러들 중 일정 규모 이상의 업체들만 연결해 달래."

아쉬움과 안도가 뒤섞인 한숨이 무심결에 터져 나왔다. 암튼 듣던 중 반가운 소리였다. 밀라노 법인이 그런 활동을 통해 유지된다면 그나마 천만다행이었다. 다만, 설레는 가슴으로 그토록 열정을 투입했던 이태리 솔루션이 차츰 다른 경쟁업체에 퍼져나가고 있음을 받아들여야 한다는 게 아쉬울 따름이었다.

"아 참, 관셔. 태규가 이태리 온 거 알지? 한국 쇼핑몰 모조리 정리하고 몇 달 전 가족들 데리고 이태리로 들어왔어. 한국에서 소송이 걸렸나봐. 그래서 이태리로 왔대."

그랬구나! 마음은 무겁고 머리는 복잡해지는 순간이었다.

결국 메일을 체크했다. 벼룩도 낯짝이 있지, 지오바니를 팔아가며 그의 중국 친구를 이 판떼기에 끌어들여도 될까, 하는 회의감에 메일을 뒤적거릴 생각을 못 했다. 그러나 한편으론, 아니지, 대기업 축에 속하는 의류회사가 중국 솔루션에 첨가된다면, 그리고 어떤 방식으로든 시스템적으로 연결된다면, 분명 이슈가 될 만한 동력이 생겨날 거라는 생각도 들었다. 더구나 국가펀드의 부정적 시각을 살짝 건드려줄 공신력 있는 재료가 필요한 시점이었다. 그렇다면 두 말없이 밀어붙이자. 해서 메일을 열었던 것이다.

지오바니의 메일과 함께, 영문으로 쓰인 메일도 있었다. 먼저 지오바니의 메일을 읽고 난 후, 그 영문 메일을 열었다. 짐작한 대로, 그 메일은 지오바니의 중국인 친구가 보낸 것이었다. 맨 아래에 간자체로 된 회사명과 로고가 있을 뿐, 메일 내용은 전부 영문으로 작성되어 있었다.

장안딩(張安定)이라고 자신의 이름을 밝힌 그 CEO는 이틀 후 한국에 도착한다는 점을 먼저 밝혔다. 공교롭게도 중국 상인단이 한국으로 입국하는 바로 그날이었다. 장안딩은 이해하기 쉽게 화살표를 넣어서, 일정을 순차적으로 설명하고 각 일정마다 괄호 안에 장소와 시간을 적어놓았다.

일정 중에 눈에 번쩍 뛰는 대목이 있었다. 대한민국 사람이면 누구나 아는 유명 디자이너 샹드레 박이란 이름이 보였던 것이다. 샹드레 박의 논현동 매장을 방문하는 스케줄이 한국에서의 첫 번째 스케줄로 잡혀 있었다. 샹드레 박? 미스터 장의 한국 내 인맥도 대단하군!

광서는 고개를 주억거리며, 그 뒤로 이어진 인사들의 면면도 유심히 살폈다. 당일 한국섬유대전이 열리고 있는 대구로 곧장 내려가 대한섬유협회 회장과 오후 미팅, 저녁엔 대구 시내 호텔에서 열리는 공식 컨퍼런스에 참석한다는 것도 알 수 있었다. 장안딩은 대구에서 1박을 한 다음, 다시 서울로 상경해 한국패션협회를 방문하는 것으로 둘째 날의 일정을 잡고 있었다. 그날 일정에는 동대문 시찰이 포함돼 있었다. 동대문을 둘러본 후, 당일 저녁 곧바로 청도로 돌아가는 게 비즈니스 투어의 아웃라인이었다.

일정이 비교적 타이트한 이유로 샹드레 박의 방문을 끝낸 후, 대구로 내려가기 전의 짬 시간에 골든게이트를 방문하고 싶다는 게 추신사항이었다. 마지막으로는 모레 오후 1시에 김포 공항에 도착한다는 말을 다시 적어놓았다.

광서는 크게 숨을 들이키며 돌아가는 정황을 가늠해 보았다. 사무실 벽시계는 오후 3시를 5분 앞두고 있었다. 광서는 옷걸이에서 윗도리를 챙겨 들고, 서둘러 스타타워로 발걸음을 옮겼다.

비서는 다소 당황스런 눈빛으로 광서를 반겼다.

"사장님 계시지?"

비서는 대답 대신 빠른 손놀림으로 사장실 문을 노크하고, 곧바로 문 안으로 사라졌다. 5초 후, 밖으로 나온 비서가 말했다.

"들어가시죠, 사장님."

광서가 들어서자, 책상 의자에서 막 몸을 일으킨 상열이 잰걸음으로 다가왔다.

"광서야, 무슨 일인데?"

상열은 느닷없는 광서의 방문에 당황한 눈치였다. 광서는 상열의 말에 대답은 않고, "컴퓨터 좀 쓸 수 있나?"라고 물었다. 상열은 손바닥을 펴 자신의 책상을 가리켰다. 상열의 책상 앞에 앉은 광서는 서둘러 메일을 열었다. 그리고 창가 가까이에 우두커니 서 있는 상열을 손짓으로 불렀다.

"이리 와봐."

상열이 궁금한 눈을 하며 다가왔다.

"이거 좀 읽어봐."

상열에게 장안딩의 메일을 보여주었다. 생각보다 일찍 모니터에서 눈을 뗀 상열은 상체를 꼿꼿이 세우며 입술을 매만졌다.

"이걸 나더러 어쩌라고. 니 생각은, 일단은 중국 상인단과 직접적인 관계가 없지만 나중을 보고 한국 시장을 공동 개척하자는 MOU라도 체결하란 소리냐?"

상열은 단번에 광서의 의중을 꿰뚫어보았다. 광서는 모니터를 집게 손가락으로 탁탁거리며 구상을 풀어냈다.

"바로 그거야! 내가 지금 샹드레 박에게 연락을 취해 한 시간 정도 방문 일정을 미뤄둘 테니까, 상열이 넌 장안딩 일행을 본사로 데려 와서 간단히 브리핑을 하고 바로 MOU를 체결해라. 그가 다시 서울로 올라올 때는 골든게이트 상가도 시찰하게 하고. 알았지?"

입을 꾹 다문 상열은 상황을 인지한 듯 고개를 연신 끄덕였다. 광서가 물었다.

"시찰단이 언제 온다고 했지?"

"오전 10시. 같이 점심식사하고 본사에 있다가 오후 2시쯤에 국가펀드로 출발할 계획이다."

"그럼, 두 팀으로 나누어서 한 팀은 중국 시찰단을 맡고, 다른 한 팀은 장안딩 팀을 맡아서 MOU를 맺도록 해. 그런 다음, 오후 3시쯤 중국 상인단이 국가펀드로 올 때, 장안딩 팀이랑 체결한 MOU도 같이 꺼내라. 한마디로 붐을 형성하라는 말이지. 국가펀드에 확실히 어필할 수 있도록."

광서가 하얀 여백에 쫙쫙 그어가는 볼펜 자국을, 상열은 귓바퀴를 만지작거리며 유심히 살피고 있었다. 상열이 끄덕거리는 모습을 보며, 광서는 이 정도면 됐다고 생각하고, 자리에서 일어섰다.

"난 일정을 조정하러 갈게. 다시 말하지만 지금은 분위기 전환이 가장 중요해. 붐이 일어난다는 느낌을 줘야 한다."

그 말을 끝으로, 성큼성큼 발걸음을 옮겼다. 성태 방으로 이동할 참이었다. 문손잡이를 잡다 말고 광서는 고개를 획 돌렸다.

"상열아, 자꾸 물어서 미안한데, 보증금 문제는 더 이상 내가 걱정 안 해도 되지?"

상열은 입 꼬리를 위로 끌어올린 채, 이쪽을 쳐다보았다.

"걱정 마라."

상열을 향해, 광서는 엄지손가락을 추켜세웠다.

성태의 방에 들어서자마자 전화기부터 거머잡는 광서를, 성태는 어이없다는 표정으로 쳐다보았다. 그리고 머리를 다시 숙이더니 키보드를 두드렸다.

광서는 114를 통해 샹드레 박 논현동 매장의 전화번호를 입수했다. 안내원이 일러준 번호는 1번 버튼을 누름으로써 다이렉트로 연결되었고, 신호음이 몇 번 흐른 후 상쾌한 하이 톤의 여성 목소리가 귓전에 날아와 박혔다.

"전 골든게이트 이광서 사장입니다. 샹드레 박 선생님 부탁드립니다."

이유는 모르겠지만, 그 여성은 네? 하고 되묻고는 침묵을 지켰다. 광서가 재차 신분을 밝히자 이번에도 역시 머뭇거렸다. 그러고는 몇 초 후, 잠시 기다려달라는 말과 함께, 클래식 대기음이 흘러나왔다.

"네, 샹드레 박입니다. 누구시죠?"

수화기를 타고 오는 목소리는 TV에서 듣던 샹드레 박 특유의 어조가 틀림없었다.

"저는 골든게이트 이광서 사장입니다."

"그런데요?"

다소 심드렁한 목소리로 샹드레 박이 말했다.

"저, 혹시 내일 장안딩 씨가 그곳을 방문할 예정입니까?"

"그래요. 근데 당신이 그걸 왜 묻죠?"

그는 말끝을 날카롭게 올렸다. 썩 유쾌한 기분은 아니었다. 하지만 양해를 구하는 쪽은 이쪽이었기에, 최대한 공손한 목소리로 설명을 시작했다.

"선생님, 장안딩 씨의 일정이 좀 바뀌었습니다. 먼저 골든게이트를 방문한 뒤에 그쪽 논현동 매장으로 갈 겁니다."

"뭐예요? 당신 회사 이름이 뭐라고 했죠?"

"골든게이트입니다."

"아니, 그 회사는 한국식 이름은 없나요? 그러니 무슨 뿌리가 있겠어요? 그건 그렇고, 벌써 몇 달 전부터 스케줄로 잡힌 일정을, 당신들이 뭔데 함부로 바꾸죠? 이게 어디서 배운 매너죠?"

샹드레 박은 노골적으로 불만을 표출했다. 격앙된 탓인지, 잘 알아듣기 힘든 웅얼거림이 꽤나 길게 이어졌다. 물론 샹드레 박의 타박에도 충분한 일리가 있었다. 하지만 어느 샌가 기분이 상해버린 광서는 더 이상 고분고분할 수가 없었다.

"암튼, 죄송하게 됐습니다. 그렇게 아시고요, 제가 직접 모시고 매장으로 가든지 하겠습니다. 그럼, 바빠서 이만……."

"이봐요!"

수화기에서 잠시 기척이 사라졌다가, 고함에 가까운 음성이 귀청을 때렸다.

"이 사람들 정말 막돼먹었네. 당신들 깡패야?"

"예, 맞습니다. 실은 저…… 깡패 출신입니다."

통화는 순식간에 끝났다. 샹드레 박이 두말없이 수화기를 내려버린 것이다.

한참 자판을 두드리던 성태가 동작을 멈추고는 말을 걸어왔다.

"방금 통화한 사람, 샹드레 박이냐?"

"그래."

"그 디자이너?"

"그렇다니까?"

성태는 헛웃음을 치며, 고개를 느릿느릿 흔들었다.

"하여튼 너도 참, 기인이다, 기인."

광서는 말없이 성태의 얼굴을 쳐다보았다. 성태는 가볍게 콧소리를 픽 내쏘곤, 다시 자판을 두들기기 시작했다. 그러다가 얼마가지 않아 또 동작을 멈췄다.

"두표가 당분간 쉰단다. 몸이 너무 안 좋대. 상열이가 두표 대신 학찬이를 사장으로 임명할 모양이야. 그래서 물어보는데, 너 혹시 근자에 두표 만난 적 있니?"

자판 위에 손을 얹어 놓은 채 성태가 묘한 눈초리로 광서를 바라보았다.

"없어. 진짜로 몸이 안 좋은가 보지."

그러고 보니 이 자식도 최상열과 다를 바가 없었다. 두들겨 팰 때는 언제고, 그새 대하는 태도가 제법 나긋나긋해졌다. 광서는 자리를 떠야겠다고 생각하고 일어섰다.

"나, 간다."

모니터에 시선을 박은 성태를 향해 손을 번쩍 들어 보였다. 성태도 모니터 위로 손을 들었다. 문득 중요한 것을 빼먹었다는 생각이 퍼뜩 뇌리를 스쳤다.

"성태야, 너 영어 잘하지? 메일 주소 줄 테니까, 내가 작성한 메시지를 영어로 번역해서 보내주라. MOU를 체결해야 할 중요한 사람들이야."

성태는 아무 대꾸를 하지 않았다. 모니터에 붙박은 시선을 움직일 생각도 안 했다. 광서가 어깨를 흔들자, 성태는 사나운 눈매로 쏘아보았다.

"광서, 너, 갑자기 골든게이트 사장으로 복귀라도 한 거야? 너 왜 오버질인데?"

"이건 골든게이트만 걸린 문제가 아니잖아."

성태는 신경질적으로 담배를 꺼내 물었다. 광서는 재빨리 라이터를 켜 성태의 입에 갖다 대주었다.

"야! 나중에 패면 또 맞을 테니까, 부탁 좀 들어주라!"

성태는 광서를 째려보는 채로, 손만 움직여 서랍 속에서 종이를 꺼내 책상 위에 올려놓았다.

"여기에다 적어!"

이사실 문 앞에서 광서는 마른기침을 몇 번 하고 방문을 두드렸다.

"상가에 갔다 왔나?"

"아닙니다. 오늘은 골든게이트 본사에 들렀습니다."

김형우 이사의 고개가 갸우뚱 기울었다. 뭔가 탐탁지 않다는 표시였다. 그는 방금 전 검토하던 보고서를 책상 오른쪽 서류더미 위에 올려놓고는, 자리에서 일어나 소파로 걸어왔다. 소파에 등을 털썩 기대는 김 이사의 미간 사이의 주름이 오늘따라 깊어 보였다.

하기야, 김 이사도 신경이 곤두섰을 터다. 대형 통신사로부터 핸드폰 통신료 미수 채권을 담보로 운영자금을 대출해달라는 제안을 받아놓은 상태였기 때문이다. 대출액도 거의 천억에 육박하는 규모였다. 리스크가 작지 않았지만, 거둬들일 수 있는 수익률도 만만치 않았다. 또한 국가펀드의 향후 운영 진로를 탐색할 수 있는 새로운 파생상품 대출방식이었기에, 기획투자부의 역량이 모두 그 쪽으로 집중되어 있다 해도 과언이 아니었다.

광서는 처음 그 제안을 들었을 때 절로 고개가 갸웃했었다. 공교롭게도 그 대출권의 회수방식이 큰 틀에선 자신의 금융 리스 접근법을 고

137

스란히 관통하고 있는 까닭이었다. 지속적으로 발생하는 현금 흐름을 기초로 하나의 펀드를 만든다는 점이 그랬다. 하지만 통신료 미수 채권을 거둬들이는 리스크는 차라리 중국 상인단의 임대료를 받는 리스크보다 훨씬 크다는 생각을 좀체 지울 수가 없었다. 물론 이러한 견해는 김 이사에게 입도 벙긋하지 않았다. 골든게이트에 대해서만 역할을 받은 계약직이었기에 다른 현안에 대해 입을 연다는 건 일종의 월권이라는 판단이 섰다.

"굳이 이사장님까지 만날 필요가 있나?"

"중국에서 여기까지 오는데 만나주는 게 예의일 것 같습니다."

그랬다. 웬만하면 자기주장을 하지 않던 광서가 어제부터 고집을 부리고 있었다.

"그래야 향후에 제가 어프로치하기에도 좋습니다."

"어떤 어프로치?"

"행여 모르잖습니까? 이사님 말씀대로 어쩌면 제가 직접 중국 상인단을 다뤄야 할지도……."

김 이사는 팔짱을 낀 채 시선을 아래로 떨어뜨렸다. 뭔가 생각에 빠진 눈치다. 잠시 후 그는 고개를 아래위로 몇 번 주억거리고는 광서를 똑바로 쳐다보았다.

"나도 그런 점 때문에 보고서를 올리긴 한다마는…… 그래, 골든게이트도 일을 잘 추진하고 있더냐?"

그의 가느스름한 눈초리에는 여전히 완강한 의구심이 묻어 있었다. 광서는 머리를 긁적였다. 뭔가 말할 게 있다는 것을 은근히 표시하는 중이었다.

"뭐야, 말해봐."

"골든게이트에서 중국의 큰 의류업체들도 이 사업에 참여시킬 계획을 가진 모양입니다. 내일 청도에서 중국 내 3위 업체가 골든게이트를 방문한다고 들었습니다. 눈여겨볼 대목 같지 않습니까?"

"뭐?"

순간, 김 이사는 움찔했고, 광서를 겨눈 눈길은 야릇한 빛을 내뿜었다. 그럴 리 있나? 하는 표정이었다.

"그 업체의 자료를 인터넷으로 찾아보고 나서 다시 이사님께 보고 올리겠습니다."

"광서야, 그래서 너는, 돌아가는 상황을 보건대 최상열이 보증금도 매듭지을 수 있다고 확신한다, 이거냐?"

차라리 입을 다무는 편이 나았다. 광서는 손바닥으로 입을 막고 한 차례 헛기침을 했을 뿐 아무 말도 하지 않았다. 그런 광서를 물끄러미 쳐다보며 김 이사는 말을 이었다.

"이런 말까진 안 하려고 했다만, 그 중국 상인단에는 비자 브로커들로 의심되는 자들도 몇몇 있다고 하더라."

"부작용 없는 사업이 어디 있겠습니까? 그 정도는 커버할 방법이 있을 겁니다. 구더기 무서워 장 못 담그겠습니까?"

김 이사는 허허허, 웃었다.

"맞다. 니 말이 틀린 것도 아니다. 어차피 시찰단이 오면 대략적인 판명이 나겠지. 공식 미팅 석상에서 그 문제를 거론하게 될 거다. 만약 시찰단이 보증금을 내겠다고 구두라도 약속한다면, 나도 최상열을 인정하도록 하지."

계획에 없던 중국 3위 업체의 방문은 김 이사의 마음을 뒤흔들어놓기에 충분한 듯했다. 여전히 의구심 서린 김 이사의 표정을 보면 자신까지 할 순 없지만, 상열이 광서에게 더 이상의 굴욕은 주지 않으리라는 바람도 조심스레 품고 있었다.

"그럼, 이만 돌아가겠습니다."

휴게실에서 밀크커피를 빼 먹고 있는데, 호주머니가 진동했다. 송수구였다. 무슨 일일까? 그저께도 제법 길게 통화했는데.

"많이 바쁜가?"

"아뇨, 지금은 쉬고 있습니다. 무슨 일 있으십니까?"

"어젯밤에 상열이를 만났다. 강남에서."

"그래요?"

"상열이가 이런저런 이야기를 하다가 갑작스레 니 이야기를 끄집어내더라. 잔뜩 어두운 얼굴로, 상가에서 벌어진 그때 일을 말하데."

"……"

"상열이 그 녀석, 눈물까지 보이더군. 자기는 정말이지 그럴 마음이 없었다고. 허철묵 사장님이 오버하신 거라고."

그걸 따져서 뭐하자는 거야? 그게 진실 자체를 통째로 바꿀 순 없잖아? 광서는 불편한 기억을 들쑤신다는 게 싫었고, 적어도 오늘과 내일만큼은 그 불순한 기억들을 깡그리 지우고 싶었다. 송수구가 말을 이었다.

"내가 악어의 눈물 따위를 믿는 사람은 아니다만, 속이 하도 시끄러워서 너한테 전화해봤다. 말은 그러더구나. 이제 광서랑은 더 이상 이러쿵저러쿵 싸울 일이 없을 거라고. 하지만 예전으로 되돌아가기엔 서로 너무 멀리 와버렸다는 생각이 든다더라. 그게 참을 수 없을 만큼 괴롭단다. 허 참, 그 녀석 말솜씨는 여전하더만."

"그렇네요."

"어째, 요즘 내 꿈자리가 부쩍 사납다."

"저도 좋은 꿈 꿔본 적이 언제였는지, 기억이 아삼하기만 합니다."

송수구는 허허, 웃었다.

"알았다. 일 보고, 다음 주에 술자리 한번 갖자."

"예, 형님."

통화를 마친 후, 광서는 여전히 휴게실에 앉아 있었다. 오후의 햇살이 비스듬히 기어들어오고 있었다.

질문을 하기 위해 번쩍 팔을 올린, 경제지에서 나왔다는 기자의 얼굴이 왠지 흐릿해 보였다.

"지금 국가펀드가 주도한 이 중국 상인단은 그렇지 않아도 경쟁력을 잃어가고 있는 동대문에 치명적인 타격을 가한다는 걸 충분히 주지하고 계시죠?"

그 기자는 가장 껄끄러운 질문을 대뜸 꽂아버렸다. 대답은 궁색할 수밖에 없었다.

"그게…… 이렇게 생각하면 어떨까요? 현재 중국과의 무역은 상당한 불균형 관계에 있습니다. 우리나라가 무엇이든 흑자만 볼 순 없지 않습니까? 소프트한 건 받고, 하드한 건 줄 필요가 있습니다. 그런 점에서 우리가 소프트한 걸 받는다고 너그러이 이해해주십시오."

얼굴이 흐릿해 보이는 기자는, 방에 있는 모든 사람들이 들을 수 있을 만큼 큰 소리로 웃어댔다. 비아냥거리는 웃음이었다.

"제 기억이 틀리지 않다면, 예전엔 이태리 솔루션인가 뭔가를 들고 나아 진정한 유통 문화가 어쩌고저쩌고 말한 것 같은데, 이젠 중국이로 바뀐 겁니까? 뭐가 진짜입니까?"

광서의 이마에 땀이 송골송골 맺혔다. 나름대로 이런 멘트를 준비해 왔었다. 종내 잠식될 의류시장이라면 한 다리 건너는 것보다 직통으로 연결되는 것이 낫다, 가격경쟁력을 이겨내야만 우리나라도 살아남는다, 이건 우리 패션 산업이 극복해야 할 숙명이다. 급히 마련한, 그래서 썩 맘에 들지 않는 이런 멘트도, 그 기자의 질문 앞에서 단박에 물거품이 되고 말았다.

회의실에 모여든 기자들이 조곤조곤 속삭이고 있었다. 언뜻 들으니, 광서의 뒷담화를 까는 것 같았다. 누군가 큰 소리로 질문을 던졌다.

"이광서 씨, 정체가 정확히 뭡니까?"

광서는 그 질문이 너무나 황당해서 눈을 희번덕거리며 되물었다.

"지금 무슨 말씀을 하시는지……."

잠시 동안이지만, 거의 모두가 배시시 웃는다는 느낌이 확 끼쳐왔다. 정말이지 불쾌한 느낌이었다.

"그러니까, 이광서 씨의 진정한 정체가 소문대로 중국 비자 브로커 인지, 아니면 최상열 사장 같은 건설 사기꾼에 빌붙어 다니는 꼬붕족 인지, 그것도 아니면 살기 위해 이리저리 날아다니기 바쁜 박쥐족인지, 말씀해달란 거죠. 이광서 씨는 어디에 속하는지요?"

뭐? 브로커? 꼬붕? 박쥐? 광서의 몸에 격한 발열현상이 일어났다. 더 이상은 참지 못하고 악쓰듯 고함을 질렀다.

"이것들이 진짜 뒈지려고 환장들을 했나!"

광서는 후다닥 뛰어 내려갔다. 집기를 집어 들어 닥치는 대로 후려갈 길 참이었다. 하지만 단상 아래로 발을 딛는 찰나, 발을 삐끗하고 말았 다. 중심을 잃어버렸고 바닥에 나동그라졌다. 시력이 어떻게 됐는지 사방이 온통 컴컴했다. 귓가에선 요란한 웃음소리들이 왕왕거렸다. 진짜 다 죽여버리겠어. 광서를 이를 악물고 벌떡 상체를 일으켰다.

가뭇한 의식 속에서 모텔 벽과 기자회견장이 마구 오버랩되었다. 광서는 파아! 하고 탄성도 신음도 아닌 기묘한 소리를 내질렀다. 손바닥으로 얼굴을 쓸어보니, 물을 뒤집어쓴 양 땀이 흥건하게 묻어나왔다.

더러운 꿈이었다.

침대 바닥에 0.5리터 생수병이 넘어져 있었다. 광서는 마개를 열고 벌컥벌컥 들이마셨다. 신트림이 올라왔다. 눈덩이 부근에서 격렬한 진통이 느껴졌는데, 암만해도 요 며칠 고혈압 약을 그른 탓인 듯했다.

그 순간, 벽시계가 눈에 들어왔다. 이런 제기랄. 광서는 부랴부랴 화장실로 뛰어갔다.

〈欢迎 中国北京商人视察团〉

배달된 현수막은 퍽 맘에 들었다. 글씨체도 또렷했고 색도 잘 먹었다. 승강기가 열리면 바로 보일 수 있는 곳에 현수막을 부착시켜놓았다. 광서는 흐뭇한 시선으로 현수막을 보고 있었다.

"오늘 중국에서 손님들 오시는가?"

고개를 두리번거리던 경비 아저씨가 작은 목소리로 물었다.

"예, 신경 좀 써주십시오."

"아, 그럼. 내가 확실하게 접대함세. 걱정 마시게."

"감! 쇠!"

손끝을 이마에 붙이며 경비 아저씨를 향해 힘차게 경례했다. 경비 아저씨는 흰 치아를 드러내며 불끈 쥔 주먹을 내보였다. 이 정도면 기본적인 모양새는 그럭저럭 갖춘 것 같다는 생각이 들었다.

스케줄이 적힌 메모지를 볼펜으로 직직 그어가며 다시 한 번 읽어 내려갔다. 오후 3시 반, 이사장님 접견. 오후 4시, 대회의실에서 환영식을 겸한 미팅. 그러니까 3시쯤 도착하는 상인 시찰단과 이사장님 방에서 간단히 차와 함께 담소를 나누는 것에서부터 공식 일정을 잡았다. 그리고 30분 후 곧바로 회의장으로 들어가 환영식 겸 미팅을 연다. 간단한 동선이었다. 사이사이 여유분의 시간도 넣어두었다.

어젯밤엔 이런저런 잡념 때문에 새벽까지 눈을 붙이지 못했는데, 막상 부닥치고 보니 일들이 무난히 진행되어나가는 게 다행스러웠다. 어쨌거나 오늘은 향후 골든게이트가 나아갈 운명의 방향타를 결정하는 중요한 날이었다. 관건은, 중국에서 날아오는 별개의 두 시찰단을 골든게이트가 얼마나 알차게 담아내느냐 하는 데 있었다. 모든 일이 깔끔히 마무리될 때까지 한 치의 긴장도 늦추지 말아야 한다는 생각에 새삼 아랫입술을 깨물었다.

광서는 전화기를 들었다. 골든게이트에 수시로 전화를 걸어, 두 갈래로 나누어진 중국 팀 현황을 일일이 체크했다. 그들은 걱정 붙들어 매라고 했지만, 실무진 말만 믿고 있을 수는 없었다. 왠지 불안했다. 마음 같아서는 왼쪽 가슴에 달린 국가펀드의 배지를 던져버리고, 당장 골든게이트로 달려가고 싶은 심정이었다.

특히 시간이 갈수록, 암만해도 섬유협회에서 나온 배웅 차에 장안딩을 빼앗길 것 같다는 찜찜한 예감이 들었다. 고민 끝에 광현에게 연락을 취하기로 했다.

"지금 어디냐?"

"수구 형님 스포츠 타운입니다. 형님, 무슨 일 있습니까?"

"아무래도 니가 직접 나서야겠다. 본사 애들은 좀처럼 믿을 수가 있어야지."

킥킥거리는 광현의 웃음소리가 흘러나왔다.

"말만 하십시오. 무슨 일입니까"

"준수한 놈으로 몇 명 뽑아서 공항으로 좀 가줘야겠다."

"공항예요? 누구 귀한 사람이 오시나 보죠?"

"그래. 헌데 워낙 귀해서 누가 또 붙었다. 내 개인적인 손님이라 반드시 골든게이트 본사로 데려가야 하거든."

"형님, 영접이 또 우리 전문 아닙니까?"

광현은 흔쾌히 웃었다. 그래 영접! 표현이 너무 적절해서 속으로 박수를 쳤다. 광서는 오늘 오는 손님이 누구이며, 본사의 누가 배웅을 할 것인지 간략히 설명했다.

"알았습니다, 형님. 그럼 제가 본사 배웅 팀장에게 전화를 걸어 공항에서 만날 장소를 정하겠습니다. 그리고 지금 곧바로 상가로 넘어가 애들과 합류하겠습니다."

광현이 나서서 움직인다니 마음이 한결 가벼워졌다. 광서는 A4 용지의 '장안딩 마중'이라고 적은 글귀 옆에 '광현 동행'이라고 적고 동그라미를 그렸다.

점심시간이 가까워졌다. 머리가 멍멍해져, 간단한 세면을 위해 화장실로 발길을 옮겼다. 행정실에서 지원한 생수와 음료수 그리고 몇 가지 과자들이 직원들 손에 상자째 들려 대회의실로 옮겨지고 있었다. 행정실 직원들이 출입문으로 들어가자마자, 막 청소를 마친 네 명의 아주머니가 교대를 하듯 그 출입문에서 나왔다.

공항으로 마중나간 팀과 수시로 연락을 주고받느라, 밖에 나가 점심 식사를 챙길 여유가 없었다. 빈속은 허기를 통증처럼 쏘았고, 그럴 때마다 광서는 물을 마시거나 휴게실 자판기에서 빼낸 끔찍이 단 밀크커피로 배를 채웠다.

휴게실로 가면서 핸드폰 액정을 보았다. '01:15 PM'이라는 숫자가 박혀 있었다. 어느새 핸드폰 배터리도 세 칸 중 두 칸이 비워진 상태였다. 남은 한 칸이 아슬아슬한 느낌으로 와 닿았다. 최상열에게 연락을 해볼까 하다가 그만두었다.

대체 왜 이런지, 바지 지퍼를 올리지 않은 것처럼 마음이 개운치 않고 머릿속이 번잡했다. 불안한 예감을 쉬 떨쳐버릴 수가 없었다. 아니나 다를까, 5분쯤 지나자, 장안딩을 마중 나갔던 본사 팀장으로부터 전화가 날아들었다.

"사장님, 지금 곤란한 상황이 발생했는데요. 저희들이 장안딩 씨를 모시러 나왔다니까, 섬유협회인가 어딘가에서 마중 나온 사람들이 우리더러 뭐하는 사람들이냐며 난리도 아닙니다. 이거 어떡하죠?"

울상이 된 본사 팀장의 얼굴이 절로 떠올랐다. 야! 그걸 몰라서 물어? 소리를 버럭 지르고 싶었지만, 지그시 참았다.

"이봐, 팀장. 섬유협회에서 마중을 나왔더라도, 무조건 그쪽을 털어내고 장안딩을 스타타워로 데려가. 혹시 그 부근에 상가 쪽에서 나온 아이들 없어?"

"상가 쪽요? ……아, 예, 있습니다. 사장님이 보내셨군요. 잠깐만요."

수화기 저편에서 걸걸하고 굵직한 목소리가 흘러 나왔다.

"반갑습니다, 사장님."

"광현이는 같이 안 나왔나?"

"차에 대기하고 계십니다. 바꿔드릴까요?"

"됐고, 지금부터 내 말 잘 들어. 같이 있는 팀장이 어떤 대상을 지목하면, 그 대상 주위로 우르르 달라붙는 새끼들 모조리 털어내. 무슨 수가 있더라도 잡아. 그리고 차에 태워 데리고 와. 알았지? 저항하면 겁이라도 줘. 그래도 안 통하면 알아서 해. 뒷감당은 다 내가 할 테니까. 무슨 말인지 알겠지?"

"알겠습니다, 사장님!"

종료 버튼을 누르고 생수병을 입에 대고 마셨다. 갑자기 구역질이 올라와, 사래에 걸린 것처럼 요란한 기침을 연거푸 쏟아냈다. 누군가 어깻죽지 한쪽을 살짝 쥐었다. 건설부서 김학제 차장이었다.

"광서 씨, 무슨 일 있어? 얼굴색이 되게 안 좋아!"

광서는 장난스럽게 눈을 흘기며, 대뜸 손바닥을 그에게 내밀었다.

"일은 무슨. 차장님, 동전 있으면 커피나 한 잔 뽑아주십시오."

입술을 비죽 오므린 김 차장은 호주머니에서 동전을 꺼냈다. 백 원짜리 동전이 연달아 투입되고 버튼을 누르자 윙 소리를 내며 종이컵이 떨어졌다. 건설부 차장은, 그럼 마시고 들어와, 그 말을 던지고는 휴게실을 빠져나갔다. 투출구에 손을 집어넣어 종이컵을 막 꺼내는 순간, 호주머니에서 진동이 느껴졌다. 놀란 나머지 하마터면 종이컵을 떨어뜨릴 뻔했다. 장안동 쪽 팀장이었다. 광서는 재빨리 전화기를 귀로 가져갔다.

"그래, 말해."

"사장님, 일단 차에 태웠습니다. 헌데, 사장님이 보낸 상가 보안요원들이 섬유협회 사람들을 너무 거칠게 다뤄서, 그 사람들 가만있지 않겠디고 난립니다."

이런 답답한 인간들!

"가만있든 안 있든 맘대로 하라 하고, 태웠으면 빨리 가! 한 시간 안에 회사에 도착해야 돼! 시간 없어!"

팀장은 냉큼 전화를 끊었다.

상열이 직접 시찰단을 대동하고 국가펀드에 모습을 나타낸 건 약속된 예정시간보다 20여 분 늦은 시각이었다. 애당초 MOU 체결 때문에 시간이 좀 지체되지 않을까 싶어, 광서는 일정을 느슨하게 조정해놓았다. 그래서 김형우 이사도 아직 대회의실로 들어오지 않은 상태였다. 광서는 상열을 보자마자 그 옆에 슬쩍 달라붙어 귓속말을 건넸다.

"MOU 작성했냐?"

"응. 가방에 담아왔다. 그 팀은 논현동 샹드레 박 매장으로 모셔다 드렸고, 서울에 다시 올라올 때 상가도 시찰하고 가기로 약속했다. 우리한테 꽤 관심이 많더라."

상열의 그 말에 광서는 안도의 숨을 내쉬었다. 잘했다며 상열의 엉덩이를 툭툭 쳤다. 다섯 명의 사내가 연신 주위를 두리번거리며 상열의 뒤를 따라오고 있었다. 세련된 맛은 없지만 확실히 돈 냄새가 풀풀 풍기는 인사들이었다. 그들은 누가 보든 말든 목청을 올려 떠들어대고 있었다.

광서는 그들을 향해 흐뭇한 시선을 던지며 입 꼬리를 활짝 올렸다.

"웰컴(Welcome)!"

중국인 일행과 통역관 그리고 상열은 곧장 이사장 방으로 안내되었다. 그 짧은 이동 중에도 그들의 시끄러운 대화는 좀체 그칠 줄을 몰랐다. 한데, 그 시끄러움이 즐거운 음악으로 들릴 수도 있다니, 광서는 새삼 놀라는 중이었다.

이사장은 손수 문을 열고는, 들어서는 그들과 일일이 악수를 나누었다. 중국인들도 손을 흔들며 중국어로 답례를 했다. 그들이 이사장실로 들어서자, 광서는 맨 마지막에 입장하는 상열의 옆구리를 쿡 찔렀다.

"잘해라."

상열은 담담한 미소로 화답했다. 문이 닫혔다. 광서는 곧장 회의 준비를 위해 대회의실로 움직였다.

마이크 하나하나를 후후 불어가며 꼼꼼히 점검했고, 의자도 바닥에 그어진 금박 선에 맞춰 가지런히 두었다. 먼지가 조금이라도 낀 틈새 구석을 발견하면 걸레를 가져와 닦았다. 그래야 맘이 편했다.

문득 헤벌쭉 웃고 있는 윤판기 대장의 얼굴이 떠올랐다. 윤 대장은 거제도에서 그런 말을 했었다. 자기 스스로를 구원하기 위해서라도 이 판때기를 마무리 지어야 한다는 말. 일을 풀어가는 과정에서 깨닫는 바가 있을 거라는 예언 같은 말.

예정보다 이사장과 중국 상인단의 담소는 짧게 끝났다. 대략 30분 정도를 예상했는데, 채 15분도 지나지 않아 이사장실 방문이 열렸다. 서로 약속이나 한 듯 똑같은 웃음을 입에 걸고 그들은 우르르 방을 빠져나왔다. 대회의실에는 관계금융사 책임자들도 이미 도착해 있었다.

오늘은 성태도 눈에 띄었다. 눈을 감은 성태는 안학찬의 바로 옆에 자리하고 있었다. 반면에 안학찬은 실무자들과 머리를 맞대고 뭔가를 열띠게 논의하고 있었다. 그의 손에는 마치 결혼서약서 같은 파란 벨벳 앨범이 들려 있었는데, 광서의 짐작이 맞는다면 장안딩과 체결한 MOU 문서가 그 안에 끼워져 있을 터였다. 저축은행 책임자들도 서로 패른 지어 조곤조곤 귓속말을 주고받고 있었다.

환영사는 원래 이사장이 직접 할 예정이었지만, 급한 호출이 있어 불참하게 되었다. 어쩔 수 없이 김형우 이사가 환영사를 대신했다.

이사장 자리에 앉은 김 이사가 환영사를 시작했다. 김 이사가 자리에 앉자, 중국 상인단 대표들이 자기소개를 했다. 통역사의 말이 끝날 때마다 박수갈채가 터져나왔다. 그들은 뜨거운 환대에 꽤나 흡족한 표정이었다.

환영식의 서두는 좋았다. 약간의 어수선함이 찾아올 즈음, 김 이사가 웃음기를 지우며 마이크를 잡았다.

"이 정도로 인사를 마치고, 지금부터 알맹이 있는 이야기를 합시다. 최상열 대표가 이번에 방문한 중국 상인단과 관련하여 상가 콘셉트를 간단히 브리핑해주세요."

위이잉. 마이크 소음이 튕기고, 상열이 자기 앞에 놓인 마이크로 머리를 갖다 댔다. 광서는 긴장감에 남몰래 호흡을 가다듬어야 했다.

"감사합니다. 우선, 이렇게 먼 한국까지 오셔서 직접 의지를 표명해주신 중국 상인단에게 다시 한 번 머리 숙여 감사 인사를 드립니다. 상가 콘셉트는 이렇습니다. 국가펀드의 협조만 잘 이뤄지면 상가는 2년간의 활성화 기간을 가질 것입니다. 현재 중국 상인단의 조직은 착착 정비되어가는 중입니다. 한국은 현재 중국과 무역 불균형을 초래하고 있습니다. 앞으로 중국에 대해 수출만을 미덕으로 삼아선 안 될 것입니다. 오는 게 있으면 가는 것도 있어야 합니다. 상호간의 윈윈 전략에 따라, 그리고 중국의 우월한 제조업 경쟁력을 이용해 국내 물가를 조절할 수 있도록……"

위잉, 하는 마이크 소음이 다시 울리며, 김 이사가 상열의 말허리를 자르고 끼어들었다.

"최상열 대표, 미안하지만, 시간 관계상 거두절미하고 핵심적인 수치만 딱 잘라 말하세요. 그래, 구좌 당 임대료는 얼마로 책정했습니까?"

"예. 구좌 당 40만 원으로 책정했습니다."

상열이 꾸물거리지 않고 대답했다. 40만 원이면 처음 방안보다 10만 원이 높은 가격이었다. 김형우 이사는 고개를 끄덕거렸고, 한편 중국인들은 통역관에게 뭔가를 묻는 듯했다. 하지만 통역관은 손짓만 하고는 대답하지 않았다.

김 이사가 말했다.

"보증금은 얼마나 걸 수 있는지, 최상열 대표, 미안하지만, 같이 따라온 통역관이 직접 중국인들에게 물어봐도 되겠죠?"

예상치 못한, 어찌 보면 거의 결례에 가까운 질문이었다. 이토록 노골적으로 불신을 드러내다니. 광서는 그 소리를 듣는 순간 절로 미간이 찌푸려졌다. 하지만 차라리 잘된 일일 수도 있었다. 모든 이해관계자들이 궁금해 하는 핵심 의제를, 이렇게 공개적으로 못 박는 것도 괜찮을 거라는 판단이 들었다.

좌중의 시선은 이제 통역관의 입으로 모아졌다. 통역관은 황당한 얼굴을 하고 약간은 멍한 시선으로 두리번거렸다.

"통역관 물어보세요."

김형우 이사의 미동조차 없는 눈매가 묵직한 무게로 통역관을 밀고 있었다. 마침내 통역관이 중국인들이 앉은 쪽을 향해 뭔가를 설명하기 시작했다. 그러자 지목받은 중국인은 어리둥절한 표정을 지으며 마이크를 거머쥐었다. 그의 입에서 중국어가 속사포처럼 튀어나왔다. 벌겋게 상기된 얼굴로 발표를 마친 중국인은 다시 자리에 앉았고, 그사이 시선을 아래로 떨어뜨린 채 묵묵히 경청하고 있던 통역관이 고개를 들었다. 통역관이 마이크를 잡았다.

"보증금 문제를 지금 당장 확정짓기엔 이른 감이 있답니다."

김형우 이사로부터 두어 걸음 뒤떨어져 대기하고 있던 건설부서 대리가 빠른 걸음으로 김 이사에게 다가갔다. 그러고는 귓속말로 조곤조곤 속삭였다. 그의 말을 듣던 김 이사의 이맛살이 험악하게 일그러지고 있었다. 광서는 가슴이 철렁했다. 뭔가 고약한 냄새가 풍겼다.

김 이사는 지그시 눈을 감은 채 고개를 약간 앞으로 숙이고 있었다. 마치 찬물을 확 끼얹기라도 한 듯, 회의실 안이 갑자기 침묵에 잠겼다. 이윽고 김형우 이사가 마이크를 잡았다.

"통역관, 다시 한 번 묻겠소. 잘 생각하고 대답하시오. 경우에 따라 당신은 형법상 업무방해에다 민사소송 대상이 될 수도 있어."

통역관의 얼굴이 시뻘게졌다.

"어느 정도껏 통역을 해야지. 여기 김수근 대리는 중국 북경대학 유학파야. 통역관! 당신 통역 제대로 했소?"

김 이사의 말투는 위압적이었다. 입술을 꾹 깨문 통역관은 고개를 푹 숙인 채 김형우 이사의 질문에 더 이상 입을 떼지 않았다. 그는 망연한 얼굴로 상열을 힐끔힐끔 쳐다보았다. 그러나 상열은 통역관의 시선을 은근히 피하고 있었다.

"김 대리, 자네가 대신 통역하게. 이들에게 보증금을 얼마나 낼 수 있는지 물어봐."

김수근 대리가 중국어로 그들에게 물었다. 그러자 중국인들은 자기들끼리 언성을 높이며 대화를 주고받더니, 맨 왼쪽에 앉은 가장 몸피가 큰 중국인이 자리에서 일어났다. 그는 마이크를 잡고 뭐라 뭐라 중국어로 말했다.

중국인의 말이 끝나자, 김수근 대리가 다시 마이크를 잡았다. 그는 목소리를 가다듬기 위해서인지 헛기침을 몇 차례 했다. 대회의실에 앉은 모든 사람들은 숨을 죽인 채 그의 말을 기다렸다.

"결론만 말씀드리자면, 보증금은 낼 수 없답니다. 그 이야기는 최상열 대표와 이미 일단락된 걸로 알고 있답니다."

얼굴이 벌게진 최상열이 벌떡 자리를 박차고 일어났다.

"이사님, 일단락된 게 아니고 단지 유보된 것뿐입니다. 냉정하게 판단해보십시오. 수십억 원어치 물건이 들어오면, 그 물건이 바로 보증금이 될 수도 있잖습니까!"

정색을 하고 불끈 쥔 두 주먹을 테이블 위에 내려놓은 채 꼿꼿이 서 있는 최상열을 지켜보며, 광서는 격렬히 솟구쳐 오르는 울화를 가라앉히느라 안간힘을 써야 했다. 당장에라도 상열의 앞으로 달려가 고래고래 고함을 지르고 싶었다. 이게 또 무슨 시추에이션이야, 이 개좆같은 새끼야!

김형우 이사는 최상열을 향해, 알았으니 진정하라는 투로 손사래를 쳤다.

"김수근 대리, 판매하기 위해 들여온 물품을 유치권으로 담보할 수 있는지, 그 계약서를 만들어줄 수 있는지 물어봐."

법률용어를 설명하느라 그런지, 김수근 대리의 설명은 다소 길었다. 설명은 비교적 길었지만 중국인이 꺼낸 대답은 참으로 간략했다. 광서는 대답하는 중국인이 고개를 내젓는 순간에 맥이 풀려버렸다.

"그런 조건은 곤란하다고 합니다."

눈앞에서 벌어지는 이 비극 앞에서도, 상열은 못내 아쉬움을 떨치지 못하는 듯했다. 그는 더듬더듬, 그러면서도 끈덕지게 말을 이어가려 했다.

"이사님, 참, 이게…… 보증금이라는 게…… 이게 중국 사람의 개념에서는…… 아…… 오해는 마시고……."

광서는 제 자신을 무너뜨리고 싶었다. 너무도 어리석은 자신이 부끄러워 죽을 지경이었다. 세상에, 확실함을 주장하는 만큼 어리석은 건 없다고 했는데, 난 무엇을 근거로 최상열이 그렇지 않을 거라고 확신했을까! 어떻게 그 짧은 사이에 최상열을 망각할 수 있었을까!

"이사님, 이 문제는 재차 의논을 해봐야 할 심각한 화두입니다. 중국에는 보증금이란 개념이 없습니다."

별안간 안학찬의 음성이 귓가에 울렸다. 토마토마냥 벌겋게 상기된 안학찬이 김형우 이사를 바라보고 있었다.

두 번의 타격을 당한 화끈한 통증이 광서의 볼을 얼얼하게 했다. 정말이지 앞으로 달려가 그 입들을 모조리 꿰매버리고 싶었다.

김형우 이사의 눈 끝이 최상열을 향하지 않는다는 걸, 광서는 보지 않아도 알 수 있었다. 그의 묵중한 시선은 틀림없이 광서의 멱살을 숨막힐 듯 움켜쥐고 있을 터였다. 그는 이렇게 말하고 있었다.

'봤느냐, 이광서! 이게 최상열이고, 이게 우리가 봉착한 현실이다!'

김형우 이사의 질책이 광서의 머릿속에서 우렁우렁 울리고 있었다. 광서는 눈을 질끈 감고, 입술을 세차게 깨물었다.

"이사님! 그 문제는, 먼저 국가펀드가 중국 상인단에 이렇게 관심을 가지고 있음을 보여준 다음, 오늘 저녁이라도 담판을 지을 요량이었습니다. 그런데 이렇게 판을 깨시면 정말이지 곤란합니다!"

협박에 가까운 최상열의 도발이 귓가로 날아와 박혔다. 비루하기 짝이 없는 변명을 잇고 있는 상열에게, 광서는 결국 분노하고 말았다. 광서는 미간을 잔뜩 찌푸린 채 턱을 치켜 올리며 상열을 노려보았다. 그 순간, 김형우 이사의 시선이 광서를 향해 있음을 깨달았다. 김 이사는 재빨리 시선을 거두어 상열에게로 돌렸다. 그는 입언저리에 야트막한 미소를 띠며, 나지막이 입을 열었다.

"아, 그래요? 그렇다면 미안하오. 담판을 잘 지어보세요."

미소를 지었던 김 이사의 얼굴이 광서에게로 향하면서 금세 차가워졌다. 그 눈길을 견디기 힘들었다. 광서는 발등을 향해 머리를 꺾어야 했다.

상열은 침묵으로 일관하고 있는 여러 사람들을 이리저리 둘러보며, 중국 상인단의 콘셉트와 로드맵을 설명하는 데 열을 올리고 있었다. 그러나 김형우 이사는 더 이상 상열의 말에 귀를 기울이지 않을 것이었다. 그건 광서도 마찬가지였다.

상열의 말들은 허공으로 떠돌았다. 아무 의미 체계도 갖지 못한 헛헛한 말들이 고막을 쑤셨다가 바로 튕겨져 나갔다.

광서는 아까부터 한마디만 중얼거리고 있었다.

이게 정녕 너희들의 정체냐!

징벌의
계절

광서는 멍하니 앉아 모텔 방 벽에 시선을 두었다.

결국은 이렇게 됐다. 기만이었다. 상열은 끝까지 정직하지 않았다.

광서는 푸우! 한숨을 내쉬었다. 다시 한 번 귀향길에 오를 순서였다. 광서의 발밑에는 이미 여러 개의 맥주 캔들이 널브러져 있었다.

이럴 때는 뭐라고 써야 하나? 건강상의 이유? 개인적인 사정? 뭐, 아무렴 어떤가. 다 요식행위인걸. 광서는 A4 용지에 쓱쓱 써내려갔다. 그리고 두 번을 접어서 흰 봉투에 넣었다. 봉투 겉에 '사직서'라고 썼다.

봉투를 가방에 집어넣고, 전화기를 들었다. 미련 같지만, 마지막으로 확인해볼 것이 있었다. 버튼을 눌렀다. 신호가 몇 번 가지 않아, 욕설부터 흘러나왔다.

"씨발, 그러게 내가 뭐래든? 상열이 그 자식 옛날 상열이 아니라고 몇 번을 말했어? 하여간 너는 멍청한 새끼야. 몇 번을 당해야 정신 차릴래?"

"그건 됐고, 보자."

"안 돼. 나, 선약 있어."

"너한테 확인해볼 게 있어서 그래."

"약속 있다니까?"

"야, 이 좆만아! 나오라면 나와! 나, 지금 보따리 싸놓고 전화하는 거야!"

광서가 고함지르듯 말하자, 성태는 한숨을 푹 내쉬었다.

"너도 그렇고 나도 그렇고 서로 만나면 아무래도 사고를 칠 것 같다. ……하긴 사고 좀 치면 어떠냐? 그래, 보자. 문석이하고 만나기로 했다. 같이 봐도 되지?"

"어디서?"

"문석이 회사 근처야. '달빛'이란 포장마차에서 30분 후에 보기로 했다."

"그래, 거기서 만나."

광서는 전화를 끊고, 바로 현관문을 나섰다.

"성태 너, 중국 솔루션이 성사되려면 임대보증금이 절체절명의 사안이란 거 잘 알잖아. 목까지 걸었어야 하는 거 아냐? 안 그래?"

"근데?"

"부산 센텀 땅 판 돈 있을 거 아냐? 그건 왜 활용 안 했지?"

광서의 말에 성태는 고개를 설레설레 저었다.

"니가 내막을 몰라서 그래. 센텀 그 땅은 부산시에서 장기납입 형식으로 매입한 땅이라 완전한 우리 소유라고 할 수 없어. 말하자면, 땅값 납입이 다 끝나지 않았다는 거지. 단지 그 땅을 소유할 자격을 공식적으로 가졌다는 뜻일 뿐이야. 물론 그 땅값을 완납했으면 우리 소유가 됐겠지. 하지만 우리 형편에 그게 가능했겠니? 그 자격도 몇 달 전에 완전 똥값으로 처분했다. 30억 정도 받았는데, 한 달도 안 돼 바닥 나 버렸어. 됐냐?"

그런 거였어? 피식, 코웃음을 흘렸다.

광서는 성태와 문석의 머리 너머로 벽에 휘갈긴 낙서들을 쳐다보았다. 누가 누구를 사랑한다느니, 누가 언제 다녀갔다느니 하는 글자들이 어지럽게 휘갈겨 있었다. 그때 낙서의 주인공들은 어떤 기분이었을까? 하긴 자신도 그랬다. 문정과 함께, 지금은 어딘지도 기억나지 않는 선술집에서, 그리고 어느 포구의 등대에다 그런 낙서를 했더랬다.

"야, 너 뭐하는 거야?"

성태의 말에, 광서는 눈을 몇 차례 끔벅이며 성태를 쳐다보았다.

"이광서, 너 제발 정신 차려라. 니가 고래 심줄인 건 아는데, 상열이한테 왜 그렇게 집착하는 건데?"

"성태야, 난 상열이한테 집착하는 게 아냐.'

"그럼 뭔데?"

"우리 모두가 살자는 거지."

성태는 콧방귀를 뀌었다.

"상열이가 우리 모두를 살린다?"

"아니? ……골든게이트가 살아야 우리가 살아. 그래서 상열이한테 마지막 가능성을 열어주려 한 거야."

광서의 말을 잠자코 듣고 있던 문석이 혀를 차며 끼어들었다.

"광서야. 아마 그렇게는 안 될 거다. 오늘 얘기 들었다만, 설사 골든게이트를 살린다 해도 상열은 십중팔구 광서 너한테 칼을 박을 거야."

바늘로 찌르는 듯, 머리가 찌릿찌릿했다. 광서는 손바닥으로 귀 뒷부분을 누르며 침대에서 상체를 세웠다. 머리 한쪽이 깨질 듯 아팠고, 속이 울렁거렸다. 어젯밤 도대체 얼마나 술을 퍼마신 것일까?

여러 사람들의 얼굴이 희미하게 지나갔다. 성태와 문석과 헤어진 뒤로, 이 동네 저 동네 술 동냥을 다녔다. 동대문 코아 사장의 얼굴도 생각났다. 그는 광서가 국가펀드 소속인 걸 알고 무척 놀라워했고, 눈초리는 매우 복잡했다. 그와 있었던 시간은 아마 채 두 시간이 지나지 않았을 것이다. 그리고 마지막으로 일산 어디 포창마차에 간 듯싶다. 송수구의 얼굴이 떠오르는 걸 보면 그렇다. 그는 망연한 얼굴을 하고 있었던 듯하다. 마지막에는 그가 세차게 나무랐다는 것, 아주 매몰찬 표정이었다는 것만 용케 기억났다. 광서는 생각했다. '그렇다면 나는 얼마나 많은 말을 쏟아냈을까?'

침대 맡에 놓아둔 핸드폰이 눈에 띄었다. 광서는 그것을 들어 통화 기록을 살폈다. 어제의 궤적을 더듬어보기 위해서였다. 마지막 전화는 아침 7시 5분으로 찍혀 있었다. 부재중 전화가 스무 통이 넘었다. 죄다 최상열의 전화였다. 광서는 불쾌한 표정으로 그것을 지켜보다가 침대 위로 휙 던져버렸다. 목이 말랐다. 미니 냉장고를 열어 생수병을 꺼냈다. 마개를 열고 벌컥벌컥 들이마셨다.

두꺼운 커튼도 역부족이었다. 틈새를 비집고 들어온 햇볕은 외줄이긴 했지만 온 방안을 환하게 밝힐 만큼 강렬했다. 광서는 벽시계를 보았다. 이미 출근시간은 한참을 지났다. 시침은 9시를 훌쩍 넘어서 있었다. 아예 늦어버린 시간이라 차라리 편했다. 광서는 담배를 느긋하게 꼬나물었다.

오후 2시가 넘어 김형우 이사의 방을 찾았다. 조심스레 방문을 열자, 반쯤 숙인 김 이사의 머리가 보였다. 문을 닫고 책상 앞에 다가가 섰다. 낮은 헛기침으로 기척을 알렸지만, 김 이사의 반응은 없었다. 광서는 봉투를 가만히 책상 위에 놓았다

잠시 후 김 이사가 얼굴을 들었다. 그는 책상 위의 봉투를 보는 둥 마는 둥, 곧바로 광서의 얼굴을 향했다.

"죄송합니다."

광서는 그를 향해 고개를 숙였다. 하지만 김 이사는 별 대꾸 없이 광서의 위아래를 쳐다보다가, 옆에 놓은 서류뭉치로 시선을 두었다.

"바쁘시면 다음에 오겠습니다."

그 말을 하고 막 나가려는 순간, 광서의 뒤에서 고함이 터져나왔다.

"야, 이광서, 너 이 따위 좆같은 행동이나 하려고 여기에 왔어? 니가 그러고도 사내야? 이 자식, 보자보자 하니까……."

그의 입에서 상소리가 터져 나왔다. 광서는 놀랐다. 뒤돌아서서 입을 헤벌릴 수밖에 없었다.

"니가 뭘 잘했다고 그래?"

김 이사는 호통을 쳤다.

"그래서……."

"시끄러! 너 거기 앉아봐!"

광서는 김 이사가 가리키는 대로, 소파에 앉았다. 5초쯤 지나, 김 이사도 책상 의자에서 일어나 소파로 왔다. 그는 신음 같은 한숨을 길게 내뱉고는, 광서의 눈을 쳐다보았다. 처음엔 각이 섰던 눈매가 차츰 부드러워져갔다.

"광서야, 언젠가 나에게 바둑 잘 두는 방법을 물었지? 이제 그 답을 가르쳐주마. 사실은 몇 번, 네가 이길 판이 있었다. 책에도 없는 너의 터무니없는 수가 날 당혹하게 한 적이 한두 번이 아니었어. 그런 기세만 계속 유지했어도 두말할 필요 없이 넌 날 이겼을 거다. 하지만 넌 늘 끝내기에 약했어. 끝내기에서 결국 무너지더군. 날 이기고 싶다고?

그럼 잘 끝내는 법을 배워라. 그래야 날 이길 수 있다."

광서는 김 이사의 얼굴을 흘낏 쳐다보다가 이내 고개를 떨어뜨렸다. 김 이사는 말을 이어나갔다.

"누구나 만나는 건 잘할 수 있다. 하지만 헤어지는 걸 더 잘해야 괜찮은 사람이 되는 법이다. 니가 진정으로 나와 연을 맺으려면 더럽게 헤어져서는 안 된다는 거다. 내 말 뜻, 알아들었냐?"

광서는 고개를 구두코에 처박았다.

"광서야. 이제 정말 사활이 걸린 문제가 남았다. 이광서가 정말 필요한 대목이지."

귀가 번쩍 뜨였다. 사활이라니?

"뭡니까, 이사님?"

"마지막으로 최선을 다해보는 거지. 중국 상인단을 기왕 끌어들였으니 끝을 봐야 하지 않겠니? 니가 보증금을 받아내는 일과 정상적인 임대차 계약을 완료해봐라."

"하지만 제가 중국 솔루션을 시작한 것도 아니잖습니까? 앞에선 자신 있다고 했지만 사실은……."

김 이사는 광서의 말을 끊었다.

"부담 갖지 마라. 어차피 너니까 이런 미션을 주는 거야. 다른 사람이었다면 이런 기회 자체를 만들지 않았을 거야. 이광서, 바로 너니까, 나도 이렇게 던져보는 거다."

김 이사의 마지막 대목, 너니까 던져보는 거다, 라는 말이 귓가에 윙윙거렸다. 하지만, 이사님, 전 지쳤습니다. 더럽게 밟힌 놈입니다. 더 이상 이사님을 실망시킬 수 없습니다. 광서는 눈을 질끈 감았다.

"광서야, 너밖에 한 사람이 없다."

"……"

"너, 내가 니 맘 모르는 줄 아나? 니가 친구를 생각하는 맘 말이다."

친구라고요? 광서는 고개를 들었다. 김 이사의 입에서 나온 그 말이 몹시 생경했다.

"넌 두 맘을 가졌구나. 한편으로는 복수하고 싶으면서도, 다른 한편으로는 옛날로 돌아가고 싶은 마음. 니가 최상열을 끝까지 끌고 가려 하는 거, 그렇게 터졌으면서도 보듬으려는 거, 다 봤다. 하지만 광서야, 그게 꼭 친구를 위한 건 아니다."

"……"

"너의 본성. 그래, 난 너의 착한 본성을 존중한다. 하지만 그게 현실 앞에서 얼마나 깨지기 쉬운지도 알아야 해. 그걸 니 스스로 지키지 않으면 아무도 지켜주지 않는다."

"이사님, 전 지킬 게 없습니다."

"왜 없어? 지난번에도 말했지? 너의 긍정적인 힘을 지키라고. 그걸 이번엔 중국 상인단에 돌려봐."

"……"

"왜 말이 없어? 할 거야, 안 할 거야?"

김 이사가 큰 소리로 물었다. 그의 맹렬한 눈초리 앞에 광서는 고개를 숙이고 말았다. 누군가 믿어주는 것만큼 힘나는 일도 없다. 이 양반을 실망시켜서는 안 된다는 생각이 슬며시 들었다. 더구나 골든게이트의 모든 직원들을 위하는 일이라면.

"하겠습니다. 반드시, 받아내겠습니다."

김 이사의 얼굴에 미소가 시익 번졌다.

"당연하지. 이광서가 어떤 놈인데. 중국 상인단은 다음에 좀 더 자세히 이야기하기로 하자. 그리고……."

김 이사는 봉투를 집어 올렸다.

"이거 내 손으로 찢으랴, 아님 니가 회수해가겠느냐?"

"아, 예."

광서는 봉투를 냉큼 건네받았다. 그리고 꾸벅 목례를 하고, 몸을 돌렸다. 문손잡이를 잡는 순간, 한숨이 터져 나왔다. 광서는 고개를 위로 쳐들고는 문 앞에서 머뭇거렸다.

"할 말이 남았어?"

광서는 김 이사 앞으로 다가갔지만, 말을 꺼내지 못한 채 두리번거리기만 했다.

"뭐야? 너답지 않게? 어서 말해봐."

김 이사의 눈길이 광서의 정면으로 향했다. 광서는 용기를 내어 입을 열었다.

"이젠 프로세스도 정해지고 했으니, 김성태를 거두면 한결 도움이 되실 겁니다."

김 이사의 매서운 눈이 광서를 겨누었다. 그는 볼펜을 책상 위로 탁, 하고 내려놓았다.

"너 한 놈만 해도 충분히 모험이었어."

"이사님, 저는 모험인 거 맞지만, 김성태는 모험이 아닙니다. 든든한 보험입니다."

김 이사는 숨을 길게 내쉬며 의자등받이로 몸을 기댔다. 가슴 앞으로 팔짱을 낀 채, 눈살을 약간 찌푸렸다. 잠시 후 그가 말했다.

"알았다. 지금부터 천천히 생각해보마."

"시간이 없습니다. 그 친구처럼 빼 놓친 사람은 없습니다."

"여기도 인재는 쎄고 쎘어."

김 이사는 코웃음을 치듯 말했다.

"인재가 없어서 그런 게 아닙니다."

"그럼 도대체 뭐야? 김성태를 득달같이 밀어붙이는 이유가?"

"김성태는 이사님과 시각이 똑같습니다."

김 이사는 그 말에 실소를 터뜨렸다.

"정말 터무니없구나. 내 시각이 도대체 뭔데?"

"예전에 말씀하셨잖습니까. 그들 모두를 징벌할 거라고."

김 이사는 웃음기를 지우고, 약간 높아진 목소리로 말했다.

"좋아. 내가 그 녀석들을 모조리 징벌하려 한다고 치자. 그럼, 자기들을 칠 사람이 결국 나라는 걸 알면서도 나랑 같은 시각을 가졌다고? 그게 말이 된다고 생각하나?"

"그러게 말입니다."

광서의 애매한 대답에, 김 이사도 애매한 표정을 지었다. 광서는 주저해선 안 된다는 생각이 들었다.

"얼마 전 제가 최상열한테 맘이 약해져 있을 때, 정신 차리라고 제 뺨따귀를 후려갈긴 놈입니다. 한 대도 아니고 세 대씩이나요. 저, 그날 피까지 봤습니다."

"김성태가 널 패?"

"그러게 말입니다."

또 다시 애매하게 대답했다.

김 이사가 약간은 의구심이 깔린 눈으로 쳐다보고 있었다. 하지만 어쩔 수 없었다. 다소 오해를 받더라도, 성태는 건져야 했다. 성태가 있어야 자신도 흔들리지 않을 거라는 생각뿐이었다. 지금부터 더 잔혹해지기 위해, 그리고 잔혹해지는 만큼 친구들을 건져낼 수 있기에, 성태는 없어선 안 될 존재였다.

김 이사의 눈이 미세하게 흔들렸다.

핸드폰에서 새어나오는 상열의 숨소리는 맥이 없었다. 간밤에 잠을 제대로 이루지 못한 것일까? 상열은 막상 통화가 이뤄지자, 침묵부터 지켰다.

"전화를 했으면 말을 해야지, 왜 가만있어?"

"어제는 왜 그렇게 연락이 안 된 거니?"

"니 목소리 듣기 싫어 일부러 쌩깠다, 왜?"

다시 정적이 흘렀다.

광서는 그 순간, 결심을 하나 굳혀가고 있었다. 이 혼돈을 정리할 때가 왔다는 결심. 일부러 밝은 목소리로 말했다.

"상열아, 오랜만에 친구들 전부 모아서 회포 한번 풀자. 오늘은 꼭 그러고 싶다."

"전부?"

"그래, 한 명도 빠지지 말고."

"니가 정 그러고 싶다면……. 어차피 나도 너한테 긴히 할 말도 있고……."

"학찬이도 빼면 안 된다. 오늘은 꼭 데려와야 해."

상열의 긴 한숨소리가 핸드폰을 빠져나왔다.

"그 자식, 니가 보자면 나오겠냐? 안 그래도 방방 뜨는 놈인데."

"그러니까 니가 데리고 나오라는 거 아니냐?"

"알았다. 그렇게 하지."

"장소는 교대 곱창집. 시간은 저녁 8시. ……두표한테는 내가 연락하마."

"두표는 한밤중이 아니면 전화도 잘 안 받던데?"

"암튼 그렇게 알아."

광서는 그 말을 끝으로 전화를 끊었다. 그리고 두표의 번호를 눌렀다. 상열의 예상은 여지없이 빗나갔다. 신호음이 두 번 정도 흘러갔을 때, 기다렸다는 듯 두표의 목소리가 흘러나왔다.

"두표야, 친구들 전부 곱창집에 모이기로 했으니까, 8시까지 와. 토 달지 말고."

권유가 아니라 명령에 가까운 말투였다. 두표는 3초쯤 가만히 있다가 "알았다"고 짧게 대답했다.

종료 버튼을 눌렀다. 벽시계의 시침이 오후 5시를 행해 달려가고 있었다. 7시쯤 나가면 되겠군. 광서는 그렇게 생각하며, 깍지 낀 두 손에 코를 박은 채 한참을 가만히 앉아 있었다. 한없이 미루고 싶었던 시간이 마침내 다가왔다.

내선 전화가 울렸다. 광서는 수화기를 들었다.

"지금 당장 내 방으로 달려와!"

김형우 이사의 다급한 목소리였다.

"광서 너, 나와 정보를 공유하기로 했지?"

매서운 눈초리의 김 이사는 광서를 정면으로 노려보고 있었다. 몇 시간 전에 느꼈던 아버지 같은 눈빛은 흔적도 없이 사라졌다.

"예? 그게 무슨 말씀이신지?"

"엉큼 떨지 말고 솔직히 말해. 너, 오늘 국정원에 있다는 친구에게 뭐 귀뜸 받은 게 없어?"

광서는 저도 모르게 뒷걸음치며 인상을 찌푸렸다

"그게 무슨 말씀입니까?"

광서를 빤히 노려보는 그의 눈동자는 전혀 흔들림이 없었다. 그렇게 둘은 뻣뻣한 시선을 한참 주고받았다. 이윽고, 김 이사는 고개를 모로 꺾였다. 목소리 또한 표 나게 누그러졌다.

"아니라면, 신경 쓰지 말거라. 그냥 물어본 거니까. 그치만 항상 명심해. 공유해야 한다는 거."

전, 진즉에 그러고 있습니다, 라고 말하려다 그만두었다. 광서는 약간은 억울하다는 표정으로 전방을 응시했다.

"일 봐. 아니지, 이제 퇴근 시간이 다 됐군. 오늘 무슨 약속이라도 잡은 거 있나?"

광서를 쳐다보는 김 이사의 눈이 또 한 번 반짝했다. 뭔가 탐색하는 듯한 눈초리였다. 광서는 그것을 무시하며, 고개를 갸우뚱하고 대꾸했다.

"예, 애인을 만날 참입니다. 왜요, 이사님이 그 친구한테 밥이라도 사시게요?"

김 이사는 허허허, 웃었다.

"애인이 있어? 하긴 이광서가 누군데…… 언제 시간 한번 내서 모시고 와. 식사 대접 찐하게 할 테니까. 오늘은 선약이 있다. 미안하구만. 아니지, 이 영감탱이가 안 껴서 다행이겠지."

"그런 것 같습니다."

광서는 그 말을 하고 뒤돌아섰다. 김 이사의 눈이 찌푸려져 있을 것은 안 봐도 뻔했다.

"야! 8시까지 나오라는 말 못 들었냐?"

30분이 지나서야 면상을 슬슬 내미는 그들에게 광서는 불만부터 터뜨렸다. 성태가 가장 먼저 들어왔고 다음은 두표였다. 그즈음에 상열에게도 연락이 왔다. 차가 숫제 움직이질 않는다며 앞으로도 30분은 더 걸릴 것 같다고 했다. 안학찬이 동승하고 있다는 말도 덧붙였다.

"광서야, 무슨 일 있냐?"

들어올 때부터 광서의 눈치를 힐끔힐끔 살피던 두표가 불안한 기색으로 물었다. 성태가 대신 대답했다.

"개뿔, 일은 무슨. 박봉에 형편은 안 되지, 술은 땡기지, 술값 삥 뜯으러 불렀겠지, 뭐. 본래 공무원들 습성이라는 게 다 이렇다, 두표야. 우리가 어디 한두 번 겪어보냐? 광서 이 자식도 인제 다 베렸어."

성태는 발그레한 얼굴을 들고, 두표에게 잔을 건넸다. 두표는 술을 한 번에 털어 넣은 뒤, 난데없지 지갑을 꺼내들었다. 그러고는 만 원짜리 석 장을 꺼내, 대뜸 광서의 코앞에 내밀었다.

"옜다! 술값이다. 난 또 뭔 일 있는 줄 알고 가슴이 다 철렁했네."

옆에서 지켜보던 성태가 오이를 와작와작 씹으며, 또다시 멘트를 날렸다.

"아이고 광서야, 한때 삐까번쩍했던 니가 어쩌다 이 모양이 됐지? 야, 두표야, 그래도 좀 심했다. 3만 원이 뭐냐, 3만 원이. 줄려면 이 정도는 줘야지."

성태는 핑! 콧숨을 내쉬고는 4만 원을 내밀었다.

이런 쌍들이! 광서는 날렵한 손놀림으로 두표와 성태의 머리를 동시에 감싸며 헤드록을 걸었다. 특히 성태에겐 으르렁거리는 소리까지 내며 정수리를 물어뜯는 시늉을 했다. 아야! 아야! 성태는 비명을 질러댔다. 다른 테이블의 손님들이 객쩍은 웃음을 흘리며 이쪽을 바라보고 있었다.

바로 그때 상열과 안학찬이 가게 안으로 들어섰다. 상열은 한쪽 입 가를 끌어올리며, 싱겁다는 투의 미소를 걸고 있었다. 반면에 안학찬은 광서의 짐작을 벗어나지 않았다. 뻣뻣하게 걸어왔고, 뻣뻣하게 시선을 돌렸고, 뻣뻣하게 앉았다. 참, 이 녀석 고집도 어지간하군. 광서는 속으로 혀를 찼다.

광서는, 그저 단 하루만이라도 옛날로 돌아가고 싶은 생각뿐이었다. 단 하루만이라도 친구로 돌아가 순수한 대화를 나누고 싶었다. 그래야 속에 뭉쳐 있는 무언가가 뻥 뚫릴 것 같았다. 그래야 숨을 쉬고 살 수 있을 것 같았다.

그런 광서의 마음을 용케 알아챘는지, 아님 서로가 서로의 마음을 가늠해서 그런지, 아무도 현재 전개되고 있는 상황에 대해선 입도 벙긋하지 않았다. 대신에, 소소한 일상생활이 담담하게 흘러나왔다. 평소 가정사를 잘 드러내지 않던 성태는 웬일인지 자기 아이들 이야기를 길게 이어갔다. 요즘 들어 부쩍 말썽이 심해져서, 집에 들어가면 마누라가 늘 파김치라는 내용이었다. 광서는 두표의 얼굴을 보았다. 얼마 전 엄마를 잃은 두표의 아이가 생각나서였다. 광서의 시선을 받자, 두표는 쓸쓸한 미소를 입가에 걸었다.

"글쎄, 우리 애는 좀 반대가 된 것 같다. 지 아빠 눈치를 봐서 그런 건지, 엄마 보고 싶다는 이야기를 일절 안 한다. 애늙은이가 다 된 것 같아."

순간, 약속이나 한 듯 모두의 고개가 아래로 수그러졌다. 잠시 무거운 침묵이 흐른 뒤, 안학찬이 입을 뗐다.

"나도 왜 이렇게 사는지 모르겠다. 마누라랑 오붓하게 영화를 본 게 언제였는지 까마득해."

"누군 안 그러겠냐? 우리 다들 진짜 정신없이 살아왔다."

성태가 담담하게 대꾸했다. 광서는 분위기를 바꿀 양으로 화제를 돌렸다.

"근데 내 아랫도리가 죽었는지 살았는지 감감무소식이다. 새벽에도 전혀 일어날 생각을 안 해. 니들은 어떠냐?"

"안 됐다, 이 총각 놈아. 제대로 써보지도 못하고 사망시켰으니……. 하긴 나도 마찬가지야. 마누라가 파김친 게 다행이지."

친구들의 소소한 삶에 대해 그동안 너무나 들여다보지 않았다는 생각이 들었다. 하지만 이미 때는 늦었다. 쓸쓸한 자책으로 가슴 한구석이 아려왔다. 최후의 만찬에 이르러서야 그걸 깨닫다니. 광서는 허탈한 웃음을 흘렸다.

안학찬은 여전히 피하고 있었다. 이따금 광서의 눈과 마주칠 때마다 표 나게 엇각을 만들고는 했다. 술이 스며들자, 학찬의 말수가 부쩍 줄어들었다. 성태와 두표가 건네는 말에도 느릿느릿 고갯짓으로 대답을 대신했다. 둥둥 떠다니는 어색한 공기를 참을 수 없어, 결국 광서는 입을 열었다.

"넌 내가 그렇게 싫으냐?"

광서는 학찬에게 잔을 건넸다. 학찬은 눈언저리를 실룩거리며 느린 동작으로 술잔을 받았다. 제기랄. 하필 그때 피식, 웃음이 새어나올게 뭐람. 소주잔을 든 학찬의 손이 허공에서 뚝 멈추었다. 학찬은 광서를 사납게 째려보았다. 뭐야, 그 웃음은? 기분 더럽게시리. 학찬의 눈은 그렇게 말하고 있었다.

"그래, 난 니가 싫다. 그때 니가 상가에 느닷없이 들어와 팬 거 생각하면 아직도 치가 떨려. 너도 나한테 한번 맞아봐라. 그럼 더러운 내 기분 알거다."

희번덕거리는 눈초리로 노려보는 학찬의 눈동자를 바라보면서, 광서는 하마터면 크게 웃을 뻔했다. 왠지 모르게 상쾌했다. 그래, 증오도 순수함의 또 다른 표현이지. 요새 내가 그걸 배워가고 있는 중이다, 학찬아. 그때는 미안했다. 마음에 여유가 없었어. 살기 위해 발버둥을 친 거다.

광서는 눈을 떨어뜨리고 짧게 고민했다. 그러고는 고개를 들어, 큰 소리로 말했다.

"어이, 친구들, 안학찬이 광서를 팬단다! 다들 똑똑히 봐라!"

학찬의 눈에 당혹감이 서렸다. 광서는 왼쪽 뺨을 학찬의 가슴 아래로 내밀었다. 상열은 인상을 찌푸렸고, 소주잔을 입에 붙인 성태는 곁눈으로 지켜보고 있었다. 두표는 풀풀 담배연기를 올리며 아예 고개를 돌려버렸다.

"이광서, 유치한 짓거리 하지 마. 내가 그렇게 우습게 보이나?"

학찬이 오만상을 하며 말했다. 광서는 음흉한 눈빛을 그에게 보냈다.

"그래서 넌 안 되는 거야. 유치할 땐 유치해질 수 있는 것도 용기야. 넌 똑똑하지만, 용기가 없어. 전형적인 학삐리지. 자 때려봐. 사내새끼답게. 자아, 어서!"

광서는 왼뺨을 학찬의 얼굴에 닿을 만큼 갖다 댔다. 철썩! 불꽃이 튀었다. 예상은 했지만, 이 정도로 세게 후려칠지는 몰랐다. 광서는 약간의 과장을 더해, 의자 뒤로 벌렁 넘어졌다.

"어이쿠, 안학찬 너, 진짜."

광서는 뺨을 어루만지며 천천히 일어섰다. 가게 안에 있던 모든 사람들의 고개가 일시에 이쪽으로 향했다. 머쓱했다. 아까 성태와 두표의 머리에 헤드락을 걸며 장난을 칠 때 객쩍은 웃음을 보내던 반백의 중년 남자가 이번에는 거침없이 웃어댔다. 그는 자리를 파하려는지 동료들과 함께 몸을 일으키고 있는 중이었다.

"거 참, 재밌게들 사십니다. 그게 다 아직 싱싱하다는 뜻이죠."

그는 허허로운 웃음을 날렸다. 반백 중년 남자의 눈빛에는 정말로 아련한 마음이 담겨져 있는 듯했다.

상열과 성태는 어이없다는 듯 똑같이 고개를 설레설레 저었고, 두표는 인상을 찌푸렸다. 학찬의 표정은 꽤나 복잡해져 있었다.

"야, 이 정도 했으면 손 좀 잡아라! 이거 뭐냐? 쪽팔리게!"

두표는 학찬과 광서의 손을 강제로 포개버렸다. 순간 움찔하며 반사적으로 뒤로 빼려는 학찬의 손을, 광서는 놓치지 않았다. 오히려 힘을 주어 꽉 움켜잡았다. 몇 초 지나지 않아, 그의 손에서 힘이 풀려나갔다.

학찬아! 그동안 미안했다. 이게 전부 나의 미숙함 때문에 빚어진 일이다. 학찬을 보며, 광서는 눈으로만 그렇게 말했다.

다섯이서 어깨동무를 하고 캉캉 춤을 추었다. 한쪽 다리를 앞으로 들어 올린 채, 제자리에서 껑충껑충 뛰었다. 마알 달리자, 마알 달리자. 크라잉 넛의 '말달리자'는 뽕이 뽑힐 대로 뽑혔다. 노브레인의 '넌 내게 반했어'도 마찬가지였다. 오로지 그 두 곡만을 무수히 반복했다. 귀가 떨어져나갈 만큼 내지르는 괴성의 끄트머리엔 땀방울이 수북이 튀어 내렸다. 광란이었다.

예전에 다니던 단골 룸살롱으로 장소를 옮긴 건 거의 11시가 다 되어서였다. 오랜만에 뽕을 뽑자는 제안을 광서가 했고, 그러면 곱창집 술값은 니가 내라, 2차는 내가 쏘마, 하고 상열이 화답해왔다.

양주는 벌써 몇 병째 비워져 있었다. 땀이 흥건한 셔츠에 코를 대고 킁킁대자, 양주 특유의 오크 냄새가 물씬 풍겼다. 그런데 시간이 지날수록 취기가 오르기는커녕 외려 말똥말똥해졌다. 고약했다.

얼마 후, 모두들 소파에 널브러진 채 흐느적거렸다. 술이라기보다는, 말 달리는 춤을 추느라 온통 체력이 소진된 탓이었다. 정적이 찾아들었다. 환풍기의 작은 소음이 귓가에서 윙윙거렸다. 마주치고 싶지 않은 현실이 목전에 임박했음을 느껴서였을까? 모두 고개를 뒤로 젖힌 채 침묵으로 일관하고 있었다.

이제 때가 되었다.

광서는 손짓으로 아가씨들을 물렸다. 갑작스런 행동에 다들 긴장하는 눈치였다. 아가씨들이 빠져나간 룸 안은 을씨년스럽기까지 했다. 광서는 마침내 입을 열었다.

"친구 상열아! 내가 널 위해 뭘 해주면 될까?"

앞뒤를 몽땅 자른 말이 너무 노골적이었을까? 상열은 휘둥그레진 눈으로 광서를 한참이나 겨누었다. 그는 입술을 지그시 깨물며 손바닥으로 얼굴을 쓸어내렸다.

"왜, 결국 김형우 이사가 날 친다더냐?"

광서는 긍정도 부정도 하지 않았다.

"상열아, 내가 널 위해 뭘 해주면 되겠니?"

광서는 되물었다. 상열의 고개가 천천히 아래로 떨어졌다. 담배연기가 상열의 손을 떠나 룸 천장을 향해 나풀나풀 상승했다.

"국가펀드가 상가를 인수하게 해줘."

"그러지. 꼭 그렇게 되도록 노력할게. 아니, 약속하마."

"광서야, 솔직히 말해줘. 그럼 난 뭘 해줘야 하지?"

역시 눈치 빠른 상열이었다. 광서는 상열의 눈을 빤히 쳐다보았다. 성태도, 학찬도, 두표의 눈도 광서를 향해 있었다. 이윽고 광서는 무거운 입을 뗐다.

"친구들의 죄, 니가 다 자초한 거다. 친구들의 사약까지 너에게 다 몰아라."

상열의 표정이 싸늘해졌다. 그도 충분히 짐작했을 터였다. 상열은 눈자위를 문질렀다. 광서는 고개를 옆으로 젖히고, 말을 이어나갔다.

"지금이라도 도망가고 싶냐? 그럼 도망가. 도망간다고 해결되면 도망도 좋은 방법이다. 대신에, 영원히 한국 땅을 밟지 마라."

그랬다. 상열이 설사 도망간다 할지언정 광서는 오늘의 이 모임을 결코 후회하지 않을 자신이 있었다. 이 또한 자신에게 남겨진 마지막 정리였기 때문이다.

침통한 표정의 학찬. 조용히 담배를 태울 뿐인 두표. 눈을 감고 석불처럼 앉아 있는 성태. 모두들 마음이 으스러졌을 거였다.

"알겠다. 니 말은 내 맘속에 담아놓으마. 하지만 추호도 도망갈 생각은 없다."

빙긋이 웃으며 상열이 말했다. 상열의 눈은 쓸쓸하고 무거웠다. 씨발! 별안간 눈언저리가 뜨뜻해져 왔다.

상열아, 넌 마지막까지 날 업신여기는구나. 오늘 낮, 사무라이 문에게 한통의 전화를 받았다. 난 그에게 국가펀드에서 이제 손을 뗄 작정이라 말했고, 상열에 대한 나의 마지막 선택에 대해선 사실 화가 나지만 후회는 하지 않는다고 고백했다. 수화기에서 웃음소리가 먼저 날아

오더라. 사무라이 문이 입을 열었다. 그렇게 순진하니까, 최상열에게 늘 당하는 거 아닙니까? 나는 마음이 몹시 언짢았지만, 가만히 귀를 기울이고 있었다. 사무라이 문은, 빌라와 승용차 그리고 골프회원권까지, 지금 최상열은 맹렬히 현금을 확보하는 중이라고 귀뜀하더구나. 윤배 아도 중국행 비자를 신청했다고. 그 말에 심장의 한 덩어리가 뭉텅 떨어져나가는 기분을 느꼈다. 이제야 제대로 당했다는 느낌이 들더군.

사무라이 문은 꼭 그렇게는 말 안 했다만, 내 추측이 빗나가지 않는다면, 넌 십중팔구 비행기를 티케팅 하는 찰나 검찰 특수부에 검거될 거야. 구속영장의 근거는 이미 충분하다.

김형우 이사가 언젠가 내게 이런 말을 했다. 꼬일 대로 꼬인 이 판때기는 생즉사, 사즉생의 각오로 덤비지 않으면 정리할 수 없다고. 이제 남은 카드는 딱 두 장뿐이다. 넌 그 두 장의 카드 중에서 한 장을 선택할 수밖에 없어. 만약 니가 국내에 남아 모든 걸 감당할 각오라면, 난 다시 널 도울 용의가 있다. 하지만 그 반대라면, 난 너의 가장 살벌한 적이 될 것이다.

그리고 한 가지를 더 덧붙이마. 난 잘 안다. 니가 그토록 국가펀드에 상가를 인수시키려 하는 건, 성한수 행장을 구하기 위해서라는 걸. 훗날을 도모할 수 있게 말이지. 그리고 이것도 안다. 상가 인수만이 친구들을 구할 수 있는 유일한 방법이라는 것도.

하지만 미안하다, 친구야. 난 성 행장을 잔혹하게 파멸시켜버릴 거다. 그게 궁극적으로 널 구하는 길이니까. 아마도 그 일은 지금 니 옆에서 땅콩을 우적우적 씹고 있는 성태의 몫이 될 것 같다. 성태는 자폭을 선택했다. 그 길이 곧 자기 스스로를 구원할 길임을 알기에. 난 성태이 돈변을 충분히 이해하고 있다

175

친구 상열아! 인생은 결코 두 번의 기회를 주지 않는다는 말이 이토록 명치에 아프게 배겨들 줄은 정말 몰랐다. 한번 으스러지면 그것으로 끝이다. 너절한 내 청춘을 반추해보건대, 두 번이란 없더라. 인생을 통과한다는 건 부담해야 할 무게를 조금씩 얹어가는 것이었다. 골든게 이트에서 한때나마 느꼈던 천국은, 지금 돌이켜보니 착각이었지. 그런 탓일까, 난 이제 인생이 얼마나 엄숙한가를 좀 무섭게 느끼고 있다.

해서, 사랑하는 나의 친구, 상열아. 너 스스로를 아끼길, 그리하여 주어진 선택을 함부로 남용하지 말길, 난 간절히 기도하겠다.

형, 저 미군 부대에 있을 때 어쩌면 평생 잊지 못할 장면을 목격한 적이 있어요. 차량수리병이 자이언트 펌프카 타이어를 교체하는 중이었나 봐요. 나중에야 알았지만, 나사 하나가 느슨하게 조여져 있는 바람에 그 끔찍한 사고가 발생한 거였어요. 타이어에 압축돼 있던 가스의 강력한 압력이 그 느슨한 나사를 마치 총알처럼 날려버린 거죠.

난 그 흑인병사를 먼발치에서부터 우연찮게 보고 있었어요. 그게 참 이상한 일이죠. 왜 하필 그 흑인병사에게 내내 눈이 가 있었을까요? 여하튼, 십여 미터 가까이로 다가설 즈음, 갑자기 팅 하는 예리한 소리가 귀를 때렸어요. 그와 동시에, 놀랍게도 흑인병사가 순식간에 머리가 뻥 뚫린 채 그 자리에서 쓰러지는 겁니다.

머리에서 피가 철철 솟구치더군요. 그리고 잠시 사시나무 떨듯 몸을 떨더니 곧 축 늘어졌어요. 처음으로 목격하는 죽음이었습니다.

돌이켜 보면, 전 참 괴상한 놈이죠. 그 와중에도 전 아스팔트 바닥을 서서히 덮어가는 그 흑인의 찐득한 피를 보고 있었어요. 그러니까 뭐랄까, 피 색깔이 우리랑 왠지 달라 보였거든요. 새까만 피부에서 철철 흘러내리는 초콜릿색 피가 햇볕을 흡수하면서 약간 오묘한 빛깔로 바뀌었습니다. 제 눈엔 얼핏 보랏빛 같았어요.

그날 유별나게 바람이 불었는데, 그 병사가 누워 있는 장소에서 내가 서 있는 쪽으로 부는 바람 때문인지 피 냄새가 온통 진동했습니다. 아, 그 광경은 아마 평생 절 따라다닐 것 같아요, 형.

터무니없이, 왜 그 기억이 고스란히 튀어나왔을까. 광서는 모텔 방 침대에 앉아 눈자위를 쓸어내렸다.

사오 년 됐을 것이다. 카투사로 군복무를 마친 막내 광은이 어느 날 불쑥 꺼낸 이야기였다. 집 근처 치킨 집에서 맥주를 마시던 중이었다. 쓸쓸하게 웃는 녀석을 보며, 광서는 마음이 묘하게 흔들렸다. 그런 충격적인 장면을 직접 목격한 탓에, 녀석이 지금 정신적인 뒷감당을 못하고 있는 건 아닌가 하는 형으로서의 걱정과 우려 때문이었다.

하지만 그 후로 광은은 그 이야기를 다시 언급한 적도, 그렇다고 그것과 관련된 트라우마 증상을 내비친 적도 없었다. 시간은 만병통치약이라는 걸 새삼 깨닫는 순간이었다.

두 시간 전에 헤어진 상열의 모습을 떠올렸다. 그리고 성태와 두표와 학찬의 얼굴도. 광서는 상열에게 친구들의 사약까지 모두 받으라고 말했다. 차마 하지 못할 모진 말이었다. 이제 우린, 친구로서는 영원한 작별을 고한 걸까? 시간이 지나면, 그래도 애틋했던 친구의 기억이 상처보다 더 진하게 우러나올 수 있을까?

광서는 고개를 흔들었다. 침대에 벌렁 누웠지만 정신은 멀뚱멀뚱했다. 오늘 밤도 잠자기는 글렀다.

"저, 문입니다."

사무라이 문에게 연락이 온 건, 점심이나 먹을까 싶어 막 자리를 박차고 일어설 무렵이었다. 사무라이 문의 음성은 약간의 다급함이 묻어 있었다. 광서의 가슴이 철렁했다.

"오늘 아침에 최상열이 인천공항 출국장에서 검거되었습니다. 지금 대검 특수부로 이송되었어요. 가장 먼저 안학찬이 회사에서 체포되었고, 김성태는 자택에서, 기두표도 집에서 긴급 체포되어 지금 이송 중입니다. 언론에도 곧 보도 자료가 나갈 겁니다."

광서야, 정신 차려라. 괜찮다, 광서야. 몇 번이고 마음을 다잡으려 해도 정신이 아득해지기는 마찬가지였다. 닥쳐올 사태를 내심 짐작하고 있었음에도 막상 일이 눈앞에 닥치자 심장이 벌렁거렸다.

"아직은 범죄 사실이 확정되지 않았잖습니까?"

하등 도움도 안 될 말을, 사무라이 문에게 묻고 있었다.

"금융기관에 대한 사기, 사문서 위조, 공문서 위조, 분식회계, 탈세. 틀은 그렇게 적혀 있습니다."

사문서와 공문서 위조! 결국은 합필과 분필 과정에서 행방불명자의 인감 조작을 시도했다는 뜻이었다.

"그렇게 모조리 다 잡아넣는다면 회사 자체를 아예 와해시키겠다는 건데, 이건 기업 수사관행하고도 안 맞는 것 아닙니까?"

"글쎄요. 전 담당검사가 아니라 뭐라고 말할 순 없지만, 김성태나 안학찬이도 명의 대출의 액수가 크고 더구나 초창기 금융작업을 할 때 발을 너무 담갔어요."

"지위의 역할상 어쩔 수 없는 거 아닙니까?"

"그건 그 친구들이 직접 검사들에게 할 이야기고, 광서 씨는 광서

씨대로 대책이나 잘 강구해보세요. 우리끼리 그런 이야기를 해서 무슨 소용이 있습니까? 안 그래도 문석이가 지금 절 무척 괴롭히고 있는 중입니다."

사무라이 문의 어조는 냉랭했다. 하긴, 그의 말에 틀린 구석은 한 군데도 없었다.

"알겠습니다."

전화를 끊고 나서 의자에 풀썩 주저앉았다. 맥이 풀렸다. 도망을 선택한 상열은 그렇다 쳐도 다른 친구들이 안타까웠다. 가만히 앉아 있을 수는 없었다. 광서는 황급히 이사실로 달려갔다.

"이사님, 김성태는 골든게이트의 자금 관련 정보를 죄다 쥐고 있는 데다, 나중에 골든게이트를 해체할 때도 꼭 필요한 친구입니다. 그리고 안학찬이도 삼성경제연구소 출신입니다. 프로세스를 밀고 나가는 데는 정말이지 괴력을 발휘할 녀석입니다. 명의 대출을 당긴 건, 이사님도 알다시피 최상열의 지시 때문입니다. 기두표는 어쩔 수 없어도, 그 둘은 국가펀드의 향후 진로를 위해서도 반드시 구출해내야 합니다."

등을 보인 채, 김형우 이사는 스푼을 느릿느릿 젓고 있었다. 잠시 후 몸을 돌렸을 때, 그의 미간은 비틀어져 있었다.

"그 이야기를 나한테 왜 하는데? 내가 검찰이냐?"

그리고 터무니없다는 듯 허허허, 웃음을 흘렸다. 진지하게 한층 또렷하게 난 다시금 내 뜻을 전달할 수밖에 없었다.

"이사님, 정말이지 멀리 보셔야 합니다."

김 이사는 당장 언성을 높였다.

"다시 말하기만, 이건 우리가 나서서 이러쿵저러쿵 한 사안이 아니야. 너, 우리도 검찰 조사를 받아야 하는 처지라는 거, 설마 몰라서 이러는 거야?"

김 이사는 부릅뜬 눈으로 광서를 노려보다가, 이내 혀를 차며 고개를 획 돌려버렸다. 광서는 여기서 물러서면 안 된다고 판단했다.

"지금 국가펀드는 이번 건이 금융기관의 사기라는 걸 문제 삼지 않았습니다. 오히려 성 행장은 자신들이 피해자라 주장하고 있어요. 그러면서 관련된 금융기관들을 조종하고 있습니다. 이건 정말 가당찮습니다. 성 행장은 처음부터 최상열과 작당했어요. 이번 사태의 주범은 최상열과 성 행장입니다. 이사님, 김성태는 우리한테 꼭 필요합니다. 프로세스가 강한 안학찬도 필요하고요. 제발, 이사님!"

그러나 김 이사는 고개를 절레절레 저으며 답답하다는 표정을 풀지 않았다. 둘 사이에 무거운 침묵이 지나갔다. 잠시 후, 김 이사는 몸을 일으키더니 양복 상의를 챙겨들었다. 밖으로 나갈 태세였다.

"이사님!"

"광서야, 그만 나불대고 가서 일이나 봐. 이번 소나기는 암만해도 심상치가 않다. 사실, 나도 허를 찔린 대목이 있어."

김 이사는 광서를 지나쳐 곧장 문으로 향했다. 광서는 그의 등 뒤를 애절한 눈으로 바라보았다. 하지만 그는 흔들림이 없이, 휘적휘적 복도로 걸어 나갔다. 저런 인정머리 없는 양반 같으니!

오후 5시, 광서는 휴게실 출입구 왼쪽 모서리의 나무 선반에 올려진 TV를 쳐다보았다. YTN 뉴스에서 G상가라는 이니셜이 자막으로 흐르고 있었다. 광서는 자판기 커피를 뽑아내다 말고 그 자리에 멍하니 섰다. 웬만큼 마음 준비가 될 법도 하련만, 막상 뉴스를 보자 손부터 파르르 떨려왔다. 앵커는 수천억 원의 피해가 우려된다는 멘트를 날렸다. 아무리 그래도 그렇지 수천억이라니 너무 심하지 않은가. 하지만 모른다. 어쩌면 자신이 모르는 부분이 더 있을지도. 광서는 이제 그 무엇도 장담할 수가 없었다.

광서는 사무실로 돌아와 인터넷 뉴스를 검색하고, TV 사이트에 들어가 실 방송을 지켜보았다. 저들은 어느 선까지 알고 있을까. 설마 자신과 성태가 넘겨준 폭탄을, 사무라이 문이 검찰에 넘기진 않았겠지? 별의별 생각들이 머릿속을 분주히 오갔다.

오후 7시를 넘어서자 신문사의 인터넷 판과 공중파 뉴스에서도 'G 상가'를 다루기 시작했다. 더러는 골든게이트 상가라는 실명이 거론되기도 했다. 특히 인터넷 매체들의 뉴스에 구체성이 좀 더 강했다. 거기에서는 최상열을 최 모씨로, 기두표를 기 모씨로 표현하며 사건의 초점을 '사기대출'로 몰아가는 분위기였다.

9시, 다시 휴게실로 자리를 옮겨 TV에 눈을 박았다. 9시 메인 뉴스에서도 최 모씨라는 이름이 등장했다. 앵커가 최 모씨의 교묘한 대출 수법을 나열하는 동안, 자료 화면은 골든게이트 상가를 고스란히 내비치고 있었다. 대출액의 규모를 들먹이며 '경악스럽다'고 표현할 때의 앵커 표정은 자못 압권이었다. 그뿐 아니었다. 보도와 아울러 경제부 기자를 데스크에 앉혀놓고, 현 부동산과 관련한 PF 대출의 문제점을 꽤 소상히 그리고 심도 있게 다뤘다. 그들의 결론은, 하지만 골든게이트는 그보다 훨씬 심각한 일종의 금융사기라는 것이었다. 시청자들에게 부정적인 이미지를 꽉꽉 주입하기엔 더할 나위 없는 기획 기사였다.

순간, 김형우 이사가 표현했던 '소나기'라는 단어가 떠올랐다. 결코 쉽게 가라앉을 분위기가 아니었다. 아, 어떡하냐, 성태야. 니가 자꾸 멀어져 가는 것 같구나.

식사를 거른지라 위장은 텅텅 비어 있었다. 게다가 초저녁에 새로 산 담배 한 갑이 벌써 바닥을 드러낼 만큼 줄담배를 태웠다. 시큼한 위액이 걸핏하면 식도를 넘실거렸다. 어느덧 밤 10시에서 25분이 더 지난 시각이었다.

경비 아저씨가 막 사무실 순찰을 시작했는지, 사무실 문을 하나씩 열고 닫는 소리가 단속적으로 들려왔다. 그리고 휴게실 안은 자판기의 단조로운 전기음과, 이제는 신물 나는 남성 앵커의 목소리와, 간간히 창문을 흔드는 바람소리만이 뒤엉켜 적당히 을씨년스러웠다.

"일이 많나 보네?"

뒤를 돌아보니, 경비원 아저씨가 싱긋 미소를 보내고 있었다.

"아, 예."

광서는 천천히 소파에서 몸을 일으켰다. 퇴근할 생각이었다. 지금 당장은 아무런 방법이 없다. 이제야 광서는 김형우 이사의 말을 슬슬 체감했다. 그래, 일단 소나기는 피하고 보자.

여느 때보다 30분 일찍 출근했다. 어젯밤 소두 두 병을 들이키고 억지로 눈을 붙였지만, 새벽녘에 걸려온 전화 한 통이 잠을 날려버렸다. 손을 뻗어 집어든 핸드폰은 오전 5시 언저리를 표시하고 있었다.

"야, 이광서."

서늘한 여자의 목소리. 윤배아였다. 광서는 빰따귀를 얻어맞은 듯, 잠이 순식간에 증발했다. 분명 그녀는 취해 있었다.

"너, 나한테 이러려고 최상열을 붙였니? 야, 이광서! 넌 결국 이렇게 될 줄 알았잖아."

"……."

"아니, 그것도 모자라 상열 오빠 등에 칼을 꽂아? 난 이제 뭐야? 이제 와서 나더러 어떻게 하란 말이야?"

머리가 땡했다. 광서는 이마를 꽉 움켜잡았다. 수화기에서 그녀의 기척이 잠시 멀어진 듯하다가, 울음소리가 어렴풋이 들려왔다. 배아가 서럽게 울고 있었다.

"광서 오빠, 어떻게 안 되는 거니?"

울음을 힘겹게 자제한 듯, 딸꾹거리는 소리로 배아가 말했다. 광서는 할 말이 없었다. 그저 가슴이 먹먹할 뿐이었다. 배아야, 미안하다.

"상열 오빠 알고 보면 외롭고 불쌍한 남자야. 제발, 상열 오빠를 버리지 마. 오빠는, 상열 오빠의 유일한 친구잖아."

배아의 끝말이 예리한 쇠꼬챙이가 되어 명치끝에 박혀들었다. 광서는 그 통증을 이기지 못하고 전화를 끊어버렸다. 핸드폰 배터리를 빼놓고 곧장 화장실로 걸음을 옮겼다. 머리를 감싼 채, 출근 전까지 가만히 앉아 있었다.

사무실 책상에 앉자마자 내선전화가 울렸다. 수화기를 귀에 박은 채 컴퓨터를 부팅했다. 김형우 이사였다.

"음, 다행히 일찍 왔구나. 핸드폰으로 할까 하다가 걸어봤다. 지금 이사장님으로부터 긴급호출이다."

김 이사를 이사실 앞에서 만나 곧장 이사장실로 이동했다. 방문을 열었을 때 이사장은 뒷짐을 진 채 방 안을 천천히 거닐고 있었다. 그는 입을 굳게 다문 채 손으로 소파를 가리켰다. 김 이사와 광서는 소파로 다가가 천천히 몸을 앉혔다.

"아니 여당 의원까지 나서서 두들겨대면 대체 어쩌란 말야?"

이사장은 소파에 마주 앉으며 탄식하듯 말했다. 그가 당혹스러워 하는 것은 오늘 조간신문에 실린 여당 의원의 인터뷰 기사 때문인 듯했다. 그 여당 의원은 국가펀드가 충분한 근거 없이 골든게이트에 거액의 대출을 했고, 이번 사건이 터짐으로 인해 대출금이 몽땅 날아갈 거라고 비판했다.

"하, 게다가 국감이 곧 시작될 텐데 참 난감하군."

이사장은 연신 고개를 흔들며 혼잣말하듯 푸념했다.

김 이사는 눈을 감은 채 묵묵부답으로 일관했고, 그의 모습을 지켜보던 이사장도 답답하다는 표정으로 입을 다물었다. 3분쯤 지났을까, 이사장이 한숨을 푹 내쉬고 말했다.

"김형우, 이도저도 답이 안 보이면, 너랑 나랑 깨끗이 옷 벗자."

이사장의 말에 김형우 이사는 허허허, 웃었다.

"그래야죠. 전, 이미 각오하고 있습니다."

광서는 눈만 멀뚱거리며 두 사람을 쳐다보았다. 정말 난감했다.

신문들마다 난리였다. 특집란을 만들어 상가 부도에 대한 분석 기사들을 약속이나 한듯 일제히 쏟아냈다. 특히 H신문의 기사는 섬뜩할 만큼 정확했다. '사슬처럼 이어진 비리'란 제목 하에, PF와 관련하여 대출 리베이트가 관행처럼 굳어 있다고 폭로했다. 그리고 골든게이트는 첨단기법으로 부정대출을 감행한 엘리트 비리의 표본이라는 결론을 덧붙였다.

문제는, 논지를 전개하는 중간에, 이젠 시중은행뿐 아니라 공공금융기관마저 그 사슬에 편입돼 있다고 밝힌 대목이었다. 이는 은근히 국가펀드를 지칭하는 거나 다를 바 없었다. 그리고 오후가 되자 종이신

문의 인터넷 판에서 결국 국가펀드의 실명이 거론되기 시작했다.

그 여파는 예상을 훨씬 웃돌았다. 국가펀드 홈페이지에 비난의 글들이 폭주하기 시작했다. 그 비난의 글들 중에는 골든게이트의 신규분양자들이 제법 섞여 있다는 것을 알 수 있었다. 이태리 솔루션을 한다고 해서 분양을 받았더니 이젠 말도 안 되는 억척을 피우고 있다, 국가펀드가 책임지고 당장 해약해달라, 하는 것이 요지였다. 이젠 부정대출의 포커스가 최상열에서 국가펀드로 이동해버린 느낌마저 받을 정도였다.

무엇보다 불안한 것은, 만약 이 때문에 국가펀드 내에 인사 태풍이라도 휘몰아치는 경우였다. 그로 인해 김 이사 같은 사람이 부득불 옷을 벗는 사태가 벌어진다면?

이는 사적인 감정을 배제하더라도, 국가적 차원에서도 결코 득이 될리 없다고 생각했다. 지금이 어떤 때인가. 외국의 헤지펀드들이 벌건 눈알을 부라리며 국내 우량기업들을 날로 먹으려들고 있지 않은가. 이럴 때 국가펀드의 역할은 매우 긍정적이었다. IMF 체제를 겪고 나서 뚜렷하게 변한 게 하나 있다면, 미국을 위시한 외국의 거대자본이 법률적으로 아무 문제없이 국내 우량 기업을 강탈할 수 있도록 길을 닦아놓았다는 것이다.

언젠가 김형우 이사도 그런 말을 했다. 국가펀드는 외국의 헤지펀드에 맞서 국내 우량 기업들의 방패막이 역할을 하고 있다고. 그 점에 대해 김 이사의 자부심은 남달랐다. 일시적으로 유동성 위기에 봉착한 중견 조선소가 외국 M&A 기업들에게 표적이 되었는데, 이는 경제지에도 심심찮게 보도된 적이 있었다. 이때 흑기사로 자처한 곳이 국가펀드였다고 한다. 다행히 그 조선소는 국가펀드의 단기 운영자금 펀드를 수혈 받고 위기를 탈출할 수 있었고, 지금은 탄탄대로의 성장을 구가 하는 중이었다. 뿐만 아니라 국내 굴지의 통신제조업체도 단기 유동성에 직면하자 국가펀드의 도움을 받고 정상 궤도에 올랐다고 했다. 아마 굵직한 케이스만 뽑아내도 수십 개는 될 성싶다. 그 모든 작업의 선두엔 늘 김형우 이사가 버티고 있었다. 김 이사는 광서가 봐도 산업계의 흑기사였다.

그래서 광서는 불안했다. 골든게이트 건으로 막대한 손해가 있었다 해도, 김형우 이사로 인해 대한민국이 얻은 이득 총량과 비교한다면, 그 손해는 사소한 액수에 지나지 않았다. 적어도 몇 조를 나라에 보탠 사람이, 단 한 번의 판단 오류로 옷을 벗는다면, 이는 부당한 일이었다. 그러니 어쨌거나 이 사태를 무사히 넘어가고 볼 일이었다.

문석의 연락을 받고 급히 청담동으로 향했다. 차창 밖은 가물가물 땅거미가 내려앉고 있었다. 광서는 택시 안에서 광현에게 전화를 걸었다. 광현에게 할 말이라야 뻔한 것밖에 없었지만, 어쨌거나 몇 가지 단속은 해두어야 했다.

"광서야, 지금 난리가 아니지?"

"예, 형님, 태풍이 지나간 것 같습니다. 다들 넋이 빠져 있습니다."

광서는 푸! 한숨을 내쉬었다. 수뇌부가 박살났으니, 온전할 리 만무했다.

"광현아, 너밖에 없다. 너라도 정신 바짝 차리고 상가를 단단히 붙들고 있어라."

"형님, 그게……."

뒷말이 힘없이 줄어드는 게, 녹진한 절망이 그대로 전해져왔다. 광서는 그 절망을 털어내듯, 목소리에 힘을 주었다.

"힘내! 세상에 무조건 죽으라는 법은 없어."

"알겠습니다. 힘낼 테니까 걱정 마십죠, 형님."

"그리고 광현아……."

다소 앞선 감이 있었지만, 그리고 어쩌면 월권일 수도 있었지만, 광현의 어깨를 펴주기 위해선 지금 이 순간 꼭 해줘야 할 말이 있었다.

"내 말에 토 달지 말고 듣기만 해라. 널 언젠가 국가펀드로 불러들일 생각이다. 공식적으로 윗분들에게 소개할 거야. 그때까지 그저 입조심, 몸조심하고 기다려라."

"형님."

"나중에 자세한 건 설명할게. 오늘은 이만 끊자."

"알았습니다. 그럼……."

전화를 끊자마자, 택시 기사의 목소리가 뒷좌석을 향했다.

"손님, 강남세무서 다 왔는데, 어디쯤 내려드릴까요?"

광서는 바로 세우라고 했다. 택시비를 치르고, 사방을 둘레둘레 살폈다. 사무라이 문이 말한 카페는 강남세무서에서 LG텔레콤이 보이는 거리에 있다고 했는데, 아무리 눈을 씻고 찾아봐도 LG텔레콤은 없었다. 세무서 주위를 한참이나 헤매고 다닌 끝에, 결국 문석에게 전화를 걸었다. 문석은 언북초등학교를 언급했다. 하지만 그 초등학교를 찾는 데도 또 한참의 시간을 허비해야 했다. 간신히 카페를 찾아 문을 열었을 때는, 문석과 사무라이 문의 테이블 위 재떨이에 꽁초가 수북이 쌓인 뒤였다.

멋쩍은 미소를 날리며 의자에 앉는 광서를, 문석이 맥 빠진 얼굴로 바라보며 입을 열었다.

"일이 예상보다 훨씬 커져버려 언론이 도통 잠잠해질 생각을 안

하는군. 큰일이야."

　사무라이 문은 담배를 피우지 않으니까, 말하자면 재떨이를 가득 채운 꽁초는 문석의 입에서 떨어져 나온 것일 터였다. 평소답지 않은 줄담배였다. 지금도 문석은 담배연기를 풀풀 뿜어내는 중이었고, 맞은편에 앉은 사무라이 문은 그 연기를 고스란히 덮어 쓰고 있었다. 그럼에도 뭐랄까, 사무라이 문은 마치 무릎 위에 두 손을 얹어놓고 기도하는 청동 조각상처럼 미동이 없었다. 대단한 참을성이군. 겉보기에는 전혀 어울릴 것 같지 않은 두 사람의 기묘한 앙상블이 웃음을 자아내게 했다. 광서는 큭큭 웃었다. 그러자 문석의 매서운 눈초리가 휙 날아들었다.

　"넌 이 마당에 웃음이 나오냐?"

　"그러게."

　머쓱해진 광서는 괜스레 테이블 위에 놓인 담뱃갑만 주물럭거렸다. 한 개비를 꺼내 막 불을 붙이려는데, 사무라이 문의 시선이 느리게 광서를 향했다.

　"광서 씨, 어제오늘 김형우 이사한테서 무슨 말이 없었습니까?"

　광서는 고개를 가로저었다. 그러자 픽 하며, 사무라이 문의 한쪽 입가가 위로 올라갔다. 그는 광서의 머리 너머의 벽에 시선을 주며 머리를 느릿느릿 흔들었다.

　"이번 작업, 김형우 이사가 틀림없이 배후에 있습니다. 그렇지 않고서야 이렇게 아귀가 맞을 리 없어요."

　"물론, 저도 그렇게 생각하고 엉겨봤죠. 성태하고 학찬이를 빼달라고 말입니다. 근데 당최 씨알도 안 먹혀요."

　광서는 손까지 휘휘 저어가며 말했다. 그때 문석이 불쑥 끼어들었다.

　"당연하지. 그 정도 위치에 올라갈 정도면 얼마나 속을 단련했겠어.

그런 사람을 광서 니가 들볶는다고 쉬 대답이 나올 것 같아? 그건 아니지."

누가 그걸 모르냐, 이 자식아? 광서는 문석을 슬쩍 째려보았다. 그러고는 다시 사무라이 문에게 고개를 돌렸다. 짚고 넘어갈 것이 있었기 때문이다.

"문, 이번엔 대검이 직접 움직였다는 게 마음에 걸립니다. 김형우 이사가 배후에 있다고만 볼 수 없는 게, 대검이라면 사이즈가 너무 크지 않습니까? 이사장이나 김 이사가 자기들도 옷을 벗니 마니 엄살을 떠는데, 가만 보면 꼭 거짓말하는 것 같지는 않습니다. 어쩌면 청와대가 직접 움직였다는 생각도 드네요."

사무라이 문은 의자를 당기며 몸을 곧추세웠다. 그리고 담담한 목소리로 말했다.

"사안이 중대한 만큼 대검이 움직이는 건 당연하지요. 대검이 움직였다는 건, 청와대 쪽에서도 이번 건을 충분히 감지하고 있었다는 뜻이 되고요. 광서 씨는 아직 감을 못 잡으신 것 같은데, 김형우 이사는 제가 알기론 무시하지 못할 힘을 가지고 있습니다. 청와대 쪽에도 만만찮은 연결고리를 가지고 있어요. 하지만 무엇보다 제가 김형우 이사를 지목하는 건……"

사무라이 문은 이 대목에서 말을 뚝 끊어버렸다. 광서는 그를 쳐다보았지만, 그의 입은 좀체 열릴 기미가 보이지 않았다. 뭐야? 자기검열이라도 하는 거야? 광서는 그의 다음 말을 재촉하고 싶어도 그럴 수가 없었다. 대신에, 옆에 있던 문석이 다그쳤다.

"지금 뭐 하자는 거야? 친구끼리 진짜 이러기야?"

사무라이 문은 망연한 시선으로 두 사람을 번갈아보았다. 그의 눈이 광서의 얼굴에 2초쯤, 그리고 문석의 얼굴에는 5초쯤 머물렀다. 그러고는 머리를 아래로 떨어뜨리고, 눈을 감더니 입속말로 뭐라 뭐라 중얼거렸다. 잠시 후, 그는 고개를 추켜세웠다.

"오해는 마십쇼. 우리가 김형우 이사를 미행하거나 감시하는 게 아니라는 걸요. 어쨌거나 오늘 오후에 김 이사가 대검 관계자들과 외부 장소에서 비공식 접촉을 가졌다는 정보가 입수됐습니다. 김 이사가 아무 관련이 없다면 이 미묘한 시기에 왜 그런 무리수를 두었겠습니까? 이 팩트, 촉 좋은 광서 씨는 어떻게 생각하십니까?"

광서는 김 이사의 얼굴을 떠올렸다. 이따금 피어오르곤 하는 그의 냉혹한 눈매가 카페 벽면에 또렷이 투사되었다. 사무라미 문은 광서의 대답을 기다리지 않고 말을 이었다.

"그리고 광서 씨. 광서 씨는 씨알도 먹히지 않았다고 말했는데, 그건 아닌 것 같습니다. 오늘 국가펀드 이사장이 비공식적으로 요청한 모양이에요. 국가펀드가 골든게이트 문제를 원활히 매듭지을 수 있도록, 김성태와 안학찬에 대해 선처를 부탁한다고……. 대충 그 정도만 알고 있습니다."

사무라이 문이 희미한 미소를 보냈다. 순간, 광서는 코끝이 찡해지는 걸 느꼈다. 고맙습니다, 이사님……. 하마터면 궁상스런 물기를 내비칠 뻔했다. 광서는 날숨을 길게 내뱉고, 어문 감상 따위를 몰아내기 위해서라도, 일부러 건조한 질문에 초점을 맞추기로 했다.

"최상열의 네트워크엔 무슨 움직임이 없습니까? 그와 연이 닿는 국회의원들이 제가 아는 사람만 해도 한둘이 아닌데……."

질문을 던지고 나자마자, 광서는 자신의 어리석음을 비웃어야 했다. 너도 참! 세상이 어떻게 돌아가고 있는지, 그새 까막눈이 되어버린 거야? 이런 광서의 자책을, 사무라이 문이 그대로 확인해주었다.

"광서 씨가 누굴 말씀하는지 저도 대충은 파악하고 있습니다. 하지만 광서 씨가 알고 있는 그 사람들, 이제 몇 안 됩니다. 잘 모르시나 본데, 이번 선거에서 거의 다 날아갔어요. 그리고 간신히 살아남은 사람들도 눈치를 보고 있습니다. 이런 상황에서 괜히 어설픈 구원병 노릇을 했다간, 자살 행위나 마찬가지라는 걸 알기 때문이죠. 아마 물 밑에 가라앉아 있으면서, 조용히 상황을 주시하고 있을 겁니다."

그러고는 갑자기 얼굴을 굳혔다. 이어질 말이 심각하다는 것을 암시하는 표정이었다.

"진짜 주시해야 할 네트워크는 최상열이 아니라 성 행장 쪽입니다. 광서 씨도 알겠지만 성 행장은 금감원 출신이에요. 그가 재경부 라인을 통해 뭔가 조치를 취하고 있다는 정황이 곳곳에서 감지되고 있습니다."

하지만 성 행장의 네트워크만 문제가 아니었다. 광서의 뒷골을 늘 땅기게 하는 존재, 바로 허철묵이었다.

"문, 허철묵도 우습게 봐서는 안 됩니다. 그자는 최상열의 뒷배를 봐주던 사람이에요. 그가 최상열의 친척이나 지인들을 규합해서 상가를 강제 접수할 수도 있다는 걸 항상 염두에 두어야 합니다. 뒤통수를 맞기 전에 미리 조치해둘 필요가 있어요. 저번에 제가 말씀드렸듯이 말이죠."

사무라이 문은 아무 말 없이 고개만 갸웃거렸다. 광서의 말에 동의한다기보다는 난감하다는 표시 같았다. 그는 자리에서 벌떡 일어나 바 테이블로 갔다. 잠시 후 김이 모락모락 나는 커피를 가득 담아 와서는 다시 자리에 앉았다. 그때 문석의 핸드폰이 윙윙거렸다. 문석은 액정을 확인하더니, 전화기를 귀에 대며 일어났다. 그러고 문 밖으로 휘적휘적

걸어 나갔다. 광서는 카페 통유리 너머로 통화하는 문석의 모습을 쳐
다본 다음, 사무라이 문에게로 고개를 돌렸다.

그의 대답을, 아니 다짐을 받아두어야 했다. 광서는 사무라이 문의
눈을 끈덕지게 쳐다보았다. 고개를 약간 숙인 채 커피를 연신 홀짝거
리던 사무라이 문은 결국 얼굴을 들어 광서의 눈을 마주했다.

"광서 씨, 왜 그 문제를 아무 연관도 없는 저한테 요구하시는지 모르
겠습니다. 허철묵이 그럴 수 있다는 건 저도 인정합니다. 하지만 그런
문제에 국정원이 나선다는 건 말도 안 되는 소리예요. 만일 그랬다가,
어떤 경로로든 잡음이 나오면 저는 물론이고 여러 사람 다친다는 거,
광서 씨도 잘 알잖아요."

사무라이 문의 표정은 정말로 어이가 없다는 투였다. 더 이상 입을
뗄 분위기가 아니었다.

광서는 결론을 내렸다. 늑대들은 먹이 앞에선 징그러울 만큼 집요하
다. 언제가 됐든 그 늑대들은 올 것이다. 만일 그런 일이 벌어진다면?
생각만 해도 아찔했다. 하지만 뭐든 수가 있을 것이다.

지금 마음이 한없이 무거운 것은, 그 늑대들과 맞설 사람도 광서 자
신이라는 현실 때문이었다.

사무라이 문이 먼저 일어섰고, 5분쯤 있다 문석도 나갔다. 광서는
담배 한 대를 다 피울 동안, 혼자서 앉아 있었다. 이윽고 담배를 재떨
이에 비벼 끄고 자리에서 일어섰다.

매캐한 밤공기가 코끝에 확 와 닿았다. 그러나 지금의 서울 공기는
그리 달갑지가 않았다. 체증처럼 중압감이 명치에 묵직하게 매달려 있
는 탓이었다. 광서는 걷기로 했다. 한 가지 생각에 몰두하려 했지만, 너

무나 많은 단상들이 한꺼번에 쏟아져 나와 도대체 머릿속을 정리할 수
가 없었다.

2백여 미터쯤 걸었을까? 광서는 발길을 우뚝 멈추었다. 낯익은 남자
의 등이 보였다. 문석이었다. 문석은 핸드폰을 귀에 댄 채 느릿느릿 걸
어가고 있었다. 저 녀석도 나처럼 걷고 싶었던 거야? 광서는 문석을 향
해 잰걸음으로 다가갔다.

거리가 7미터가량 좁혀졌을 때 문석의 가파른 목소리가 또렷이 들
려왔다. 문정아, 그 자식 거기 있는 거야? 지금 문석이 통화하고 있는
사람은 문정이 틀림없었다. 광서는 가까이 다가가길 멈추고, 마치 숨기
라도 하듯 담벼락 옆으로 비켜섰다.

문석과의 거리가 조금씩 벌어지기 시작했다. 그러나 뜨문뜨문하긴 해
도, 문석의 목소리를 들을 수 없을 만큼 먼 거리는 아니었다. 얼른 봐도
문석은 몹시 흥분한 상태였다. 가끔씩 고함도 내질렀다. 광서는 짐작할
수 있었다. 지금 문정에게 다급한 상황이 벌어지고 있다는 것을.

문석은 핸드폰 폴더를 접고 주머니에 집어넣었다. 그러고는 손을 들
어 택시를 잡아탔다. 광서도 뒤에 오는 택시를 탔다.

"아저씨, 저 앞에 가는 택시 따라가 주세요. 절대 놓치면 안 됩니다."

50대 중반의 기사는 고개를 까닥거렸다.

10여 분간 추격 아닌 추격이 이어졌다. 광서는 한시도 앞 차에서 시
선을 떼지 않았다. 복잡한 도심 속에 섞이지 않고, 다행히 문석의 차는
길가에 멈추었다.

"차, 세워주세요."

광서는 문석이 내리는 것을 보고, 기사에게 만 원짜리 지폐를 건넸
다. 그리고는 기사에게 물었다.

"잔돈은 됐습니다. 근데 여기가 어딥니까?"

"선릉역 부근입니다."

광서는 조심스레 밖으로 나왔다. 문석은 택시에서 내리자마자 정면의 오피스텔을 향해 거의 뛰다시피 걷고 있었다. 광서는 문석이 오피스텔 안으로 사라지자 잰걸음으로 현관에 다가갔다. 현관문 안으로, 승강기 앞에 서 있는 문석의 모습이 보였다. 그는 핸드폰을 들고 있었다. 승강기 문이 열리자 안으로 사라졌다. 광서는 승강기 앞으로 재빨리 달려가 표시등을 확인했다. 승강기는 5층에서 멈추었다가 9층까지 올라간 뒤 화살표가 아래로 바뀌었다. 그때 땡, 하는 소리를 내며 옆의 승강기 문이 열렸다.

오피스텔은 'T'자형 복도를 가진 구조로, 네 기의 승강기가 모여 있는 아래쪽 복도는 짧고, 위쪽 양 갈래 복도는 길었다. 광서는 5층에서 내렸다. 그러고는 복도 맨 끝에서부터 귀를 기울이며 기척을 훑기 시작했다. 그러나 신축한 지 얼마 안 된 이 오피스텔은 방음이 잘 돼 있어서인지, 밖에서 실내의 기척을 파악하기가 여간 까다롭지 않았다. 낭패였다. 만약 9층에 가서도 이런 상황이 되풀이된다면 차라리 문석에게 전화를 걸리라, 마음먹었다.

복도를 한 바퀴 빙 돌고 승강기 쪽으로 막 방향을 바꿀 때였다. 맨처음 탐색을 시작했던 복도 끝 501호의 문이 덜컹 열리며 요란한 소리가 터져 나왔다. 중키에 웨이브 진 머리, 비만에 가까운 통통한 체구를 지닌, 언뜻 보기에 성악가를 연상시키는 사내가 멱살이 잡힌 채 복도로 밀려 나왔다. 멱살을 쥔 사내는 놀랍게도 문석이었다. 한쪽은 멱살을 쥐고, 다른 쪽은 멱살을 풀려 하고, 둘의 목소리는 긴 복도를 쩌렁쩌렁 울렸다.

광서는 승강기 벽면 코너에 몸을 숨기고 잠자코 상황을 지켜보았다. 둘의 태세로 보아 결코 쉽게 끝날 드잡이가 아니었다. 그러나 이 상황은 오래가지 않았다. 문 안에서 외마디 고함을 비명을 지르며, 문정이 튀어나온 것이다. 문정은 나오자마자 사내의 뺨따귀를 때렸다.

"이런 쌍!"

뺨을 맞은 사내는 멱살 쥔 문석의 팔을 확 잡고 다리를 걸어 문석을 바닥에 내동댕이쳤다. 그와 동시에 문정의 뺨을 힘껏 후려쳤다. 짜악! 소리가 복도를 타고 광서의 귀를 찢어버릴 듯 아프게 들려왔다. 문정은 바닥에 풀썩 주저앉아, 넋 놓은 여자처럼 바닥으로 고개를 떨어뜨렸다. 문석이 일어섰다.

"이 새끼가!"

고함을 치며 문석이 달려들자, 사내는 문석을 세게 밀쳐버렸다. 문석의 몸이 뒤쪽 벽으로 휘청 밀려났다.

끄응! 광서는 신음을 내질렀다. 발걸음이 저도 모르게 사내 있는 쪽으로 향했다. 사내는 필시 문정의 남편일 터였다. 그는 휘적휘적 다가오는 광서를 의아한 눈으로 쳐다보았다.

광서는 세 발짝쯤 거리를 남겨두었을 때, 확 달려들어 사내의 목을 손아귀로 움켜쥐고 벽면으로 몰아붙였다. 사내의 얼굴이 금세 검붉은 빛으로 변했다. 그는 말조차 제대로 내뱉지 못한 채, 뜨악한 눈으로 캑캑대기만 했다.

한 대만 처바를게, 이 개자식아! 내 친구와…… 내가 너무도 잘 아는 사람을, 다른 사람도 아닌 바로 내 눈앞에서 비참하게 만든 죄로! 광서가 주먹을 들어 올리자, 사내의 겁먹은 눈이 커다랗게 벌어졌다. 그 순간, 광서의 뺨에 충격이 날아왔다.

"야, 이광서! 너, 진짜 이럴래?"

문석이 밀치듯 후려갈긴 거였다. 1초도 되지 않는 그 짧은 찰나에, 광서의 눈에서 번득이던 광기가 스르르 사라져버렸다. 그와 함께 손아귀에 들어가 있던 힘도 스르륵 풀렸다.

"너 이 새끼, 뭐야!"

이번에는 사내가 광서의 멱살을 불끈 거머쥐었다. 광서는 푸우! 날숨을 내쉬며, 잠시 눈을 감았다가 떴다. 그러고는 다시 눈에 각을 주어 사내를 노려보았다. 광서는 고개를 사내에게 들이밀었다. 때리고 싶으면 때리라는 투였다. 사내는 멈칫멈칫했다. 아마도 예사롭지 않은 냄새를, 광서로부터 맡았기 때문일 거였다.

사내는 광서의 눈초리를 받아내지 못했다. 몇 초 후, 그는 손을 풀었다. 광서는 뒤돌아보지 않고도, 문정이 오피스텔로 뛰어 들어가는 것을 알아챌 수 있었다.

"에이 참, 더러워서."

사내는 옷을 몇 차례 털어 보이고는, 승강기 있는 쪽으로 터벅터벅 걸어갔다. 광서는 벽을 향한 채로 고개를 숙이고 섰다. 제기랄, 내가 왜 여기 온 거야? 문석을 볼 낯도, 문정을 볼 용기도 나지 않았다. 그냥 땅이 푹 꺼져버렸으면 하는 심정이었다.

잠시 후, 후우! 하는 문석의 한숨소리가 들렸다.

"이광서, 너 어떻게 여길 알았어? 아까부터 날 뒤따라 온 거야?"

광서는 맥없이 고개를 끄덕였다.

"쓸데없는 짓 했다, 너."

"그러게 말이다."

광서의 머릿속에 언젠가 문석과 나누었던 대화가 떠올랐다. 광서가 그놈 죽여줄까? 했을 때 문석은 큭큭큭 웃으며 말했었다. 니가 무슨 자격으로? 그 말이 맞았다. 내가 무슨 자격으로, 여기에 와 있는 거지?

잠시 침묵이 흘렀다. 이윽고 문석이 힘없는 목소리로 말했다.

"미안하다, 널 쳐서. 이해해줘라. 마지막 정리가 끝날 때까지 문정이 입장을 생각하지 않을 수 없었다. 넌 내 친구의 자격으로 끼어든 거니까, 다행히 그림이 완전 더럽게 된 건 아니다."

"……."

"광서야, 난 널 믿는다."

그 말을 끝으로 문석은 승강기 쪽을 향해 뚜벅뚜벅 걸어갔다. 널 믿는다? 모호한 말이었다. 자, 그만 가자! 가 아니라, 믿는다?

문석의 모습이 완전히 사라졌을 때, 뒤에서 문 여는 소리와 함께 착가라앉은 목소리가 들려왔다.

"들어와, 오빠."

문을 반쯤 연 채, 문정이 이쪽을 바라보고 있었다. 광서가 다시 고개를 숙였다 들었을 때, 그녀의 모습은 안으로 사라지고 없었다. 문은 여전히 빠끔 열린 채였다. 광서는 천천히 걸어가, 문손잡이를 잡았다. 그리고 한 발 들어서려는 순간, 상극의 자기장을 만난 듯 광서의 몸이 뒤로 밀려났다. 실내에서 생각지도 않은 자명종이 울렸던 것이다. 그 소리가 마치 경보를 알리는 벨소리처럼 들렸다.

광서는 문손잡이를 잡은 채 복도 천장의 원형 형광등을 올려다보았다. 쓸쓸했다. 오랜 세월 마음을 평정시키기 위해 얼마나 많은 비용을 들였던가. 그런데 지금 이 밑도 끝도 없는 행동은 무엇이란 말인가. 그녀에게 다가가 무엇을 하려고? 왜 이렇게 살았느냐고 욕을 할 건가? 아님, 괜찮다고 위료한 건가? 그리고 오빠가 왜 여긴 왔냐고 물으면 뭐라 대

197

답할 건데? 우연이었다고 할 건가? 아님, 걱정돼서 왔다고 할 건가?

다 부질 없었다. 이곳은 광서가 발을 디뎌서는 안 되는, 엄연한 타인의 영역이었다.

광서는 현관문 손잡이를 슬며시 놓았다. 그리고 문을 살짝 닫고, 승강기를 향해 휘적휘적 걸어갔다.

오피스텔 건물 밖으로 나온 뒤, 화단 경계석 위에 엉덩이를 실었다. 광서는 거리에서 얼쩡거리는 두 남자를 무심코 바라보았다. 그들은 지나가는 사람들에게 전단지를 나눠주며 핸드폰 신규 가입을 열심히 권하고 있었다. 5분쯤 그렇게 앉아 있다가, 이윽고 몸을 일으켜 길가에 대기 중인 택시의 문을 열었다.

택시 뒷좌석에 막 몸을 밀어 넣는 순간, 누군가 안으로 쑥 들어왔다. 광서는 눈을 휘둥그레 떴다. 문정이었다. 너 왜? 광서가 눈짓으로 물었지만, 문정은 시선을 전방에만 둔 채 대답하지 않았다.

"어디로 모실까요?"

기사가 물었다.

"아무 데나 가요."

"예?"

문정의 대답에 기사가 어이없다는 듯 반문했다. 광서는 고개를 옆으로 돌려 문정의 얼굴을 쳐다보았다. 그녀는 등을 꼿꼿이 편 채 여전히 앞만 쳐다보았다.

"손님, 가시는 곳을 말씀하셔야죠."

기사의 말에 약간의 짜증이 묻어 있었다.

"아저씨, 미안하게 됐습니다."

광서는 택시 문을 열었다. 그리고 문정의 팔을 끌어당겨, 차에서 내리게 했다. 기사의 구시렁거리는 소리를 뒤로 하고 문을 닫았다.

　오피스텔 근처를 5분쯤 배회했다. 속이 출출했다. 그러고 보니 문석이랑 사무라이 문을 만났을 때부터 아무것도 먹지 못했다. 하지만 밥보다는 술이 당겼다.

　"저녁은 먹었나?"

　광서가 옆에서 걷고 있는 문정을 보며 물었다. 그녀는 고개를 가로저었다.

　"어디 가서 요기나 할까?"

　"밥은 됐어. 술이나 사줘."

　"어디 갈 만한 데 있나?"

　광서가 묻자, 문정은 반걸음 앞서 걸었다. 그녀는 오피스텔 뒤편의 '별이 빛나는 밤에'라는 실내포장마차로 들어갔다.

　실내는 밖에서 보는 것보다 훨씬 넓었다. 테이블이 열 개쯤 있었는데, 그 상판은 고압 전선줄을 감는 거대한 원통나무바퀴로 되어 있었다. 바닥에는 자갈이 깔려 있어, 걸음을 옮길 때마다 자박자박 소리가 났다. 광서와 문정은, 언성을 높이며 대화하는 취객들 사이를 지나 구석진 곳에 자리를 잡았다.

　곧, 주문을 받기 위해 사람이 왔다. 이마에 헤드밴드를 두르고, 그 위로 사자갈기처럼 머리를 풀어헤친, 얼핏 봐도 아르바이트생으로 보이는 젊은이였다. 사자갈기는 광서 앞에 서서 배에 두 손을 갖다 댔다.

　"뭐 먹을래?"

　"오빠 먹고 싶은 거 시켜."

　광서는 오징어볶음과 오뎅탕, 소주를 주문했다. 아르바이트생이 가자, 문정은 그의 뒷모습을 보며 가볍게 웃음을 흘렸다. 하긴 광서가 봐도, 그 학생의 용모는 웃음을 자아내기에 충분했다.

"너도, 참 속 좋다. 웃음이 나오니?"

광서는 테이블 위에 한쪽 손을 올려놓으며 말했다. 문정은 웃음을 그대로 담은 채, 테이블 위의 벽면 상단에 걸린 현수막을 올려다보았다. 광서도 그녀의 시선을 따라 고개를 돌렸다. 현수막에는 '강골들이 모이는 실내포차'라는 글자가 적혀 있었다. 주인장이 꽤 유머 있는 사람이라는 생각이 들었다.

오래지 않아 사자갈기가 안주 접시와 소주를 가지고 왔다. 문정은 사자갈기를 보자, 또다시 고개를 숙이고 손으로 입을 막았다. 그녀는 소리 나지 않게 킥킥거리는 중이었다. 사자갈기는 이미 그런 데 익숙하다는 듯, 잔과 안주를 내려놓고는 재빨리 돌아섰다. 광서는 문정에게 잔을 내밀었다. 유심히 보니 그녀의 왼쪽 눈 아래 뺨이 붉었다. 광서는 턱을 위로 치키며 물었다.

"그 사람한테 맞은 거야?"

문정은 대답하지 않았다. 대신에, 손을 뻗어 어서 술을 따르라는 신호를 보냈다. 광서는 그녀의 잔을 채우고, 제 잔에도 술을 따른 다음 한 번에 들이켰다. 광서는 잔을 테이블에 탁, 내려놓으며 말했다.

"문석이한테 대강은 들었다. 헌데 그 오피스텔은 뭐야?"

"내 임시 거처야."

"임시 거처? 집은 어쩌고?"

"없애버렸어."

"그럼 아이는?"

"부산 친정집에 가 있어."

문정의 대답은 간결했다. 그리고 얼굴에도 이렇다 할 표정은 없었다. 문득 그해 6월의 어느 날이 생각났다. 느티나무 아래에서 보았던 그 얼굴.

갑자기 문정은 이마를 찡그렸다. 광서는 그녀의 눈동자가 희미하게 흔들리는 걸 느낄 수 있었다. 문정은 고개를 푹 숙이며 입을 열었다.

"나, 오빠한테 이런 모습 보여서 정말 싫어."

"나도 싫다."

문정은 고개를 들며 말했다.

"근데 왜 온 거야?"

"나도 모르겠다. 내가 미쳤나 보다."

"정말 화가 나."

문정의 양미간이 잔뜩 좁혀져 있었다. 그 모습을 보자, 광서의 가슴에서도 뜨거운 것이 불뚝 솟아올랐다.

"젠장!"

광서는 잔을 채우고 다시 벌컥 들이켰다. 빈 잔을 내려놓자마자, 사나운 눈초리로 문정을 쏘아보았다. 문정이 정면으로 광서의 눈을 마주했다.

"에이, 씨팔!"

광서는 다시 한 잔을 들이켰다. 그리고 문정에게로 고개를 한 뼘쯤 가까이 했다.

"야, 이 기집애야. 너 잘 살겠다고 했잖아. 근데, 이게 뭐야? 이게 대체 뭔 꼴이냐고?"

왠지 억울했다. 생각 같아서는 되게 퍼붓고 싶었다. 문정에게서 서늘한 소리가 새어 나왔다.

"오빠, 그만해."

문정의 말에 주문이라도 걸린 듯 광서는 입을 다물었다. 늘 그랬다. 문정이 주문을 걸면 광서는 어김없이 그 주문에 걸려주었다.

"국가펀드에 들어갔단 소리 들었어. 고생 많다며?"

문정은 화제를 바꾸려 하고 있었다. 광서는 그녀의 눈을 가만히 들여다보았다. 어쩌면 지난번에도 이런 눈이었을 것이다. 하지만 광서는 알아채지도, 알아챌 생각도 하지 않았었다. 광서가 물었다.

"너 언제부터 그랬던 거야? 지난번에 만날 때도 이런 상태였어?"

문정의 눈이 광서를 똑바로 응시하다가 이내 아래로 떨어졌다. 광서가 내쳐 말을 이었다.

"나도 그렇지만, 너도 참, 인생 더럽게 꼬인 것 같다."

그 말에, 문정이 고개를 확 들어올렸다.

"오빠, 지금 나한테 무슨 말 하고 싶은 거야?"

"……."

"잘 살겠다고 도망가더니, 결국 너도 요 모양 요 꼴이 되었구나, 그말 하고 싶은 거야?"

광서는 애먼 담뱃갑만 만지작거릴 뿐 아무 대꾸도 하지 않았다.

"그런 거야?"

다시 문정이 물었다. 광서는 떠듬떠듬 입을 열었다.

"그건 아니고……."

"그래, 속이 시원해? 이런 꼴 보니까?"

"아니라니까!"

광서는 버럭 소리를 질렀다. 문정은 입을 다물었고, 둘 사이에는 잠깐 동안 침묵이 이어졌다. 옆 테이블들에서 들려오는 소리가 마구 뒤섞여 머리가 윙윙거렸다. 광서가 입을 열었다.

"그래, 니 말이 맞다. 속이 시원하다. 너랑 헤어진 뒤로 서민지만 만난 줄 아냐? 기집애라면 기가 질릴 정도로 만났다. 그러면서도 한 가지만 빌었다. 문정이 니가 잘 살아주길. 근데, 니 사는 이야기 들었고, 오늘 문석이 통화하는 거 보고 왠지 불안해서 이렇게 쫓아왔고, 좆같이 이런 꼴 보게 됐다. 보니까 아주 속이 통쾌하다. 됐냐?"

광서는 문정을 삼켜버릴 듯 노려보았다. 문정도 지지 않고 광서의 눈을 대했다.

"그래서 나더러 어쩌라고!"

문정은 그 말을 하며 턱을 치켜들었다.

광서는 그녀의 눈만 응시할 뿐 아무 말도 하지 않았다. 그녀의 부릅뜬 눈매가 차츰 허물어지더니 물기가 고이기 시작했다. 문정은 고개를 숙였다.

"그럼 됐어. 오빠는 신경 꺼. 어차피 남의 일이니까."

문정의 어깨가 들썩였다. 광서는 할 말도 없었고, 할 수 있는 일도 없었다. 잠시 후, 자리에서 일어섰다.

"그래, 나, 간다. 어차피 남인데 내가 무슨 말을 하겠냐."

광서는 의자를 뒤로 밀치며 일어섰다. 테이블을 보니 빈 소주병이 두 병이나 되었다. 순간 짜증이 확 일었다. 뭐가 이렇게 제대로 돌아가는 일이 없냐! 에이, 씨팔! 광서는 애먼 잔을 바닥에 내동댕이쳤다. 쨍! 하며 잔이 깨어졌다. 그러거나 말거나! 광서는 포차를 벗어났다.

자정이 가까워서인지 선릉역에서 숙소까지는 택시로 채 20여 분도 소요되지 않았다. 모텔에 다다를 즈음, 광서는 머리를 세차게 흔들었다. 오는 내내 슬금슬금 피어오르던 걱정이 가슴을 쥐어짜기 시작했다.

"아저씨, 미안하지만 아까 그리로 가주소."

"예?"

40대로 보이는 운전사가 대답했다.

"빨리 갑시다!"

광서는 재촉했다. 택시 기사는 신난다는 듯, 유턴을 하더니 액셀러레이터를 힘차게 밟아댔다.

다시 그 포장마차를 찾았을 때, 사자갈기는 여전히 있었다. 시간이 막 자정을 넘어서인지, 손님은 더 늘어 있었다. 광서는 사자갈기에게 턱짓으로 물었다. 아까, 나랑 같이 있던 손님 어딨어?

사자갈기는 입으로 대답했다.

"같이 오신 손님, 굉장히 취하셨는데요? 지금 화장실 앞에 앉아 계십니다."

"그래? 계산은 얼마요?"

"계산은 하셨는데요."

"화장실이 어디요?"

사자갈기는 자기를 따라오라고 했다. 화장실이라고 표시된 앞에 몇 개의 의자가 놓여 있고, 문정은 그중 하나에 앉아 있었다. 등을 굽히고 있던 그녀가 얼굴을 들었다. 아주 잠깐, 그녀의 얼굴에 반색하는 눈초리가 일었다.

광서는 알 수 있었다. 택시로 왕복하는 40여 분 동안, 그녀가 얼마나 많은 술을 들이켰는지를. 문정은 눈동자가 풀려 있었다. 광서는 그녀의 옆구리에 손을 끼어 넣었다.

"문정아, 가자."

문정의 몸이 광서의 팔에 스르르 무너졌다.

문정을 오피스텔로 데려가기엔 무리라는 판단이 들었다. 경비의 눈
도 걸렸지만, 이런 상태로 문정이 출입문 비밀번호를 쉬 기억해낼지도
의문이었다. 후! 광서는 한숨을 내쉬었다. 광서의 팔뚝에 매달린 문정
은 하체 힘이 풀릴 대로 풀려 있었다. 광서는 다시 문정을 의자에 앉히
고 등을 댔다. 그리고 그녀의 두 팔을 양 어깨 위로 잡아 올려 목 앞으
로 돌린 다음, 엉덩이에 두 손을 받치고 일어섰다. 문정은 무겁지도, 그
렇다고 가볍지도 않았다. 50여 미터 앞에 모텔 네온사인이 보였다. 광
서는 문정을 업고 천천히 발걸음을 옮겼다.

문정을 침대에 누이고, 그녀의 카디건을 벗겨 옷걸이에 걸었다. 그러
고는 침대 끝에 엉덩이를 실었다. 문정의 호흡은 의외로 편안해 보였
다. 알코올 냄새와 함께, 그녀만의 독특한 향기가 풍겼다. 인간의 오감
중 기억에 가장 오래 저장되는 것이 후각이라고 했던가. 그 향기가 광
서를 오래 전으로 데리고 갔다.

땀인지 뭔지 모를 물기에 머리카락 몇 가닥이 이마에 달라붙어 있
었다. 광서는 그 머리카락을 쓸어 올려주었다. 불현듯, 바늘에 찔린 듯
전율이 흘렀다. 얼마 전 꾸었던 꿈이 떠올랐던 것이다. 그 꿈속에서 문
정은 광서의 아내가 되어 있었다. 그게 현실이었을까? 그동안 있었던
일들은 죄다 꿈이었고, 이제 비로소 꿈에서 깨어난 걸까? 가슴이 먹먹
했다.

위이이잉, 위이이잉.

핸드폰 긴동 음이 광서를 진짜 현실로 불러냈다. 문정의 카디건에서

들려오는 소리였다. 광서는 일어서서, 카디건 앞주머니에 들어 있는 핸드폰을 꺼내들고 1인용 소파에 앉았다.

액정에 '오빠'라는 글자가 깜박이고 있었다. 진동은 집요하게 이어지다가, 이내 '부재중전화 11'이라는 글자로 바뀌었다. 전화를 열한 번이나 건 걸 보면, 문석도 어지간히 조바심이 났나 보다. 또다시 핸드폰이 진동했다. 역시 문석이었다. 괜한 걱정은 풀어줘야 했다. 광서는 숨을 길게 내뱉은 후, 폴더를 열었다.

"받지 마. 오빠는 표가 나."

광서는 깜짝 놀라 침대 쪽을 보았다. 문정이 이쪽으로 돌아누운 채 가늘게 눈을 뜨고 있었다. 그녀는 침대에서 일어나 천천히 걸어왔다. 그러고는 광서의 머리를 끌어안았다.

광서는 눈을 감았다. 그녀의 심장 박동소리가 요란하게 들려왔다. 1분쯤 그렇게 있다가, 광서는 그녀의 손을 풀었다. 그리고 자리에서 일어나, 그녀의 얼굴을 두 손으로 감싸 쥐었다. 커다란 눈이 스르르 감겼다. 광서는 강하게, 그렇지만 아주 짧게 그녀의 입술에 자신의 입술을 포갰다.

"정신 들었으면 오피스텔로 돌아가. 난 내일 아주 바쁜 일이 있어서 먼저 가볼게. 연락하마."

광서는 문으로 걸어가 구두를 신고, 입구에 부착된 거울을 보며 붕 떠 있는 머리카락을 눌렀다. 그리고 뒤를 돌아보았다. 문정은 광서에게서 눈을 떼지 않고 있었다.

"문정아, 넌 잘 수습할 수 있을 거야. 넌 현명하니까."

긴 호흡을 내쉬며, 철컥, 방문을 열었다.

모텔을 나와 택시들이 줄지어 서 있는 도로가를 향해 걸어갔다. 바지 주머니가 떨었다. 광서는 핸드폰을 꺼내 들었다. 그리고 주저 없이 통화 버튼을 누르고 대뜸 소리부터 질렀다.

"안 그래도 전화하려고 했다, 이 양반아!"

"정말 학을 떼겠네. 왜 전화를 안 받아? 숙소에도 없던데, 너, 지금 어디야?"

문석의 목소리에 묘한 긴장감이 묻어 있었다. 광서는 하늘을 올려다보았다. 당구공 같은 달이 하늘 한 귀퉁이에 삐딱하게 박혀 있었다.

"시끄러운 데 있어서, 전화 온 줄 몰랐다."

"너, 설마 문정이랑 같이 있는 거야?"

"그래. 옛 동지끼리 술 한 잔 퍼마시고 이제 헤어질 참이다. 왜?"

"야! 문정이 좀 바꿔봐. 개도 어지간히 전화 안 받더만. 니들 대체 뭐 하고 있는 거야?"

뭐 하긴 자식아! 날 믿는다며? 광서는 속으로 구시렁대며, 핸드폰을 잠시 얼굴에서 뗐다가 다시 귀로 가져갔다.

"전화 한단다. 나중에 다시 해봐. 난 지금 택시 타고 숙소로 갈 참이 거든."

"알았다. 그럼, 오피스텔에서 기다리고 있다고 전해라."

"오냐."

핸드폰 종료 버튼에 엄지손가락을 갖다 댈 찰나, 문석의 목소리가 새어나왔다. 광서는 핸드폰을 들어, 뭐라고? 하고 되물었다.

"너희 둘이 불안하다고 했다."

광서는 즉각적으로 대답했다.

"좆 까."

문석관이 통화른 마치자마자, 뚜룩뚜룩 소리른 내며 핸드폰 배터리가 나가버렸다. 극심한 피로가 몰려왔다. 택시에 풀썩 몸을 실었다. 광서 또한 완전한 방전이었다.

출근하자마자 컴퓨터를 켜고, 밤사이 새로 불거진 골든게이트 관련 속보부터 검색했다. 새로 송고된 기사 중에, 상열이 자행한 탈세 방법들을 쭉 나열한 기사가 눈에 띄었다. 거기에는 광서가 몰랐던 내용들도 들어 있었다. 기사는 그런 혐의가 '추정된다'는 말로 결론을 맺었지만, 지나간 일들을 곱씹어보면 얼추 들어맞는 내용 같기도 했다. 대체 상열은 내가 모르는 개인 작업들을 얼마나 많이 했던 걸까? 나는 무엇을 근거로, 최상열을 가장 잘 안다고 생각했던 것일까? 착각의 깊은 늪에 빠져 있던 자신을 생각하니, 광서는 저도 모르게 고개가 꺾였다.

오랜 만에 메일을 뒤졌다. 2백 여 개가 넘는 메일이 '안 읽음' 상태로 남아 있었다. 광서는 메일을 정리하다가, 하나의 메일에 눈이 우뚝 박혔다.

중국 상인단 측에서 보내온 메일이었다. 보낸 날짜는 3일 전이었다. 영문으로 작성되어 있었는데, 이해되지 않는 어구가 나열되어 있어 몇 번이나 다시 읽어야 했다.

한마디로 그 핵심은 '어쩔 거냐?'였다. 국가펀드가 골든게이트에 큰 영향력을 행사하고 있음을, 그들도 이미 주지하고 있는 듯했다. 이는 필시 최상열이 귀띔해주었을 것이다. 메일의 내용은 대충 이랬다. 우리는 국가펀드의 공신력을 신뢰한다, 빨리 결정해달라, 월 임대료는 확실히 지불하겠다, 어제 한국의 방송들을 통해 골든게이트의 혼란을 보았다, 이런 상황에서 보증금은 더더욱 말이 되지 않는다, 한국식 관습에 우리를 맞추기보다는 국제적인 관례에 따르자, 우리는 한국 시장에 관심이 많다, 기대하겠다.

짜증이 솟구쳤다. 불난 집에 부채질하는 것도 유분수지, 피 칠갑이 된 골든게이트의 약점을 거래 조건으로 들고 나와? 이런 싸가지 없는 것들! 김형우 이사에게 보고한 후 대응을 해야 순서겠지만, 광서는 열불을 참지 못하고 또닥또닥 자판을 누르기 시작했다.

We'll going to making plan our National Fund taking Golden Gate Shopping Mall Complex. So your union seller of China accept our conditions or not, we are going on. And only way of the solution is deposit money. If you want, shoot the money.

서툰 영어긴 하지만 내용은 분명했다. 보증금 없이는 절대 불가하다, 국가펀드가 상가를 직접 인수할 계획이니 앞으로 안정성 문제 따위는 거론하지 마라.

사실, 상가 인수 계획을 함부로 들먹인 것은 께름칙한 대목이었다. 하지만 보증금 없이는 광서가 구상한 플랜 B 자체가 으스러질 판이라 그렇게라도 못을 박아두어야 했다.

답장 메일을 띄우고 나서, 골든게이트 관련 기사들을 발췌해 출력했다. 출력물을 들고, 김 이사 방 앞에 서서 잠시 옷매무새를 다듬었다. 막 노크를 하려는 찰나, 문이 확 열리고 정장차림의 사내 네 명이 우르르 나왔다. 광서는 엉겁결에 뒤로 물러섰다.

모두들 무늬 없는 검정색 또는 희색 양복차림이었다. 언뜻 보기에도 사업가들 같지는 않았다. 냄새가 달랐다. 또각또각 구두 소리를 내며 걸어가는 그들의 뒷모습을, 광서는 유심히 지켜보았다. 누구야? 저 사람들. 그들의 정체를 궁금해 하며 멈칫 서 있는데, 방 안에서 김 이사의 목소리가 튀어 나왔다.

"뭐 해? 빨리 안 들어오고."

광서는 황급히 방 안으로 들어갔다.

"무슨 일이야?"

"오늘자 언론 동향을 보고하러 왔습니다."

김 이사는 소파에서 몸을 일으키며 광서가 건넨 출력물을 건네받았다. 그리고 책상으로 자리를 옮겨 한 장 한 장 훑어나갔다.

"또, 다른 건 없고?"

저렇게 목소리를 낮출 때면, 이상하게도 마음속을 들킨 것 같아 주눅이 들었다. 광서는 결국 입을 열기로 맘을 먹었다. 그의 말대로 세상에 비밀은 없으니까.

"실은, 중국에서 메일이 한 통 왔었습니다. 보증금을 꽂지 못하는 상태에서 임대문제를 다시 논의하자기에 상가를 원하면 하늘이 두 쪽 나도 보증금부터 쏴라, 아니면 못 한다고, 딱 못을 박았습니다."

안경을 콧잔등 밑으로 내리면서, 그는 광서의 얼굴을 올려다보았다. 광서는 은근히 긴장했다.

김 이사는 상체를 의자 뒤로 파묻으며, 팔짱을 꼈다.

"잘했다. 세게 나가. 너도 알다시피 40만 원이면 국내 상인들도 얼마든지 유치할 수 있다. 구태여 중국일 필요가 없어. 광서 니 말대로 금융리스를 하기 위해 외화라는 조건이 맞았을 뿐이야. 어쨌거나 보증금이 없으면 아무 가치가 없다. 그러니 마음 비워라. 괜찮아, 아니, 잘했어."

김 이사는 율동하듯 머리를 좌우로 흔들며 소리 없이 웃었다. 이 방을 나가면 물부터 한 잔 시원하게 들이켜야겠다는 충동이 강하게 일었다. 광서는 말하기를 정말 잘했다고 생각하며, 목례를 했다.

"그럼, 나가보겠습니다."

막 문손잡이를 잡고 비틀려는데, 등 뒤에서 김 이사의 음성이 들렸다.

"광서야!"

광서는 몸을 돌렸다.

"오늘 밤 김성태와 안학찬이 검찰청에서 나오면, 내일 국가펀드로 데리고 들어와."

광서는 어안이 벙벙해서 우두커니 서 있기만 했다. 잠시 후 정신을 차리고, 문 밖으로 나왔다. 또 감상이라는 고질병이 도지려 했다. 광서는 어금니를 깨물고, 눈을 질끈 감았다. 고맙습니다, 이사님!

30분 먼저 본사 로비의 커피숍에 도착했다. 그런데 약속시간이 30분이나 흘렀는데도 학찬과 성태의 모습은 보이지 않았다. 그러니까 꼬박 1시간을 기다리고 있는 중이었다.

어제 저녁부터 수시로 연락을 취했지만, 성태는 전화를 받지 않았다. 전원이 아예 꺼져 있었다. 며칠째 수사를 받고 있는 중이라, 그럴 수도 있었다. 광서는 성태의 아내에게도 전화를 넣었다. 그녀는 통화가 시작되자마자 울먹였지만, 아마 오늘 중 나올 거라는 소리를 듣고는 목소리를 추슬렀다.

"성태가 나오는 대로 저한테 연락 주라고 하세요."

"네, 그럴게요."

성태에게 연락이 온 건, 새벽 1시가 다 되었을 무렵이었다. 잠에 빠져 있던 광서는 얼떨떨한 목소리로 전화를 받았다.

"여보세요."

"나다."

낮은 목소리였지만, 광서는 정신이 번쩍 들었다.

"야, 김성태! 너, 나왔구나!"

"그래. 지금 막 나왔다."

"어떻게 된 건지 말해봐!"

"광서야, 나 지금 너무 피곤하다. 입을 열 기운도 없어. 내일 아침 통화하자."

"어, 그래, 그래."

광서의 말이 채 끝나기도 전에 성태는 전화를 끊어버렸다. 하여간 이 자식 똥매너 하고는. 광서는 구시렁대며 침대에 벌렁 누웠다. 묘한 흥분감 때문에, 잠이 싹 달아나버렸다.

설핏 잠이 들었다가 눈을 떴을 때는 아침 8시였다. 부리나케 출근준비를 서두르는데, 전화가 왔다. 성태였다. 그는 학찬과 같이 갈 테니 11시에 스타타워 커피숍에서 보자고 했다. 광서는 군말 없이 좋다고 대답했다.

출근하는 대로, 김 이사의 방을 찾아가 이 같은 사실을 알렸다. 김 이사는 별다른 말은 덧붙이지 않았다. 다만, "입조심하고 다녀라"고 말했을 뿐이다.

"미안하다. 학찬이 태우고 오느라 좀 늦었다."

의자 빼는 소리와 함께 성태가 풀썩 주저앉았다. 그 사이 광서는 김 이사 방 앞에서 목격했던 정체불명의 사내들을 생각하고 있었다.

"졸라 고생했지?"

"전혀."

성태는 가볍게 콧방귀까지 끼며 손을 흔들었다. 하지만 그 말이 사실이 아니라는 건 얼굴이 말해주고 있었다. 겨우 며칠 사이인데도, 볼

이 움푹 파였다. 곧 이어 자동문이 열리고, 안학찬이 들어왔다. 광서가 손을 흔들자, 학찬도 어색하게 팔을 들어 보였다. 학찬의 흰자위에는 붉은 실줄이 여러 가닥 돋아 있었다. 강도 높은 수사를 견뎌야 했던 흔적일 터였다.

성태가 말했다.

"이번엔 제대로 걸린 것 같아. 수사관들이 골든 IT 분식회계부터, 골든게이트 상가의 합필 과정에서 인감도장을 조작한 것까지 죄다 캐더라. 홍진호도 어제 저녁 긴급 체포됐어. 이번 문서 조작은 두표 대신에 홍진호가 주도했거든."

광서는 속으로 안도의 숨을 내쉬었다. 두표가 절묘한 타이밍에 몸을 빼냈기 때문이다. 사문서와 공문서 위조에서 비껴났으니, 차후 재판 과정에서 덮어쓸 죄목 하나는 던 셈이었다.

성태가 말을 이었다.

"놀라운 건, 검찰이 알아도 너무 소상히 알더란 거야. 아마 나하고 최상열, 기두표의 통화 내용을 몇 달 전부터 집중적으로 도청한 것 같아."

"도청? 그게 지금도 가능해?"

"내 눈으로 똑똑히 봤어. 검사가 들고 있는 서류를 쓱 봤더니, 분포도처럼 그려진 그림이 있더라. 틀림없이 통화기록 내역서 같은 거였어. 그러니 세밀한 내용까지 죄다 꿰고 있었겠지."

광서는 고개를 천천히 주억거리며 시선을 학찬에게로 옮겼다. 학찬은 자리에 앉는 순간부터 툭하면 손목시계를 쳐다보고 있었다. 낌새가 묘했다. 원래의 생각대로라면, 성태의 검찰 수사 이야기를 듣고 나서 곧바로 둘에게 김형우 이사가 만나고 싶어 한다는 메시지를 전하려 했다. 하지만 그 생각을 바꿔야 한다는 것을, 광서는 은연중에 깨달았다. 아니나 다를까, 성태가 한참 이야기를 하고 있는 도중에 학찬이 별 안간 몸을 일으켰다.

"아무래도 난 먼저 가야겠다. 올라가서 정리할 것도 많고."

"그래, 학찬아. 니 얼굴 봤으니 됐다. 올라가봐."

광서는 학찬에게 빙긋 웃어 보였다. 학찬은 또다시 어색하게 손을 들어 보이곤 잰걸음으로 출입구를 향했다. 광서는 학찬이 자동문을 빠져나가자, 성태에게로 시선을 돌렸다.

"니들, 어제 나와서 성 행장 만났니?"

성태의 눈이 대번에 커졌다. 그는 곧 이맛살을 찌푸렸다.

"그걸 어떻게 알았냐?"

광서는 오히려 성태에게 되묻고 싶었다. 그렇지 않고서야 학찬이 저렇게 완벽한 옛날 모드로 돌아갈 리 없잖아?

성태의 한쪽 입가가 삐뚜름해졌다.

"성 행장이 검찰청 밖에서 대기하고 있더라. 우리가 나올 걸 어떻게 알았는지……."

이제야 대충 감이 와 닿았다.

"그래서 서둘러 전화를 끊은 거야?"

"집에 전화하니까, 집사람이 너한테 꼭 연락하라는 말을 몇 번이나 하더라고. 그래서 알았지. 아, 내가 나올 걸 광서가 알고 있구나. 그렇다면 날 꺼내준 사람은 바로 김형우 이사구나."

"그런데 전화를 그런 식으로 끊어?"

"씨발, 그렇게 됐어. 성 행장이 차를 청사 입구에 대기시켜놓고 있다가, 내가 전화하는 동안 학찬이를 먼저 태우고 있더라고. 할 수 있냐? 나도 마지못해 탔지. 곧바로 강남 와인 바로 가서 이야기 좀 나눴다."

"그 양반, 뭐라던데?"

광서는 쓴웃음을 날리며 물었다. 성태는 입이 비죽 내밀었다.

"뭐라 하긴. 뻔하지. 이왕 이렇게 된 거, 최상열 사장을 믿고 수습하자는 거지. 우리더러, 이 재판이 끝나는 대로 30억 정도 추가 대출을 해줄 테니, 최상열이 나올 때까지 강남에다 조그만 레스토랑이라도 하나 차려놓고 조용히 먹고 살라더라."

기가 막혔다. 성 행장의 네트워크는 어느 정도인가. 맥락을 보건대, 조사 과정에서 아직 자신의 혐의 내용이 나오지 않았다는 걸 알고 있었다는 뜻이 아닌가. 만일 자신의 이야기가 나왔다면 성태네한테 그런 떡밥을 칠 이유가 없다. 검찰의 조사 내용이 성 행장에게도 흘러들어가고 있음은 분명해 보였다.

"너, 성 행장에 대해선 언급을 안했구나?"

"아직은, 전혀!"

성태 이 녀석도 확실히 보통 놈은 아냐. 성 행장이 어떻게 나올지도 모르는데, 미리 나발을 불 이유는 없지. 광서는 고개를 끄덕거리며 말했다.

"성 행장은, 그러니까 앞으로 추가 조사나 재판 때 자신을 입에 올리지 말라는 뜻이겠군."

"당근!"

"근데, 학찬이는 그 한마디에 바로 넘어갔구만. 아까 보니, 얼굴에 그렇게 쓰여 있데?"

"성 행장하고 헤어지고 나서, 학찬이가 그러더라고. 우리도 이제 살궁리를 찾아야 하지 않겠느냐고."

그래서 너는 어쩔 건데? 광서는 눈짓으로 성태에게 물었다. 성태도 성 행장의 제안을 거부하지 않았다면, 김형우 이사가 널 보자는 이야기를 구태여 꺼낼 필요가 없다는 판단이 싸늘하게 박혀가는 중이었다. 이 자식들이 아직도 정신을 못 차리고 있구만. 뭐, 그 정도 멘트로 끝낼 생각이었다. 복잡한 심경으로 쳐다보고 있는데, 성태가 갑자기 킥킥대기 시작했다.

"야, 안학찬, 너 앞으론 날 더 이상 성 행장 와꾸에 끼워 넣지 마! 그렇게 딱 잘라 말했지. 됐나?"

"진짜 잘했다."

광서는 그제야 안도의 한숨을 쉬었다. 그리고 이제는 입을 열어야겠다는 생각이 들었다.

"국가펀드가 널 부른다."

성태의 눈이 휘둥그레졌다.

"날? 왜? 구해줬으니 대가를 치르라, 이건가?"

"짜식, 눈치 한번 빨라서 좋네."

광서는 크게 웃었다. 3초 후, 웃음을 그치고는 진지한 얼굴로 말했다.

"우리 계획을 추진하려면 니 도움이 절실해. 무슨 계획인지 한번 들어볼래?"

성태가 호기심 어린 눈으로 고개를 끄덕였다.

"국가펀드는 현재 두 가지 상황을 설정하고 있어. 하나는 중국 상인단이 급조된 것인 만큼 통 임대를 할 여력이 되지 않는 상황. 그리고 또 하나는 중국 상인단이 차후라도 임대보증금을 납입하여 순조롭게 매듭이 지어지는 상황."

"이거나 저거나 결론은 같겠군. 국가펀드가 상가를 매입하는 건 이미 정해진 거니까."

"성태 니 말이 맞아. 다만 전자로 판명 날 경우, 국가펀드는 결단을 내려야 할 거야. 아마 이사장과 김형우 이사가 책임지고 옷을 벗어야겠지. 그리고 지금으로선 확률이 별로 크지 않지만, 만일 후자로 진행된다면, 국가펀드는 C펀드를 통해 상가 전체를 인수한 다음 플랜 B로 선회할 거고."

"플랜 B란 게 뭔데?"

"한마디로 부동산에다 리스 개념을 도입한 거야. 골든게이트를 '허'자 번호판이 달린 승용차처럼, 중국 상인단에게 제공하는 거지. 중국 상인단의 통 임대만 확정된다면, 임대 주체가 외국인인 만큼 특수 상황으로 규정하고, 내국인과 달리 리스 개념을 적용할 수 있어."

성태는 턱을 괸 채, 눈을 감고 있었다. 꽤 긴 시간을 그렇게 있다가, 이윽고 입을 열었다.

"그러니까 니 말은, 국가펀드의 목표 내재이자율을 2.5%로 가정한다면 회계상으론 결코 마이너스가 발생하지 않는다는 거네?"

"그렇지. 골든게이트의 전체 구조를 1000개로 잡고 임대료를 40만원으로 하면, 한 달에 4억, 1년이면 48억이 들어오잖아. 골든게이트 인수 자금을 1000억으로 잡고 2.5%의 내재이자율을 적용하면 자본비용은 25억이 되겠지? 임대료 수입 48억에서 자본비용 25억을 빼면, 계산상으로 23억의 추가 이익분이 발생해. 1000억의 원금에서 23억을 감가상각으로 공제하는 거지. 그러면 골든게이트의 1년 후 잔존가치는 977억으로 재조정돼. 그 다음해에도 역시 48억의 임대료가 들어오겠지만, 977억에 대한 내재이자율 2.5%를 적용하면 자본비용은 25억이 안 되겠지. 48억에서 그 돈을 까면 당연히 더 많은 추가 이익분이 발생하고, 그 액수만큼 감가상각을 발생시킬 수 있어. 이걸 10년 동안 복리로 돌리면 거의 200억이 넘는 자금을 상각시키는 동시에 내재이자율은 꾸준히 충당시킬 수 있다, 이 말이야."

성태는 고개를 끄덕거렸지만, 눈은 가늘게 뜨고 있었다.

"니가 세운 플랜 B의 핵심은, 똥차가 된 그랜저를 얼마 남지 않은 잔존가치로 구입할 수 있듯이, 10년 후에 싼 값에 소유권을 주장할 수 있는 우선매수청구권을 부여하겠다, 그건가?"

역시 성태는 빨랐다. 플랜 B의 핵심 콘셉트는 우선매수청구권이었다.

"빙고! 정확해. 부동산은 자동차와 달리 감가상각이라는 게 없는 거나 마찬가지잖아. 아니 있다 하더라도 아주 더디잖아. 하지만 그 가치는 되레 오르는 특성이 있거든? 그래서 10년 후의 어느 시점에, 회계상의 최초 투입가인 1000억에 매수할 수 있다면, 우선매수청구권은 아주 매력적인 조건이 되는 거지. 물가상승률에 맞추어 공시가가 상승함에도 불구하고 그대로 내주겠다는데, 이보다 더 혹할 조건이 어디 있겠어? 쌍방이 윈윈할 수 있는 전략이 바로 플랜 B의 핵심 코드야. 국가펀드는 꾸준히 이자를 챙기다가 일정액의 차익을 남기고 중국 상인단에 건물을 넘길 수 있어서 좋고, 중국 상인단은 유리한 입장에서 값싼 판매 거점을 확보한다는 점에서 좋고."

성태는 고개를 갸웃했다.

"광서 너는 상가 인수 총액을 얼마나 잡고 있는데?"

"실은 그 부분이 딜레마야. 1200억이 넘어가면 계산이 안 나오거든. 최소한 1000억 내외가 돼야 하는데……."

"1000억? 그건 대출 원금 수준이잖아. 이자는 빼고."

"그렇지."

이자를 뺀다는 것은, 대출을 해준 관계 저축은행들의 합의 없이는 불가능한 일이었다.

"그렇다면 이건 고난도의 수학 문제가 아니라, 단순한 싸움이구만."

성태는 깍지 낀 두 손 위에 턱을 올려놓은 채 말했다. 사실이 그랬다. 이는 저축은행들을 상대로 벌여야 하는 싸움이었다. 성태는 깍지를 풀고, 고개를 떨어뜨렸다. 그러다가 큰 한숨을 내쉬고는 말했다.

"어쨌거나 이건 주체가 외국인이라야 가능한 솔루션이야. 인제 중국 상인단은 선택의 대상이 아니라 절대적으로 필요한 상황이 돼버렸군. 내가 봐도, 현금흐름을 기발한 사고로 풀어낸 건 확실해. 하지만 플랜 B의 구멍은, 바로 골든게이트의 인수 가격에 있어. 만일 관계 금융기관들이 니 입맛에 맞춰주지 않으면, 즉 너의 예상을 훨씬 웃도는 자금이 투입된다면, 임대료는커녕 자본비용도 충당 못 할 결과가 벌어져. 그렇다면 방법은 하나밖에 없네. 어떤 수단을 써서든 인수 총액을 낮춰야 한다는 거."

아픈 곳을 제대로 찔렸다는 생각에 광서는 이맛살을 찌푸렸다. 성태는 내처 말을 이어갔다.

"암튼 김형우 이사가 날 부른다니 가긴 가는데…… 그건 알아라. 성 행장이 내일쯤 국가펀드로 찾아갈 거다. 어젯밤에 그랬다. 김 이사와 담판을 질 거라고."

"뭐? 담판을 져?"

광서는 울컥했다. 그 늙은 여우가 인제 눈에 뵈는 게 없나 보군! 혈압이 오르는지 뒷덜미가 뻣뻣해졌다. 성 행장이 담판을 진다면, 그 내용은 뻔할 터였다. 최상열을 희생양으로 삼는 것으로 대충 매듭지읍시다, 하면서 김 이사에게 약을 치겠다는 것.

성태가 자리에서 일어섰다.

"밥이나 먹고 가자. 배고프다. 김형우 이사와 말이 통할지 안 통할지는 나중 일이고."

이 자식 봐라? 감히 내 사수와 맞먹으려 하다니, 얘도 눈에 뵈는 게 없나 보군. 광서는 기막히다는 표정으로 성태를 올려다보았다.

"고생했습니다, 김성태 씨."

김 이사는 일어서서 성태에게 손을 내밀었다. 성태는 그의 손을 붙잡고 고개를 숙였다.

"이번에 단단히 신세졌습니다. 이제 저도 사수로 모시겠습니다. 이광서가 투항했다면, 저는 자동빵입니다. 그러니 하대하십시오. 그래야 제가 편합니다."

김 이사는 호쾌한 웃음을 터뜨렸다. 그러고는 손을 뻗어 소파에 앉기를 권했다. 성태는 꾸물거리지 않고 곧바로 소파에 엉덩이를 실었다.

"그렇게 하지. 격식을 차릴 때는 이미 지났으니까. 그래, 성태 군, 검찰 수사가 좀 거칠었지?"

성태 군? 간만에 들어보는 꼰대 투의 용어였다. 어쨌든 김 이사는 들은 바가 있어서 저런 말을 던졌을 것이다. 순간, 아까 "고생했냐?"는 광서의 질문에 "전혀"라고 답했던 성태의 모습이 떠올랐다. 하지만 지금 성태는 희미한 미소만 지은 채 대답은 하지 않았다.

"검찰이 독하게 나왔을 것은 안 봐도 뻔하지, 뭐. 그건 그렇고, 성태 군한테 단도직입적으로 얘기하지. 우리를 좀 도와주면 고맙겠네. 광서한테도 정말 고맙게 생각하고 있어. 만약 성태 군도 도와준다면 더 큰 힘을 받을 수 있겠네만."

"원하신다면 얼마든지 도와드리겠습니다. 광서한테 대충 이야기 들었습니다. 국가펀드에서 골든게이트 상가를 인수할 의향이 있다는 걸."

그 순간, 김 이사가 대뜸 말허리를 자르고 들어왔다.

"잠깐! 그건 검토 단계에 있는 거지 아직 확정된 게 아니네."

김 이사는 찌푸린 눈으로 광서를 슬쩍 노려보았다. 입조심하고 다니라고 했잖아, 하는 질책의 눈초리였다.

"어쨌든 좋습니다. 이사님, 지금부터 하는 말이 다소 귀에 거슬리시더라도 이해해주십시오. 제가 생각을 많이 해봤습니다. 대출 현황도 손금 보듯이 잘 알고 있고, 더구나 공개되어선 안 될 비하인드 스토리도 꿰뚫고 있는 저 김성태를, 김 이사님께서 살려주신 이유가 뭘까? 곰곰이 따져본 결과, 답은 하나더군요. 관계 금융기관을 설득해 인수 가격을 대폭 낮추는 작업에 제가 필요하다는 것, 이렇게 이해하고 있어도 되겠습니까?"

초반부터 거침없이 나오는 성태를 응시하며, 김 이사는 웃었다. 성태는 말을 이어갔다.

"그런 것 같군요. 제 역할을 그걸로 이해하겠습니다. 하지만 솔직히 제 의견은 다릅니다. 국가펀드의 콘셉트는 이해하지만, 그렇게 되면 계산이 당최 안 나옵니다."

"어떤 콘셉트를 말하는가?"

김 이사는 거의 반사적으로 말을 되받았다. 성태가 말했다.

"누구나 다 예측할 수 있는 사안 아니겠습니까? 어느 정도의 손실을 감수하고 골든게이트를 인수하는 대신 저를 비롯한 최상열 일당들을 모조리 단죄하고 옷 벗기는 것. 아니면, 기왕 골든게이트에 엮인 중국 상인단을 어떻게든 묶어서 살아남는 방법. 물론 이렇게 된다면 최상열의 죄는 어느 정도 희석이 되겠지만 말이죠."

깔끔하게 정리된 성태의 말에 광서는 고개를 끄덕끄덕했다. 반면에 김 이사는 성태에게 시선을 떼지 않은 채 거듭 푸푸, 웃었다. 성태도 피식, 웃으며 다시 말문을 열었다.

"국가펀드가 살고, 이사장님이 살고, 그리고 이사님이 진정으로 사시려면……."

성태가 말끝을 흘리자, 김 이사의 입가에서 웃음기가 금세 말라버렸다. 그것은 광서도 마찬가지였다.

"차라리 모든 걸 원점에서 다시 시작해야 합니다. 그래야만 윤곽이 나옵니다. 지금껏 분양된 모든 구좌들은 계약 해지하고, 국가펀드는 골든게이트의 모든 구좌들을 법적 경매로 넘겨버려야 합니다. 그렇게 되면, 성 행장의 J저축은행은 결국 파산하게 될 것이고, 나머지 저축은행들도 경매로 전환되기 전에 백기 투항을 할 수밖에 없습니다. 그래야 골든게이트의 인수 금액이 최소 30% 이상 작아질 수 있습니다. 지금 상태에서는 앞뒤 재지 말고, 모든 걸 무너뜨려야 합니다."

모든 걸 일단 무너뜨려? 와, 험악하다, 김성태! 성태의 발언은 경악 그 자체였다. 전혀 예기치 않은 답변에, 김 이사의 얼굴에 짙은 당혹감이 서렸다.

"그러기 위해선, 이 모든 사태의 주범인 최상열과 성 행장을 반드시 단죄해야겠지요."

성태는 그야말로 살벌한 말들을 술술 쏟아내고 있었다. 저렇게 거침없이 말하는 걸 보면, 이미 예전부터 준비해두었을 거라는 생각이 들었다. 광서와 시선이 마주치자 성태는 희미하게 웃었다.

"성태 군, 만일 그렇게 되면 엄청난 파장도 파장이지만, 성태 군의 안전도 문제가 될 수 있을 텐데?"

"그렇습니까? 그렇더라도, 별 도리 없는 것 아닙니까?"

아무렇지도 않다는 듯이 성태는 김 이사를 바라보았다. 반면에, 성태를 뚫어져라 응시하고 있는 김 이사의 표정은 무척 복잡해 보였다.

"누가 자네를 그토록 돌변시켰지?"

큰 숨을 내쉬며, 김 이사는 말했다. 성태는 대답 없이 비스듬히 고개를 숙이고 있었다. 하지만 오래지 않아, 성태는 턱을 들어 올렸다.

"전, 미련 없이 옷 벗겠다는 이사님의 결단력에 감동받았습니다. 이사님, 골든게이트를 강제 집행으로 박살낼 의향을 가지고 있다는 것 자체가 그들에게는 공포입니다. 중국 상인단과 사업적으로 접합이 되려면, 그전에 골든게이트와 관계 금융기관들이 박살나야 논리적으로 아귀가 맞습니다. 관계 금융기관에서 백기를 들고 나올 때 중국 상인단이 운 좋게 맞아떨어지면 국가펀드도 다시 사는 것이고, 설사 중국 상인단이 불발 되더라도 이미 베이스가 갖춰져 있기 때문에 상황에 따라서는 또 다른 방법을 찾을 수 있을 겁니다."

광서는 김 이사의 얼굴을 보고, 그가 내색을 안 할 뿐이지 심란한 마음에 휩싸여 있다는 것을 단숨에 눈치 챌 수 있었다. 판 전체를 깨버리자니, 김성태, 너야말로 이빨을 숨기고 있는 짐승이었구나!

성태의 발언은 계속되었다.

"이사님, 최상열 같은 엘리트 범죄자들, 성 행장 같은 관료 출신 짝패들의 도덕적 해이를 그냥 넘겨서는 안 됩니다. 국가펀드는 어디 공적 자금 아닙니까? 갑으로 가나 을로 가나, 다 마찬가집니다. 결과적으론 나랏돈이 소진될 수밖에 없습니다. 이참에, 대가를 치르지 않고 넘어가는 일이 없다는 걸, 그들에게 깨닫게 해줘야 합니다. 이제부터라도 진번이 계절을 만들어야죠."

징벌의 계절이라!

가슴속 깊은 곳에서 시원한 청량감이 치고 올라왔다.

그랬다. 김성태의 논지는 과격했지만, 그렇다고 틀린 구석은 찾아볼 수가 없었다. 그의 말대로, 매입 자금의 덩치가 크게 줄어드는 것은 부정할 수 없는 사실이 아닌가. 최소 30%의 삭감이라니! 김성태의 말대로만 된다면, 수치의 딜레마에서 완전히 벗어나게 된다. 그렇게만 되면, 플랜 B의 확실한 토대가 만들어질 터였다.

새로운 창조를 위해서는 파괴가 있어야 한다. 이왕 파괴할 거라면 화끈하게 파괴해야 한다. 살벌하고도 뜨거운 파괴과정에서 뭐라도 알맹이가 적출될 수 있다. 특히, 성 행장 같은 늙은 여우는 그런 강력한 파괴가 아니면 끝장을 볼 수 없다.

김성태, 이 자식! 나와는 비교도 되지 않는 몽상가인걸!

광서는 속으로 혀를 내둘렀다.

바둑은 끝내기에 접어들었다. 애초부터 기대를 걸지 않고 둔 탓인지, 졌다는 걸 예감했으면서도 열불은 나지 않았다. 그저 무심히 바둑을 즐기고 있을 뿐이었다. 광서의 그런 느긋한 마음을 읽은 것일까? 힐끗 힐끗 광서를 훑어대는 김 이사의 눈에는 약간의 놀라움이 깃들어 있었다.

이쯤에서 돌을 던질까 마음먹고 있을 때, 김 이사가 질문을 던져왔다.

"김성태의 발언을, 광서 너는 어떻게 생각하느냐?"

구부렸던 몸을 곧추세우며, 광서는 멀뚱하게 김 이사를 바라보았다.

"친구 입장을 떠나서 말하라는 겁니까?"

"당연하지."

광서는 자신을 빤히 쳐다보는 김 이사의 눈동자가 미세하게 흔들리고 있음을 알아챘다. 그만큼 성태의 발언이 강력했다는 뜻이었다.

"이 시점에서 원점으로 되돌린다는 건 어느 누구도 예상치 못할 겁니다. 성태의 말대로 법적인 강행 절차로 몰고 나가면, 성 행장의 J저축은행이 무너지는 건 시간문제겠지요. 그렇게 되면 성 행장은 검찰과 감사원의 표적이 될 게 뻔하고요. 또, 다른 관계 금융기관들도 손을 들수밖에 없을 겁니다."

광서는 사석을 바둑판 위에 올려놓았다. 돌을 던졌다는 표시였다. 광서는 말을 이었다.

"어디 그뿐인가요? 원초 기분양자들이 비대위를 구성해서 골든게이트를 명의신탁이 아니라 최상열과 공모한 사해신탁으로 법원에 단체제소하면, 저축은행의 대출 채무에 대해 면제 판결이 나올 가능성도 높습니다. 이렇게 되면 국가펀드의 평판에도 그리 해가 되지 않겠지요. 저축은행들이 이 같은 상황을 모를 리 없습니다."

김 이사는 바둑돌을 쓸어 담기 시작했다. 그는 광서를 향해 계속 말하라는 눈짓을 보냈다.

"국가펀드가 골든게이트 상가를 법적 경매로 넘겨버리면 덩치가 덩치인 만큼 유찰에 유찰을 거듭할 겁니다. 그러면 최종적으론 자산공사로 넘어갈 테고, 그때 국가펀드가 SPC나 C펀드를 움직여 공매나 수의계약 형식으로 가져오면 됩니다. 마침 중국 상인단을 유치한다면 그야말로 아름다운 장면이 펼쳐지겠지만, 설령 안 된다고 해도 저렴한 매수 가격이면 국내 임대로 돌려도 무방하다는 게 제 생각입니다."

바둑판으로 얼굴을 내리고 있던 김 이사는 잠자코 고개만 주억거렸다. 잠시 후, 그가 마지막으로 말했다.

"이제야 말하지만, 나도 최악의 경우 강제 집행을 전혀 염두에 두지 않은 건 아니었다. 강제 집행에서 비롯된 손실분을 부담하고 국가펀드가 발을 뺀다는 계획도 세워보았지. 하지만 김성태가 말한 것은 우리가 후순위 담보로 잡은 구좌까지 모조리 강제 집행을 하자는 의미 아니냐. 너도 알다시피 그건 너무 극단적이다. 우리도 공공기관인데, 성행장의 J저축은행을 무너뜨린 결과 그 엄청난 파장을 외면하기가 쉽지 않다. 저축은행이 무너지면 어차피 공적 자금이 투여될 수밖에 없어. 동선이 너무 커져버리는 거지. 내 말, 이해가 되느냐?"

물론 김 이사의 말은 틀리지 않았다. 그가 말하는 공공기관의 암묵적인 의무에 대해서도 이해할 수 있었다. 하지만 그렇게 해서는 결코 문제를 풀 수 없다는 성태의 말이 더 옳다는 판단이었다. 골든게이트를, 이른바 아수라장으로 만든 다음, 격렬한 전쟁을 통해 저축은행들의 항복을 받자는 성태의 수습책이, 광서는 너무나 매력적으로 들렸다.

"광서야, 내 말은 김성태의 방안이 틀렸다는 뜻이 아니다. 극단적인 방법은 때로 일의 진행을 간단하고 수월케 할 수 있지. 하지만 혹시나 그로 인한 파장이 뒷감당이 안 될 만큼 커지면, 피해가 엄청나다는 것도 염두에 두어야 한다. 극단의 간격만큼 손해의 간격도 커진다는 뜻이야. 내가 되도록 중용의 선을 밟고자 하는 건 다 그런 이유 때문이다."

김 이사는 한숨을 푹, 내쉰 다음 말을 이었다.

"광서야, 나도 주변머리 없는 작자일 뿐이야. 내가 옷을 벗을 만큼 무슨 잘못을 저질렀나? 가끔 그런 질문을 내 스스로에게 던질 때마다, 열불이 나고 오장육부가 다 뒤틀린다. 자다가도 벌떡벌떡 일어날 때가 한두 번이 아냐. 그럴 때면 최상열뿐만 아니라 그놈과 공모한 이광서, 김성태, 기두표, 그리고 관련된 모든 저축은행 책임자들, 김성태의 표현대로, 이 작자들에게 무시무시한 징벌을 내리고 싶었다. 하지만 광서야, 세상은 내 뜻대로만 돌아가는 게 아니다. 자신이 없으면, 가장 납득 갈 만한 지점에서 방법을 찾아야 해. 그래서 난 극단을 선택하지 않는 거다. 상가를 인수하되 최상열을 구속시킨 것은, 어쩌면 내가 택할 수 있는 중용의 길이었다."

왠지 모를 갑갑증이 광서의 몸을 휘감았다. 별안간 가려움증이 몰려와, 정수리를 벅벅 긁어대야 했다. 문득 성 행장의 얼굴이 눈앞에 불쑥 튀어 올랐다. 이사님, 당신이 말하는 중용이야말로 성 행장이 바라는 덕목이 아닐까요? 그 말이 목에까지 차올랐다.

휴게실 창밖으로 불안한 어둠이 넘실대고 있었다.

성 행장에게는 별명이 하나 있었다. 물론 성 행장 본인은 그 사실을 알 리 없겠지만, 두표가 그 우스꽝스런 별명을 붙인 이래로 광서네 사이에서는 성 행장을 그 이름으로 불렀다.

성태와 두표 그리고 광서, 그렇게 셋이서 점심을 같이하던 날이었다. 본사 근처의 별 맛 없는 뼈다귀해장국 집에서였다. 두표가 숟가락질을 멈추더니 눈을 찡긋했다.

"아 참, 광서야, 너 성 행장 별명 모르지?"

광서는 숟가락을 뚝배기에 담그다 말고, 두표를 쳐다보았다.

"그 양반한테 별명도 있어?"

성태가 너털웃음을 터뜨리며 끼어들었다.

"앞으로 눈여겨봐. 성 행장은 1킬로 이상을 갈 때는 항상 검정 샘소나이트 서류 가방을 들고 다니는 걸 알게 될 거야. 우린 그걸 블랙박스라고 부르지. 그 블랙박스 안에 뭐가 들어 있을까? 기독교 신자니까 성경책 한 권이 들어 있을 거고, 아마 우리 골든게이트를 포함하여 거래처의 각종 1급 비밀들이 수두룩하게 들어 있을 걸?"

광서는 입언저리를 살짝 비틀며 고개를 끄덕였다. 그리고 성태에게 물었다.

"그렇게 중요한 것들을 왜 직접 들고 다니지? 그러다 불시에 사고라도 당하면 어쩌려고."

"남을 못 믿기 때문이야. 꼬리가 아홉 개 달린 여우지. 그래서 별명이 늙은 여우다."

호오! 성태의 말에 광서는 입술까지 오므려가며 감탄하는 시늉을 했다. 그 늙은 여우가 분신처럼 들고 다닌다는 블랙 샘소나이트 안에는 진짜 뭐가 들었을까? 정말이지 궁금했다.

샤워기의 세찬 물줄기를 받으며, 광서는 잠시 그 생각에 빠져 있었다. 두표는 잘 있는지 모르겠네. 샘소나이트를 생각하다 두표가 떠오르자 마음이 금방 불편해졌다.

욕실에서 나와, 맥주를 꺼내기 위해 냉장고 문을 열었다. 시원한 맥주가 식도를 타고 내리자, 그제야 숨을 제대로 쉴 것 같았다. 손등으로 입을 훔치며, 리모컨을 들어 TV를 켰다. 남은 맥주를 마저 비우고 빈 캔을 검은 비닐봉지에 던진 다음, 구석 모퉁이에 놓여 있는 가방을 집어 들었다. 침대 언저리에 엉덩이를 붙이고, 이리저리 가방을 훑어보았다. 가방은 이제 손잡이만 남겨진 상태였다. 국가펀드에 올라와 틈틈이 손을 댄 가방이 드디어 완성 단계를 눈앞에 두고 있었다. 몇 가지 형태의 가방 손잡이를 머릿속에 떠올리려는데, 혼곤한 피곤이 몰려들었다. 입을 쩍 벌리며 하품을 했다. 그 순간, 핸드폰이 진동했다. 광서는 무의식적으로 버튼을 눌렀다.

"이 사장? 오랜만입니다. 나, 성 행장입니다. 너무 늦은 시간에 전화한 거 아닌가 모르겠네요."

광서의 눈이 크게 벌어졌다.

"아 예. 근데 이 시간에 어쩐 일로……?"

"잠깐이라도 봬야 할 것 같아서요. 제가 그쪽으로 움직일까요?"

은근히 압박해오는 말투가 결코 물러날 기세가 아님을 나타내고 있었다. 다음에 보죠, 따위의 대사를 아예 봉쇄하려는 의도가 깔려 있었다. 광서는 어정쩡하게 대답할 수밖에 없었다.

"아뇨, 여긴 마땅한 데가 별로 없습니다."

"예전에 최상열 사장과 같이 만났던 와인 바 기억나세요?"

광서는 기억을 휘저었다.

"신사역 근처 말입니까?"

"예, 맞습니다. 역시 이 사장은 기억력이 좋네요. 그럼, 한 시간 후에 뵙는 걸로 하죠."

광서가 눈살을 찌푸리건 말건, 성 행장은 그 말을 하고는 전화를 끊어버렸다. 이 늙은 여우가 무슨 작업질을 하려는 거지? 핸드폰 폴더를 접으며 보니, 시각은 11시에서 막 5분을 통과하고 있는 중이었다.

광서는 어렵지 않게 와인 바를 찾아냈다. 택시에서 내려 30여 미터도 가지 않아 그 와인 바에 발을 내디뎠다.

홀 중앙에는 정장차림의 중년 남성 서넛이, 오른쪽에는 20대로 보이는 젊은 남녀 한 쌍이, 자정을 넘긴 시간임에도 아직 테이블을 지키고 있었다. 고개를 왼쪽으로 틀자, 끝부분 테이블에 성 행장이 앉아 있었다. 그는 무슨 생각에 잠겨 있는지, 시선을 테이블에 떨어뜨린 채 앉아 있었다. 광서가 기척을 내자, 마치 최면에서 막 깨어난 사람처럼 성 행장이 고개를 치켜들었다. 그러고는 허허, 웃으며 자리에서 벌떡 일어났다.

"용케 잘 찾아오셨네요, 이 사장."

그는 쑥 손을 내밀었다. 웬일일까? 오늘은 그 블랙 샘소나이트가 보이지 않았다.

"이 늦은 시간에 무슨 일이십니까?."

광서는 공연히 두리번거리며 주춤주춤 앉았다.

"이봐요!"

성 행장은 광서의 말에 아랑곳없이 밝은 목소리로 주인장을 불렀다. 여사장이 재빨리 다가왔다.

"귀한 손님 오셨어. 좋은 것 좀 내놔봐요."

여사장은 배시시 웃으며 메뉴판을 펼쳤다. 그러고는 프랑스어로 쓰인 메뉴 하나를 가리켰다. 가격을 보니 20만 원이 넘는 액수가 붙어 있었다.

"이 사장, 이거 괜찮겠어요?"

성 행장이 물어왔다. 고개를 끄덕일 수밖에 없는 분위기였다. 여사장은 광서를 보며 빙긋 웃었다. 40대 후반쯤 될까? 하지만 몸매 선이 나이에 걸맞지 않게 늘씬했고, 얼굴이 무척 희고 깨끗했다. 그녀가 성 행장과 보통 사이가 아니라는 걸, 그들이 주고받는 눈짓에서 단박에 알아챌 수 있었다.

"국가펀드에는 계약직으로 계시는 거죠?"

여느 때와 달리 까만 뿔테 안경을 쓰고 나온 성 행장은, 안경을 벗어서는 손수건으로 문질렀다. 광서는 쓸쓰레한 웃음을 흘리며 고개를 끄덕였다.

"이 사장, 오늘 최상열 사장을 면회하고 왔습니다. 내가 이런 말하긴 좀 그렇지만, 최 사장은 아직도 이 사장을 굳게 믿고 있더군요. 이 사장이 자기에게 한 약속이 있다면서, 그걸 꼭 지킬 거라고 확신합니다. 자신이 모든 걸 안고 가기로 한 것도, 이 사장과 약속한 바가 있어서 그랬다는군요."

늙은 여우의 뻔한 수작에 하마터면 실소를 터뜨릴 뻔했다. 상가 인수를 이광서라는 변수에다 미리 못 박아두자는 심산일 터였다. 대면하자마자 잔머리를 굴리는 게 정말 마뜩치 않았지만, 애써 참았다. 게다가 최상열이라는 이름이 그의 입에서 나오자 가슴 한쪽이 아려오는 것도 사실이었다.

"상열이는 잘 있던가요? 제가 당장은 면회도 못 갑니다. 처지가 처지인지라……."

성 행장은 흐뭇한 미소를 지으며, 느릿느릿 고개를 주억거렸다.

"최 사장은 뭐, 괜찮을 겁니다. 일급 변호사를 선임했으니까요. 최대한 형량을 낮춰볼 참입니다. 그건 그렇고……."

"뭡니까?"

기왕 이렇게 된 것, 시간이라도 줄여보자는 생각에 광서는 성 행장의 말을 바로 되받았다. 성 행장은 두 손을 가슴 앞으로 모아, 마치 기도하는 듯한 자세를 취했다.

"최 사장이 부산 센텀에 대지를 조금 보유한 게 있어요. 그 사업부지에 대한 시행권을 이 사장에게 일임할 결심을 했나 봅니다. 나더러 PF 작업도 부탁하더군요. 나도 흔쾌히 수락했습니다."

하! 이 양반이 지금 날 농락하자는 건가. 하긴, 그 땅이 이미 매각되었다는 정보를 내가 알 리 없다고 생각했겠지.

"상열이가 예전에 그런 말을 한 적이 한 번 있었죠. 하지만 그 땅은 이미 물 건너 간 걸로 알고 있는데……."

당신, 쓸데없이 시간 죽여 가며 잔머리 굴리지 마! 광서는 미리 경고를 해두자는 의미에서 그렇게 말했다.

그때 와인이 도착했다. 여사장은 성 행장과 광서의 잔에 레드와인을 따라주었다. 그러면서 와인에 대한 설명을 곁들였는데, 광서는 듣고 있다는 성의를 보여야 할 것 같아 고개를 끄덕거렸다. 하지만 그녀가 자리를 떠나자 그 설명은 머릿속에서 완벽히 지워졌다. 대신에, 그녀의 은근한 향수 냄새만 코끝에 남았다.

"이 사장이 상세한 내막을 몰라서 그래요. 사실, 그 센텀 땅을 인수한 회사는 내가 작업한 회사입니다. 이건 절대 비밀 사항이지만, 이 사장을 믿기에 하는 이야깁니다."

또다시 상열의 얼굴이 뇌리를 스치고 지나갔다. 불쾌한 기억이 추연한 연민으로 바뀌는 순간이었다. 광서는 저도 모르게 인상을 찌푸렸다.

"아 참, 이 사장, 국가펀드에서 상가를 인수하는 작업은 잘 되어가는지 모르겠네요."

애초에 그걸 알아보고 싶었겠지. 성 행장은 만남의 목적을 구역질 날 만큼 뻔뻔스럽게 물어오고 있었다.

"그 이야기, 대체 소스가 어딥니까? 함부로 들먹일 이야기가 아닙니다. 극비 사항이니까, 입 다물어주십시오."

광서는 일부러 흥분한 어조로 말했다. 광서의 반응에 성 행장은 금세 흡족한 표정을 지었다.

"내일 국가펀드에 찾아갈 생각입니다. 이제 김형우 이사와 담판을 지을 때가 된 것 같습니다."

성태의 말이 맞았다. 그는 담판이라고 했다. 광서는 후끈 달아오르는 안색을 감추어야 했다. 고개를 숙인 채 담배를 꺼내 불을 붙였다. 한 모금 깊게 빨고 나서, 탁한 목소리로 말했다.

"행장님, 조심하십시오. 상열이를 위해서라도 조용히 계시는 게 낫습니다."

성 행장의 눈이 대번에 커졌다. 그러고는 눈살이 절로 찌푸려질 만큼, 큰 소리로 웃어댔다.

"아이고, 이 사장, 벌써부터 공무원 티를 냅니까?"

비위가 뒤틀렸다. 성 행장과 말을 섞기보다는 와인을 축이는 게 낫다 싶었다. 눈을 감은 채 와인을 한 입에 삼켜버렸다. 테이블에 와인 잔을 내려놓았을 때, 성 행장은 전화기를 빼들었다. 누군가로부터 전화가 온 모양이었다.

"예, 여기 폭시에 있습니다. 지금 이야기 중입니다. 예? 벌써 도착하셨다고요?"

도착이라는 말을 듣는 순간, 광서는 이맛살을 와락 구길 수밖에 없었다. 이 양반이 다른 누굴 불렀단 말인가? 광서의 각진 눈길을 받자, 성 행장은 전화기를 든 채로 곤혹스런 표정을 지었다. 그가 폴더를 접자마자, 광서는 거친 말투로 물었다.

"여기 누가 또 옵니까?"

"아, 그게…… 허철묵 사장이 이 사장 얼굴은 꼭 한번 보고 싶다고 해서……"

늙은 여우 새끼, 정말 구제불능이군! 허철묵을 데리고 오겠다는 건 곧 협박까지 하겠다는 심산 아닌가!

핼쑥해진 광서의 눈초리가 부담스러웠는지, 성 행장은 고개를 비스

들히 돌리며 애써 외면하고 있었다. 허철묵. 안 그래도 맘 한구석에 늘 악성종양처럼 똬리를 틀고 있는 자였다. 두려움과 짜증, 피곤함이 한데 뒤섞여 머릿속이 몹시 시끄러웠다.

성 행장과의 통화가 끝나고 5분이 지나지 않아 허철묵이 나타났다. 우람한 덩치의 각두기 둘을 대동한 채였다. 막상 허철묵을 보자, 한증막에 들어선 듯한 열기가 뒷덜미에 확 끼쳐왔다. 그 비 오던 날, 골든게이트의 습한 사무실 안에서 겪어야 했던 분노의 기억이 한꺼번에 되살아났다.

늙은 여우와 게걸스런 늑대의 조합이라! 한편으로는 돈질을, 한편으로는 겁박을 하시겠다? 좆 까라, 씹새끼들아! 목까지 치밀어 오르는 부아를 쿨렁 삼켜야 했다. 냉정해야 이 싸움에서 이길 수 있다. 이광서, 섣불리 터뜨리지 말고, 지그시 기다려라. 광서는 그렇게 자신에게 주문을 걸었다.

광서는 자리에서 일어나 목례를 했다.

"여, 이광서 사장! 이게 얼마만이야!"

허철묵은 껄껄, 웃으며 광서를 와락 껴안았다. 과장스러운, 그러면서도 고압적인 인사였다.

"어째, 갑자기 들이닥쳐 놀랐소?"

그렇다는 표시로, 광서는 고개를 끄덕였다.

성 행장은 빠른 속도로 와인을 마셔댔다. 저런 페이스로 마시다가는 금방 취해버릴 게 분명했다. 와인 한 병이 바닥난 지는 이미 오래였고, 똑같은 브랜드의 두 번째 와인 병도 이미 절반이 비워진 상태였다. 와인을 그다지 선호하지 않는 광서가 거의 입을 대지 않았음을 감안하면, 성 행장은 꽤나 많은 양을 빨아들이고 있는 셈이었다.

성 행장은 허철묵이 얼굴을 들이민 이후로는 상가 인수에 대해 더 이상 언급을 하지 않았다. 허철묵이 새로이 구상하고 있다는 한식 프랜차이즈 사업에 대해 몇 가지 조언을 보태는 듯했는데, 광서로서는 들어도 그만 안 들어도 그만인 허드렛 소리일 뿐이었다. 하지만 그들의 대화에 귀 기울이고 있다는 표시를 하기 위해 가끔은 머리를 끄덕여주어야 했다. 고역이었다. 그러다가 어느 순간, 화제가 최상열로 넘어가자, 그때부터 광서는 귀를 세우기 시작했다.

"이 사장, 만에 하나 최상열 사장이 장기간 옥살이를 하더라도 밑바닥 고생은 하지 않도록 내가 단단히 조치를 해놓을 테니 걱정 말아요."

허철묵이 광서를 쳐다보며 선언하듯 말했다. 광서는 감동받았다는 눈을 하며, 고개를 가만히 끄덕였다. 허철묵이 계속 말했다.

"그래서 사람은 독불장군이 없다고 하는 거야. 인생이란 게 별것 없어. 서로 돕고 의지하면서 사는 거지. 최 사장이 이 사장을 믿는 게 무엇 때문이겠어? 이 사장이 다소 독단적인 구석만 빼면, 진짜 사나이 중에 사나이잖아. 그걸 누구보다 최 사장이 제일 잘 알고 있지. 그러니까 우리, 물 흐르듯 순리대로 삽시다. 행복하게 잘 살아보자고, 이 사장."

허철묵은 입으로는 걸걸한 웃음을 흘리면서, 눈에는 시퍼런 날을 세우고 있었다. 음흉한 새끼! 이제 자신도 슬슬 칼을 빼낼 순서가 되었다는 판단이 들었다.

"허 사장님 말씀, 천 번 만 번 동감합니다. 저도 허 사장님을 그렇게 생각하지 않았다면, 아마도 허 사장님 수사에 적극 협조했겠죠."

순간, 허철묵의 두 눈썹이 확 치켜 올라갔다. 와인 잔을 들던 성 행장도 어안이 벙벙해서 광서를 쳐다보았다. 광서는 입을 굳게 다물고 그

둘을 번갈아보았다.

"수사라니, 그게 뭔 개소리야?"

허철묵이 가파른 목소리로 물었다. 광서는 그의 목소리에서 정체 모를 두려움을 포착해낼 수 있었다. 그 두려움을 더 자극해서 밖으로 끌어내야 했다.

"상열이는 벌써 감을 잡았을 테지만, 지금 국정원이 허 사장님을 내사 중에 있는 것 같습니다. 사장님도 그 정도는 알고 계시겠죠?"

성 행장은 어리둥절한 표정이었고, 입이 헤벌어진 허철묵의 얼굴은 삽시간에 어둠으로 물들었다. 너 같은 기득권 건달들이 무엇을 제일 두려워하는지 난 잘 알고 있지! 광서는 내처 말을 이었다.

"요 며칠 전, 국정원 요원 한 명이 뜬금없이 저를 찾아왔습니다. 허 사장님에 대해 집중적으로 캐묻더군요. 주로 사장님이 상가 운영에 어떤 식으로 개입했는지, 아주 교묘한 화법으로 물어왔습니다. 물론 저는 딱 잘라 말했죠. 적어도 내가 있는 동안에는 사장님이 상가에 개입하거나 한 적은 없다고요. 그 외의 일에 대해서는 아는 게 전혀 없다고 했습니다. 비록 계약직이긴 하지만, 제 지위가 그래도 국가펀드의 부장이다 보니까, 더 이상 캐묻지는 않더군요."

허철묵은 발작하듯 자리를 박차고 일어섰다.

"당연히 그래야지! 모른다고 해야지! 헌데 국정원 새끼들이 왜 날 타깃으로 삼은 거야!"

듣는 사람이 움찔할 만큼, 허철묵의 목소리는 높았다. 광서는 그의 눈에 깃든 짙은 공포를 또렷이 읽을 수 있었다. 지금 허철묵은 거의 패닉 상태에 빠져 있었다. 하기야, 국정원이 어딘가. 남산에 있다는 것 빼고는 모든 게 베일에 싸여 있는 조직이 아닌가. 공포라는 것은 모름지기 미지, 즉 알지 못하는 데서 비롯되는 법이다.

"이 사장, 그 국정원 새끼가 그래서 뭐라던가? 이야기를 좀 더 자세히 해봐!"

허철묵의 말투가 어느새 명령조로 변해 있었다.

"사장님, 전 그저 모른다는 말밖에 안 했습니다. 까놓고 말해서, 사장님이 골든게이트와 연관된 일이 없잖습니까? 성 행장님을 통해 무슨 부당 대출이라도 받은 게 있다면 모를까, 꿀릴 게 없잖아요. 안 그렇습니까?"

허철묵의 낯빛은 벌겋다 못해 거무스름한 얼룩까지 생겨났다. 부당 대출이라는 용어가 그의 폐부를 찌른 모양이었다. 그에 반해, 성 행장은 침묵으로 일관했다. 화근은 저 늙은 여우, 성 행장이다. 저 작자를 잡지 않으면 모든 게 허사로 돌아갈 수도 있었다. 어쨌든 지금은 허철묵부터 눌러놓아야 했다.

"그리고 그 문 뭣이라 하는 사람이 말하기를……."

허철묵과 성 행장의 시선이 동시에 광서의 입에 꽂혔다. 성 행장이 서늘한 목소리로 물었다.

"뭐라던데요?"

"어쩌면 허 사장님이 최상열의 오더를 받아 상가를 점유할 수도 있으니까 상가 직원들 동향을 정기적으로 체크하는 게 좋다고 충고하더군요. 전 속으로 웃었죠. 아니, 이 살벌한 상황에서 허 사장님이 미쳤다고 직접 나서겠냐? 너도 참, 그런 머리로 국정원엔 어떻게 들어갔냐? 그렇게 말하려다 참았습니다. 제 생각이 맞지요?"

허철묵의 얼굴이 흉하게 일그러졌다.

"놈성이야, 관리권 환부 때문에 그러는 거지."

"예?"

광서는 상체를 곧추세웠다.

"아니, 그럼, 그 요원의 말이 근거가 있었단 겁니까?"

허철묵은 대답을 주저하며 성 행장을 힐끗 쳐다보았다. 그는 몹시 당혹해하며 우물쭈물 입을 열었다.

"그건 최 사장 오더가 아니라……, 그게 좀 복잡한 문제이긴 한데……."

점점 힘이 빠져가는 허철묵의 말꼬리를, 광서는 조금의 주저함도 없이 휘어잡았다.

"상가 관리야, 제가 김형우 이사에게 건의할 참이었습니다. 광현이가 얼마나 상가 관리를 잘하는데요. 실력이 있기 때문에 담당을 시키려는 겁니다."

"광현이한테 상가 관리를 시킬 생각이었다고?"

"그렇습니다. 노파심에 드리는 말씀인데, 괜히 긁어 부스럼 만들 일은 벌이지 마십시오. 그리고 국가펀드 산하에 용역회사가 있다는 것 알고 계십니까? 특수부대 출신의 퇴역 군인들로 구성된 조직입니다. 자칫 섣부른 짓 했다가는 뼈도 못 추리게 돼 있습니다."

광서는 허철묵을 쏘아보았다. 지금 광서는 엄중한 경고를 하고 있는 거였다.

맥이 제대로 풀린 허철묵은 긴 한숨을 내뿜으며 소파 뒤로 몸을 기댔다. 망연한 시선을 테이블에 고정시켜 놓고 있는 성 행장은 뭔가 골똘한 생각에 잠겨 있는 듯했다. 잠시 후, 성 행장이 입을 열었다.

"또 다른 말은 없소? 말 나온 김에 다 하시죠."

말 나온 김에 다 하라? 좋아, 못을 박아두지. 광서는 슬그머니 전화기를 꺼냈다. 리얼리티를 더욱 생동감 있게 만들기 위한 퍼포먼스였다. 그들이 지켜보는 가운데 광서는 핸드폰의 전화번호부를 뒤졌다. 그리고 '사무라이 문'이라는 부분에서 동작을 멈춘 뒤, 액정을 그들에게 보여 주었다. '사무라이 문'이라는 글자 옆에, '011'로 시작된 번호가 딸려 있었다.

"촌스럽게 사무라이가 뭡니까? 왜 그런 말을 쓰냐고 물었더니, 자기들끼리 쓰는 별칭이랍니다. 무슨 칼싸움을 하는 사람들도 아닐 테고……. 콱 비웃어주려다가 꾹 참았습니다."

광서는 이번에는 성 행장을 응시하며 말했다.

"그가 그러더군요. 성 행장님이 불법 대출과 관련하여 J저축은행이 수사선상에 오르지 않도록 재경부 쪽을 통해 전방위 로비를 한 정황이 포착되고 있다고요. 물론 저를 슬쩍 간 보려는 심산이었겠죠. 그 작자, 미친 놈 아닙니까? 아니, 설사 간을 본다 하더라도 왜 난데없이 저를 떠보느냐 이겁니다. 하도 어이가 없어서, 그 작자가 국정원을 사칭하는 날라리처럼 보이더라니까요. 하지만 그건 아닌 게, 그 작자를 소개한 사람이 바로 김형우 이사거든요. 김 이사가 허튼 짓을 할 사람도 아니고……. 암튼 기가 찼습니다."

광서는 고개를 절레절레 흔들며 담배를 꺼내 물었다. 그리고 느릿하게 불을 붙이고는, 턱을 약간 치켜든 채 허공을 향해 연기를 뿜어냈다. 곁눈질로 성 행장을 힐끗 보았다. 흙빛으로 변해 버린 성 행장의 낯빛에는 와인의 취기가 깡그리 사라지고 없었다. 넋이 나간 것처럼 정면을 응시하고 있는 성 행장의 눈에서 가느다란 경련이 이는 것을 똑똑히 볼 수 있었다. 그는 완전히 침몰하는 중이었다.

"넌 밤만 되면 어딜 그리 싸돌아 다니냐? 그리고 전화는 왜 안 받아? 기왕 안 받았으면 날이 밝은 뒤에나 할 것이지, 꼭 이 꼭두새벽에 전화질을 해야 되겠냐?"

성태의 목소리에는 짜증이 어지간히도 고여 있었다.

"야, 말도 마라. 나 방금, 성 행장한테 호출 당했다가 이제야 돌아왔다. 그 늙은 여우가 이 밤중에 날 불러놓고는 약도 치고 협박도 하고, 난리 블루스가 아니었다."

"그래? 협박이라니 그건 또 무슨 뜻이야?"

"허철묵을 데리고 나왔더라니까."

"흠! 성 행장이 똥줄이 타긴 탔구만. 허철묵이가 너 두들겨 팬 것에 대해 입이라도 벙긋하든?"

"전혀."

성 행장과 허철묵을 만나 주고받았던 대화를 복기하며, 성태에게 낱낱이 들려주는 데는 꽤 긴 시간이 소요되었다. 30여 분 가까이 웃어가며 떠들었더니, 입에서 단내가 났다. 성 행장이 사색이 되어 눈에 경련마저 일더라는 대목에서는, 성태는 박장대소를 터뜨렸다.

"야, 니가 오늘 서희 장군이랑 제대로 접신한 모양이다. 덕분에, 성 행장은 내일 김형우 이사에게 한 수 접히고 들어가겠는데? 국가펀드가 상가를 인수하지 않으면 곧바로 저승행이라는 건 이미 알고 있었겠지만, 너 때문에 한층 압박감을 받게 됐다."

"니가 봐도 그렇지?"

"어휴, 고소해라."

성태는 그렇게 말하고는 다시 큰 웃음을 터뜨렸다.

"그리고 허철묵도 함부로 설치지 못하게 생겼다. 이광서, 잘했어. 퍼펙트다!"

하하하, 성태의 웃음이 길게 이어졌다. 잠시 후, 웃음기를 거두고 성태가 말했다.

"그건 그렇고, 김 이사가 내 제안에 대해 무슨 말 하지 않데?"

성태의 물음은 난감했다. 하지만 곧, 솔직하게 말하는 게 낫다는 판단이 들었다.

"너무 터프하단다."

"그래? 니 생각은 어때?"

"난 썩 마음에 든다."

흐음! 하는 소리와 함께 잠시 말이 끊겼다가, 다시 성태의 목소리가 흘러나왔다.

"터프하다는 게 도대체 무슨 뜻이야?"

"이사님 표현대로라면 너무 극단적인 방법이라 뒷감당이 안 될 수도 있단다. 그때 가서 수습하기엔 리스크가 너무 크다는 거지. 나도 모르겠다. 암튼 내가 이해하기론 그래."

"광서야, 이 판때기를 정리하려면 극단적인 방법밖에 없다. 이것저것 따지다가는 중심을 잃고 말아. 중심을 잃으면 우왕좌왕 헤매게 되는 거고. 광서 니가 그랬잖아. 니가 중심을 잡고 앞만 보고 갈 때는 골든 게이트가 잘 굴러갔지. 한 방향을 향해 강력히 밀어붙이면 설사 본래 목적지가 아니더라도 어딘가는 닿게 돼 있어. 이사님도 금명간에 결단을 내려야 할 거야."

성태의 말을 듣다 보니, 왠지 가슴이 뭉클해졌다. 김형우 이사가 했던 말이 떠올라서였다. 누가 자네를 그토록 돌변시켰지?

"광서야, 날 믿어라. 이사님은 말은 그렇게 했지만, 날 찾을 수밖에

241

없을 거다. 어제부터 캐시플로(cash flow)를 대충 짜고 있어. 니가 구상한 플랜 B에 대한 캐시플로야. 대강의 아웃라인을 내일 니 메일로 보낼 테니까 참고해봐."

"그래주면 고맙지."

문득, 성태가 치밀하고 거대한 밑그림을 그리기 시작했다는 생각이 들었다. 광서의 것과는 비교도 할 수 없을 만큼 크고 굵직한 연필로.

"아 참, 두표 어머니가 지금 병원에 입원 중이란다. 부산 내려갈 일 있으면 꼭 한번 들려봐라."

"암, 그래야지. 문자 메시지로 보내. 병원 이름하고 호수."

어느새 두표가 눈앞에 서 있었다. 두표는 목젖을 내 보이며 유쾌하게 웃어댔다. 그러다가 분말가루가 바람에 휘날려가듯 스르륵 사라졌다. 광서는 질끈 눈을 감았다.

평소보다 10여 분 일찍 출근했다. 광서는 30미터쯤 되는 국가펀드 건물 옆면의 화단을 끼고 걷고 있었다. 딱딱한 느낌을 주는 백색 건물과 달리, 화단은 연붉은 색 벽돌로 마감돼 있어 사뭇 부드러운 느낌을 주었다. 코너를 5미터쯤 앞두었을 때, 파란 영수증 같은 종잇조각이 길바닥에 떨어져 있는 걸 발견했다. 그냥 지나칠 수도 있었는데, 왠지 그 종잇조각이 눈을 붙들어 맸다. 집어 들고 보니, 그것은 반으로 접힌 만 원짜리 지폐였다.

고작해야 만 원짜리 지폐일 뿐인데, 광서의 머릿속에는 희한한 상상들이 스쳐 지나갔다. 예기치 않은 이 불로소득을 쓱싹했다가는, 앞으로 닥쳐올 일이 단단히 꼬일지도 모른다는 생각이 퍼뜩 들었다. 어쩌면 큰일을 앞에 두고, 초월적 존재가 자신을 시험하는 것일 수도 있다는 망

상마저 들었다. 그런 이유로, 광서는 곧장 국가펀드 건물 옆의 약국으로 향했다. 박카스 두 박스를 사서는, 하나는 경비실에 놔두고, 또 하나는 밀대걸레로 출입구 현관을 닦고 있는 아주머니에게 건넸다. 아주머니가 의아한 눈으로 광서를 쳐다보았다. 다른 분들하고 나눠 드세요. 그렇게 말하고 돌아선 뒤에야, 요상한 찜찜함이 싹 물러가는 느낌이었다.

간단히 서류 정리를 한 다음, 컴퓨터를 켰다. 컴퓨터가 구동하는 동안, 성태에게 전화를 걸어 캐시플로 아웃라인을 몇 시쯤 보내줄 수 있는지 확인할 참이었다. 그때 모니터 오른쪽 하단에 깜박이 표시가 나타났다. 새 메일이 왔다는 신호였다. 마우스로 몇 번 클릭한 끝에, 그 메일이 중국 상인단으로부터 온 것임을 알 수 있었다. 모니터에 얼굴을 바짝 붙이고, 메일을 꼼꼼히 읽어 내려갔다.

놀라운 내용이 들어 있었다. 보증금으로 10억을 납입할 용의가 있다는 메시지였다. 대신 임대기간을 최소 10년간 보장해줘야 한다는 단서가 붙어 있었다. 그거야말로 바라던 바였다. 광서는 급히 출력을 시작했다. 작동음만 요란할 뿐, 정작 잉크를 찍어나가는 움직임이 느려터진 구닥다리 프린트기를 바라보며, 광서는 길가에서 주웠던 만 원짜리 지폐를 생각했다.

"이사님! 굿 시그널이 하나 떴습니다!"

방문을 열어젖히자마자 목례도 생략한 채 목소리를 높였다. 급습하듯 들이닥친 탓인지, 김 이사는 눈살을 찌푸렸다. 광서는 키워드에 밑줄을 긋고 한글로 주석을 단 출력물을 그의 책상 위로 내밀었다. 김 이사는 돋보기안경을 꺼내 콧잔등에 걸치고는, 출력물을 찬찬히 읽었다.

"10어 정도는 보증금오로 걸 수 있다 이건가?"

광서는 힘차게 고개를 끄덕였다.

"그렇습니다! 기간도 10년을 요구하는데, 그건 우리가 원하던 바가 아닙니까?"

광서는 일이 잘 풀려간다는 생각에, 가슴이 벅차서 말했다.

"거절한다고 해."

아주 잠깐 동안, 광서는 자신이 지금 무슨 말을 들었는지 갈피를 잡지 못하고 눈만 멀뚱거렸다.

"예?"

김 이사와 눈이 마주쳤다.

"보증금 20억이 아니면 안 된다고 해. 임대기간은 받아들이고, 10년차가 되었을 때 매수우선청구권을 준다 하고. 20억이 아니면, 거래는 불가능하다고 딱 잘라서 말해."

난데없는 물벼락을 맞았다. 이 다급한 시기에 거절이라니! 물론 애당초의 목표보다 훨씬 적은 액수이긴 하지만, 이 시점에서 10억 정도면 절충선이 될 수 있다는 생각이었다. 그런데 20억이 아니면 거절하라고?

"이사님! 생각 좀 해보세요. 보증금 자체가 의미 있는 거지, 액수가 문제는 아니잖습니까?"

김 이사는 책상 의자에서 일어나 생수통이 있는 곳으로 느릿느릿 걸어갔다. 자라처럼 쭉 빠진 광서의 목이 그를 묵묵히 따라가고 있었다. 광서의 뜨악한 시선을 전혀 아랑곳하지 않고, 김 이사는 종이컵에 커피믹스를 탁탁 털어 넣었다. 으! 이 양반, 가끔 가다 사람 미치게 하는데, 진짜 죽겠구만!

답답한 마음을 가슴팍에 억지로 구겨 넣고 자리로 돌아왔다. 광서는 몇 번이고 출력물을 훑어보았다. 그리고 한숨을 터뜨리며 머리를 감싸 쥐었다. 만사가 다 시들해져버린 기분이었다.

지금껏 김형우 이사의 판단은 항상 옳았다. 그의 원칙 고수가 더 큰 수확물을 가져다 줄 수도 있었다. 그의 생각이 정석이라는 건 충분히 이해했다. 그래야 앞으로 이쪽에서 주도권을 쥐고 나갈 수 있으니까.

하지만 아무리 생각해도 지금은 아니었다. 타이밍이 관건인 이 싸움판에서, 원칙을 무겁게 고집하기보다는 유연하게 대처하는 자세가 필요했다. 광서의 촉수는 이미 그런 결론을 내려놓고 있었다. 김 이사의 뜻을 저버린다는 게 환장할 노릇이긴 했지만, 결단을 내려야 했다. 광서는 긴 한숨을 내쉬고 난 후, 자판을 두들겨대기 시작했다.

〈솔직히 난 당신들의 안을 받아들이고 싶다. 하지만 이건 비공식적인 내 판단일 따름이다. 나의 보스가 난색을 표하기 때문이다. 한국인들은 안정된 거래를 유지하고 보장하려는 관습 때문에 보증금을 매우 중요하게 여긴다. 이것에 대한 이해가 없으면 상호간의 거래는 어렵게 된다. 그럼에도 불구하고 난 당신들의 제안을 받아들일 생각이다. 물론 그 결과는 내가 책임질 것이다. 하지만 돈부터 우선 송금해야 한다. 계약은 그 다음이다. 그래야 내가 밀고나갈 힘을 가질 수 있다. 즉, 만약 내가 당신들의 안을 통과시킨다는 가정 아래, 나의 보스가 그 안을 받아들인다는 승인이 떨어지면, 그 즉시 현금을 송금해야 한다. 다시 강조한다. 당신들의 제안은 받아들이겠다. 송금부터 먼저 하라. 그 다음은 내가 책임지고 힘을 써보겠다.〉

한글로 먼저 작성했다. 그리고 미숙한 영어 문장으로 그것을 옮겨 적었다. 영어가 제대로 뜻을 표현하고 있는지는 확신할 수 없었다. 그렇다고 이 극비 내용을 누구한테 부탁해 번역시킬 수도 없었다. 몇 번 숨을 고르고 나서, 광서는 메일 보내기를 클릭했다. 차라리 돌이킬 수 없는 형국으로 자신을 몰아가는 게 낫다는 판단에 용기를 냈다.

휴게실로 갔다. 김 이사의 명을 어겼다는 자괴감이 생각보다 훨씬 커서, 끽연의 충동이 꼬리에 꼬리를 물었다. 줄담배에 입이 텁텁해질 즈음, 자판기에서 밀크커피를 뽑았다. 커피는 오늘따라 끔찍하게 달았다. 흡사 진득한 즙액 같았다. 커피를 한 모금 들이켰을 때, 왼쪽 바지 주머니에 넣어둔 핸드폰이 진동했다. 전화기를 빼들고 액정을 확인했다. 이런, 깜빡하고 있었구나! 성 행장이었다. 통화 버튼을 눌렀다.

"성 행장입니다. 지금 김형우 이사 계시죠? 오후에 갈까 했지만, 차라리 오전 중에 뵙는 게 나을 성싶어 전화 드렸습니다."

이 양반, 되게 똥줄이 탔군. 광서는 고개를 들어 벽시계를 쳐다보았다. 정각 10시였다.

"만나 뵙는 건 좋은데요, 약속시간은 정하셨습니까?"

"아뇨, 따로 정하진 않았지만 점심이나 같이할까 싶어서요. 김 이사도 날 굳이 피할 이유는 없잖아요? 안 그래요? 내가 무슨 죄를 지은 것도 아니고. 우리도 따지고 보면 주 채권잔데. ……이사님한테 무슨 바쁜 일정이 있습니까?"

무슨 죄를 지은 것도 아니라고? 좋다. 기왕 이렇게 된 바에야 외려 화끈하게 맞닥뜨리는 게 낫다. 그 뻔뻔함이 얼마나 가는지 어디 두고 보자. 과연 당신 생각대로 되는지 한번 만나봐라. 광서는 그런 심보가 들었다.

"별 다른 일정은 없으신 것 같은데요."

"그래요? 그럼 지금 곧바로 들어가죠. 지금 내가 들어가겠다고, 미리 김 이사에게 귀띔 좀 해주십시오."

광현과 거의 30분가량을 통화했다.

광현은 언제부턴가 "아이고" 하는 군말을 접두어로 삼고 있었다. 오늘도 골든게이트 상가가 왜 이 지경에 이르렀는지 도대체 이유를 모르겠다며, 푸념을 한껏 늘어놓았다. 광서는 참을성 있게 그 지루한 넋두리를 들어줄 수밖에 없었다. 선배로서 그게 도리라 여긴 까닭이었다. 광현은 말끝마다 허파에서 바람 빠지는 소리를 냈고, 간혹 가다가는 땅이 꺼져라 한숨을 내쉬었다. 푸념도 지쳤는지, 시간이 갈수록 말수가 서서히 줄어들었고, 마침내 입을 다물었다. 광서는 비로소 자신이 입을 열 차례가 왔다는 것을 알았다.

"광현아, 내 말 잘 들어. 너도 국가펀드에 한번 들어와야 할 거다. 너를 차후에 발족할 상가 관리단 실무 책임자로 정식 추천할 생각이야. 그래서 하는 말인데, 그러기 위해선 니가 국가펀드에 조금이라도 공헌을 해야 한다. 무슨 말인가 이해되지?"

광현은 밋밋한 웃음을 흘렸다.

"형님 말이 무슨 뜻인지, 대충 이해는 합니다."

"오늘부터 신규분양자가 아닌, 초창기 기분양자들의 동태를 잘 파악해둬. 신규분양자도 난리가 났겠지만, 아직 소유권 이전이 완전히 끝나지 않은 이상, 상가의 법적 주인은 광현이 너 같은 기분양자들이야. 만일의 경우, 기분양자들이 법적인 절차에 돌입할 수도 있어."

"형님, 그게 무슨 말씀입니까? 법적인 절차라니요?"

"골든게이트를 상대로 고소할 필요가 있을 수도 있다는 거지. 아직 결정된 사항은 아니지만, 넌 그것도 나름 준비하고 있어야 해. 그런 절차를 밟는 이유는 기분양자들의 채무를 법적으로 털어버리자는 데 있다. 그 부분은 만나서 의논하기로 하자."

광현은 알아들을 수 없는 작은 소리로 구시렁대더니, 이내 목소리를 높였다.

"형님, 저 같은 건달 놈에게 국가펀드가 관리를 맡기겠습니까?"

"그럼, 나 같은 양아치를 국가펀드가 미쳤다고 불렀냐?"

"양아치라뇨. 그건 형님이 능력이 있어서 그렇지요. 저와는 경우가 엄연히 다르죠."

"광현아, 넌 내가 본 놈 중에서 상가 관리에 관한 한 최고로 도가 튼 전문가야. 구좌에서 임대료만 슈킹 안 치면 전혀 문제될 거 없어."

슈킹이란 수금을 뜻하는 일본말이었다. 그 소리에, 광현의 목소리는 대번에 험악해졌다.

"아따, 형님 또 지나간 소리 하십니다."

오만상을 하고 있을 광현의 얼굴이 눈에 선했다. 광서가 킥킥대며 웃자, 광현도 따라 웃었다.

"알겠습니다, 형님. 또 다른 말씀은 없습니까?"

할 말은 있었지만 주저할 수밖에 없었다. 허철묵에 관한 이야기였기 때문이다. 그래도 묻지 않고는 못 배길 만큼 찜찜했기에, 광서는 조심스레 입을 열었다.

"혹시, 너희 큰형님에게 별다른 오더는 없었나?"

광현의 대답은 놀라우리만치 대담했다.

"형님! 톡 까놓고 이제 우리 코가 석잡니다. 형님은 우리 사정을 아실는지 모르겠지만, 이 생활 15년에 저, 아직 집 한 채 못 샀습니다. 마누라하고 애 둘이랑 전세 삽니다. 그것도 오천짜리요. 쪽팔려서 남한테 이런 이야기도 못 합니다. ……요즘은 큰형님이 뭐 시원하게 챙겨주는 일도 없고, 오더 내리는 일도 없습니다. 각자 알아서 하라는 건지 도통 헷갈리기만 하고……. 어쨌든, 이젠 내 앞가림이나 열심히 하고 살랍니다."

절로 이맛살이 찌푸려졌다. 광현이 얘는 야무진 건 좋은데, 늘 조심스러움이 없는 게 탈이란 말야! 저렇게 함부로 나불대다가 또 무슨 사달을 크게 치를 것 같아 걱정이었다.

"광현아! 너 입조심 안 할래? 생활한다는 놈이 어째 나보다 더 모르냐? 당분간 몸 낮추고 있으란 말야! 언더스탠?"

"예."

고함치듯 다그치자, 그제야 광현의 대답에 풀기가 꺾였다. 허철묵이 어떤 작자인가. 그 생활에 닳고 닳은 눈치의 달인이 아니던가. 삐딱선을 타려도 막판에 타야지 안전하다. 앞으로 살아남으려면 광현은 자기 입부터 봉해야 한다는 점을 알아야 했다. 그래서 광서는 전화를 끊고 나서도 마음이 영 개운치가 않았다.

성 행장이 국가펀드에 모습을 드러낸 건, 광현과의 통화를 막 마친 뒤였다. 화장실로 가기 위해 복도를 걷고 있을 때, 승강기에서 빠져나오는 성 행장의 모습이 보였다. 성 행장도 광서를 곧장 발견했다. 그는 빙긋 웃으며 손을 반짝 들었다. 마치 광서가 일부러 마중 나온 꼴이 되어버렸다. 흐흐, 하고 웃어 보였지만, 입속에서는 욕지거리가 꾸물거렸다.

내키지 않아도 어쩔 수가 없었다. 부러 활짝 얼굴을 펴고 성 행장을 반겼다. 광서는 성 행장을 대동하고 곧바로 김혁우 이사 방으로 향했

다. 물론 김 이사에게는 귀띔조차도 하지 않았다. 급습하듯 맞닥뜨려
야 제 맛이니까.

광서는 성 행장에게 양해를 구한 다음, 먼저 방으로 들어갔다. 김 이
사의 얼굴은 책상을 향해 있었다. 다른 팀에서 올라온 보고서 검토에
한창 빠져 있는 듯했다. 광서는 책상에 최대한 몸을 붙이고 목소리를
낮춰 말했다.

"이사님, 바깥에 성 행장이 와 있습니다."

"누구?"

김 이사는 고개를 번쩍 들고 광서를 올려다보았다.

"J저축은행의 성 행장이요."

그의 깊게 파인 이마 주름이 당혹함을 대변하는 듯했다. 그는 시선
을 문으로 주면서, 턱짓으로 들어오게 하라는 신호를 보냈다. 광서는
고개를 주억거렸고, 김 이사는 고개를 가로저었다.

"조심하십시오."

작게 그 말을 흘리며 광서는 방문을 열었다.

"어이쿠, 바쁘실 텐데 여기까지 다 오시고······."

김 이사가 먼저 성 행장에게 악수를 청했다.

"승진 인사도 못 드리고, 정말 죄송합니다."

성 행장은 김 이사가 내민 손을 두 손으로 움켜잡고 흔들었다. 김 이
사에게 목례를 하고 난 뒤, 광서는 조용히 그 방을 빠져나왔다. 방 안
에서 흘러나오는 호탕한 웃음소리가 등을 때렸다. 여기까지가 광서가
할 수 있는 일이었다. 열심히 칼싸움들 하시라. 두 사람의 급작스런 대
담이 어떤 식으로든 끝날 때까지 광서 역시 일이 손에 안 잡힐 건 뻔
했다. 휴게실로 발걸음을 옮겼다.

* * *

　가능성만 있는 중국 상인단. 공공기관의 의무 때문에 파괴력 있는 조치를 구사하기 어려운 국가펀드. 뚜렷한 윤곽 없이 치열한 신경전만 난무하고 있는 현실이 정말이지 답답했다. 그런 점에서 광서가 오늘 독단적인 판단 아래 중국에 보낸 메일은, 나중에 김 이사의 벼락이 떨어질지언정, 한 꼭지를 매듭지은 것이라는 위안이 들었다. 후회는 털끝만큼도 하지 않을 생각이었다.

　때로는 고개를 젓고 때로는 고개를 주억거리며 생각에 빠져 있는데, 전화가 왔다. 성태였다.

　"세밀한 분석치는 아직 작성 중이고, 일단 대강의 흐름만 잡았다. 내재이자율을 각각 2%, 2.5%, 2.75%, 3%로 잡고 그에 따른 5년 케이스와 10년 케이스의 시나리오별 예측 자금을 추출했어. 방금 메일로 보냈다."

　"내 자리로 가서 전화할게."

　광서는 자리로 돌아오자마자 지체 없이 전화를 넣었다.

　"지금, 성 행장이 들어와 있다."

　"그래? 잘됐네, 뭐. 김형우 이사도 그 인간을 한번 제대로 담가봐야 감을 잡지 않겠어?"

　"내 말이."

　갑자기 컥, 하는 괴성이 고막을 때렸다. 광서는 눈을 찡그렸다. 걸쭉한 가래침이 눈에 선했다. 탁한 울림으로 보아 성태 이 녀석도 몸이 어지간히 망가졌을 거라는 생각이 들었다. 곧, 성태의 음성이 다시 수화기에 찾아왔다.

　"또 모르지, 뭐. 김형우 이사에게 국가펀드 퇴직하면 J저축은행 회장

251

자리를 주겠다며 꼬리를 살랑거릴지."

호! 그럴 수도 있겠군. 하기야 성 행장이 지금 이 마당에 못 버릴 게
뭐가 있을까.

"성태야, 중국에서 10억은 줄 수 있다는 메일이 왔다."

"그래? 정말?"

성태의 목소리가 대번에 환해졌다.

"근데 김 이사가 20억을 내지 않으면 비토 놓으란다."

그 순간, 수신 상태가 불량해지며, 찍찍거리는 소리가 성태의 말을 중
간에 잘라먹었다. 그러다가 곧 잡음이 사라지고 통화음이 깨끗해졌다.

"아무래도 이 전화도 도청되는 거 같은데? ……방금 뭐라고 했지?
뭐? 김 이사가 비토 놓으라 했다고?"

"그랴."

성태는 잠깐의 침묵 뒤에 말을 이었다.

"그럴 수도 있지. 그분 성격이면……. 그래서 넌 어쩔 생각인데?'

"결단을 이미 내렸다. 책임은 내가 진다."

큰 웃음소리가 귀에 부딪쳐왔다.

"하긴, 그게 바로 이광서니까……. 그럼, 일봐라. 나도 할 일이 좀 있
어서 전화 끊어야겠다."

"그래. 그리고 몸 좀 잘 챙겨. 보아하니, 수명도 얼마 남지 않은 것 같
은데."

"걱정마라. 니 장례식엔 꼭 참석하도록 할 테니까."

광서는 수화기를 내려놓았다. 성태와의 통화를 마치자마자, 메일을
확인했다. 파일이 첨부된 성태의 메일을 클릭하고, 첨부 파일을 바탕화
면에 저장했다.

성태의 파일은 광서의 예측치와 거의 일치했다. 분명한 것은, 중국 상인단의 역할이 결정적이라는 사실, 따라서 그들을 끌어들이기 위한 고민이 더욱 깊어질 수밖에 없다는 사실이었다.

"식사 안 하나?"

누군가의 손이 책상 위를 톡톡 두드렸다. 건설부서 차장이었다. 그는 광서의 눈을 벽시계로 향하게 해놓고는, 슬리퍼를 끌며 출입구 쪽으로 휘적휘적 걸어가버렸다. 시각은 벌써 12시하고도 30분이었다. 무슨 이야기들을 하기에, 성 행장과 김 이사의 대담이 한 시간을 훌쩍 넘기고 있단 말인가. 슬며시 불안감이 밀려오는 것도 사실이었다. 광서는 일어서서 이사실로 향하는 복도 코너에 눈을 주었다.

그때, 호랑이도 제 말하면 온다더니, 복도 코너를 막 걸어 나오는 성 행장과 김 이사의 모습이 보였다. 점심이라도 같이할 생각인가? 불안감에 의구심까지 덧씌운 눈으로 그들을 주시했다. 그들의 모습이 출입구 밖으로 사라졌다. 엉클어진 수세미 올처럼 기분이 마구 뒤엉킨 느낌이었다. 하지만 그런 기분은 얼마 가지 않았다. 출입구를 빠져나간 지 1분도 되지 않아, 김 이사가 들어오고 있었기 때문이다. 얼핏 보아도 그는 무척 화가 나 있었다. 광서는 빠른 발놀림으로 김 이사의 뒤를 따라 붙었다.

방문을 빠끔 열고, 얼굴부터 들이밀었다. 김 이사는 굳은 표정을 책상 위로 떨어뜨린 채, 손짓으로 들어오라는 신호를 보냈다. 광서는 얼른 방 안으로 들어가, 조심스레 문을 닫았다.

"그래도 설마설마했는데……."

볼펜으로 무언가를 신경질적으로 써대고 있는 그의 얼굴에는 짜증이 잔뜩 묻어 있었다.

"뭐라 하던가요? 그 늙은 여우가 행여, 국가펀드에서 인수를 잘해주면 자신의 저축은행 회장 자리를 퇴임 후에 물려준다 하던가요?"

비실비실 웃으며 지나가는 말로 했을 뿐이었다. 하지만 그의 무섭게 일그러지는 얼굴을 보자, 광서는 당장 웃음기를 거두어야 했다.

"이광서 너! 혹시 성 행장과 사전교감이라도 있었던 거야? 니가 그걸 어떻게 알아?"

"예? 진짜 그랬습니까?"

김성태! 너의 촉수야말로 정말 대단하구나! 광서는 성태에 대해 감탄했다. 그리고 성 행장을 생각했다. 그 늙은 여우가 제 발로 걸려들었다. 감히 김 이사한테 약을 치려 하다니. 이 양반아, 당신 큰 실수를 저지른 거야. 광서는 속으로 환호성을 내지르고 싶었다.

이마에 주름을 잔뜩 잡은 채, 김 이사는 책상 어딘가에 초점을 놓고 있었다. 심란한 고심에 빠진 게 분명했다. 그러다가 책상 앞에서 일어나 소파로 이동했고, 말문을 닫은 채 천천히 앉았다. 그는 여전히 생각에 잠겨 있었다.

광서는 제 자리로 돌아가는 게 낫겠다고 생각했다. 성 행장의 실체를 파악했으니, 그 다음 행보는 전적으로 김 이사의 몫이었다. 목례를 하고 막 돌아설 찰나였다. 김 이사의 나직한 목소리가 흘러나왔다.

"광서야!"

몸을 틀었다. 그의 시선이 광서와 정면으로 부딪쳤다. 광서는 짐작하고 있었다. 심상치 않은 일이 밀어닥치리라는 것을. 팔뚝에 오돌토돌한 소름이 돋았다.

"당장 김성태 불러들여!"

광서는 솟구치는 흥분을 누르고, 대답도 생략한 채 신속히 방을 빠져나왔다. 단축번호를 누르는 손이 파르르 떨렸다. 몇 번의 신호음이 가고, 수화기 건너에서 성태의 음성이 들려왔다.

"왜?"

"친구야! 징벌의 계절이다! 냉큼 오너라!"

붉은
상인단

중국 청도 땅에 발을 딛고야 말았다. 출장 사유서에는 이렇게 적었다.
'골든게이트와 MOU를 맺은 장안딩 CEO의 업체를 방문할 것임. 장
안딩과 신규 중국 상인단 모집에 대해 의논할 것임.'

출장 승인은 의외로 쉽게 났고, 광서는 곧장 청도로 날아왔다. 하지
만 목적지는 청도가 아니었다. 광서는 청도에 도착하자마자 중국동방
항공 비행기를 타고, 한 시간 거리인 북경으로 향했다. 중국 상인단과
담판을 하기 위해서다.

중국 상인단은 광서의 메일을 받고 10억을 납입하기로 입장을 굳힌
모양이었다. 그런데 구체적으로 어떻게 납입하겠다는 것인지 도무지
행동에 착수할 기미를 보이지 않았다. 우왕좌왕, 교통정리가 되고 있지
않다는 느낌을 강렬히 받았다. 하염없이 기다리다가는 말라 죽을 것
같아, 결국은 광서가 직접 중국에 건너가기로 했다. 그들에게는 강력한
구심점이 없는 게 분명했다. 현지 상황을 파악하고, 필요하다면 구심점
을 만드는 작업을 해야겠다고 판단했다.

이 사실이 김형우 이사의 귀에 들어가면 날벼락이 떨어질 거였다. 하
지만 그건 나중 일이었다. 지금은 한시라도 빨리 중국 상인단의 보증

금 문제를 해결할 필요가 있었다.

광서가 한국 땅을 나설 때, 성태는 C펀드 간부들과 만나 향후 투여 자금의 규모, 앞으로 발생한 법적 문제와 회계 문제에 대한 방안을 마련하느라 여념이 없었다. 모든 참여 인원들의 동선은 극비에 부쳐졌다. 조금이라도 정보가 샌다면, 계획 자체가 무산될 것이었기 때문이다. 최종적으로, C펀드가 주체가 되어 골든게이트 상가를 인수하기 위한 SPC(특수목적회사)를 만들기로 결론을 내렸다.

성태네는 국가펀드가 맺은 계약조항, 즉 '을'의 귀책사유에 따른 재산의 일방적 몰수 및 강제 집행을 실시하는 동시에 골든게이트의 모든 권리를 양수하는 절차를 은밀히 시뮬레이션 했다. 이 대목에서 외부 변호사가 참여하는 법무 팀이 추가로 구성되었다. 관건은 어디를 공격 포인트로 삼을 것인가, 그리고 최대한 신속한 공격을 위해서는 어떤 단계가 필요한가 하는 것이었다. 성태가 내민 초안의 원칙은 이랬다. 국가펀드의 투자금 600억을 회수하기 위해서는, 역설적이지만 추가로 자금을 투여하여 하나의 통일된 물권으로 만든 다음, 통 매각으로 처리하자는 것.

이 정도까지는 천하의 최상열도 뻔히 예상했을 것이다. 하지만 김성태의 '바비큐 전법'이 나올 줄은 최상열도 미처 몰랐을 것이다. '바비큐 전법'은 이미 대출 가치를 초과한, 기름이 덕지덕지 붙은 골든게이트 상가를 무작정 인수할 것이 아니라, 바비큐를 굽듯 뜨거운 장작불로 골든게이트의 기름기를 쫙 빼버리자는 것이었다. 그 장작불이란 다름 아닌 원칙적인 법적 처리였다.

이 같은 사실을 저축은행들이 알게 된다면 목에 핏대를 세우고 길길이 날뛸 것이다. 하지만 그들의 저항은 저항에 그칠 뿐, 무조건 수용하게 되어 있었다. 오늘날의 골든게이트가 있기까지 그들에게도 분명한 책임이 있는 까닭이었다. 말하자면 국가펀드는 저축은행들에게 고통의 분담을 요구할 참이었다. 국가펀드가 경매 조치를 취하면 초창기 기분양자들의 재산에 경매를 붙이는 꼴이고, 그렇다면 저축은행들도 갈 데까지 가겠다고 으름장을 놓을 것이다. 하지만 그런 으름장은 약발이 먹혀들지 않을 터였다. 기분양자의 구좌 소유권 자체를 원천무효 시키기 위한 법적 준비도 비밀리에 추진되고 있었기 때문이다.

성태는 31,000원이라는 교통비와 식대만을 받고, 쿠데타를 준비하고 있었다. 관습처럼 굳어진 부동산 시장의 패악을 일거에 깨부수는 쿠데타를.

C펀드 관계자들과 회동했을 때, 김 이사는 성태의 어깨에 손을 올려놓으며 이렇게 말했다.

"이분은 국가펀드 소속은 아니지만 도움이 필요해서 내가 특별히 초빙한 사람입니다. 논의는 얼마든지 하세요. 하지만 공식보고라인은 여기 김성태 부사장님에게만 받겠습니다."

난데없는 선언에 모두들 눈만 껌벅거렸다. 공식보고라인 창구를 김성태로 한다고? 아니, 도대체 뭘 믿고?

하지만 김 이사의 눈이 결코 틀리지 않았음을 증명이라도 하듯, 성태의 진면목은 유감없이 드러났다. 산업은행 시절 그가 왜 신통방통이라는 대명사로 불렸는지, 실력으로 보여주기 시작한 것이다. 전개될 수 있는 시나리오별 상황설정에 대해, 경륜 있는 회계사나 변호사들이 수시로 던지는 난해한 질문에도 그는 막힘없이 대답했다. 엑셀 파일로 수치를 제시하는 성태의 얼굴은 정말 차분하고도 자신감이 넘쳐났다.

최근에 성태는 광서에게 이런 말을 했다. 자정 무렵이 다 된 포장마차 안에서였다.

"광서야, 난 언제부턴가 이런 생각을 했다. 그냥 미친 헛소리로 들어라."

성태의 얼굴은 꽤 진지했다.

"내가 어쩌다가 똥만 싸다 죽는 무가치한 놈이 됐을까. 내가 어쩌다가 처자식을 핑계로 그저 돈, 돈, 돈에 목을 거는 놈이 됐을까."

성태는 술잔을 들어 입안에 털어 넣고는 말을 이었다.

"새벽에 오줌 누러 화장실에 갔다가 거울을 봤다. 거기에 비친 나, 한마디로 가관이더라. 살찐 개가 거기에 있었어. 졸라 우울하더만. 습성에 휘둘리고 관성에 떠밀려 사느니, 차라리 목숨을 끊는 게 덜 비참할 수도 있겠다는 생각까지 불쑥 들었다니까."

"니 말대로 미친 헛소리고 개나발에 통소 부는 소리다. 그래서 목숨을 끊을 용기는 있냐?"

성태는 가느다란 실눈을 하며 살짝 웃었다.

"지금, 그러고 있는 중이다."

광서는 긴장했다. 성태가 지금 벌이고 있는 일이 굉장한 무게를 갖고 있다는 것은 이미 알고 있었다. 성태가 웃음기를 지우고 말했다.

"난 정교한 핵탄두를 만들고 있다."

"그래, 니 구상은 핵탄두가 되고도 남지."

"광서야, 상열이가 미워서 이러는 게 아니라는 거, 너도 잘 알지?"

"그래, 그건 나도 마찬가지야."

"상열이를 구하려면 성 행장 그 자식을 박살내야 해. 이참에 끝장을 내버릴 거다."

성태는 입술을 깨물며 그런 말을 했다. 그러고는 킥킥 웃었다.

"볼 만할 거다. 상열이하고 성 행장이 만든 추악한 진지에다 핵탄두가 빵 떨어지면 말야. 아름다운 버섯구름이 뭉실뭉실 피어오르면서 성행장과 그 작당들이 열기에 타들어 죽어가는 장면, 진짜 압권일 거야."

벌겋게 핏대가 선 성태의 눈을 들여다보자니, 섬뜩하기까지 했다. 아무리 봐도 성태는 정상이 아닌 듯했다. 그는 무언가에 잔뜩 사로잡혀 있었다.

"수고하셨습니다. 여기까지 오시느라고."

한국어를 너무도 자연스럽게 구사하는 여자가 광서 앞에 서 있었다.

"한국인이세요?"

"아뇨? 저, 한족입니다."

"그런데 어떻게 한국말을 이리도 잘……."

"아직은 서투른걸요. 어쨌든 감사합니다."

공항으로 마중 나온 여자는 하얀 치아를 드러내며 웃었다. 그녀의 외모는 매우 인상적이었다. 나이는 30대 후반으로 보였지만, 처녀처럼 머리를 양 갈래로 땋았다. 육덕 좋은 몸매가 장독을 연상시켰다. 풍만한 가슴 하나가 광서의 머리만큼이나 커서 마땅히 시선을 둘 데가 없었다.

"쑹잉이라고 합니다."

그녀는 명함을 내밀었다. 한자로 '宋英(송영)'이라 적혀 있었다. 하여간 송 씨라는 성은 왜 이리도 나랑 인연이 많은 걸까. 광서는 속으로 그렇게 생각했다. 그녀의 직위는 주임으로 되어 있었다.

"공무원이시네요?"

"네. 시 공무원이에요. 지금은 한국에 진출하는 상인단 지원 업무를 맡고 있죠."

광서는 고개를 끄덕였다. 쏭 주임이 손을 한쪽으로 뻗으며 말했다.

"그럼, 가실까요?"

"아, 예."

차를 향해 걸어가는 동안 광서가 말했다.

"조선족 사투리 하나 없이 한국말이 아주 자연스럽네요. 어디서 배우셨어요?"

"대학에서 부전공으로 한국어를 하긴 했지만, 그보다는 3년간 한국에 있었던 덕분이에요. 작년에 귀국했죠."

"유학하신 건가요?"

"아뇨? 우리나라 정부 일 때문에 가게 됐어요."

"아, 공무원 신분으로?"

"네. 자, 이 차에 타시죠."

그녀가 차 문을 열어주었다. 광서가 먼저 타고, 옆에 쏭 주임이 앉았다.

창밖으로, 청도와는 사뭇 다른 북경의 도심 풍경이 펼쳐졌다. 뽕나무처럼 쑥쑥 자라는 중국. 이 나라의 역동성이 얼마나 강력한지 숫제 중국 땅 자체가 살아 꿈틀거리는 느낌이었다. 청도만 하더라도 겉모습만 본다면 부산과 하등 뒤질 바 없었다.

"쏭 주임, 한국에 있을 때 부산엔 가보셨어요?"

"가봤죠. 한 서너 차례는 넘을걸요?"

"제가 부산 출신인데, 칭따오도 부산에 버금갈 만큼 번화하던데요?"

쏭 주임은 환하게 웃었다.

"칭따오만 그런 게 아니에요. 부산 같은 대도시가 중국 들판에 벼이삭만큼이나 자라고 있는 중이죠."

광서는 속으로 혀를 내둘렀다 중국이 초고속 성장을 하고 있다는 말은 들었지만, 이 정도까지 발전하고 있을 줄은 몰랐다.

30분가량 일직선으로 질주하다가, 베이징 도심지가 아닌 북쪽으로 방향을 틀고 다시 30분을 내달렸다. 한강보다 폭이 약간 좁은 강을 건너, 인터체인지에서 서쪽으로 방향을 틀고 20여 분을 더 달렸다. 거의 한 시간 반 가까이 지나서야 목적지에 도착했다.

광서는 뻣뻣해진 허리를 펴며 문 밖으로 나왔다. 대형 식당이 눈앞에 있었다. 황금색 바탕에 붉은색 한자가 부조된 방석만 한 장기알이 식당 출입구 상단에 일정한 간격으로 박혀 있었다.

광서는 쑹 주임을 따라 출입구를 통과했다. 출입구에 들어서니 식당이 아닌 호텔 로비 같은 널찍한 공간이 펼쳐져 있었다. 정중앙 맞은편에 벽을 등진 데스크가 위치해 있었고, 그 안에 중국 정통복장을 입은 여성 둘이 서 있었다. 그들은 상냥하게 웃으며 허리를 숙여 인사했다. 로비를 중심으로 왼편으로 세 갈래, 오른편으로 세 갈래, 합해서 총 여섯 갈래의 방향으로 복도가 뻗어 있었다. 복도마다 붉은 카펫이 깔렸고, 그 위를 종업원들이 잰걸음으로 오가고 있었다. 쑹 주임은 왼편 맨 마지막 복도를 향해 발걸음을 옮겼다.

장미꽃 장식이 부착된 방문 앞에서 쑹 주임은 발걸음을 멈췄다. 그녀는 조심스럽게 방문을 열었다. 문이 열리자, 알아들을 수 없는 중국말들이 풍선에서 바람이 빠져나오듯 귓가로 와락 날아들었다. 광서는 멈칫멈칫 룸 안으로 들어섰다. 그러자 개구리처럼 울어대던 그 시끄러운 중국말 소음이 거짓말처럼 뚝 그쳤다. 데면데면한 침묵이 방 안에 흘렀다.

쑹 주임이 광서를 가리키며 좌중을 향해 뭐라고 말했다. 아마 광서를 소개하는 말일 것이다. 그녀의 말이 끝나자 여기저기서 숙덕거리는 소리와 함께 요란한 박수 소리가 터져 나왔다. 광서는 그들을 향해 정중히 고개를 숙였다.

4인용 테이블을 네 개 연이어 붙인 줄이 세 줄이나 배치되어 있었다. 한 줄에 열네댓 명이 앉을 수 있으니까, 방 안에는 40명 남짓한 사람들이 모여 있는 셈이다. 쑹 주임이 광서의 자리를 안내했다. 중간 줄의 한복판에 있는 의자였다. 광서의 테이블에는 지난번 한국에 왔던 중국인들이 모여 있었다. 그들은 빙그레 웃으며 손을 내밀었다. 광서는 그들의 손을 잡고 힘차게 흔들었다.

다시 개구리 합창이 시작되자, 방 안은 시끌벅적한 도떼기시장으로 변했다. 간헐적으로 광서의 자리를 찾아온 상인들이 손을 내밀었다. 소음에, 악수에, 광서는 정신이 하나도 없었다.

요리가 배달되기 시작했다. 각종 튀김요리, 닭요리, 돼지요리가 식탁을 채워나가는 것을, 광서는 군침을 삼키며 바라보았다. 하지만 맛깔스럽게 보이는 요리들은 입속에 집어넣자마자 정나미가 떨어져버렸다. 지나치게 기름졌고, 화장품 냄새 같은 향신료도 입맛에 맞지 않았다. 허기가 졌음에도, 젓가락질을 몇 번 하는 사이에 식욕이 싹 증발해버렸다. 그러나 예의상 젓가락을 놓을 수는 없었다. 어쩔 수 없이 먹기 싫은 음식을 꾸역꾸역 입에 넣어야 했다. 시큼한 트림이 연신 올라왔다. 정말이지 고역이었다.

식사가 끝났다. 자리가 정리되고, 슬슬 미팅 분위기가 조성되었다. 광서가 잠시 높은 중국식당의 천장을 올려다보는 사이, 이마에서 정수리까지 머리카락 한 올 없는, 눈이 부리부리하고 뚱뚱한 전형적인 중국인 외모의 사내가 다가와, 광서의 빈 찻잔에 차를 채워주고는 제 자리로 돌아갔다. 광서는 그를 향해 손을 들며 빙긋 웃어 보였다. 그는 더 큰 웃음으로 화답했다.

광서가 헛기침을 두어 번 하자, 몇몇 사람들이 서로의 옆구리를 쿡쿡 찌르기 시작했다. 요란한 소음이 점차 잦아들었다. 광서는 쑹 주임에게 말했다.

"통역 좀 부탁할까요?"

쑹 주임은 고개를 끄덕였다.

"거두절미하고 말씀드리죠. 우리의 보증금 원칙은 하나도 변한 게 없습니다. 최소 20억입니다. 하지만 당신들의 의지만 확실하다면 제가 금액을 낮추더라도 밀어붙일 생각입니다."

쑹 주임이 통역했다. 쑹 주임의 통역이 끝나기를 기다려, 광서가 말을 이었다.

"중국이 전 세계의 생활필수품 공급 국가로 부상하고 있는 건 누구도 부인할 수 없는 사실입니다. 이제 품질만 된다면, 여러분이 직접 한국으로 진출하여 한국 시장을 공략하는 것도 그리 어려운 일이 아닙니다. 값싼 도매가격으로 무역상에게 내놓는 것보다, 여러분이 직접 한국 소비자들에게 물건을 팔고 소비자 가격을 받는 게 훨씬 이익이 많다는 건 잘 아실 겁니다."

중국인들은 진지한 표정으로 광서의 말 한마디 한마디에 귀와 눈을 쫑긋 세우고 있었다. 광서는 그들이 평범한 장사꾼임을 확신했다. 임대보증금 때문에 비자 브로커들이 자연스럽게 걸러진 듯했다.

문제는 조합이나 회사 형태가 꾸려지지 않은 데서 오는 산만함이었다. 구심점이 없는 중구난방이 이들의 현실이었다. 광서는 쑹 주임에게 물었다.

"쑹 주임님, 통역이 아니라 주임님에게 물어볼 말이 있어요."

"뭔데요?"

"이 사람들, 돈을 부치게 하려면 어떻게 하면 됩니까?"

"부장님, 중국인들은 자기 돈을 내는 데 상상을 초월할 만큼 보수적이에요. 웬만큼 믿기 전에는 불신부터 앞세우지요."

"거 참."

"그리고 보증금을 납입하는 데도 한 가지 장애요소가 있어요. 송금에 대한 규제 때문이지요. 여기서 조합을 설립해 한꺼번에 10억을 송금한다는 생각은 안 하는 게 좋습니다. 10억은 아직 중국에선 어마어마한 뭉칫돈에 속하는 편이라, 정부에서 분명히 조사를 합니다. 그렇게 되면 몇 년을 잡아먹을지 장담할 수 없어요. 어쩔 수 없이, 개별 송금을 하는 게 효율적인 방법입니다. 하지만 이것도 1인당 송금액수가 엄격히 제한되고 있어요. 한국 돈으로 1인당 3천만 원을 넘을 수가 없거든요. 10억을 만들려면 최소 34명의 인원이 있어야 가능합니다. 그런데 아까 말했듯이, 중국인들은 외부인의 말을 함부로 믿지 않기 때문에, 개별 송금에 대해 다들 주저하고 있어요."

"진출을 원하는 인원수는 몇 명이나 됩니까?"

쑹 주임은 수첩을 꺼내 뒤적거렸다.

"지금까지는 대략 230명 정도 됩니다. 상황을 지켜보다가 나중에 합류할 상인들도 꽤 있을 거예요."

"조합은 언제 만들 겁니까?"

쑹 주임은 한국에 왔던 낯익은 중국인을 불러 귓속말로 뭐라고 속삭였다. 그 중국인은 쑹 주임에게 손가락을 펴가며 열심히 말했다. 이윽고 쑹 주임의 대답이 돌아왔다.

"조합은 이미 만들어져 있는데, 보증금 문제에 걸려 더 이상 진척이 없다고 합니다."

"그래요?"

광서는 의자에 몸을 젖히고 천장을 올려다보았다. 그렇다면 답은 뻔하다. 결국 송금은 개개인의 의지 문제인 것이다. 충격요법이 필요하다는 생각이 들었다. 광서는 박수를 탁탁 쳤다. 좌중의 시선이 광서에게로 쏠렸다. 광서는 쑹 주임에게 고개를 숙여 말했다.

"조합원 중에 천만 원 이상 송금하지 않는 분은 영업 비자 문제부터 걸릴 겁니다. 보증금은 신원보증의 의미도 있으니까요. 이제 돈을 내지 않는 조합원은 우리도 인정하지 않겠습니다. 오직 송금한 조합원만 영업 비자를 검토하겠습니다. 내일 다시 오겠습니다. 송금 의지가 있는 조합원의 명단을 내일 저에게 제출해주십시오."

쑹 주임이 돌연 낯빛을 바꾸며 발끈했다.

"이 부장님, 그건 미리 조율해야 하는 사안이 아닌가요?"

광서는 화가 났다. 쑹 주임의 태도가 묘했기 때문이다. 순간, 쑹 주임이 이들 상인단과 모종의 관계에 있을지도 모른다는 생각이 퍼뜩 뇌리를 스쳤다.

"쑹 주임, 종업원에게 배갈 두 병하고 맥주잔 하나 갖다달라고 해줄래요?"

"배갈이라면 독한 중국 술 말인가요?"

"예."

"근데 맥주잔은 왜?"

"부탁합시다."

쑹 주임은 고개를 주억거리고는 종업원을 불렀다. 얼마 되지 않아, 종업원이 배갈 병과 맥주잔을 들고 왔다.

뚜껑을 비틀고, 맥주잔에 배갈을 콸콸 쏟아 부었다. 맥주잔을 채우자, 배갈 병은 이내 바닥을 드러냈다. 중국인들이 호기심어린 눈으로 광서를 쳐다보고 있었다. 광서는 쑹 주임에게 말했다.

"쑹 주임님, 아까 제가 했던 말 그대로 통역해주세요. 보증금 천만 원을 내지 않은 조합원은 우리가 인정하지 않겠다는 말."

귀뿌리까지 시뻘게진 쑹 주임은 고개를 설레설레 젓다가 이윽고 입을 열었다. 통역은 광서가 쑹 주임에게 한 한국말보다 훨씬 긴 듯했다. 쑹 주임의 말이 끝나자, 룸 안은 삽시간에 웅성거림으로 출렁했다. 누군가 자리에서 일어나 쑹 주임에게 질문을 던졌지만, 대답을 하는 쑹 주임의 표정은 놀랍도록 단호했다.

방 안의 분위기는 어정쩡해졌다. 중앙방송국의 채널이 나가자 지방 방송을 튼 것처럼, 제각기 따로 놀았다. 건너편 줄에서는 가운데 의자에 모여 쑹 주임의 발표 내용을 놓고 열띤 토론을 벌이는 듯했고, 광서의 좌우에서도 마찬가지로 대화를 나누고 있었다. 그리고 대화는 하지 않고 광서 앞에 놓인 맥주잔에 시선을 두는 자들도 있었다.

광서는 맥주잔을 들고 천천히 입으로 가져갔다. 시끌벅적하던 소리들이 일순간 가라앉았다. 광서는 꿀렁꿀렁 배갈을 식도로 넘기기 시작했다.

한국의 중국집에서 맛본 배갈과는 전혀 느낌이 달랐다. 톡 쏘는 향내는 비슷했지만, 이 배갈은 그야말로 위를 통째로 뒤집어놓을 듯 짜릿했다. 입에 담을 때는 그럭저럭 좋았지만, 식도와 위로 넘어가는 순간 불에 덴 듯한 통증이 느껴졌다. 광서는 진저리를 쳤다.

"부장님, 이 술은 65도예요. 이렇게 함부로 마시면……."

개의치 마시오. 광서는 쑹 주임에게 그런 눈짓을 보냈다. 그때, 앞줄의 중국인 한 명이 광서에게로 다가왔다. 그는 나머지 배갈 병 뚜껑을 비틀어 따더니, 광서에게 내밀었다. 한 잔 더 받으라는 표시였다. 겉으로는 태연한 표정을 지었지만, 속은 난리가 아니었다. 한 잔이라면 몰라도 연거푸 두 잔이라니! 괜스레 개폼을 잡았다가 된통 후려 맞을 판이었다. 하지만 방 안 분위기는 그 잔을 거부할 수 없게 만들었다. 중국인들의 시선이 일제히 광서에게 박혀 있었던 것이다. 에라 모르겠다! 광서는 잔을 내밀었고, 중국인이 배갈을 채웠다. 광서는 잔을 입게 갖다 댔다.

그래, 니들 할 테면 하고 말라면 마라. 이래도 진전이 없다면, 인연이 아닌 게지.

광서는 두 모금가량 마시고 나서, 거칠게 잔을 내려놓았다. 더 이상은 도저히 무리였다.

갈 것은 갔다. 올 게 있다면 올 것이고, 아니면 미련 버린다. 정녕 그게 끝이라면 할 수 없는 일이다.

눈을 떴을 때, 나사를 정수리에 대고 전동드릴로 박는 듯한 통증 때문에 발작하듯 상체를 일으켰다. 으악! 비명이 절로 터져 나올 것 같은 통증이었다. 천장이 빙빙 돌았다. 광서는 화장실로 기어갔다. 그리고 변기를 부여잡고 토악질을 해댔다. 토사물이 입과 콧구멍에서 쏟아져 나왔다. 이런 걸 두고 초주검이라 하는구나. 시뻘건 눈에 눈물이 그렁그렁 맺혔다.

비칠거리며 침대로 돌아와, 벌러덩 대자로 누웠다. 손끝도 발끝도, 눈에 보이는 모든 것도 흐물흐물했다. 간신히 눈에 초점을 모으고 벽을 쳐다보았다. 시침이 '7'을 가리키고 있었다. 어제는 다 어디로 간 거야! 어제는 기억 속에서 완벽히 실종되어 있었다.

상인단 간부들 몇몇과 가라오케에 간 것까지는 어렴풋이 기억난다. 그곳에서 춤을 추고 미친 지랄을 한 것까지도……. 헌데 어느 시점부터 필름이 뚝 끊겨버렸다.

누운 채 바지 호주머니를 뒤졌다. 카드 영수증이 여러 장 나왔다. 미쳤군! 욕이 절로 튀어 나왔다. 상열에게 빌붙어 있을 때는 그나마 돈 걱정은 안 했는데. 이번 달 카드 값은 어떻게 메우지? 그런 생각을 하자, 쿡쿡 웃음이 쏟아졌다.

억지로라도 일어나야 했다. 정신을 차릴 생각에 베란다 창을 열었다. 북경의 아침이 시끄럽게 피어나는 중이었다. 안개가 거대한 군단이 이동하는 것처럼 북경의 도심을 통과하고 있었다. 매캐한 매연 냄새가 코끝을 찔러왔다.

전화기를 집어들었다. 호텔 교환에게 성태의 핸드폰 번호를 일러주며 국제전화를 부탁했다. 뚝뚝 끊어서 발음하는 동양인 특유의 영어가 새어나왔다. "옛썰!" 하는 발음만 제대로인 듯했다. 뚜뚜, 하는 신호음이 가고, 성태의 텁텁한 음성이 이어졌다.

"나다."

"야! 너 출국하는 날, 허철묵이 검찰에 체포됐어!"

거울에 내비친 추레한 모습을 넋 나간 듯 멍하니 바라보았다. 성태의 목소리가 환청처럼 일렁거렸다.

"광서, 너 혹시…… 무슨 액션 취한 건 없지?"

성태의 말에는 고약한 의구심이 묻어 있었다. 광서는 절로 언성을 높였다.

"없어!"

"근데 어제 밤늦게 또 나왔단다. 증거불충분으로. 이상하잖아. 그럴 거면 뭐 하러 느닷없이 피검을 해가냐 이 말이지. 어디 겁주는 것도 아니고."

사무라이 문의 얼굴이 떠올랐다. 겁 준거 맞아, 인마. 광서는 성태에게 속으로 말했다.

"암튼 그 양반 한두 번 검찰에 들락거리는 것도 아닌데, 이번엔 좀 이상한 말을 하더란다. 당분간 한국을 떠나고 싶다나, 뭐라나. 필리핀이나 베트남에 가서 한 1년 있다 오고 싶단다."

"누가 그래?"

"송수구가 어제 전화로 그런 말을 하더라고. 그리고 광서 널 되게 찾더라."

"누가? 수구 선배가?"

"아니? 허철묵이 좀 보자더란다. 수구 선배 말로는."

배갈의 후유증을 견디느라 야단법석인 상태에서, 이것저것 머리를 굴리는 것 자체가 엄두도 나지 않았다. 집요하게 뇌를 후벼 파는 지독한 편두통을 이기지 못하고, 광서는 한손으로 왼쪽 눈을 꾹 눌러야 했다.

"광서, 너 목소리가 왜 그래? 무슨 마약쟁이 같네? 너, 중국술로 질펀하니 한 따가리 한 거야?"

"씨발, 죽었다, 지금."

큭큭대는 웃음소리가 수화기를 타고 흘러왔다. 술이란 말만 들어도 속이 대번에 울렁거렸다.

"하여간, 이광서 넌 어딜 가도 잘 퍼마시고 잘 노는구나. 그 방면에서 넌 천재다, 천재."

성태의 웃음소리에 조금씩 줄어가던 편두통이 맹렬하게 기승을 부렸다. 곤봉으로 머리를 툭툭 내리치는 듯한 통증. 급기야는 말까지 떠듬거렸다.

"하고 있는…… 일은…… 잘 돼가냐?"

"걱정 마. 광서 니가 중국 상인단만 잘 엮어오면 퍼펙트해지니까. 그렇게만 된다면 더 이상 앞뒤 잴 필요 없이 핵탄두가 작동되는 거지."

광서는 한숨을 내쉬었다.

"나도 간절히 그러고 싶지만, 막상 여기 와서 눈으로 보니까 과연 입맛대로 될지 장담을 못 하겠다. 영 골치 아파."

"죽이 되든 밥이 되든, 간 김에 끝장을 봐."

"그래야지. 어쨌든 이 지끈지끈한 두통부터 없애야겠다."

"그래. 수고해라."

수화기를 내려놓고도 한참이나 왼쪽 눈을 감싼 채 우두커니 서 있었다. 모닝커피나 한잔할까 했지만 포기하기로 했다. 침대에 다시 벌러덩 누웠다. 팔베개를 하고, 호텔답지 않은 촌스런 천장 벽지에 망연한 시선을 던졌다.

십중팔구 이번 출장이 실패로 끝날 가능성이 높다는 생각에 절로 인상이 찌푸려졌다. 답답했다.

청도로 돌아가 장안딩이나 만나볼까? 밑져야 본전, 그에게 부탁이나 해볼까? 그는 차세대 지도자니까, 중국 내 콴시가 막강할 것 아닌가. 그 생각을 하자 편두통이 사라지며 눈에 힘이 들어갔지만, 곧 풀기가 꺾여버렸다. 어느 세월에? 김형우 이사가 옷을 벗은 다음에? 중국 상인단을 모으는 이유 중 하나가 김 이사를 살리자는 것 아닌가. 그래, 쓸데없이 경비만 축낼 뿐이다. 다 귀찮고 쓸모없는 일이다. 왠지 서글픔이 스멀스멀 기어들었다. 광서는 한숨을 푸우, 내쉬었다. 아버지 말대로,

세상에 공짜는 없구나.

요란한 전화 벨소리에 눈을 떴다. 깜박 잠이 들었나보다. 시침은 어느새 '11'로 이동해 있었고, 지독했던 편두통은 어느덧 사그라졌다. 하지만 아침에 눈을 떴을 때보다 몸은 갑절이나 무거워져 있었다. 광서는 침대에서 힘겹게 몸을 빼내, 엉금엉금 무릎걸음으로 전화기가 놓인 화장대로 다가갔다. 빌어먹을! 전화기를 침대 옆에 두면 어디 덧나나! 광서는 오만상을 찡그리며 수화기를 들었다.

"여보세요."

"저, 쑹 주임입니다. 송금 희망자 명단 뽑아왔습니다."

순간, 취기가 획 달아나버렸다.

김형우 이사가 단단히 화가 나 있음은 아무리 눈치 없는 바보 머저리라도 금방 알 수 있었다. 그게 광서와 아주 깊은 관련이 있다는 것은 며칠 전에야 알았다. 출장 보고를 할 때만 해도 이렇게 냉랭하지는 않았다. 눈에 보이는 결과는 없지만, 그럭저럭 반응은 있었습니다. 광서가 그렇게 말했을 때, 김 이사는 수고했다며 어깨까지 토닥거렸었다.

그런데 사뭇 분위기가 돌변했다. 월요일 아침부터였다.

이제는 눈길만 마주쳐도 김 이사는 미간부터 찌푸렸다. 광서가 불길함과 압박감을 느끼는 건 당연했다. 김 이사가 알면 난리를 칠 일을 저지른 건 사실이니까.

하지만 그가 제아무리 날고 기는 정보통이라 하더라도, 중국에서의 동선을 결코 알 리 없을 터. 도대체 김 이사가 왜 저러는지 통 짐작을 할 수가 없었다. 원인을 가늠하기 위해 살얼음판 밟는 심정으로 조심스레 알아보았지만, 그에게 빌미를 제공할 만한 어떤 건더기도 발견되지 않았다.

더욱 환장할 노릇은 따로 있었다. 바둑을 둔다거나 퇴근 후 술을 한 잔 걸친다거나 하면서 대놓고 물어볼 작정을 했는데, 김 이사는 그런 광서의 심정을 훤히 꿰뚫고 있는 듯 도무지 틈을 주지 않았다.

답답한 마음에 성태에게 전화를 걸어 이 같은 고민을 꺼내보았다. 성태는 요사이 잠을 제대로 자지 못했는지 연신 하품을 하며 말했다.

"야, 너무 민감하게 반응하지 마. 김 이사가 오만상을 지을 이유는 없어. 무슨 집안에 안 좋은 일이 있는 게지. 끊어, 인마. 잘 거니까."

이 자식은 남의 속도 모르면서! 광서는 속으로 욕을 퍼부었다.

중국 상인단과 대강 합의본 내용을 김 이사에게 하루 빨리 관철시 켜야 하는데, 말을 꺼내기는커녕 전전긍긍 눈치나 봐야 하다니. 광서는 속이 시커멓게 타들어가는 느낌이었다.

퇴근 시간이 가까워오자, 직원들이 하나둘 사무실을 비워갔다. 광서 는 모니터에 얼빠진 시선을 꽂은 채 멍하니 앉아 있었다. 구두 굽 소리 가 등 뒤에서 뚝 멈추었다는 사실조차 인식하지 못했다. 낮은 기침 소 리를 듣고서야 광서는 고개를 돌렸다. 김 이사였다. 곤혹스런 침묵 뒤 에, 광서가 먼저 입을 뗐다.

"이사님, 긴히 드릴 말이 있는데. 간단히 맥주라도 한잔하시죠?"

양미간에 내천 자를 그린 김 이사가 서늘한 눈으로 쏘아보았다.

국가펀드 지하의 호프집에 자리를 잡았다. 사무실에서 나오기 전부 터 심한 갈증에 시달렸던 광서는 생맥주가 나오자마자 벌컥벌컥 들이 켰다. 500cc 잔을 깨끗이 비우고, 손등으로 입을 훔치며 끄윽, 하고 트 림은 했다. 김 이사는 입을 다문 채 광서의 얼굴을, 마치 책을 읽어내

려가는 것처럼 뚫어져라 바라보았다. 그의 눈길은 스산했다. 광서는 크
게 한숨을 내쉬었다.

"뭘 잘했다고 한숨이냐?"

가시처럼 찔러오는 그의 말에 광서는 귀를 바짝 세웠다. 무엇 때문
에 화가 났는지, 그의 입에서 말이 나올 거였기 때문이다.

"제발 말씀 좀 해주십시오. 진짜 죽을 맛입니다."

그의 안면이 와락 구겨졌다.

"너, 이 녀석! 중국에 가서 무슨 짓을 하고 온 거야? 너 중국 상인단
과 딜을 쳤다며?"

등줄기를 타고 전율이 찌르르 흘렀다. 대체 어떻게 알았단 말인가!
세상에 오직 자신만이 아는 일인데! 아무리 전직 기무사 출신이라지
만, 귀신이 곡할 노릇이었다. 광서는 도무지 납득이 가지 않는다는 표
정으로 김 이사를 빤히 쳐다보았다.

"왜, 이렇다 저렇다 대답을 못 해?"

마주 보기 부담스러울 만큼 그의 눈동자에 힘이 꿈틀거렸다. 광서는
고개를 모로 꺾으며 손바닥으로 얼굴을 몇 번이고 쓸어내려야 했다.

"아예 대답을 거부하겠다는 거냐?"

광서는 자세를 바로잡고, 머리를 매만지며 겸연쩍게 입을 뗐다.

"때를 봐서 말씀 드릴 참이었습니다."

"딜을 쳤다는 게 사실이냐, 아니냐? 그 대답부터 먼저 해! 그래야 내
가 뭘 정리하고 말고 할 것 아니냐!"

어떻게 알았냐고 묻고 싶었지만, 이렇게 서슬 퍼런 분위기에서는 그
말을 입 밖에 꺼낼 수가 없었다. 이러쿵저러쿵 설명을 곁들여봐야 그
의 심기만 건드릴 거라는 판단이 들었다. 광서는 고개를 푹 꺾으며 큰

소리로 말했다.

"죄송합니다, 이사님. 예, 딜을 쳤습니다!"

김 이사의 몹시 거친 호흡이 광서의 귓가에 스며들었다. 이어서 맥주를 벌컥거리는 소리가 들려오고, 탁! 하고 맥주잔이 테이블에 부딪치는 소리가 났다. 광서는 고개를 들었다.

"넌, 우리랑 같은 배를 타고 동고동락할 캐릭터가 아니다!"

이번에는 광서가 서늘한 눈초리로 김 이사를 노려보았다. 김 이사가 말을 이었다.

"그 따위로 독단적으로 움직이면서, 우리 같은 조직에서 같이 할 수 있다고 생각했느냐?"

아니면, 말면 돼죠! 광서는 한마디 냅다 쏘아버리고 싶었지만 참았다. 그는 존경하는 사수가 아닌가. 광서는 각진 눈을 풀고, 손을 흔들어 종업원을 불렀다. 종업원이 잰걸음으로 다가왔다.

"여기 생맥주 하나 더요."

종업원이 계산서에 가로줄을 하나 더 긋고는 돌아섰다.

"잠깐만!"

광서는 종업원을 불러 세웠다.

"3천짜리 피처로 줘요."

"예, 알겠습니다."

잠시 후, 종업원이 3000cc 피처를 들고 왔다.

"니가 결정을 다 내버리고 엉기면 내가 얼씨구나 하고 받아줄 것 같더냐?"

김 이사가 험악하게 언성을 높였다. 돌아가던 종업원이 뒤돌아볼 정도로 큰 소리였다

"이사님, 이건 할지 말지 선택의 문제가 아닙니다. 꼭 해야 할 당위의 문제지요."

광서는 담담하게 대답했다. 김 이사는 어이가 없다는 듯, 입마저 헤 벌어졌다.

"아니, 이 녀석이! 아직도 뭘 잘못했는지 모르는구나?"

"잘못했다는 거, 저도 압니다. 하지만 솔직히 후회하진 않습니다."

"허!"

김 이사는 짧은 탄성을 내지르고는 고개를 절레절레 흔들었다. 그가 아무리 어이없어 해도, 광서는 이 문제에 대해서만큼은 양보하고 싶 지가 않았다. 이왕 악역을 맡은 것, 끝까지 밀고 나가기로 결심을 굳혔다. 중국 상인단 문제는 어떻게든 이참에 종지부를 찍어야 했다.

김 이사의 눈에서 점점 힘이 빠져나가기 시작했다. 냉철한 판단력의 소유자답게, 그는 광서의 기세가 좀체 누그러질 기미가 없자, 더 이상 위압적인 자세를 고집하지 않았다.

"광서야, 원칙이란 건 한번 깨지면 다음에 깨지는 건 쉬운 법이야. 니가 중국에 가서 보증금을 타협했다면, 그들은 또 다른 상황을 몰고 와서 우리에게 타협을 종용할 거란 말이다. 프로세스가 그런 식으로 흘러가면 결국 우린 끌려가게 된다."

"그건 이사님 말씀이 옳습니다."

"마지막으로 묻겠다. 너의 이번 결정을 후회하지 않느냐?"

"예. 절대로요."

김 이사는 길게 한숨을 내뿜었다. 힘을 잃어버린 그의 허한 눈동자 가 아래로 향했다.

"광서야, 이게 만약 문제가 되면, 우리가 빠져나갈 핑계거리가 너로 귀착돼. 그렇다면 넌 임대차계약이 마무리되는 대로 우리랑 관계가 종료된다. 문제 많은 계약을 어떻게든 성사시켰는데도, 포상은커녕 그것으로 끝이라는 거야. 그래도 불만이 없단 말이냐?"

답답하구나, 하는 말이 그의 표정에 깃들어 있었다. 광서는 픽, 웃었다. 김 이사의 눈을 뚫어지듯 쳐다보며, 광서는 말했다.

"불만 없습니다. 전혀요."

짧은 침묵 뒤에 김 이사가 천천히 고개를 끄덕거렸다. 그는 3000cc 용기의 손잡이를 잡았다. 광서는 재빨리 자신의 잔을 들고 그 앞에 갖다 댔다. 맥주를 채워주면서 김 이사가 말했다. 그의 음성은 한껏 부드러워져 있었다.

"송금은 언제쯤 가능하다고 보는데?"

"일단 보증금격으로 일정 액수를 송금한 후, 조합은 차차 만들기로 결론 내렸습니다."

"어떻게 된 일인지 설명해봐."

광서는 중국에서 있었던 일을 소상히 설명하기 시작했다. 특히 쑹 주임이라는 인물을 거론할 때, 김 이사는 강한 호기심을 드러냈다. 광서는 쑹잉의 명함을 그에게 건네주었다. 마지막으로 필름이 끊긴 대목에 이르러서 김 이사는 실소를 터뜨렸다.

설명이 끝나자 김 이사가 물었다.

"너의 예상으로는 송금액이 어느 정도 될 것 같으냐?"

광서는 가방에서 수첩을 꺼내들었다. 혓바닥에 침까지 발라가며 수첩을 팔랑팔랑 넘겼다. 해당 내용면이 나오자, 김 이사에게 건네주고 설명을 덧붙였다.

"명단에 나와 있는 수는 132명입니다. 그러니까 최소 액수가 13억이 되는 거지요. 개중에는 마음이 변할 사람들도 있을 테지만…… 그래도 약속한 10억은 충분히 될 것 같습니다."

"이사장님 승인이 떨어지면 즉시 송금하기로 했단 말이지?"

"그렇습니다."

광서는 확신했다. 김 이사의 입에서 송금 문제까지 나오게 됐다면, 중국 상인단 문제는 이미 9부 능선까지 올라왔다는 것을. 새삼 등허리로 뻣뻣한 긴장이 몰려들었다.

"그러고 보니, 내가 너한테 술 한 잔 제대로 산 적이 없구나. 나가서 한잔 더 할 테냐?"

광서는 멋쩍게 웃으며 뒷머리를 긁적거렸다.

"안 그래도 기다리던 참이었습니다."

김 이사는 허허 웃으며, 광서에게 잔을 내밀었다. 광서는 3000cc 용기를 거머잡고 자리에서 벌떡 몸을 일으켰다. 그리고 정성스럽게 그의 잔을 채워나갔다.

김 이사님, 아버지 같은 당신, 우리가 헤어져야 할 시점이 점점 다가오는군요. 물론 당신도 그것을 예지하고 있겠지요. 그때가 오면 우린 건조한 악수를 나누고, 각자의 길을 가면 됩니다. 인생을 통과한다는 건 부담해야 할 무게를 조금씩 얹어가는 거라는 것, 저는 조금씩 배워가고 있습니다. 추호도 당신에게 무게를 지울 생각은 없습니다. 제 짐은 제가 지고 나갈 것입니다. 그러니, 이사님, 저에 대한 걱정일랑 거두어주십시오.

술을 따르며 광서는 김 이사에게 그렇게 속말을 했다.

오전 10시. 이사장으로부터 호출이 왔다.

김 이사와 함께 이사장실로 들어섰을 때, 이사장은 창가에 우두커니 서 있었다.

"수고 많았어, 이 부장."

이사장은 손바닥으로 소파를 가리켰다. 그런 다음 책상으로 걸어가, 수화기를 들고 비서에게 대추차를 내오게 했다. 김 이사와 광서, 그리고 이사장은 거의 동시에 소파에 앉았다. 이사장은 눈썹 부위를 손으로 누르며 말문을 열었다.

"김 이사, 내가 고민을 해봤는데 말야, 이 부장이 말한 대로 그 선에서 밀어붙이는 게 낫겠어. 지금은 실체를 보여주는 상징적인 송금이 긴요할 때니까. 우리 계좌로 자금을 받은 다음, 법무 팀을 붙여서 정식 계약으로 들어가면 될 것 같아. 회계 팀 의견도 리스로 계정이 가능하다더군. 뭐, 잘됐어. 어쨌거나 이 부장이 매듭을 지은 셈이군. 다시 말하지만, 수고했어, 이 부장."

광서는 이사장을 향해 허리를 세우고 고개를 살짝 숙였다가 들었다.

"하지만 보증금이 너무 약해서, 사실 걱정이 안 되는 건 아닙니다."

김 이사가 못내 아쉬운 표정으로 이사장을 쳐다보았다. 하지만 이사장은 머리를 재빨리 흔들어, 김 이사의 말을 잘라버렸다. 그는 마뜩찮은 눈빛으로 김 이사를 빤히 쳐다보며 말했다.

"나도 10년을 지속하리라는 기대는 하지 않아. 하지만 우선은 그렇게 하자고. 일단 수습을 해봐야 그 다음 정리를 할 수 있을 것 아닌가. 다른 대안을 세우기엔 시간이 너무 촉박해. 안 그런가?"

김 이사는 씁쓸한 표정으로 머리를 천천히 끄덕거렸다. 광서를 향해서는 온화한 미소만 보내던 이사장은 김 이사에게 고개를 획 틀면서 웃음기를 냉큼 걷어냈다.

"C펀드 쪽은 정리가 되어가나?"

"그렇습니다. 이 부장 친구인 김성태 부사장이 정말 큰 도움을 주는 중입니다."

광서를 향한 이사장의 얼굴에 다시금 웃음기가 돋아났다.

"이 부장도 그렇고, 김성태 씨도 그렇고, 늘 고맙게 생각하고 있네."

그러나 김 이사에게 고개를 돌리면서는 어느새 무표정으로 변했다. 마치 표정 변화의 달인을 보는 듯했다. 광서는 속으로 혀를 내둘렀다.

"김형우, 그럼 날짜를 잡고 행동을 개시하자. 책임은 내가 다 질 거니까, 너무 앞뒤 재지 말고 밀어붙여."

광서는 보았다. 이사장과 김 이사의 무언의 대화 방식을. 그들은 말로 하지 않고도 눈짓과 입술모양과 미소와 심지어는 호흡만으로도 수많은 의사소통을 나누고 있었다. 두 사람만이 공유하고 있는, 타인은 감히 범접하기 어려운 신뢰가 그들 사이에는 있어 보였다.

한순간, 뭔가 생각났다는 듯, 이사장은 한쪽 눈썹을 치켜 올린 채 광서를 빤히 쳐다보았다.

"이 부장은 참 재밌는 사람이야. 늘 다시 봐. 근데 이달 말로 용역 계약을 해지 신청했다지? 김 이사랑 이 부장 거취 문제로 많은 고민을 했는데, 그렇게 되면 우리 고민이 말짱 도루묵이 되는 거 아닌가? 어디, 다른 좋은 일자리라도 있는가 보네?"

"예! 있습니다. 암튼 신경 써주셔서 감사합니다."

광서는 1초의 주저함도 없이 즉각 대답했다.

"아, 그래?"

이사장은 고개를 천천히 주억거렸다.

"이사장님, 그럼, 중국에 연락을 취해 송금을 받을까요?"

광서는 서둘러 그 말을 꺼냈다. 하루라도 빨리 일을 처리해야 한다는 조급증이 들어서였다. 이사장은 광서의 물음에는 대꾸 없이, 김 이사에게 시선을 던졌다. 김 이사가 답을 대신했다.

"그렇게 해. 계좌번호는 별도로 통지해주도록 하지. 계약날짜는 송금이 최종적으로 확인된 뒤에 따로 연락 주겠다 하고."

"알겠습니다. 만에 하나 총액이 10억이 안 되면 그때 가서 다시 방법을 강구하도록 하겠습니다."

문이 열리고, 비서가 청자 종기에 담긴 대추차를 들고 왔다. 테이블 위에 차례차례 종기가 놓여졌다. 뚜껑을 열자 대추차 향기가 뭉실뭉실 피어올랐다. 이사장이 먼저 한 모금을 홀쩍거렸다. 광서는 이사장을 향해 말했다.

"저, 이사장님, 부탁이 하나 있습니다."

"뭔가? 말하게."

"상가를 최종적으로 인수할 때 관리책임자로 제 직원을 추천했으면 합니다."

"그래? 마땅한 사람이 있는가?"

"솔직히 말씀드려서…… 건달입니다. 하지만 말뚝처럼 우직하고 분별을 가진 녀석이라 제가 많이 아꼈습니다. 맹세컨대 진짜 믿을 수 있는 놈입니다."

이사장의 아래턱이 느리게 김 이사 쪽으로 선회했다. 김 이사는 잠자코 광서의 말을 듣고만 있었다. 그러다가 이사장과 김 이사는 누가 먼저랄 것도 없이 허허허, 웃음을 흘렸다. 이사장은 계속 대추차를 홀쩍거렸고, 결국 김 이사가 입을 열었다.

"한번 국가펀드로 들어오라 해, 만나보지, 뭐."

"감사합니다."

광서는 소파에서 벌떡 일어나, 그들을 향해 넙죽 허리를 꺾었다.

"이광서 부장은 건달을 해도 참 잘했겠어."

치아까지 시익 드러내 보이며 이사장은 껄껄 웃었다. 광서는 황망히 손사래를 쳤다.

"아, 아닙니다! 이사장님! 제가 그 친구를 소개하는 건 제가 건달 냄새깨나 풍기는 놈이라 그런 게 아니라, 정말 일을 잘하는 전문가라 말씀 드린 겁니다. 참말입니다."

이사장과 김 이사는 또다시 약속이나 한 듯 입가에 배시시 웃음을 흘렸다. 두 사람의 모습을 찬찬히 보면서, 광서는 뒷말을 더 이상 이을 필요가 없다는 것을 알았다. 아니, 애당초 벌떡 일어서서 황망하게 부인할 필요조차도 없었다.

찻잔이 바닥을 드러낼 때까지 별다른 이야기는 오가지 않았다. 골프장을 건설할 때 본부장급 임원을 공채로 모집할 것인가 하는 것 정도가 그나마 비중 있는 이야기일 뿐이었다. 그 이야기를 하는 도중에 김 이사가 팔꿈치로 광서의 옆구리를 툭 쳤다.

"니가 갈래?"

"저야 보내주면 고맙죠."

광서의 말에 이사장이 눈을 동그랗게 떴다.

"이 부장은 갈 데가 있다며?"

"농담입니다."

광서는 빙긋이 웃으며 대답했다.

대추차를 말끔히 비우고, 김 이사와 광서는 소파에서 일어났다.

복도를 지나, 제자리로 돌아오자마자 광서는 기지개를 켰다. 바야흐

로 승인은 떨어졌고, 이제 송금 문제만 해결되면 끝이다. 그러면 김성
태의 작전계획에 따라 프로세스가 흘러갈 것이다. 그 생각을 하자 가
슴이 다 울렁거렸다. 광서는 다시 한 번 시나리오를 음미해보았다. 한
참 생각에 몰입해서였을까? 김 이사의 고함에 가까운 호명을 듣고서
야 흠칫 아래로 내리깐 시선을 올렸다. 김 이사가 손을 까닥까닥 하고
있었다.

"부르는 소리 안 들려? 내 방에 가서 이야기 좀 하자."

사실, 간밤에 김 이사와 마신 폭주의 후유증에서 채 벗어나지 못한
상태였다. 후끈한 두통이 게릴라처럼 가끔씩 머리를 후려치고 도망가
고는 했다.

"너 어제 술이 과했다."

방에 들어서자 김 이사는 그 말부터 했다. 어휴, 저 양반이 저런 말
을 할 정도면 어젯밤 또 무슨 미친 지랄을 떨었구나.

"혹시, 제가 무슨 실수라도……."

대답 대신 김 이사는 입언저리를 살짝 비틀며 고개를 느릿느릿 저었
다. 애매한 미소였다.

"너, 정말 할 일이 있는 거야?"

김 이사는 화제를 슬쩍 딴 데로 돌리려 했다. 광서는 일단 고개를
끄덕거리긴 했지만, 어젯밤 실종된 언행들이 궁금해서 다른 말이 귀에
들어오지 않았다.

"거짓말하기는 이 녀석. ……어쨌거나 좋아. 하나만 묻자. 구태여 계
약기간이 안 됐는데도 이달 말로 해지 신청을 한 이유는 뭐냐? 그것도
나한테 한마디 의논도 없이."

광서는 엉겁결에 한숨을 내쉬었다. 어젯밤 실종된 기억이 가슴을 짓

눌렀기 때문이다. 심란한 마음을 추스르며, 김 이사의 물음에 대답했다.

"제가 계속 여기에 있으면 국가펀드가 중국 상인단을 냉혹하게 다룰 수가 없습니다. 중국 상인단도 코가 걸렸으니 이젠 쉽사리 몸을 뺄 수도 없겠지요. 그들은 임대차계약으로 가는 과정에서 조금이라도 뭘 얻어내기 위해 툭하면 절 찾아와서 로비질을 할 게 틀림없습니다. 그렇게 되면 서로가 안 좋지요. 안 그래도 주위에서 저를 보는 눈이 얼마나 삐딱한데요. 제가 사라지면 중국 상인단은 국가펀드에게 끌려 다닐 수밖에 없습니다."

김 이사의 시선은 사무실 창밖을 향해 있었다. 그는 멀리에 눈을 둔 채로 천천히 입을 열었다.

"넌 어제 술이 과했어. 헤어질 때쯤엔 택시를 잡아준다며 내 손을 붙잡고 어디론지 질질 끌고 다니더구나. 택시를 잡아주기는커녕 한참이나 도로를 헤맸지. 그러면서 고함을 내질렀다. 살아남아서 큰일을 하시려면 조금은 비굴해져라, 먼저 대의를 생각해라, 이건 노예사냥꾼출신 전직 CEO로서의 충고다, 뭐 이런 말들을 했다. 기억나느냐?"

얼굴이 화끈거렸다. 어휴 씨팔! 광서는 못내 머쓱해서, 한바탕 웃어버리는 것으로 군색한 처지에서 벗어나려 했다.

"본래 제가 술만 처먹었다 하면 뗑깡이 좀 심합니다. 다 헛소리니까 맘에 담아두지 마십시오."

김 이사의 서늘한 눈매가 광서에게 바짝 다가왔다. 그는 광서의 어깨를 툭툭 두드렸다.

"그래, 니가 어떤 생각을 했든 상관 안 하마. 하여간 송금 문제만 잘 해결해라. 지금껏 억지춘향 노릇하느라 수고했다."

억지춘향이라뇨? 그건 아닙니다. 제가 좋아서 한 일인걸요. 광서는 약간은 억울한, 그리고 약간은 멍한 눈으로 김 이사를 바라보았다. 그러나 곧 입을 다무는 편이 낫다는 판단이 들었다. 광서는 금세 표정을 환하게 바꾸고 웃음까지 배시시 흘렸다. 소파에서 일어나 그를 향해 꾸벅 목례했다.

"일 보겠습니다."

"아, 그러시지요."

김 이사는 한쪽 눈을 찡긋하며 짧게 고갯짓을 했다. 광서는 문손잡이를 비틀다 말고 김 이사를 향해 말했다.

"송금 끝나면 바둑이나 주야장천 두시죠!"

"그야 뭐, 어렵지 않지."

그는 두 손바닥을 세워 좌우로 흔들었다.

복도를 걸어가는 동안, 광서의 머릿속에 두 가지 생각이 맴돌았다. 먼저, 취중에 했다는 말. 그것은 어쩌면 김 이사에 대한 진심일 수도 있었다. 이 아사리판에서 어떻게든 김 이사를 지켜내고 싶은 마음이 처음부터 있었다. 그리고 송금 문제. 그것을 생각하자 불안감이 엄습해 왔다. 누구도 예단할 수 없는 송금의 불확실성이 가져다주는 불안감이었다. 이제 믿을 수 있는 건 오로지 자신의 운밖에 없다는 생각에, 광서는 긴 날숨을 내쉬었다.

세수를 하고 나서 화장실 거울을 들여다보았다. 왼쪽 눈 흰자위 아래로 붉은 반점이 퍼져 있었다. 요 며칠간, 편한 잠을 이루지 못한 탓이리라. 그리고 반대쪽 눈에도 벌건 핏대가 대나무처럼 박혀 있었다. 광서는 붉은 반점이 퍼져 있는 왼쪽 눈을 찡긋해 보았다.

어제는 쓰 주인과 수없이 통하를 했었다. 불안함이 좀체 가시지 않아 모텔로 돌아와서도 밤늦게까지 전화기를 붙잡고 늘어졌다.

쑹 주임으로부터, 어제 오후 3시부터 중국 상인들이 송금을 개시했다는 전갈을 받았다. 그러니까, 광서가 승인이 떨어졌다는 소식을 전하고 불과 두 시간도 안 돼 송금을 개시한 거였다. 쑹 주임은, 아마 한국에선 내일 오전쯤이면 확인할 수 있을 거라는 말을 덧붙였다. 확인하고 또 확인하기 위해 계좌번호가 적힌 쪽지를 얼마나 만지작거렸는지, 검정 수성사인펜으로 적힌 숫자는 이젠 알아볼 수 없을 만큼 뭉개져 있었다.

마지막 통화는 밤 9시가 다 되어서 이뤄졌다. 그녀나 광서나 기진맥진하기는 마찬가지였다. 그녀는 푸념을 늘어놓듯 말했다. 송금이 다 끝나갈 무렵 뒤늦게 달려온 몇몇 추가 상인들 때문에 은행 관계자와 한바탕 실랑이를 벌려야 했다고. 수고했어요. 광서는 몇 번이나 그 말을 되풀이했다.

쑹 주임과 통화를 마치고 났을 때, 아랫배에서 갑작스럽게 통증이 몰려왔다. 또 시작이구나 싶었다. 위경련이 가끔씩 찾아오고는 했으니까. 광서는 배를 움켜쥔 채 몸을 둥그렇게 말아 침대 위에 누웠다. 하지만 들쑤심은·진정될 기미를 보이기는커녕 시간이 갈수록 통증의 간격이 점차 빨라졌다. 자정에 이르렀을 즈음에는 도저히 견디지 못할 정도의 통증이 왔고, 온몸에서 발열증상까지 일었다. 이러다 죽는 것 아닌가 하는 생각이 퍼뜩 들 정도였다. 가만히 있어서는 안 되겠다는 판단에, 광서는 약국으로 가기 위해 모텔 밖으로 나왔다.

하지만 그 시간에 문을 연 약국은 없었다. 심지어 택시를 잡기도 어려웠다. 10분 쯤 지나서야, 간신히 지나가는 택시가 있어 어렵사리 잡아탔다.

"아저씨, 문 연 약국 아시는 데 있으면 데려다주십시오."

오만상을 찡그리며 광서가 부탁하듯 말했다.

"많이 아프신가 보네요. 그러면 병원 응급실로 가셔야죠!"

"아뇨, 약국으로 데려다주세요."

광서의 행동이 이해되지 않는다는 듯, 택시 기사는 연신 머리를 갸웃거렸다.

광서는 병원이 싫었다. 혈압으로 쓰러진 뒤부터였다. 그날 그 병원에서 맡았던 포르말린 냄새는 죽기보다 싫은 반응으로 광서의 머릿속에 각인되었다. 신체적 반응보다 훨씬 더한 심리적 반응이 병원을 거부하게 만든 것이다.

그런 반응은 지난번 병원을 찾았을 때 확인할 수 있었다. 위경련 때문에 주사라도 한 대 맞을 요량으로 병원을 찾았다가, 포르말린 냄새를 맡자마자 토악질을 해대며 병원을 뛰쳐나갔던 기억이 있었다. 그때도 병원 바로 앞의 약국으로 달려갔었다.

택시 기사는 종로 5가에 광서를 내려주었다. 그 일대에는 다행히 문을 연 약국들이 여럿 있었다. 그중 한 약국으로 들어갔다. 반백의 약사가 광서를 맞이했다. 광서는 얼굴을 찡그리며 말했다.

"속이 편치 않습니다."

약사는 광서를 쓱 훑어보더니 말했다.

"그 나이에 속 편한 사람이 얼마나 되겠어요?"

그러면서 박카스 한 병과 우루사 한 알을 내주었다. 광서는 박카스 뚜껑을 비틀고 우루사와 함께 입에 털어 넣었다. 돈을 내고, 머리를 긁적거리며 문을 여는데, 뒤에서 약사가 웅얼거리듯 말했다.

"괜찮기요? 속이 안 좋은 건 간이 나빠서 그렇습니다 간이 나쁜 건

근심이 들어차서 그런 거고요. 그러니 맘을 편하게 가지세요."

어처구니없지만, 그의 말대로 정말 속이 순식간에 편안해졌다. 근심이 들어차서 그렇다는 약사의 말이 귓가에 뱅뱅 돌았다.

광서는 약국 바깥의 경계석에 앉아 남산타워를 오랫동안 쳐다보았다. 자정을 훨씬 넘겼는데도, 도시는 여전히 차량과 건물의 불빛들로 번요했다. 담배를 꺼내려고 바지를 뒤적이다가 비로소 자신의 차림새를 확인했다. 어이가 없었다. 상의는 정장 와이셔츠, 하의는 반바지였다. 그리고 한쪽 발엔 구두가, 다른 발엔 슬리퍼가 신겨 있었다. 지갑은 없었다. 퇴근 후면 으레 반바지 차림이 되었고, 그동안 맥주를 산다, 군입거리를 산다 하여 잔돈이 반바지에 들어 있었을 거고, 그 돈으로 택시비와 약값을 냈을 거였다. 주머니를 탈탈 털어보니, 이제 남은 돈은 천 원짜리 지폐 한 장과 백 원짜리 주화 몇 개가 전부였다. 다행히 전화기는 챙겨왔다.

연락을 넣기엔 무척 늦은 시간이었지만 어쩔 수 없이 번호를 눌렀다. 신호음이 거의 열 번쯤 떨어진 뒤에야, 피곤이 쩍쩍 눌어붙은 성태의 텁텁한 목소리가 새어나왔다.

"성태야, 나다. 미안하지만 나 좀 데리러 와다오."

"어딘데…… 무슨 일…… 인데."

"종로 5가 태성약국이라는 데야. 그게 그렇게 됐다."

판다가 그려진 슬리퍼와 검정 구두를 번갈아보면서 광서는 어깨를 축 늘어뜨리며 말했다.

성태와 광서는 한강대교 북단 쪽 한강변에 앉아, 불빛을 끊임없이 실어 나르는 잔물결을 말없이 응시하고 있었다. 이곳에 도착한 후 쭉 그랬다. 10분쯤 지나 광서가 고개를 돌렸을 때, 성태는 멍한 시선을 앞에 둔 채로 깊은 생각에 잠겨 있었다. 광서가 다시 강으로 눈을 돌리려는 데, 성태가 입을 열었다.

"넌 이제 뭐할 거냐?"

광서는 즉각 대답을 하지 않았다. 눈두덩을 한참 문지르다가, 나직이 입을 뗐다.

"장사나 시작할 참이다."

강을 쳐다본 채로, 성태는 한바탕 웃어댔다. 웃음이 잦아들 즈음, 성태는 광서에게로 얼굴을 돌렸다.

"너, 이런 생활하다가 장사할 수 있겠냐? 넌 이미 배기량이 커져서 장사하긴 튼 것 같은데? 금붕어 때야 어항이 제 세상인 줄 알았겠지만……."

광서는 허허롭게 웃으며 담배에 불을 붙였다.

"어차피 난 사업체질도 아니고, 그렇다고 어디 붙박여 있을 만한 스펙도 없잖아. 그러니 장사라도 해야지. 지난번에 모텔에서 봤잖아. 내가 가방 만든 거. 나 손재주 좀 있다. 이참에 공방이나 차려서 가방 장사나 한번 해볼까 한다."

광서는 겸연쩍은 웃음을 흘렸지만, 성태는 웃지 않았다. 그저 황당하다는 듯, 고개를 설레설레 흔들 뿐이었다. 하긴, 성태가 광서의 마음을 이해할 리 없었다. 하지만 세상은, 이해할 순 없지만 믿어야 하는 일들이 얼마나 많은가.

"성태 너는 뭐 할 거냐?"

이번엔 광서가 물었다. 성태는 숨을 훅 몰아쉰 후, 눈길을 한강으로 던져둔 채 말했다.

"만약 니가 중국 상인단을 잘 마무리해서 내가 사법적인 혜택을 받는다면, 온 대륙을 횡단하면서 무역이나 해볼까 한다. 하이 테크닉 종류의 물건을 팔아볼까 해. 문석이도 지금 주변 정리 중이다. 중국으로 진출해서 전화기 공장을 차릴 거란다."

"그래?"

문석이 중국에 갈 거라고? 그런데 왜 나한텐 한마디 언질도 없었을까? 그 녀석도 참.

"잘 생각했다. 성태 니 능력이야 잘 알지만, 괜스레 이쪽 판때기를 기웃거리며 구차한 생업을 구걸하지 마라. 화끈하게 마무리하고 용감하게 퇴장해. 그게 아름답지 않겠나, 동지?"

성태는 고개를 숙이고 큭큭큭 웃었다. 그리고 함박웃음을 담고는 고개를 들었다.

"동지라. ······오랜 만에 들어보는 이름이다. 천둥벌거숭이 이광서가 그런 거룩한 말까지 입에 담다니, 짜식, 많이 컸네. 하하하."

그러나 성태의 웃음은 오래가지 않았다. 어느새 얼굴이 침울해지며, 먼 어느 지점에다 아득한 시선을 두었다. 광서는 담배를 발로 비벼 끄며, 성태의 어깨에 팔을 걸쳤다.

"너, 두표 생각하는구나?"

성태는 말없이 고개만 끄덕거렸다.

"어이, 동지. 걱정하지 마라. 기두표도 잘하면 1심 공판 끝나면 나온다."

결코 허투루 하는 말이 아니었다. 상가를 성공적으로만 인수한다면, 딱히 어떤 근거를 짚어 말할 순 없지만, 두표를 구출할 자신이 있었다. 광서는 어금니를 지그시 깨물며 새삼 각오를 다졌다. 두표는 어떻게든 구출해내리라. 성태의 눈이 광서 앞으로 바짝 다가왔다. 광서는 움찔하며 고개를 뒤로 당겼다.

"이광서. 넌 앞으로 나한테 맞을 일은 없겠다."

그리고 자리를 툭툭 털고 일어나 갑자기 광서의 뒷머리를 툭 치고는 재빨리 차가 있는 곳으로 도망가듯 내달렸다. 한강의 하늘 위엔 아직 달이 도착하지 않은 듯했다.

자판기 밀크커피를 두 잔이나 연거푸 비운 뒤에야 모니터 앞에 앉았다. 여느 때보다 한 시간 일찍 출근했다. 조바심이 바짝 조여 왔고, 그래서 사무실에 도착하자마자 카페인을 보충해야 했다.

기획투자부서 전용 계좌의 조회 잔액은 '1000'이었다. 쑹 주임 말마따나, 외국 송금은 국내은행에 들어오기까지 국제중개은행에 들어갔다 나오는 몇 가지 절차를 거쳐야 한다. 그녀는 통상 하루 정도 지체될 수 있다고 했는데, 경리부서 차장도 그 말이 맞음을 확인해주었다. 아직 시간상으로 일렀지만, 광서는 마우스를 습관처럼 클릭하여 계좌를 조회했다.

그 뒤로 두 시간 동안, 광서는 화장실을 대여섯 번 들락거려야 했다. 위를 비틀어 짜는 통증 때문이었다. 어젯밤의 증세와 거의 같았다. 소변은 누리끼리하다 못해 단무지를 담가도 될 만큼 농도가 탁했다. 혈압이 높으면 콩팥도 덩달아 나빠진다더니, 콩팥도 이젠 맛이 간 모양이었다.

행여나 싶어 쑹 주임에게 전화를 넣어보았지만 그녀는 내내 전화를 받지 않았다. 생각날 때마다 걸어봤지만 결과는 매한가지였다. 광서는 수화기를 내려놓고 다시 한 번 계좌 조회를 클릭했다. 변함없는 숫자, '1000'이었다. 사무실 벽시계는 초침과 분침, 시침을 얼마나 열심히 돌려대는지, 벌써 11시를 넘기고 있었다. 하긴, 요 며칠 사이 격무에 시달린 쑹 주임의 체력도 이쯤 되면 고갈될 만도 했다. 그 지난한 일을 이제야 매듭지었으니 며칠째 밀린 잠에서 깨어나고 싶지 않을 수도 있다는 생각을 했다.

광서는 휴게실로 발걸음을 옮겼다. 이번엔 커피 대신 콜라 캔을 뽑았다. 캔을 입 한 번 떼지 않고 마셔버렸다. 크윽, 하고 트림이 올라왔다. 하지만 트림만 올라온 게 아니었다. 심한 구역질이 동반되면서, 콜라가 역류했다. 콧구멍으로 쏟아져 나오는 콜라를 자판기 옆 쓰레기통에 퍼부었다. 눈물도 제법 흘러내렸다.

역시 '1000'이었다. 시침은 정오를 향해 가는데, 쑹 주임은 여전히 전화를 받지 않았다. 그때 내선전화가 울려 광서는 어깨를 움찔했다. 김형우 이사였다.

"송금이 아직 안 됐지?"

"넵! 아직 들어오지 않았습니다."

일부러라도 밝은 소리로 대답했다. 아직까지는 이르다면 이른 시간이기에.

"내 방으로 잠시 와. 긴히 이야기할 게 있어."

긴히? 그 말이 가슴을 긁었다. 막연한 불안감이 수화기를 내려놓는 순간 몇 배는 증폭되는 것 같았다. 광서는 뛰다시피 김 이사의 방으로 갔다.

"오늘 아침에 중국 대사관에서 전화가 왔다. 중국 상인단과의 계약관계에 대해 묻더군. 쑹 주임인가 하는 여자, 지금 공안부 조사를 받는 모양이더라. 여권 브로커 혐의를 받고 있는 것 같다. 안 그래도 중국은 외화 유출에 관한 한 굉장히 폐쇄적인 나란데, 머리 좀 아프게 생겼다."

날벼락이었다. 광서는 눈을 크게 뜨고 고함치듯 말을 내뱉었다.

"송금은 이미 어제 완료한 걸로 알고 있습니다!"

"내 말이 바로 그거다. 중국은 외화 유출에 대해 폐쇄적인 국가라고 했잖냐. 그래서 공안 쪽에서 감지하고 조사를 하는 것 같아."

광서는 머리를 쥐어뜯고 싶은 심정이었다. 하지만 이내 체념이 스미면서, 다리에 힘이 빠져나갔다. 광서는 소파에 풀썩 주저앉아 얼굴을 북북 쓸어내렸다.

"만약 송금이 안 되더라도 너무 자책하지 마라. 넌 최선을 다했어. 우린 충분히 인정한다. 그러니 거기에만 매달리지 마. 알았지? 다시 말하지만, 니 잘못이 결코 아니야."

김 이사의 말은 전혀 위로가 되지 않았다. 예기치 못한 변수에 치인 광서는 한참이나 충격에서 벗어나지 못했다. 이제 와서 이게 뭐란 말인가! 다된 밥에 코 떨어뜨린 격이 아닌가! 한증막 같은 열기가 뒷골을 타고 올라왔다. 광서는 평정심을 되찾기 위해 무진 애를 써야 했다. 정신 차리자, 정신 차리자, 정신 차리자! 속으로 그 말을 세 번 외친 뒤, 광서는 소파에서 벌떡 일으섰다.

"알겠습니다. 일단은 추이를 지켜보겠습니다."

점심시간이라 자리들이 숭숭 비어 있었다. 광서는 허기조차 느끼지 못할 만큼 정신이 뻥 뚫려 있었다. 하지만 갈증은 참을 수가 없었다. 편의점에 들러 음료수 서너 개를 구입했고, 건물 바깥으로 나가 담배 두 개비를 연달아 태운 후 사무실로 돌아왔다. 음료수가 든 흰 비닐봉지를 책상 서랍에 넣어두고, 습관처럼 컴퓨터 화면을 들여다보았다. 크게 숨을 한 번 고르려는데, 식사를 끝내고 들어서는 직원들의 목소리가 귓전을 때렸다. 혹시나…… 잔액은 역시 '1000'이었다. 마른 땅에 말뚝을 박아놓은 듯, '1000'이라는 숫자는 꿈쩍도 하지 않았다.

광서는 속으로 데드라인을 잡았다. 오후 5시다. 5시 전까지는 두 눈으로 직접 확인하지 않은 것들에 대해서는 아예 생각을 말기로 했다. 중국 당국으로부터 쑹 주임이 조사를 받고 있다는 사실도 기정사실로 받아들이지 않기로 했다. 그래야 호흡을 할 수 있을 것 같았다. 5시 전까지는, 어제처럼 일말의 희망이라도 갖고 싶었다.

쑹 주임의 핸드폰은 여전히 전원이 꺼져 있었다. 3시 15분. 기대를 할 수 있는 시간은 아직 두 시간 남짓 남아 있었다. 책상 서랍을 열어젖히다 예전에 던져두었던 은단껌 한 통을 발견했다. 광서는 껌 한 통을 모조리 까서 입안에 쑤셔 넣었다. 10여 분쯤 우적우적 씹었을까. 더 이상 단맛이 우러나지 않아서, 휴지에 뱉었다.

휴게실에 다녀왔다. 벽시계는 4시를 가리켰다. 기대의 시간이 한 시간 남았다. 광서는 계좌 조회를 클릭했다. '1000'이라는 숫자가 뻣뻣이 서 있었다. 이젠 무감각해졌다. 쑹 주임의 핸드폰 전원은 꺼져 있었고, 그 사이 벽시계의 분침은 5분을 더 전진했다.

모니터 화면에서 괴상한 부호 몇 개를 발견하고 가슴이 쿵쾅거렸지만, 그것이 화면이 깨졌다는 표시임을 알고는 또 절망했다. 손수건을 꺼내 이마에 묻은 땀방울을 찍어 누르고 있을 때, 내선 전화벨이 울렸다. 광서는 저도 모르게 움찔했다.

"안녕하세요. 저, C펀드의 김주철 부장입니다. 저번에 한 번 뵈었죠? 어떻게 송금이 됐는지 궁금해서 전화 드렸습니다."

곤혹스러웠다. 온갖 개폼을 다 잡아놓고, 이제 와서 맥을 놓고 앉아 있으니 한심하기 그지없는 노릇이었다. 아니지, 아직 한 시간이 남았잖

아. 광서는 스스로를 달래었다. 아무렇지도 않은 것처럼 목소리를 가볍게 조절했다.

"죄송합니다. 아마도 오늘은 어려울 것 같습니다. 지금 중국 당국에서 송금한 금액을 홀딩 시킨 것 같습니다."

"그렇군요. 중국이 아직은 갑갑한 나라입니다. 시스템이 아니라 통제로 움직이는 공산당 일당독재 국가니까요."

"그러게요."

"혹시 중국 상인단이 실패로 돌아가더라도 너무 자책하지 마십시오. 아마 김형우 이사님은 프로세스대로 계속 진행하실 겁니다. 중국 상인단이 성사되면 더 좋았겠지만, 안 되는 건 어쩔 수 없잖습니까? 김형우 이사님은 골든게이트를 어떤 식으로든 정리하길 원하시니까, 우린 순리대로 따라가면 될 것 같습니다."

김주철 부장의 말은, 중국 상인단이 어그러지면 아무 후차적인 대안이 없으므로 결국 김형우 이사가 폭탄을 터뜨린 뒤 옷을 벗을 거란 뜻이나 다를 바가 없었다. 광서는 딱히 대꾸할 말이 떠오르지 않아, 숨만 길게 내쉬었다.

"김 부장님, 신경 써주셔서 고맙습니다. 그럼 이만."

광서는 또다시 휴게실로 발걸음을 옮겼다. 대체 오늘 몇 번이나 이곳을 들락거리는지 이제는 헤아릴 수조차 없었다.

휴게실 입구에 들어섰을 때, 광서는 화들짝 놀라 뒷걸음질을 쳐야 했다. 이 살벌한 판국에, 김형우 이사가 건설부서 박 부장과 바둑을 두고 있는 장면을 보았기 때문이다. 그는 평소와 다름없는 멀뚱한 표정으로, 바둑판 위에 알을 또각또각 놓고 있었다. 몇 초쯤 그 모습을 지켜보다가 결국 사무실로 되돌아왔다.

얼핏 눈길을 준 벽시계는 막 데드라인 5시를 통과하는 중이었다. 그 때 정말로 신비한 느낌이 광서를 사로잡았다. 시침과 분침의 움직임이 5시를 기점으로 확연히 느려진 것이었다. 아, 저 벽시계도 데드라인에 지친 모양이다.

핸드폰이 몸을 떨었다. 성태였다. 그는 어떻게 눈치를 챘는지 한숨부 터 꺼냈다.

"중국이 말이 자본주의 전환 국가지 아직 통제국가야. 송금 문제가 그걸 상징하고 있지. 애당초 쉬운 일이 아니었어. 어쨌거나 넌 최선을 다했잖아. 그럼 됐지, 뭐. 수고했다. 그건 그렇다 치고, 김형우 이사와 뭘 좀 의논할 게 있는데, 통 전화를 안 받으시네?"

"휴게실에서 바둑 두고 계시더라."

킥킥거리는 웃음소리가 수화기를 타고 흘러나왔다.

"하여간 그분은……. 알았다. 나중에 전화하지, 뭐. 어차피 당장 급한 일도 아닌데."

성태와의 통화는 그렇게 끝났다. 광서는 전화기를 호주머니에 넣으며 자리에서 일어났다. 오늘은 술 마시는 데만 열중하고 싶다는 생각이 들었고, 퇴근시간까지 남은 두 시간이 갑자기 견디기 힘들었기 때문이 다. 잠시 바깥에 나가 신선한 공기라도 들이켜고 싶었다.

늘 그랬다. 늘 마지막 종착점은 어머니였다. 불현듯 어머니의 목소리 가 미치도록 듣고 싶다는 충동이 치밀어 올라 핸드폰을 꺼내들었다. 건물 밖 화단에서 다시 사무실로 돌아온 직후였다. 시간은 6시에 가까 웠고, 바깥이 어두워지는 만큼 사무실 형광등이 조금씩 밝아질 즈음 이었다.

"접니다. 어머니, 별 일 없으시지요?"

"우리야 잘 지내제. 야야, 혼자 밥은 제때 잘 챙기묵고 있는지는 모르겠다."

"걱정 마세요. ……아버지는요?"

눈은 어느새 또 모니터에 들이대고 있었다. 그걸 의식하자, 광서는 일부러 턱을 치켜들어 천장을 올려다보았다. 적어도 어머니와 통화할 때만큼은 전화에 집중하고 싶었다.

"아부지는 요 앞에 낚시 갔다 와가 막걸리 한잔하고 지금 주무시는 중이다. 와, 깨워줄까? 무신 일 있나?"

"아닙니다. 무슨 일이 있긴요. 그냥 시간이 어중간해서 전화 한 번 드렸습니다."

광서는 하하하, 웃었다.

어머니, 전 지금 힘이 빠져 죽겠어요. 손가락 하나 까닥하고 싶지 않을 정도로 심신이 완전히 지쳐버렸어요. 그저 어머니 품에 안겨 서너 시간만 푹 자고 싶어요. 그럼, 좀 정신을 차릴 것도 같습니다.

어머니, 요즘은 세상이 참 무섭다는 생각이 자꾸 드네요. 불과 1년 전만 해도 상상조차 하기 어려운 감정이었는데, 요새는 왜 이런 생각이 자꾸만 드는 걸까요? 암튼, 언제든 목소리를 들을 수 있는 어머니가 제 곁에 있어서 정말이지 든든합니다. 사랑합니다, 어머니.

"광서야, 나가 요새 새벽마다 절에 가가 기도한데이. 우리 광서, 일 좀 잘 풀리라꼬 말이다."

가슴이 저려왔다. 기도만큼 허술한 의지가 어디 있을까. 광서는 들리지 않게 한숨을 내쉬고는, 고개를 내려 모니터를 바라보았다. 그리고 무심결에 마우스를 클릭했다.

그 순간.

어머니의 기도는 형언할 수 없는 무엇인가를 눈앞에 펼쳐주고 있었다. 입과 손과 눈에서 동시에 경련이 부르르 일어났다. 이건 광서가 난생 처음으로 목격하는 기적이었다. 메마른 사막, 뜨거운 모래 위로 소나기가 후두둑 후두둑 떨어지고 있었다. 굵은 빗방울 같은 숫자들이 선명하게 모니터에 찍히기 시작했다. 세상에서 가장 아름다운 숫자의 향연이 펼쳐지는 중이었다. 클릭을 하고 또 클릭을 할 때마다 맨 아래 칸의 합산 금액은 빠른 속도로 바뀌고 있었다. 콧등이 시큰해져 왔다. 광서는 꿀꺽 침을 삼켰다.

"어머니!"

"오냐."

"고맙습니다."

"모가?"

어머니의 반문과 함께 수화기 너머에서 아버지의 그렁그렁한 음성도 같이 실려 왔다. 어머니와 아버지의 짧은 대화가 잠시 잔잔히 들렸고, 이내 어머니의 목소리가 수화기에서 커졌다.

"그래, 광서야. 바쁜데 일보그라. 아부지가 통화 길게 한다꼬 뭐라카신다."

"예, 그럼 끊겠습니다."

말을 마치자마자 광서는 부들부들 떨리는 손으로 턱에 받친 수화기를 내려놓았다. 지금 모니터 안에서 일어나는 이 비현실적인 광경을 곧이곧대로 믿어야 하는 것인지, 손바닥으로 눈을 비볐다. 그리고 얼굴을 감싸 쥔 채로 한동안 상체를 앞뒤로 까닥거렸다.

송금 총액은 유리관을 통과한 모래시계의 모래처럼 점차 쌓여갔다. 10억이 넘어설 때, 김형우 이사의 방으로 찾아가 이 사실을 알리자고 마음먹었다. 당장은 휴게실에서 마음껏 담배를 빨고 싶을 뿐이었다. 휴게실로 가기 위해 막 자리에서 일어서려는 찰나, 김 이사가 뚜벅뚜벅 걸어오고 있었다. 책상 앞에 바투 다가선 그는 묘한 분위기를 감지했는지, 모니터에 날카로운 시선을 찔렀다.

"광서야! 지금 송금되고 있는 거냐?"

"그런가 봅니다."

"이 자식아, 그럼 이야기를 해야지!"

목소리는 화가 난 톤이었지만, 눈빛은 정반대였다. 별안간 그의 두 손이 광서의 눈앞으로 다가왔다. 그러고는 양 어깨를 단단히 움켜잡았다.

"수고했다! 이사장님이 아직 퇴근하지 않으셨다. 가서 보고 드리고 오마."

그는 말이 떨어지기 무섭게 등을 보였다. 휘적휘적 빠른 걸음으로 가는 그를 우두커니 쳐다보다가, 도로 의자에 앉았다. 서랍을 열어 편의점에서 사온 흰 비닐봉지를 꺼냈다. 종이컵을 책상 위에 올려놓고 소주 뚜껑을 돌렸다. 잠시 넋을 놓고 있는 사이에, 소주가 종이컵을 타고 책상 위로 흘러내렸다. 광서는 단숨에 종이컵을 입 안에 털어 넣었다. 잔을 내려놓고는, 캬아! 소리를 내질렀다. 다시 소주를 부었고, 역시 입 한 번 떼지 않고 잔을 비웠다. 그리고 전화기를 열어 성태의 번호를 눌렀다. 통화 대기음은 얼마 가지 않아 사람의 목소리로 바뀌었다.

"왜? 설마 송금 오냐?"

"씨팔! 명대로 살라면 이 짓도 세상천지에 못할 짓이다. 지금 막 쏟아지고 있다."

"진짜? 야, 이광서! 정말 축하한다. 이게 어찌된 일이냐. 이제 정말 니 몫은 다했다. 큰일 했다, 광서야. 이제부터 넌 쉬어라. 뉴클리어를 작동시킬 일만 남았군. 볼 만할 거다. 진짜 수고했다, 광서야!"

소주의 찌릿함이 비로소 명치끝을 간질였다. 계좌 조회를 재차 클릭했을 때, 이미 누적액은 10억을 넘어서고 있었다. 그때 난데없는 손 하나가 눈앞을 가로막았다. 그 손이 소주병을 덥석 잡았다.

"성태야, 전화 끊자."

옅은 미소를 머금고, 김형우 이사가 광서를 내려다보고 있었다.

"광서야, 잔 받아라."

그곳엔
보랏빛 비가 나린다

"저희 윗선에게 메시지를 전달했는데…… 이게 빨리 처리되지 않아서 혼선이 있었나 봅니다."

쑹 주임이 느리게 말문을 열었다. 그녀의 목소리에는 그간에 겪었을 고초가 고스란히 녹아 있었다.

"조사는 진즉에 끝났는데, 한국으로 이체되는 돈의 홀딩을 푸는 데 시간이 많이 지체됐어요. 미안하게 됐습니다."

푸석한 웃음을 흘리며 쑹 주임은 그 말을 덧붙였다.

"어쨌거나 참 다행입니다. 쑹 주임님, 정말 수고하셨어요."

광서가 말했다.

"아, 그리고 계약과 관련된 사항은 별도로 연락을 드리겠습니다. 그동안 상인단을 잘 추슬러주세요."

"그래도 너무 늦지는 않게 해주세요. 저번에 말씀드렸듯이 중국 사람들은 확실히 믿기 전에는 불신부터 앞세우니까요."

"그러지요. 쑹 주임님, 제가 생각해봤는데 말예요, 조합이 설립 절차가 까다롭다면, 차라리 한국에 법인을 설립하고 그 주주는 돈을 송금한 중국 상인단으로 구성시키면 어떨까요? 법인을 운영회사 격으로 만들어서 상인단을 관리하면 훨씬 수월할 텐데."

그 말에 쑹 주임의 목청이 단박에 커졌다.

"아, 그게 좋겠네요! 이 부장님, 진짜 머리 좋으세요!"

머리 좋긴요. 광서는 괜히 겸연쩍어서 검지로 책상 유리 표면에 동그라미만 수없이 그려댔다.

"부장님, 전화상으로 이런 말 하긴 좀 그런데……."

별안간 쑹 주임의 목소리가 어둑해지자, 광서 역시 절로 인상이 찌푸려졌다. 약간의 침묵을 가진 뒤, 쑹 주임은 어렵게 말을 이었다.

"성의 표시는…… 누구에게 어떻게 해야 하는지……."

쑹 주임이 읊조리듯 조심스럽게 말했다. 푸우! 광서는 들리지 않게 한숨을 내쉬었다. 이걸 어떻게 납득시켜야 하나? 광서는 입맛을 쩝쩝 다시며 고민에 빠져야 했다.

"이광서 부장님?"

쑹 주임은 대답을 재촉했다. 광서는 나지막이 말했다.

"쑹 주임, 그건 중국 상인단이 성공해서 큰돈을 번 다음에 다시 이야기합시다. 한국 공무원들은 성공한 시스템에서만 돈을 먹거든요. 그러니까 성공하기 전엔 아예 그런 말 꺼내지 마세요. 큰일 납니다. 아시겠어요?"

쑹 주임은 침묵을 지켰다. 하지만 얼마 후 수화기에서 소소한 웃음소리를 앞세우며 쑹 주임의 대꾸가 들려왔다.

"알겠습니다. 무슨 소린지 이해가 됩니다. 그럼, 한국 들어갈 때 술이나 사가지고 가죠."

"예? 술이라고요? 그래요, 제 땡깡을 다시 보고 싶으면 얼마든지."

그 말에 잠시 말이 끊겼던 쑹 주임은 이제야 기억이 났는지 깔깔대고 웃었다.

통화가 끝났지만, 광서는 수화기를 들여다보며 한동안 흐뭇한 미소를 지우지 못했다. 손뼉을 한 번 힘차게 치고 난 후, 광서는 의자에서 일어났다. 김 이사를 만나보기 위해서였다.

김 이사는 광서와 미팅을 끝낸 다음 곧바로 C펀드로 이동했다.

"김성태의 방안이 이제 거의 마무리 단계까지 완성됐다."

김 이사는 거울을 보고 옷을 여미면서 말했다. 그의 빠른 손놀림을 보면서, 광서는 이제 모든 게 급류를 타고 있다는 느낌을 받았다.

자리로 돌아온 광서는 오랜만에 건설부서 바둑 팀과 식사나 할까 싶어, 사무실 안을 빙 둘러보았다. 하지만 그들은 모두 자리를 비운 후였다. 창밖을 멍하니 바라보며 어떻게 할까 고민하는데, 핸드폰이 울렸다. 액정을 보니 성 행장이라는 이름이 점멸하고 있었다. 뭐야, 이 늙은 여우가…….

받지 말까 하는 생각도 들었다. 하지만 지금부터는 그의 일거수일투족도 파악해야 한다는 판단이 들어, 폴더를 열었다.

"웬일이십니까?"

"큰일 하셨습니다. 정말 큰일 하셨습니다."

어이없었다. 대체 어떻게 알았단 말인가. 순간, 눈앞에 안학찬의 얼굴이 스쳐 지나갔다. 국가펀드 내에서 샌 게 아니고, 성태를 통해 학찬이 송금 소식을 알았을 거라는 생각이 들었다. 그래도 한마디쯤 해둬야겠다는 마음에 다소 퉁명스럽게 물었다.

"어떻게 아셨습니까?"

"예? 아니, 제가 알게 돼 게 무슨 안 될 일이라두 되는 겁니까? 좀 서

운하게 들리네요. 그래도 한 배를 탔던 가족인데……."

가족? 광서는 입을 수화기에서 떼며 피식, 웃었다.

"그렇게 들리셨다면 죄송합니다. 상열이 면회는 가보십니까?"

광서는 서둘러 화제를 상열에게로 돌렸다.

"안 그래도 오늘 갔다 왔습니다. 최 대표가 이광서 사장이 보증금을 받았다는 소식을 듣고, 눈물까지 다 글썽거립디다."

당연하지, 형량에 도움이 되니까. 하지만 상열의 이미지가 반짝 떠오르자 마음이 순식간에 어두워지는 것은 어쩔 도리가 없었다. 바로 그때, 임원실 복도에서 김 이사가 천천히 이쪽으로 걸어오고 있는 게 보였다.

"죄송하지만, 누가 와서 전화 끊어야겠습니다."

"아, 괜찮습니다. 그럼, 일 보십시오."

성 행장의 목소리에는 이제 여유마저 실려 있었다.

다가오는 김 이사를 보며 광서가 물었다.

"아니, C펀드로 아직 안 가셨어요?"

"시간이 애매해. 광서야, 냉면이나 먹으러 가자. 여기서 점심을 하고 C펀드로 움직여야겠다."

광서는 후다닥, 슬리퍼를 구두로 갈아 신었다.

"여기철인가 하는 기분양자는 만나봤냐?"

물티슈로 손을 문질러대며, 김 이사가 물었다.

"예, 만났습니다. 같이 대표를 맡고 있는 차지원 씨도 함께 만났고요. 일은 그럭저럭 잘 진행되는 것 같습니다."

어제 저녁 그들과 만났던 장면이 동영상처럼 떠올랐다. 그들을 보며 세상일이란 코앞의 것도 점칠 수 없다는 말을 새삼 절감했다. 한때 광서에게 구박이라면 구박을 당했던 그들이 어제는 되레 광서를 위로하는 분위기가 연출되었기 때문이다.

여기철 과장은 인터넷 카페를 만들어 기분양자들을 속속 모으는 중이라고 했다. 그리고 옆 좌석에 앉아 있던 차지원 대리는, 변호사도 선임된 상태고 기분양자들이 돈을 조금씩 갹출하여 그 비용을 충당할 참이라고 덧붙였다.

당초 그럴 계획은 전혀 없었지만, 어쩌다 보니 이들과 함께 어지간히 술을 마시고 말았다. 얼마나 마셔댔는지 헤어질 쯤에는 담벼락에다 머리를 박고 비틀거리며 오줌을 눌 정도였다. 나란히 서서 소변을 보던 여기철 과장이 고개를 돌리며 그런 말을 했었다.

"당신네들은 친구들인데, 가만 보면 우리보다 더 꼬였네요."

그 말이 뇌에 각인된 듯 밤새도록 지워지지 않았다.

"모레입니까?"

대뜸 찌른 광서의 질문에, 김 이사는 대꾸는 하지 않고 젓가락으로 면을 비비며 고개만 끄덕였다.

"그럼 오늘 안으로 통지를 해야겠군요."

"그래. 니가 통지문 형태로 작성해서 공문으로 보내라."

김 이사는 젓가락으로 겨자를 듬뿍 찍어 붉은 냉면 육수 안으로 휙휙 풀었다. 후루룩 하는 소리와 함께 한 뭉치의 면발이 그의 입속으로 들어갔다. 보는 자체로 시원했다. 하지만 머리카락이 부쩍 사라진 그의 휑한 정수리를 보자니, 마음 한구석이 괜스레 찡해왔다.

국가펀드의 요구로 골든게이트 상가에 대한 비상회의가 열렸다. 최상열과 기두표가 부재한 상황에서, 안학찬이 골든게이트의 유일한 임원으로서 회의실에 들어갔다. 관계 저축은행들은 전후 상황을 가장 잘 파악하고 있는 김성태를 원했지만, 성태는 이런 제의를 의도적으로 묵살하고 잠적한 상태였다. 저축은행 관계자들의 입장에서 보면 잠적이었지만, 사실 이는 모두 철저한 계획과 보안 하에서 연출된 일이었다.

광서는 자판기 커피를 한 잔 뽑아들고, 대회의실 바깥 의자에 앉아 대기했다. 회의실에서 새어나오는 말들을 주워들으며 커피를 홀짝거렸다. 오늘 회의는 그동안 회의에 참여하지 않았던 자금관리회사인 SB신탁마저 망라된, 그러니까 저축은행 관계자들은 물론이고 분양대행사 대표들마저 모인 대규모 미팅이었다.

저축은행 관계자들이 앞서거니 뒤서거니 모습을 드러낼 때만 해도 분위기는 사뭇 화기애애했다. 들리는 소문을 참고하여, 국가펀드가 갑작스레 비상회의를 주최하는 이유를 다들 짐작하고 있는 듯한 얼굴이었다. 국가펀드가 중국 상인단을 통해 탄력을 받은 만큼 골든게이트 상가를 인수하리라는 예상이 그들의 얼굴을 환하게 해주었을 것이다. 성 행장이 몸담고 있는 J저축은행 이성래 사장의 모습이 특히 활기차 보였다. 그는 다른 저축은행 관계자들과 일일이 악수를 나누며 활짝 웃고 있었다. 광서의 손을 움켜잡고도, 흐드러진 웃음을 지우지 않았다.

"그동안 수고하셨습니다, 이광서 사장님!"

중국의 송금 사실은 이미 공공연한 비밀이 된 것 같았다. 그들은 국가펀드의 골든게이트 상가 인수를 기정사실로 받아들이고 있었다. 그래서 회의가 시작되기 전부터 흥분에 찬 목소리들이 와자지껄 대회의실에 울려 퍼졌다.

김형우 이사가 차장을 대동하고 회의실에 들어간 지도 벌써 30분이 경과되었다. 광서의 짐작이 맞는다면, 지금쯤 김 이사의 폭탄선언이 터질 타이밍이었다.

광서는 사전 논의된 대본을 복기해보았다. 김 이사는 다음 상황을 나열할 거였다. 광서는 마치 김 이사가 된 것처럼 속으로 중얼거렸다.

'계약서에 의거, 실질적 지배 주주인 최상열의 무한 연대보증에 따라 그의 모든 재산은 채권 확보를 위해 충당할 것입니다. 최상열이 대주주로 있는 골든 IT는 공시를 통해 최대 주주가 변경되었음을 통보합니다. 숨겨진 명의신탁의 재산들도 은닉재산으로서 소송을 통해 몰수할 방침입니다. 아울러 분식회계에 참여한 회계 법인에 대해서도 소송을 걸 것입니다. 뿐만 아니라 이번 최상열 사건과 관련된 모든 법인격에 대해 소송을 걸 만한 사안이 있으면 소송을 걸 것인 바, 충분히 확보된 자료들이 있음을 말씀드립니다.'

김 이사의 말은 그야말로 천둥이 되어 금융기관 관계자들의 넋을 빼놓을 것이다. 그런 다음 김 이사는 본론이 담긴 대본을 낭독할 터였다.

"시행사인 골든게이트 홀딩스는 계약서에 의거, 실질적 지배 주주이자 경영 지배인 최상열과 골든게이트 홀딩스의 등기 대표인 기두표 사장이 위법행위에 따른 중대한 결석 사유를 발생시켰고, 뿐만 아니라 경영 과정에서도 국가펀드의 채권 회수에 대해 심대한 방해 행위를 하였다. 그런 이유로, 국가펀드는 담보로 잡은 구좌에 대해 더 이상 명확한 담보 가치가 확보되었다고 확신할 수 없고, 그에 따라 국가펀드에 담보된 구좌는 몰수, 신규계약된 구좌에 대해서는 해약절차를 밟는다,

계약금은 신규계약자에게 다시 되돌려준다. 귀책사유는 골든게이트 홀딩스에 있다고 판단되기 때문이다. 기지출된 분양수수료에 대해서는 회수 행위를 포기한다. 이는 매몰비용이므로 우리는 대손충당금으로 처리할 것이다. 그리고 곧바로 해약절차가 완료된 구좌들은 강제 집행으로 돌입한다."

이 대목까지만 오더라도 그들의 간담은 서늘해지고 안면 근육에 파르르 경련이 일기 시작할 것이다.

경매는 예사로 볼 일이 아니었다. 문제는 국가펀드에 담보된 선순위 구좌가 아니라, 추가담보로 잡힌 방대한 국가펀드의 후순위 구좌들이었다. 이 구좌들은 대부분 성 행장의 J저축은행이 선순위로 되어 있는 것들이다. 물론 다른 관계 기관들이 선순위로 잡혀 있는 구좌들도 결코 국가펀드의 경매 신청에서 자유로울 수가 없었다. 이런 구좌들과 국가펀드의 선순위 구좌들을 합치면, 전체의 7~80%에 달했다. 말하자면, 골든게이트 상가의 대주주로 등극한 국가펀드가 계약 해지를 받아들이는 동시에 골든게이트 전체를 원점으로 되돌림으로써 칼날을 정통으로 관계 금융기관에 겨누는 형국이 된 것이다. 분양가의 55% 정도에 낙찰되는 경매로 돌입한다는 것은, 골든게이트 상가 전체 구좌의 실 거래가격을 55% 낮추는 엄청난 파괴력을 가지고 있으므로, 이는 골든게이트에 대출한 모든 관계 금융기관들에게는 일종의 전쟁 선포나 다름없었다.

담보 구좌의 평가손실 가능성이 농후함에도 불구하고, 골든게이트 상가 전체를 법적인 경매로 부치겠다는 것은 골든게이트를 박살내겠다는 국가펀드의 강력한 의지 표명이었다. 그 후 일정 액수까지 가격이 내려가면, 그때 공매나 수의계약을 통해 인수를 고려해보겠다는 국가펀드의 속셈은 이 바닥에서 잔뼈가 굵은 저축은행 관계자들이라면 모를 리 만무했다.

그들의 허옇게 질린 낯빛이 눈앞에 어른어른했다. 특히, J저축은행의 이성래 사장은 아마 입을 다물지 못할 정도로 그악한 충격을 받았을 것이다. 이 정도 발언이 나올 때쯤이면, 제아무리 상대가 국가펀드의 거물일지라도 격렬한 저항이 나올 수밖에 없을 것이다. 당연한 일이었다. 그야말로 눈 뜨고 죽으라는 소린데!

그런 상상을 하는 사이, 마치 광서의 추측을 방증이라도 하듯 회의실 안에서 고함소리가 마구 터져 나오기 시작했다. 광서는 피식 웃었다. 회의실 안의 소리가 점점 격렬해지고 점점 커져갔다. 그럴수록 광서의 입 꼬리는 점점 높이 올라갔다.

몇 분도 되지 않아, 회의실 안은 도떼기시장처럼 웅성거렸다. 잠시 차분해지는가 싶더니, J저축은행 이성래 사장의 날선 성토가 쟁쟁하게 귓전을 때렸다. 얼핏 들은 바로는, 경매를 하든 수의계약을 하든 그 손실액만큼 기존 대출 분양자들에게 강제 집행할 수밖에 없다는 내용이었다.

"이광서 부장!"

이성래 사장의 말이 끝나는 동시에, 김 이사의 호명 소리가 광서의 귀를 파고들었다. 광서는 회의실 문을 활짝 열어젖히고 뚜벅뚜벅 안으로 들어갔다. 좌중을 보니, 과연 김 이사의 폭탄선언에 다들 넋이 나간 표정들이었다.

광서는 우두커니 선 채 시선을 비스듬히 내리깔고 목소리를 가다듬기 위해 헛기침을 몇 번 했다. 김 이사가 엄숙한 표정으로 광서에게 물었다.

"지금 기분양자의 상황이 어떻게 되어 있는지 말해보세요."

광서는 한 번 더 헛기침을 한 다음 발언을 시작했다.

"오늘 기분양자인 전 골든게이트 직원 여기철 씨와 차지원 씨가 기분양자들을 대표해서 법원에 최상열을 비롯한 각 관계 저축은행을 상대로 사해신탁 행위에 따른 소송 그리고 그에 따른 손해배상청구 소송을 제기했습니다. 최종판결이 날 때까지는 강제 집행도 용의하지 않을 것입니다. 특히, 최상열의 범법행위가 확정될 시 그들이 승소할 확률이 높습니다."

광서는 발언을 마치고 고개를 들었다. 광서에게 쏠려 있는 모든 눈들과 입들이 둥그렇게 벌어져 있었다. 그 얼굴들을 보노라니 절로 웃음이 터져 나와, 진지한 표정을 유지하기가 몹시 힘들었다. 특히 J저축은행 이성래 사장은 도저히 눈으로 볼 수 없을 만큼 얼굴색이 흙빛으로 변해 있었다. 대본대로 발언했으니, 이제 입을 닫고 조용히 퇴장하면 그만이었다. 그 순간, 누군가 자리에서 벌떡 일어섰다. 광서의 기억이 맞는다면, 골든게이트에 대해 두 번째로 대출금액이 큰 H상호저축은행의 윤 뭔가 하는 부장이었다.

"당신들! 힘 있다고 이래도 되는 거야?"

대놓고 적의를 드러내는 윤 부장의 날선 말에 김 이사의 이맛살이 심하게 구겨졌다. 김 이사와 H상호저축은행 윤 부장의 시선이 허공에서 살벌하게 부딪쳤다. 김 이사가 노기를 누르려 무척 애를 쓰고 있다는 게 여실히 느껴졌다.

"힘이라는 말이 왜 나옵니까? 우리는 규정대로 할 뿐입니다."

김 이사가 말하자, 이성래 사장이 즉각 그 말을 받아치고 나왔다.

"이 난장판 상황에서 그게 올바른 규정입니까? 저희더러 가만히 앉아 죽으란 소리나 다를 게 없잖습니까? 난장판은 저 이광서 부장의 친구인 최상열이 다 저질러놓은 건데, 왜 죄 없는 저희에게 이러십니까?"

이성래 사장이 대뜸 내뱉은 그 말이, 광서의 심장에 비수로 와 박혔다. 광서는 날카로운 통증을 이기지 못하고, 이성래 사장에게로 고개를 획 돌렸다.

"뭐? 규정이 올바르지 않다고? 죄가 없다고?"

광서가 불쑥 끼어들자, 이성래 사장은 잠시 주춤했다. 하지만 이내 광서에게 부라린 눈알을 들이댔다. 회의실 안의 모든 저축은행 관계자들이 광서에게 적대적인 눈빛을 보내고 있었다. 더러는 알아들을 수 없는 말을 하며 삿대질을 하는 이도 있었다. 그런 분위기에 힘입었는지, 이성래 사장의 눈은 살기마저 띠어 갔다. 그때, H상호저축은행의 윤 부장이 이성래 사장의 대변인을 자처하듯 목소리를 높였다.

"그럼, 이게 정당한 해법이야? 특히, 당신 이래도 되는 거야? 당신이 최상열 친구라면서 이런 식으로 뒤통수 쳐도 되는 거냐고?"

머리가 띵해질 만큼 분노가 머리를 휘감았다. 참자, 참자, 참자! 부르르 떨리는 주먹에 수갑을 채우듯 허벅지에 갖다 붙이고, 입술을 질끈 깨물었다. 하지만 머리를 터뜨릴 것 같은 분노를 더 이상 입에 가둬둘 수만은 없었다.

"어이, 윤 부장 당신……"

다시 한 번 입술을 아프도록 깨물었다. 그러나 저절로 벌어지는 입술을 막으려야 막을 수가 없었다.

"지점장 시절…… 우리 골든게이트에 대출하면서……."

광서는 이를 악물었다.

"커미션 5억 처먹었지?"

윤 부장의 얼굴은 안색이 벌게진 채, 광서를 무슨 귀신 쳐다보듯 눈을 던지고 있었다. 이미 그 말이 튀어나오는 순간, 광서는 여실히 깨달았다. 급기야 막다른 골목에 이르고 말았다는 걸.

"당신이 아니래도 상관없어. 장부에 다 기록돼 있으니까. 우리 한번 광란의 불춤을 쳐볼까? 그냥 조용히 넘어가줄 수도 있어. 그러니까 입 닥치고 조용히들 있어. 정말 열 받게 하면……."

"이광서 부장! 함부로 입 나불대지 마라!"

갑자기 날아든 김 이사의 고함에 광서는 움찔하며 입을 닫을 수밖에 없었다.

광서를 바라보는 김 이사의 눈빛이 예사롭지 않았다. 정말 화가 난 듯 보였다. 어느덧 회의실은 김 이사의 기운에 눌려, 뜻하지 않은 침묵 모드에 빠져들고 있었다. 그러나 광서는 이미 둑을 넘어버린 분노를 도저히 쓸어 담을 수가 없었다.

이들은 골든게이트의 허물에서 결코 자유로울 수 없는 존재들이었다. 오십 보 백 보의 차이는 있을지언정, 모두 관련이 있는 자들이었다. 그중에서도 도드라지는 사람이 있다면, 바로 성 행장이었다. 그 늙은 여우는 불법 대출을 작업하는 과정에서 30억이 넘는 커미션을 챙겼고, 초과이익 달성에 따른 옵션도 챙겼다. 어쨌거나, 모두가 한 통속이었다. 그러면서 죄가 없다?

누구는 약 먹을 줄 몰라 안 처먹은 줄 아나? 나는 간이 작아서, 그 비린내 나는 돈을 삼키지 않을 뿐이다. 간이 작아서, 집 한 채 마련하기 위해 몇 십 년의 세월을 투자하고 있을 뿐이다. 헌데 이 개자식들은 서로 음흉한 미소를 주고받으며 악수만 나눠도 뭉칫돈이 굴러다닌다. 이 더러운 구조가 결국 버블을 만들고, 난장판을 만들고, 결국 불치의 암 덩어리가 되어가는 것이다. 골든게이트를 말기 암 상태로 만들어놓은 당사자들이, 뭐? 죄가 없다?

광서의 분노는, 돈 버는 일에 대범치 못한 자신에 대한 가학이 더해지면서, 결국 임계점을 넘고야 말았다.

"이 씨팔 개자식들을 봤나! 뭐라? 죄가 없다?"

광서는 이성래 사장의 눈앞까지 바짝 다가섰다. 그의 눈에 자신의 부릅뜬 눈을 갖다 붙인 채 큰소리를 질렀다.

"특히, 당신 J저축은행은 그냥 못 넘어가! 하늘에 맹세컨대 그냥 안 둔다! 알았어?"

노기 어린 김 이사의 음성이 다시 크게 터졌다.

"이광서! 나가!"

광서는 입술을 실룩거렸다. 눈앞이 흐릿해졌고, 시야에 들어오는 모든 것들이 흔들흔들했다. 혈압이 상승한 탓인지, 어질어질했다. 광서는 팔을 뻗어 큰 호를 그렸다.

"당신들 잘해봐! 채권이고 나발이고, 어떻게 망하는지 똑똑히 보여주겠어!"

김 이사의 고함소리가 폭발했다.

"이광서!"

광서는 회의실 문을 박찼다. 사실, 한계에 다다른 김 이사의 노기 앞에 더 이상 지껄일 용기는 없었다. 그런 두려움이 그나마 광서를 제어한 셈이었다. 잠깐 동안 속이 시원했지만, 몇 초 지나지 않아 먹물에 잠긴 듯 마음이 어둑해졌다.

사무실을 빠져나와, 국가펀드 거묵 주위를 탑돌이 하듯 빙빙 맴돌

왔다. 뒷감당할 수 없는 퍼포먼스였다. 분위기에 휩쓸리고 말았다는 후회가 밀려왔다. 저축은행 관계자들이 김 이사의 급습에 공포를 느꼈다면, 광서 역시 김 이사를 대면해야 한다는 공포에 직면해 있기는 마찬가지였다. 정말이지 사무실에 들어갈 엄두가 나지 않았다.

광서는 화단에 엉덩이를 걸치고, 팔짱을 꼈다. 10분쯤 지나자, 마냥 이러고 있을 수만은 없다는 판단이 들었다. 어차피 맞을 매라면 서둘러 맞는 것이 낫다는 생각에, 어기적어기적 발걸음을 옮기기 시작했다.

똑똑.

노크를 하고, 최대한 후회하는 척, 마치 죽을죄라도 지은 척, 기가 꺾인 척, 광서는 고개를 폭 처박고 발등만 쳐다본 채 방 안으로 천천히 들어갔다. 그리고 적당한 거리에 도달했다고 생각될 즈음, 그 자리에 우두커니 섰다. 얼마나 지났을까. 너무 반응이 없다 싶어 얼핏 고개를 들었다. 김 이사는 여느 때나 마찬가지로 뭔가를 적는 일에 몰두해 있었다.

"왜? 무슨 보고할 거라도 있냐?"

그의 목소리는 단조로웠다. 광서는 혼란을 느꼈지만, 곧 마음을 다잡고 입을 열었다.

"죄송합니다. 제가 수양이 부족해서 그만 날뛰고 말았습니다. 할 말이 없습니다."

광서는 그 말을 내뱉고 등이 휘도록 머리를 숙였다. 고개를 들자, 김 이사가 빤히 주시하고 있었다. 그는 입 한쪽을 추켜올린, 야릇한 표정을 짓고 있었다.

"괜찮다. 광서야, 잘했다. 그 자식들 완전 사색이 돼버리더만. 제대로 겁줬어. 아주 잘했다."

광서는 눈을 질끈 감았다.

고맙습니다, 이사님! 기필코 지지 않겠습니다!

"정말 다행입니다. 축하드립니다."

대성이 파격적이라고 할 순 없어도 골든게이트보다 훨씬 나은 조건으로 광고회사에 스카우트되었다는 소리를 듣고, 광서가 맨 먼저 한 말은 그것이었다. 대성은 눈가에 부챗살처럼 잔주름을 잔뜩 접으며 환하게 웃었다.

"광서야, 이게 다 니 덕분이다."

"제가 뭘요. 선배님 능력이 있어서 그런 거지요. 하여튼 잘되셨으니까, 오늘 술은 선배님이 쏘셔야 합니다."

주거니 받거니, 오랜만에 대성과 마시는 소주는 정말 달았다. 둘은 한참동안 소주를 마시는 데 열중했고, 안주 삼아 하는 이야기는 대부분 대성의 외동아들에 대한 것이었다. 그러다가 언제부턴가 대성의 얼굴에 씁쓸한 미소가 걸리면서 대화가 띄엄띄엄해지기 시작했다. 그의 얼굴에 이따금 어두운 그림자가 스쳐가는 것을 보며, 광서가 물었다.

"선배님, 무슨 일 있습니까?"

대성은 고개를 저었다. 그는 한동안 느리게 젓가락질을 하다가 입을 열었다.

"모르겠다, 광서야. 니가 왜 돈도 안 되는 험한 길을 자청해 가는지. 세상에서 제일 무서운 게, 결국은 먹고 사는 거더라. 물론 나도 이제야 깨달은 거지만……."

광서는 대성을 향해 싱겁게 웃어 보였다.

"선배님 말씀이 옳습니다. 세상에서 제일 무서운 게 먹고 사는 일이라는 거요. 하지만 험한 길을 일부러 자청해 간 건 아니죠. 제가 좋아서 하는 겁니다."

"광서야, 솔직히 요즘 재경 동문들, 모였다 하면 다들 니 욕이다. 최상열의 행위는 놔두고, 뒤통수를 친 이광서가 사실은 더 나쁜 놈이라고 초점이 맞춰지더라. 난 그럴 때마다 뭐라 할 말이 없어서 그저 묵묵히 술만 마셔댔다."

광서는 곱창 뒤집는 데 열중했다. 대성의 말을 듣고도 별반 화가 나지 않는 게 자신이 생각해도 신기하다는 생각이 들었다. 그사이 내공이란 게 좀 쌓인 건가? 대성은 말을 이었다.

"집에 돌아와 보니, 내 자신이 참 비겁했다는 생각이 들더라. 그 따위 말 같지 않은 소리를 들으면서, 분명 내 가슴속에서는 훅 하고 치솟는 게 있는데, 차마 입 밖으로는 꺼내질 못했으니 말야. ……다행히 그 비겁함을 어제 모임에서 비로소 털었다. 어제 재경 동문들이 다 참석하는 정규 모임이 있었거든."

광서는 눈을 부릅뜨고 대성을 바라보았다. 비로소 털었다니, 빤한 스토리가 머릿속에 그려졌다.

"한바탕 깽판을 치셨군요?"

대성은 옅은 미소만 머금고 있었다. 광서는 괜히 미안했다. 머쓱해져서 소주잔을 비우고 다시 한 잔 채우려는데, 병이 바닥을 드러냈다. 광서는 아가씨! 하고 서빙하는 여자를 향해 손짓을 했다.

"광서야, 누가 뭐래도 꼿꼿이 걸어가라. 백 명의 머저리들이 널 욕해도, 난 너의 열렬한 지지자니까."

대성의 오른팔이 테이블을 가로질러 광서의 왼쪽 어깨에 걸쳐졌다. 그의 따스한 온기가 고스란히 전해졌다.

악수로 끝내기에는 너무 아쉬워 둘은 끝내 포옹까지 하고서야 서로 등을 돌릴 수 있었다. 겨우 보름밖에 남지 않은 국가펀드의 근무일수를 생각하면, 서울 바닥에서 서로 만나는 일은 어려울 것 같다는 생각에 포옹은 꽤나 격렬했다. 택시 앞문을 잡고 대성이 큰 원을 그리며 팔을 흔들었다.

"광서야. 니가 날 폐인의 구렁텅이에서 구했듯이, 이번엔 너 스스로를 구해봐. 난 믿는다."

대성이 큰 소리로 외쳤다. 광서는 싱긋 웃는 것으로 대답을 대신했다.

서울의 밤 풍경은 언제 봐도 요란해서 좋았다. 이따금 날카로운 경적 소리가 귓등에 혹은 이마에 부딪혀 왔고, 연등처럼 줄지은 헤드라이트며, 태양처럼 내려다보는 가로등이며, 마치 빛의 열대우림처럼 색색의 불빛들을 열매처럼 달고 빽빽이 솟아 있는 빌딩숲들이 묘한 흥분을 안겨주었다. 도보에서는 취객들이 비틀거리며 지나갔고, 한 귀퉁이에는 광서 같은 남자들이 우두커니 서 있었다.

뭉치바람이 뺨을 후려치듯 스쳐갔다. 서울의 바람은 거제도의 바람을 불러냈고, 윤판기 대장의 얼굴을 불러냈다.

윤판기 대장과 연락한 것이 언제였더라? 기억에 아삼했다. 참 무심했다는 생각이 들었다.

광서는 핸드폰을 꺼내 번호를 눌렀다. 신호가 세 차례 갔을 때, 반가운 목소리가 튀어나왔다.

"우리 광서, 진짜 오랜만이네."

"대장님, 잘 계셨습니까?"

"그럼. 간판쟁이가 잘 못 지낼 이유가 없지. 어때, 국가펀드 일 힘들지?"

"예. 진짜 힘들어 못해먹겠습니다 그래서 이참에 때려치우기로 했습니다. 2주 후면 여기 다 정리하고 부산에 내려갈 참인데, 그때 우리 낚시나 찐하게 갔다 옵시다."

"좋지. 그냥 며칠만 다녀올 게 아니라 아예 한 달은 비워놓으라고. 낚시 전국일주를 한번 해보게. 비용은 걱정 마. 내가 다 알아서 준비할 테니."

"대장님이 명령하시는데 여부 있겠습니까? 그날만 학수고대하겠습니다."

"그래, 2주 후에 보세."

거제도 바다가 바로 코앞에서 흰 포말을 튕기며 철썩거렸다. 바람이 불었다. 광서는 거제도 바닷길을 걷고 있었다. 망망한 남해 바다가 어둠 속에 포진해 있었고, 뒤로는 수많은 차량들이 빵빵거리며 따라오고 있었다. 양재동 방향으로 뻗은 그 바닷길을 광서는 걷고 또 걸었다.

어느 순간, 광서는 걸음을 멈추었다. 아까, 윤 대장과 전화할 때 미처 확인해보지 못한 문자 메시지가 생각나서였다. 핸드폰은 방전을 향해 가는 중이었다. 광서는 상의 호주머니에 넣어둔 예비 배터리를 갈아 끼우고, 메시지 함을 열었다. 성태와 문석으로부터 몇 통의 메시지가 날아와 있었다. 그들이 다급한 신호를 보내고 있는 게 분명하다. 광서는 메시지 내용을 확인하지 않고, 성태에게 바로 전화를 걸었다. 신호음이 딱 한 번 울리자마자, 성태의 목소리가 흘러나왔다.

"너 지금 어디야? 니 모텔로 빨리 와. 문석이하고 사무라이 문도 와 있다. 지금 비상사태 터졌어. 빨리!"

뭐라고 묻기도 전에 성태의 목소리가 더 이상 들리지 않았다. 불길한 느낌이 엄습했다. 광서는 지체 없이 택시에 몸을 실었다.

방문을 활짝 열자, 너구리를 잡기라도 하듯 담배 연기가 짙은 안개처럼 깔려 있었다. 방 한가운데 주저앉아 종이컵을 홀짝거리고 있던 문석이 상황을 정리해주었다.

　"광서야! 검찰이 지금 성 행장을 검거하기 위해 자택을 급습했는데, 이 양반이 눈치를 채고 도주 중이란다."

　성태는 방 모서리에서 등을 돌린 채 누군가와 열심히 통화를 하고 있었고, 사무라이 문도 화장실에서 성태와 엇비슷한 크기의 목소리로 전화를 하고 있었다. 광서는 천천히 방을 가로질러 옷걸이에 양복 상의부터 걸었다. 막 전화기를 내려놓은 성태가 광서의 팔을 붙잡았다.

　"국가펀드가 강제 경매를 통보하자마자 검찰이 치네. 이거, 김 이사가 작업한 거 맞지?"

　나야 알 수 없지, 하는 투로 두 손바닥을 벌려 보였다. 사실 광서도 헷갈리긴 마찬가지였다. 검찰이 벌써부터 성 행장을 검거하려 들다니, 아무리 상황을 되짚어봐도 그저 의아할 뿐이었다. 아직까지 저축은행이 살아 있는데, 은행장부터 친다? 때가 이르다는 생각이 들었다. 검찰은 왜 급습을 해야 했을까? 그 의문에 대한 답은 화장실에서 막 나온 사무라이 문의 입에서 흘러나왔다.

　"성 행장, 그 양반 뇌물죄에 걸렸습니다. 골든게이트 건과 별개로 기획수사에 걸렸나 봅니다."

　광서는 이 같은 사실을 김형우 이사에게 알리기 위해 다급하게 전화기를 꺼냈다. 11시에 가까워가는 늦은 시각이었지만, 이런 급물살을 타는 마당에 실례 따위가 대수냐 싶었다.

　"이 늦은 시간에 웬 일이냐?"

　목소리의 뉘앙스를 봐서도 그는 지금 사태를 전혀 눈치 채지 못한 것 같았다. 그렇다면 그가 작업한 게 아니구나.

"지금, 성 행장 체포 작전이 벌어졌나 봅니다. 현재 도주 중이라 하던데요."

"그래? 검찰에서 기획수사로 작업한 모양이군. 그렇다면 뇌물죄로 잡았겠군.'

"그렇습니다."

그는 단번에 상황을 판단했다. 김 이사의 네트워크 정도면, 이런 수사가 진행되고 있다는 정보를 어느 정도 감지하고 있었을 것이다.

김 이사는 알아들을 수 없는 말을 읊조리다가, 기습하듯 물어왔다.

"혹시 너, 지금 그 국정원 친구랑 같이 있느냐?"

광서는 전화기를 막고 천천히 고개를 돌려 사무라이 문을 쳐다봤다. 사무라이 문은 이맛살을 찌푸리며 손을 설레설레 저었다. 광서 역시 곤혹스럽긴 마찬가지였다. 이러지도 저러지도 못하고 궁싯거리다가 결국은 마음을 굳혔다.

"그렇습니다. 같이 있습니다."

"바꿔봐라."

광서는 전화기를 대뜸 사무라이 문에게 건넸다. 사무라이 문은 황망하다는 표정으로 두 손을 벌려 보였다. 광서는 꿈쩍하지 않고 전화기를 계속 내밀었다. 고개를 살래살래 흔들며 사무라이 문은 전화기를 넘겨받았다. 그리고 곧장 화장실로 들어갔다.

이따금 깍듯이 붙이는 경어 투의 대답이 화장실 문틈에서 새어나왔다. 사무라이 문이 김형우 이사와 은밀한 대화를 주고받는 사이, 김성태는 C펀드 측 간부에게 걸려온 전화를 받기 위해 또다시 벽 모서리 귀퉁이로 향했다. 그 틈에 문석이 귓속말을 하듯 광서에게 물어왔다.

"이번에 국가펀드에서 상가를 인수하게 되면, 두표도 어떻게 기대해 볼 수 없을까?"

문석의 질문에 쉬 대답할 입장은 아니었지만, 광서의 마음속에는 은근한 확신이 자리 잡고 있었다. 그것은 문석도 모르는 한 가지 사실에 근거한 것이었다. 그 근거란 광서와 성태가 국가펀드 업무를 마무리할 때, 마지막으로 두표에 대한 선처, 즉 재판부에 제출할 탄원서를 조건으로 내걸었다는 거였다.

"장담은 할 수 없지만 그렇다고 꼭 비관적이지만은 않아."

애매한 말인데도, 문석은 광서의 손을 움켜잡았다.

"광서야, 정말 수고했다. 내 베팅이 역시 틀리진 않았어."

"글쎄, 내가 뭘 했다고. 난, 너와 성태야말로 지대한 공로자라고 생각한다. 사실, 난 이리저리 떠밀려 다니기 바빴으니까."

화장실 문이 열리며, 사무라이 문이 나왔다.

"역시, 거물은 거물이시네. 이 양반, 팀장급 정보를 어떻게 다 알고 계시지? 뇌물 사건에 대해서도 이미 알고 있었네. 대단해. 광서 씨, 당신도 그냥 이분 밑에서 조용히 계시지 그래요? 밥은 안 굶고 살겠구만."

전화기를 보며 고개를 주억거리던 사무라이 문은 광서를 쳐다보고는 얼른 입가에 걸었던 밋밋한 미소를 지워버렸다. 광서의 눈매가 사나워져 있었기 때문이다.

성태도 통화를 마치고, 넷은 방 중앙에 둥근 모양으로 자리를 잡고 앉았다. 문석이 말했다.

"성 행장은 대체 그 정보를 어떻게 알았을까? 검찰이 자기를 치러 오고 있다는 걸 말야."

"그러게 말이다."

광서가 말했다. 사무라이 문도 성태도 허탈한 웃음을 흘리는 걸 보면, 그들의 대답도 광서와 다를 게 없는 듯했다. 그건 그렇고, 이 늙은 여우는 지금 어디에 숨어 있을까? 당연히 출국금지 조치가 내려졌을 테고, 그렇다면 검거는 단지 시간문제일 뿐인데…….

추측을 더듬어가다가, 덜컥 떠오르는 얼굴이 하나 있었다. 혹시 기백이? 왜 그런 생각이 들었을까? 허철묵은 현재 손을 내밀 입장이 아니다. 그렇다면 그 일을 해줄 사람은 기백밖에 없다는 결론에 닿았던 것이다.

광서는 기백에게 즉각 연락을 취했다. 하지만 기백은 전화를 받지 않았다. 이번에는 광현에게 전화를 걸었다. 신호가 한참 간 뒤에야, 광현의 굵직한 목소리가 튀어나왔다.

"예, 형님."

"광현아, 이건 비밀인데, 현재 성 행장이 수배 중이다. 근데 기백이가 연락되지 않는다. 아무래도 기백이가 배송 중일 듯한데, 그렇다면 큰일이다. 자칫하다간 나중에 너희들도 다칠 수 있어. 어떤 경로를 통해서든 기백이를 찾아내서 나한테 빨리 연락을 해달라고 전해줘. 이제는 좋을 봐야 하지 않겠냐?"

광현은 잠자코 광서의 말을 듣고만 있었다. 잠시 후, 그는 한숨을 크게 내쉬며 말했다.

"맞습니다, 형님. 이젠 좋을 볼 때가 됐죠. 제가 기백이 어딨는지 알아내겠습니다. 기백이 입장도 있으니까, 형님이 직접 통화하시지 마시고 제가 문자로 대신 넣겠습니다."

실은, 오늘 오후 2시 무렵, 광현이 국가펀드에 왔었다. 광서가 서둘러 광현을 부른 것은, 상황이 본격적인 급물살을 타기 전에 그를 국가펀드에 인사시켜야 한다는 조바심 때문이었다. 광현은 광서가 시킨 대로, 평범한 직장인처럼 단정한 정장차림으로 왔다. 광서는 몇 번이나 광현에게 주지시켰다. 최대한 입을 무겁게 해라, 괜스레 말이 많으면 건달냄새를 풍기니까, 웬만하면 말수를 줄여라.

광현은 또박또박 절도 있게, 꼭 필요한 말만 입에 올렸다. 이사장도, 김 이사도 확연히 맘에 들어 하는 눈치였다. 결론적으로 광현은 잘해 냈다. 큰 변수만 없다면 윤광현은 어엿한 국가펀드 소속의 골든게이트 관리자로서 첫 발을 내디딜 수 있을 터였다.

"광서 씨, 당신의 고성능 촉으로 뭔가 감지되는 게 있습니까?"

사무라이 문이 다소 음흉한 느낌의 웃음을 매단 채, 슬쩍 말을 걸어 왔다. 말투의 뉘앙스가 마뜩찮아 광서는 아무 대꾸를 하지 않았다. 광서는 냉장고 문을 열고 어젯밤 사다놓은 캔 맥주를 꺼내어 하나씩 나누어주었다. 사무라이 문에겐 직접 캔 뚜껑을 따주었다. 그 이유는, 그에게 여태껏 품어왔던 의문을 물어보기 위해서였다. 광서는 사무라이 문의 얼굴을 정면으로 응시하며 물었다.

"문, 우리 이젠 솔직해집시다. 문이 문석과 친구 사이라는 이유로 우릴 도왔다는 건 알겠는데…… 솔직히 요즘 들어서는 그게 다는 아닌 것 같다는 생각이 드는군요. 도대체 꿍꿍이가 뭡니까? 내 말은, 애당초 당신의 표적은 어디에 있느냐 이겁니다. 내 추측이 틀리지 않다면, 사무라이 문은 성 행장 라인과 연루된 어떤 사건을 추적하다가 날 용케 알고 의도적으로 접근한 것 같은데, 그게 아닌가요? 즉, 우리를 돕는다는 건 일종의 핑계다, 이 말이죠."

문석은 어리둥절한 표정으로 광서의 말을 듣고 있다가, 시선을 바닥에 깔고는 생각에 잠기는 듯했다. 문석은 처음에 아무 표정이 없었지만, 어느 시점부터인가 표 나게 인상을 찌푸리기 시작했다. 문석은 사무라이 문을 향해 고개를 획 들어올렸다.

"맞아. 너, 광서 말대로 무슨 다른 꿍꿍이가 있지?"

그러나 사무라이 문은 무슨 말을 하는지 모르겠다는 듯 뜨악한 표정으로 일관했다. 그때 성태가 불쑥 끼어들었다.

"혹시 이거 아니오? 상열이하고 성 행장이 자금을 불법적으로 빼돌려 중국 부동산을 매입한 건 말이지. 모르긴 몰라도 성 행장하고 상열이 것을 합치면 족히 수백억은 될걸? 불법 외화 반출치고는 꽤 액수가 큰 편이지. 근데 문제는, 상열이하고 성 행장이 재산을 신탁시킨 사람도 알고 보니 중국에서 도피 중인 반 사기꾼이었다는 거지. 뛰는 놈 위에 나는 놈 있고, 나는 놈의 등을 타고 있는 놈이 따로 있더라니까. 어쩌면 상열이하고 성 행장도 그 사기꾼에게 당했을 수도 있어."

사무라이 문은 영문을 모르겠다는 표정을 고수하고 있었다. 하지만 광서는 성태가 말하는 동안 사무라이 문의 안면 근육이 미세하게 움찔하는 것을 놓치지 않았다.

"나 참, 듣자 듣자하니까 기가 막히군요. 성태 씨, 그건 좀 심한 오버라는 생각 안 듭니까? 처음에 문석이가 나한테 분명히 부탁을 했고, 그래서 제가 약간의 도움을 드린 것뿐입니다. 물론 저로선 규정 위반이었고요. 골든게이트가 점점 이슈화되면서 청와대 쪽에도 민원이 폭주한 겁니다. 청와대가 관심을 갖게 되자 당연히 국정원에도 TF 팀이 구성될 수밖에 없었고요. 그런데 이게 마치 감자를 캐는 것 같아서, 캐면 또 나오고 캐면 또 나오고, 캘 게 끝이 없더라는 거죠. 성태 씨가 말한 중국 쪽 문제도 감자 뿌리의 한 줄기일 뿐이라고 생각합니다. 그런데 도와주고 이런 이야기까지 들어야겠습니까? 절 어디다 갖다 붙일 생각은 하지 마십시오. 정말 기분 안 좋습니다."

사무라이 문은 정말 불쾌하다는 듯 얼굴을 일그러뜨렸다. 그의 설명도 일리가 없지는 않았다. 하지만 코까지 벌렁거리며 언성을 높이는 것은 평소의 침착하고 냉정한 태도와는 분명히 어긋남이 있었다. 모두 사무라이 문의 말에 토를 달지는 않았지만, 성태와 문석은 그의 해명을 액면 그대로 받아들이는 눈치 같지는 않았다. 그것은 광서도 마찬가지였다.

서로 머쓱해져 잠시 정적이 흐르고 있는데, 핸드폰 벨소리가 울렸다. 사무라이 문의 핸드폰이었다. 그는 재빨리 전화기를 두 손으로 감싸고 귀에 밀착시켰다. 셋은 숨소리를 죽인 채, 그의 통화 내용에 귀를 기울였다. 2분이 조금 넘어서자, 마침내 사무라이 문은 핸드폰 폴더를 접었다.

"성 행장이 검거되었답니다. 서울 자택 근처의 모텔에서 잡혔다는군요. 지금 대검 중수부로 압송 중이랍니다."

광서의 판단이 보기 좋게 비껴가는 순간이었다. 뭐라 표현할 수 없는 환한 미소가, 성태의 얼굴도 광서의 얼굴도 아닌, 사무라이 문의 얼굴에 확연히 퍼져가고 있었다. 물론 성 행장의 검거는 만세삼창이라도 외쳐야 할 만큼 기쁜 소식이었다. 그런데 사무라이 문이 저렇게 좋아하는 이유는 무엇일까? 셋은 약속이나 한 듯 서로를 곁눈질로 쳐다보았다. 그때, 문석이 박수를 쳤다.

"자, 됐다. 이제 나가서 술이나 한잔하자. 길고 긴 영화가 이제 다 끝났다."

사무라이 문이 벌떡 일어섰다. 얼굴이 딱딱한 걸로 봐서는 같이 술을 하려고 일어서는 것 같지는 않았다.

"어딜 가시려고? 모처럼 만났으니, 술파티라두 해야지! 당신 성 행장한테 무슨 볼 일 있나?"

문석은 우두커니 서 있는 사무라이 문을 올려다보며 다소 비꼬는
투로 물었다. 사무라이 문의 얼굴이 흉하게 뒤틀렸다. 그는 아무 말도
하지 않은 채, 간다는 인사도 없이 씩씩거리며 나갔다. 그것을 보며, 문
석이 한마디 했다.

"저 자식, 암만해도 수상해. 지금이니까 고백하지만, 아까 저 녀석
말 중에 앞뒤가 안 맞는 진술이 하나 있었거든. 내가 도움을 먼저 구
한 게 아니고, 어느 날 지가 먼저 연락을 해와서 혹시 도움이 필요하면
도와주겠다고 하더라고. ……뭔가 있어. 가만히 보면 우리가 되레 이용
당한 것 같단 말이야."

문석은 고개를 획 틀면서 사무라이 문이 사라진 쪽을 손가락으로
겨누었다.

"저 인간, 저것도 무서운 놈이네!"

아직 최후라고 단정 짓기엔 이른 감이 있지만, 아무튼 늙은 여우의
최후의 서막은 그렇게 뜻하지 않게 찾아왔다. 머지않아 블랙 샘소나이
트 가방 속에 감춰진 늙은 여우의 엄청난 비리가 만천하에 드러날 거
였다. 탐욕으로 얼룩진 이 아사리판에서 두 핵심 주역이 빠져버렸으니,
골든게이트가 무너지는 것은 단지 시간문제일 뿐이었다.

광서는 성 행장의 피검 정보를 알리기 위해 김 이사에게 다시 전화를
걸 참이었다. 그런데 전화기를 집어들자마자 진동이 왔다. 광현이었다.

"형님, 기백이가 배송 안 했답니다."

"알고 있다. 미안하다. 내가 좀 민감하게 생각했나 봐."

"그럼, 어디서 검거가 된 겁니까?"

"집 근처의 모텔에서 붙잡혔단다."

광서는 멋쩍은 웃음을 흘리며 말했다.

"근데 형님, 골치 아픈 문제가 하나 생겼습니다."

광서는 왠지 불길한 예감에, 웃음을 싹 지우고 핸드폰을 귀에 바짝 갖다 댔다.

"골치 아픈 문제라니, 뭔데?"

"모레 아침, 골든게이트 상가에서 최상열 사장의 오더를 받은 애들이 농성을 할 모양입니다. 국가펀드가 경매 진행을 즉각 중지하라는 구호를 내걸고요. 기분양자들이 몇 명 참여할 것 같습니다. 우리 큰형님이 자꾸 미적대니까, 최상열이 퍼뜩 눈치를 까고 수원 애들을 부른 모양입니다. 우리보고는 혹시 다른 데서 치고 들어오는 조직 애들이 있으면 그거나 커버하라고 하는데……."

"뭐? 수원 애들?"

광서의 눈이 대번에 험악해졌다. 그것을 본 성태가 광서의 옆으로 바짝 다가앉으며 물었다.

"뭔데? 무슨 일이야?"

광서는 전화기를 손으로 막으며, 성태를 향해 눈짓을 보냈다. 가만 있어봐, 인마.

"너, 수원 애들이라고 했니?"

"예. 최상열이 동원할 수 있는 애들이 걔들밖에 더 있습니까?"

하! 뒤통수를 제대로 맞았군. 수원 애들이라면 옛날 상열의 집에서 맞닥뜨린 놈들일 터였다. 상열은 마지막 저항을 시도하는 셈이었다. 다른 데서 치고 들어오는 조직이라면 행여 광서가 동원할 수 있는 식구들은 이시한 말 같았다.

상열이, 이 자식, 이젠 허철묵이 식구도 더 이상 믿지 못하는구나. 구치소에서 옴짝달싹 못 하는 상황에서도 그 녀석들을 용케 엮었군. 하여간 뚫고 나가는 수완 하나만큼은 혀를 내두르지 않을 수 없는 놈이야. 이렇게 몰린 상황에서 그 애들을 동원하려면, 틀림없이 엄청난 이권을 약속했을 것이다. 그 녀석들이 좋지 않은 판때기에서도 작업에 목을 건 것을 보면. 정말이지 광현의 말대로 골치 아픈 문제가 아닐 수 없었다.

"광현이 넌, 모레가 그놈들 디데이란 걸 어떻게 알았냐?"

"오늘 큰형님이 모레 사람들 데모하면 그냥 내버려두라고 오더를 내렸습니다. 최 사장 아버지가 직접 찾아와서, 자기가 알아서 다 할 테니 그저 뒷배 삼아 지켜보고만 있어 달라고 했답니다. 큰형님은 동의했고요. 요즘 들어 다른 데 휩쓸리지 않으려고 애를 쓰시는데, 최 사장 아버지까지 나서서 부탁하니까 마지못해 그러자고 한 모양입니다."

맥 빠지는 소리였다. 광서는 막막함에, 멍한 시선을 벽 상단에 박아두고 있었다. 성태는 미간을 찌푸린 채 광서를 쳐다보았다. 이윽고 광서는 결심했다.

"광현아, 부탁 하나만 하자."

"뭡니까? 형님이 부탁이란 말까지 하시고."

"이 형을 위해 자존심 한 번 구길 수 있겠니? 모레 그대로 방치해두면 곤란해질 것 같아서 그런다."

"당연히 곤란하지요. 심정 같아서는 제가 확 다 두들겨 패고 싶지만, 제 처지가 그럴 수도 없고……"

"그래서 말인데, 자존심 한 번만 구기면 안 될까?"

수화기가 먹통이 된 듯 잠잠해졌다. 광서는 제발 광현이 말귀를 알아듣길 바랄 뿐이었다.

"형님도 애들을 동원하실 생각이십니까? 혹시 운보 식구 애들을 데려올 생각은 아니시죠? 그러면 일이 복잡하게 꼬입니다."

"운보 식구는 아니다. 내게 그럴 여유도 없고."

"그렇다면 가능합니다. 형님이 원하시는 건, 한마디로 저희들 모두 상가에서 나가 있어라, 이말 아닙니까?"

그랬다. 뒷배가 돼달라고 했으니 광현이가 상가를 지키고 있으면 그들과도 불가피하게 맞닥뜨리게 된다는 뜻이었다. 그것은 자칫하면 전쟁으로 번질 수도 있었다.

"바로 그거다. 아무도 있지 마라."

광현은 곧바로 대답했다. 더 이상 주저하는 기미는 보이지 않았다.

"그러겠습니다, 형님. 그렇게 해서라도 일이 풀린다면 저를 꽉꽉 밟으셔도 좋습니다. 큰형님에게는 제가 알아서 처신하겠습니다."

"고맙다. 이번이 마지막 푸닥거리인 듯싶다. 지겹다. 제발 이걸로 쫑났으면 좋겠다."

"저도 그렇습니다. 이젠 끝을 봐야죠. 모레 오후쯤 들어온다고 했으니까 그렇게 알고 계십시오."

"알았다."

광현과의 통화가 끝났다. 광서는 긴 한숨을 내쉬며 전화기를 내려놓았다.

"무슨 일인데 그래?"

성태가 오만상이 된 채 물었다. 광서는 문석과 성태를 번갈아보며 말했다.

"깅열이 이비지기 끽겁 옴 끽인단디."

"하긴, 이 마당에 자기 아버지밖에 더 믿을 사람이 있겠나."

문석이 복잡한 표정으로 말했다. 어쩌다 우리가 이 지경이 되었을까. 모르긴 몰라도 성태와 문석도 그런 생각을 하고 있을 터였다.

최상열의 아버지. 그는 한때 부산에서 내로라하는 실력가였고, 지금도 두툼한 네트워크를 소유하고 있을 거였다. 가벼이 무시할 인사가 결코 아니었다. 그는 여전히 강한 아버지였다.

"모레, 상열이가 보낸 수원 애들이 기분양자 몇 명 데리고 국가펀드가 경매를 일방적으로 진행한다며 상가에서 농성할 거란다."

성태의 얼굴이 순식간에 어둑해졌다.

광서는 핸드폰 단축키 5번을 길게 눌렀다. 문석과 성태는 긴장한 얼굴로 광서의 행동을 지켜보고 있었다.

"아이고, 행님. 절 잊은 줄 알았습니더. 잘 지내시는교?"

수화기 너머에서 탬버린 흔드는 소리와 노래반주가 들려왔다. 가라오케나 룸살롱인 듯싶었다.

"철기야. 진짜, 오랜만이다. 나, 니 도움이 절실히 필요하다."

출근을 하자마자 곧장 인사부로 갔다. 마지막 푸닥거리를 위한 신변정리를 위해서였다. 국가펀드 소속으로 푸닥거리를 할 순 없을 터, 2주밖에 남지 않은 계약을 서둘러 지워야 했다. 모든 일을 은밀하게 처리하리라 마음먹었고, 그래서 김 이사에게는 입도 벙긋하지 않았다. 물론 인사과장에게도 김 이사가 되도록 모르게 해달라고 애써 비굴한표정까지 지으며 부탁했다.

그전부터 느낀 거지만, 이상하게도 인사과장은 부딪칠 때마다 불편함을 안겨주었다. 그는 노골적이라기보다는 은근히 광서에 대해 반감을 표시하곤 했다. 까칠한 말투도 그렇고, 가끔씩 훑어보는 눈빛도 그랬다.

40대 초반인 인사과장은 덩치가 그야말로 거구였다. 키는 180을 약간 웃도는 정도였으나, 늘어진 뱃살 때문인지 누가 봐도 거구라는 인상을 주었다. 휴게실에서 김형우 이사와 바둑을 두고 있을 때도 뱃살을 출렁이며 곧잘 휴게실에 등장하곤 했다. 그는 휴게실에 들어서면 담배만 뻑뻑 빨아대는 데 열중했다. 다른 사람과 대화를 나누거나 하는 모습은 본 기억이 없었다. 광서를 향해 아랫입술을 비죽이 내밀며 혼잣말을 구시렁대다가, 다시 뱃살을 출렁이며 돌아가고는 했다. 광서는 처음엔 예사로 생각했었다. 하지만 복도나 다른 데서 마주칠 때마다 이상한 적의를 드러내니, 광서로서는 황당하고도 여간 불편한 게 아니었다. 그저 자신을 싫어하나 보다 생각하고 넘어갈 따름이었다.

오늘도 불퉁하게 대하는 태도가 그랬다. 하지만 떠나가는 마당이니, 그냥 신경을 끄기로 했다. 그런데 도착한 지 시간이 꽤 됐는데도 느릿느릿 꼼지락거리는 태도가 영 비위에 거슬리기 시작했다. 벌써 20여 분이 무의미하게 지나가버렸다. 기간을 앞당겨 용역 계약을 해지해달라는 요청은 아주 간단한 절차만 밟으면 되었다. 해지신청서만 작성해 올리면 그만인 것이다.

인사과장은 광서에게 아무 코멘트 없이, 어딘가로 전화를 돌리는 것 같았다. 수화기를 들고 몇 번이나 올렸다 내렸다 하는 동작을 반복했고, 그때마다 입속말로 투덜거리며 짜증을 쏟아냈다. 얼마 후 그는 기어코 통화에 성공한 듯했다. 그 통화는 광서의 성질머리를 터뜨리는 방아쇠였다.

"아, 이사님, 저 인사과장입니다. 계약직으로 들어온 이광서 부장 있잖습니까. 오늘 용역계약해지를 미리 해달라고 해서요. 그렇게 되면 보름치 용역비만 지급되는데요.."

이사님? 순간, 정수리에 피가 확 몰리면서, 안면 근육이 떨리는 것을 느꼈다. 인사과장은 말을 끊었다가 잠시 후에 말을 이었다.

"아, 그런 뜻이 아니라…… 예예. 알겠습니다. 예. …… 예."

용역비? 그 돈이 대체 몇 푼이나 된다고? 그런 문제는 나한테 말하면 되는 게 아닌가. 김 이사 몰래 깔끔히 처리하려는 의도를 이렇게 묵사발 만들어버리다니, 얼마나 화가 치밀었던지 속으로 저 새끼 죽여버릴까, 하는 생각마저 떠오를 정도였다. 여하튼 광서의 계획은 수포로 돌아가고 말았다.

"인사과장님! 그런 전화를 뭐 하러 이사님에게까지 하십니까!"

인사과장은 잠시 주춤하더니 이내 눈을 희번덕거리며 쏘아붙였다.

"아니, 제가 뭘 잘못했다고 고함을 지르고 그러십니까!"

왜 이럴까? 이 사람은 확실히 꼬여 있었다. 광서가 아무리 계약직이라지만, 왼쪽 가슴에는 엄연히 부장이라는 타이틀이 붙어 있다. 나잇살도 얼마 되지 않는 녀석이 꼴에 부장 타이틀을 견장처럼 달고 있는 게 아니꼬워서 그런 걸까?

예상한 대로 호주머니에 넣어둔 핸드폰이 부르르 떨었다. 100% 김형우 이사일 터였다. 광서는 입술을 깨물고 인사과장의 얼굴을 사납게 노려보았다. 마음 같아서는 상가에 들어가기 전에 이 자식부터 박살을 내고 싶었다.

좋아, 열을 헤아리겠다. 만약 날 겨누는 눈깔을 깔지 않으면, 국가편드에 남기는 마지막 흔적을 니 얼굴에 새겨주지. 광서는 속으로 숫자를 헤아리기 시작했다. 열, 아홉, 여덟, 일곱……

인사과장은 결국 광서의 시선을 당해내지 못했다. 다섯까지 헤아렸을 때, 그는 눈을 아래로 깔았다. 늘 히죽거리는 광서의 얼굴을 보다가, 오늘 비로소 우악한 기질을 내보이자 대번에 기가 꺾였을 것이다. 인사과장은 꿀 먹은 벙어리가 되어 광서의 얼굴을 외면했다. 그 모습을 보자 격했던 광서의 감정도 스르르 풀어졌다. 저런 여린 사내에게 화를 내서 뭐하나, 하는 생각이 들었던 것이다.

광서는 나직한 목소리로 말했다.

"과장님, 우리 헤어지는 마당인데 서로 좋게 마무리합시다. 알겠습니까?"

광서는 등을 돌렸다. 아무래도 이사실로 가봐야겠다는 판단이 들어서였다. 손잡이를 틀며 뒤돌아 인사과장을 보니, 그의 얼굴은 창밖을 향해 있었다. 광서는 인사부 사무실을 빠져나왔다.

전화기를 빼들어 확인한 결과, 역시 김형우 이사였다. 메시지도 하나 찍혀 있었다. 〈내 방에 와라〉. 전화를 받지 않자 메시지까지 보낸 거였다.

"갑자기 무슨 일이야? 솔직히 이야기해봐."

김 이사는 미간을 찌푸리고 광서를 쳐다보았다. 광서는 우두커니 선 채 아무 말도 하지 않았다. 이번 일만큼은 끝까지 입을 다물 작정이었다. 하지만……

"너, 혹시 골든게이트 상가에 집회 신고 들어온 것 때문에 이러는 거냐?"

광서는 대번에 무너지고 말았다.

"이런 개자식들, 집회 신고까지 했습니까?"

그 말은 내뱉고 나서야, 광서는 아차 했다 어휴, 이런 쫀다 새끼! 김 이사의 잽 한 방에 냉큼 실토하다니!

김 이사는 감을 잡은 듯, 머리를 숙인 채 침묵을 지켰다. 잠시 후, 김 이사가 말문을 열었다.

"최상열이 사주했다면 그냥 내버려둬라. 지쳐 나자빠질 때까지."

광서는 즉각 목청을 높였다.

"그렇게 호락호락하지가 않습니다. 그대로 방치해두면 국가펀드가 몰리게 됩니다."

"방법이 없질 않느냐. 기분양자들이 농성을 하겠다는데……."

김 이사도 차후에 전개될 난감한 문제들을 헤아렸는지, 목소리에 힘이 빠졌다.

"기분양자인지도 의심스럽습니다."

김 이사는 소파로 다가와 앉으며, 보기 드물게 담배를 꺼내 물었다.

"그렇다고 해서 강제로 뭘 어쩌겠다는 건, 이 상황에선 말이 안 된다. 국가펀드의 평판도 망가지지만, 보는 눈들이 어디 하나둘이냐? 그러니 광서야, 함부로 행동하지 마라."

광서는 주저 없이 대꾸했다.

"국가펀드가 진압하는 게 아닙니다. 골든게이트 내부에서 서로 간에 트러블이 있는 것뿐입니다. 무슨 뜻인지 모르시겠습니까? 전 이제부터 전직 골든게이트 사장 이광서로 움직일 겁니다."

"하지만 이런 식은 아냐."

광서를 응시하는 그의 눈 끝이 매섭게 세워졌다. 몇 초간 그렇게 서로를 노려보았다.

왜 모르시는가, 내가 녹녹히 물러서지 않으리라는 걸.

"이 문제는 국가펀드 식으로는 풀 수가 없습니다. 지금은 점유가 중요합니다. 말과 논리가 통하는 장면이 아니란 말입니다."

뚫어지라 광서를 겨누던 김 이사가 갑자기 고개를 모로 젖히며 거친 한숨을 내쉬었다. 그의 아래로 꺼진 시선 속에서 복잡한 고뇌가 읽혀졌다. 하지만 광서는 그 틈을 놓칠 수가 없었다. 그래서 더욱 몰아쳤다.

"상대방이 양아치 카드로 나오면 우리도 양아치 카드로 대응해야 합니다. 양아치 카드를 젠틀맨 식으로 대응하면 시간만 질질 끌 뿐입니다. 그런 식으로 굴러가다간 골든게이트가 죽도 밥도 안 됩니다. 그 정도는 아시잖습니까? 책임은 제가 질 테니까, 국가펀드는 손 떼십시오!"

그의 부리부리한 눈초리가 고성과 함께 광서의 안면으로 획 날아들었다.

"이 자식이! 내가 그깟 책임 때문에 이러는 줄 아느냐!"

느닷없이 고성을 내지르는 그의 얼굴이 오늘따라 눈에 띌 만큼 핼쑥해 보이는 이유는 무엇일까? 그래서일까, 광서의 결심은 더욱 굳어갔다. 광서는 그의 시선을 지지 않고 맞받았다. 한동안 살벌하면서도 어정쩡한 분위기가 이어졌다.

김 이사는 갑자기 자리에서 일어나 휘적휘적 양철캐비닛으로 발걸음을 옮겼다. 캐비닛을 열고는, 등을 둥글게 굽히며 앉아 아래 칸에 있는 작은 금고를 열었다. 광서는 눈살을 찌푸리며 그 모습을 가만히 지켜보았다. 잠시 후, 김 이사는 그 작은 금고에서 두툼한 봉투를 하나 꺼내 책상에 얹고는, 다시 금고와 캐비닛 문을 차례로 잠갔다. 그는 그 흰 봉투를 들고는 광서에게 내밀었다.

"받아라. 더러운 돈 아니다. 아끼고 아낀 내 판공비다. 비록 너희들 세계에서는 초라한 금액이지만, 움직인 애들 밥이라도 사줘야 할 거 아니냐. 내가 해줄 수 있는 건 이것밖에 없다."

광서는 말없이 봉투만 응시하고 있었다. 김 이사는 얼른 받으라는 듯 봉투 쥔 손을 앞으로 내밀었다. 그래도 받지 않자 그는 손을 뻗은 채 가만히 기다려주었다. 광서의 고민은 길지 못했다. 멈칫거리는 손으로 결국 그 봉투를 받았다. 사실, 돈이 얼마나 절실했던가. 아이들에게 피를 보게 했으면 밥값 정도는 당연히 줘야 했다. 광서는 김 이사의 마음씀씀이에 오싹함과 감동을 동시에 느꼈다.

"고맙습니다, 이사님. 잘 쓰겠습니다."

"광서야, 니가 고맙다고 말하면 난 대체 뭐가 되느냐?"

김 이사의 눈길에는 답답함과 안타까움이 진득하게 묻어 있었다. 그는 소파로 다가가 천천히 몸을 앉혔다. 그리고 창문으로 얼굴을 돌렸다.

"광서야, 내 마음이 아주 편하지 않다. 그것만 알아라."

광서는 웃었다.

"제가 몰랐으면 그만이지만, 안 이상 가만히 넘어갈 순 없잖습니까? 골든게이트는 제 피땀이 조금은 묻어 있는 곳이라 그렇습니다."

김 이사의 얼굴은 몹시 침울해 보였다. 이제 인사를 하고 나갈까 하는데, 그의 음성이 귓전에 날아와 박혔다.

"광서야, 넌 참 안쓰러운 놈이다."

그의 목소리엔 아련한 슬픔이 배어 있었다. 아니죠, 안쓰러운 사람은 당신이죠. 광서는 속으로 중얼거리며 문손잡이를 잡았다. 뒤돌아보니, 김 이사의 얼굴은 천장을 향해 있었다. 사무실 안으로 파고 들어온 억센 햇살이 켜켜이 쌓여가고 있었다. 광서는 이제야 비로소 눈이 부시다는 생각을 했다.

"오늘은 날씨가 좋구나."

그의 입가에 씁쓸한 미소가 걸려 있었다.

밤 9시였다. 모처럼 일찍 모텔로 돌아왔다. 내일의 일을 위해 휴식을
취해둘 생각이었다. 샤워를 하고 자리에 누우려는데, 핸드폰이 울렸다.
액정을 보고 광서는 이맛살을 찌푸렸다. 고철환이라는 이름이 깜박이
고 있었다. 철기가 말했나? 우리가 움직인다는 걸, 특히 고철환에게는
비밀로 해달라고 그렇게 다짐을 시켰건만…….

광서는 통화 버튼을 눌렀다.

"철환아, 오랜 만이구나."

"형님, 그동안 인사 한 번 못 드려서 정말 죄송합니다."

"인사는 무슨. 그래, 잘 지내고 있지?"

"예, 형님 덕분에요."

"뭐, 좋은 소식은 없는 거야?"

"아이고, 형님은 진짜 귀신이시네요. 어떻게 다 아시고…….'

광서는 어안이 벙벙했다. 철환이 밝은 목소리로 말했다.

"형님, 제가 이번에 총각 딱지 떼게 생겼습니다."

"그래? 야, 진짜 듣던 중 반가운 소리다. 언제야? 장소는?"

"내달 10일 11시고요, 무궁화예식장에서 하기로 했습니다."

"아이고, 정말 축하한다. 내가 꼭 가마."

"어휴, 그래 주시면 영광이고요."

광서는 호탕하게 웃었다. 한편으로는 반가운 소식이어서, 다른 한편
으로는 괜한 의구심이 풀려서 기분이 좋았다.

"근데, 형님. 철기 형님이 서울로 올라오신다는데, 혹시 형님한테 무
슨 일 있으십니까?"

에이, 그럼 그렇지. 철기 이 녀석, 반대자은 말했구만.

"아니다, 뭐, 별 일은 아니고……."

"형님, 나중에 어차피 다 알 건데, 말씀해주십시오."

고철환은 집요하게 물고 늘어졌다. 결국 광서는 있는 그대로를 털어놓았다. 최상열의 사주를 받은 자들이 골든게이트를 무단으로 점거 농성하려 한다는 것, 허철묵의 식구들을 상가에서 철수하게 했다는 것, 그러나 운보 식구들은 끌어들일 수 없다는 것, 그래서 철기에게 직접 움직여달라고 부탁했다는 것 등등이었다.

광서의 말이 끝나고도 철환은 아무 말이 없었다. 한참 후에 철환이 입을 열었다.

"형님 입장을 충분히 이해하겠습니다. 그럼 이렇게 하시죠. 우리 식구와 상관이 없는, 아는 동생들 몇 명을 넣어두겠습니다. 쪽수에서 너무 후달리면 안 되니까요. 다행히 철기 형님도 아는 동생들이니까, 별 표도 안 날 거고요. 제가 철기 형님이랑 통화해서 알아서 하겠습니다."

광서는 그 말에 긍정도 부정도 하지 않았다. 어차피 결정은 철기가 할 테니까. 그렇게 철환과의 통화는 끝이 났다.

자정이 다 되어가는데도, 도통 잠을 이룰 수가 없었다. 일찍 쉬려던 생각은 희망사항일 뿐이었다. 이 시간에 어김없이 깨어 있도록 조정돼 있는 생체시계가 잠을 허락지 않는 거였다. 이리 뒤척 저리 뒤척 하다가 결국은 침대에서 일어났다. 편의점에서 소주 몇 병을 사올까 하다가 그만두었다. 대신에 친구들과 통화나 해볼 생각이었다.

성태에게 전화를 걸었다. 그러나 '지금은 전화를 받을 수 없어……' 어쩌고저쩌고 하는 아가씨의 멘트가 나오도록 성태는 전화를 받지 않았다. 두 번을 더 걸어봐도 마찬가지였다. 하긴, 성태는 근자에 얼마나 바삐 뛰었나. 이런 날은 푹 쉬게 놔두는 것도 좋을 듯했다.

　이번에는 문석에게 전화를 걸었다. 다행히 문석은 전화를 받았다.

　"너, 잠이 안 오는구나?"

　문석은 대뜸 그렇게 말했다.

　"올빼미가 돼서 그래. 술올빼미."

　"하긴, 심사가 복잡할 텐데, 어디 쉽게 잠이 오겠어?"

　"그러게 말이다."

　"준비는 대충 해놨어?"

　"뭐, 준비랄 것까지 있냐? 그냥 내 식으로 가는 거지."

　"그래, 무대포 이광서 식이면 됐지. 뭐 재고 말고 할 게 있어?"

　"그러는 넌 왜 아직도 살아 있어? 중국에 사업 준비한다는 거, 그것 때문에?"

　"그것 말고도 이것저것 챙길 게 있어서."

　"알았다. 그럼 바쁠 텐데 일봐라."

　막 전화를 끊으려는데, 수화기 너머에서 깊은 한숨이 새어나왔다. 그 소리가 왠지 광서의 신경을 곤두서게 했다. 뭔가 말하려는 듯한 기미가 느껴졌다. 아니나 다를까, 문석의 나직한 목소리가 흘러나왔다.

　"광서야, 너한테는 말 안하려고 했는데, ……문정이 이혼했다."

　"뭐?"

　"그 자식 구제불능이다. 도저히 안 되겠더라."

　"……."

　"일주일 전에 완전히 갈라섰어."

　"문정이는?"

　"부산에 내려갔다. 당분간 부모님 집에 있을 거야."

그랬구나! 어느 정도 예상한 일이긴 했지만, 막상 이혼했다는 말을 듣자 마음이 어둑해졌다. 문석이 말을 이었다.

"차라리 잘된 일인지도 모르지. 맘에도 없는데 억지로 산다고 살아지는 게 아니니까."

"……."

"내일 일할 사람보고 이런 말해서 미안하다. 광서야, 암튼 내일 몸조심해라."

"그래……."

문석은 전화를 끊었다.

결국은 그렇게 됐다. "나도 그렇지만, 너도 참, 인생 더럽게 꼬인 것 같다." 지난번에 만났을 때, 광서가 문정에게 한 말이었다. 잔인했다. 결코 해서는 안 될 말이었다.

광서는 담배를 빼어 물고, 창문을 열었다. 서늘한 밤공기가 확 밀려들었다. 구름 한 뭉치가 제법 빠른 속도로 이동해가고 있었다. 구름이 움직여감에 따라 달이 조금씩 얼굴을 내밀기 시작했다. 마침내 달은 제 모습을 온전히 드러냈다. 보름달이었다. 상아색 달이 환하게 웃고 있었다.

5분쯤 넋을 놓고 달구경을 하다가 광서는 침대로 돌아와 엉덩이를 실었다. 지금쯤 자고 있을까? 광서는 몇 번을 망설이다가 버튼을 눌렀다. 신호가 아홉 번째 가고 있을 때, 광서는 폴더를 접으려 했다. 그때 목소리가 새어나왔다.

"오빠."

무슨 말을 해야 할지 입이 떨어지지 않았다. 광서는 잠시 침묵을 지키다가 헛기침을 한 번 한 다음, 입을 열었다.

"그래, 나다. 방금 문석이하고 통화했다."

"……."

"문정아, 지난번에 너한테 심하게 했던 말, 정말 미안했다."

"괜찮아. 사실이 그런 걸, 뭐."

"그 말 절대로 믿지 마. 이 세상 어느 누구도 꼬인 인생은 없어. 걸어가는 길이 좀 구불구불한 것뿐이지."

"지금 어디서 전화하는 거야?"

"모텔. 나도 내일이면 이곳 생활 청산할 거야."

광서는 창밖으로 시선을 던졌다. 달은 여전히 환하게 웃고 있었다.

"문정아, 밖에 좀 나가볼래?"

"왜?"

"그냥 나가봐."

수화기에서 기척이 멀어졌다가, 잠시 후 그녀의 숨소리가 들려왔다.

"보이니?"

"응. 예뻐."

"그래. 저렇게만 살아. 너를 찾아서, 너답게 저렇게 살아."

푸웃, 하는 웃음소리가 들렸다.

"오빠, 꼭 철든 사람처럼 얘기하네?"

"난 철들면 안 돼냐?"

"철이 들더라도 조금만 들어. 오빠는 그게 좋아."

"그럴게, 문정아. 오늘은 이만 끊어야겠다. 다음 주면 나도 아마 부산에 있게 될 거야. 다음에 전화할게."

"그래, 오빠."

"잘 자라."

"오빠도."

광서는 침대에 누웠다. 이제야 잠이 제대로 찾아올 것 같았다.

딱 저거다 싶은 느낌의 검정색 승용차들이 멀찌감치 시선에 들어왔다. 모두 네 대였다. 승용차들은 골든게이트 상가 진행방향으로 백 미터 앞에 떨어진 관광호텔 앞에 섰다. 광서는 택시에서 내리자마자 신속히 그 지점으로 다가갔다.

맨 앞 에쿠스 승용차에서 우람한 덩치의 철기가 몸을 빼냈다. 철기는 광서를 정면으로 응시하며 상체를 꾸벅 굽혔다.

"행님. 똥개도 지들 동네에서는 50점 묵고 나온다카는데, 남의 동네 오니까 역시 눈치가 좀 보이네요.."

광서는 묵묵히 철기를 부둥켜안았다. 그의 몸뚱이에서 느껴지는 온기에 망연한 미안함이 밀려들었다.

광서의 부탁에 철기는 군소리 하나 달지 않았다. "그게 행님한테 꼭 필요한 작업이라면 당연히 제가 도와드려야죠." 단지 그 말뿐이었다.

"고맙다, 철기야. 막판엔 너밖에 없구나."

광서는 그 말을 몇 번이고 되풀이했다.

"행님, 지금 필요한 건 안쪽 상황이라예. 누구 아는 사람 없어예?"

광서는 고개를 끄덕이고, 핸드폰으로 김석찬 과장을 불렀다. 얼마 안 돼, 현관 입구에서 김석찬이 허겁지겁 달려왔다.

김석찬은 광서 앞에서 잠시 숨을 고르고는, 갑자기 초면인 철기에게도 깍듯이 허리를 꺾었다. 자기 식구가 아닌데 대뜸 인사를 하는 것은 이 바닥에선 드문 일이었다. 정작 광서가 다 뻘쭘할 지경이었다. 그 순간 광현의 얼굴이 뇌리를 스치고 지나갔다.

김석찬은 농성 중인 사무실 층 상황을 소상히 일러주었다.

"농성을 하고 있는 인원은 대략 백여 명 정도 됩니다. 그중 서른 명이 조금 안 되는 수가 수원 애들 같고요."

광서는 예상보다 인원수가 많아서 가슴이 철렁 내려앉았다. 김석찬은 설명을 이어갔다.

"네 명은 1층 승강장에서 승강기를 지키고 있고, 나머지는 농성 중인 사무실 층에 죄다 모여 있습니다. 우리 상가 보안요원들은 광현 형님의 지시대로 다 빠져나가서 길 건너 사우나에 집결해 있습니다."

설명을 끝마친 김석찬은 광서에게 꾸벅 목례를 하고는 느닷없이 왼손을 움켜잡았다. 순식간의 일이었다. 광서는 움찔하며 놀란 눈으로 그를 바라보았다. 그는 묘한 표정으로 광서를 잠시 바라보더니, 상가가 아닌 도로 건너편의 사우나 쪽으로 뛰어갔다.

"본래, 자기 식구 아니믄 인사 잘 안 하는데, 행님 덕분에 제가 여기 와서 남의 식구들한테도 인사를 받습니다."

거무튀튀한 얼굴에 굵직한 주름을 구긴 채 뛰어가는 김석찬의 뒷모습을 쳐다보며 철기가 말했다.

"몇 명이나 데려왔냐?"

암만해도 서른 명 남짓하다는 저쪽 애들의 숫자가 신경이 쓰여 물었다.

"지들은 열두 명 왔습니다. 행님, 요즘 성수기라 애들이 좀 바빠서요. 하지만 걱정 마십시오. 전쟁은 쪽수가 다가 아닙니다."

물론 그거야 그렇지. 하지만 곱절이 차이가 나는데, 쉽게 봐서는 안 되지. 광서는 마음속으로만 그렇게 대꾸했다.

"오늘 혹시 철환에게 연락이 없더냐?"

"예, 오늘 아침 일찍 건희가 왔었기에. 제가 그냥 신경 쓰지 마라 캤습니다."

멀뚱한 눈으로 광서를 보던 철기가 아무렇지도 않다는 듯 대답했다. 이윽고 철기가 막둥이들을 향해 말했다.

"아가들아. 연장 챙기그라!"

연장이라는 단어가 주는 묵직한 압박감은 거부하려야 거부할 수가 없었다. 연장이라는 단어의 연장선에는 무지막지한 책임이 뒤따를 수도 있다는, 그러니까 이 과정에서 만약 누군가가 다치거나 재수에 옴 붙어 죽기라도 한다면, 광서는 골든게이트 상가를 박살내기도 전에 인생부터 종칠 거라는 사실이 엄청난 압박감으로 다가왔다. 하지만 그런 생각은 그리 길게 가지 않았다. 철기 때문이었다. 철기는 더 억울한 경우이지 않는가. 아무 이권도 없이, 단지 자기가 평소 좋아하는 형이라는 이유 하나로, 모든 걸 감수하고 있지 않은가.

차에서 내린 막둥이들이 트렁크 안에서 신속히 각목과 야구방망이를 꺼내들었다. 하나같이 엄숙한 표정들이었다. 야구방망이를 챙겨든 애들은 그것을 양복 상의 안에 감춘 채 대기상태를 유지했다.

철기는 먼저 막둥이 한 명을 상가 현관으로 보내 정찰을 시켰다. 입구 안으로 사라졌던 막둥이가 오래지 않아 밖으로 모습을 드러냈다. 그의 얼굴은 많이 굳어 있었다. 막둥이는 손가락 여섯 개를 폈다. 그새 두 명이 늘었다는 뜻인가. 생각이 많아지면 비겁해질 뿐이다. 광서는 주먹을 불끈 쥐고, 속으로 흡, 흡, 흡, 하는 기합을 세 번 넣었다.

상황이 심상치 않음을 느꼈는지, 철기는 정찰 나간 막둥이를 앞세우고 맨 먼저 현관으로 달려 나갔다. 그 뒤를 따라 막둥이들이 우르르 뛰어갔다. 상가에서 우악스런 비명들이 쏟아져 나왔다.

일이 분 사이에, 듣기 끔찍한 욕설들, 비명소리, 방망이로 내리치는 소리들이 난무했다. 광서는 현관으로 들어갔다. 피 칠갑을 한 녀석들이 눈에 들어왔다. 한 녀석은 시체가 되어버린 양 두 다리를 쭉 편 채 승강기 옆에 뻗어 있었다. 고함을 지르며 주먹을 휘두르면서 서너 명의 막둥이와 대결하던 어떤 녀석은 철기의 주먹 한 방에 마네킹 넘어지듯 앞으로 고꾸라졌다.

　도대체 내가 지금 무슨 짓을 하고 있는 것인가! 무슨 계산으로, 무슨 용기로, 이 무지막지한 아수라장의 뒷감당을 자신했단 말인가! 피 냄새가 콧구멍으로 스멀스멀 기어들어오자, 광서는 비로소 눈앞에 펼쳐진 참혹한 상황을 현실로 받아들이기 시작했다. 하지만 이미 때는 늦었다는 체념도 신속히 따라왔다. 광서는 자포자기의 심정이 되자 눈이 뒤집혔다. 그동안 꾹꾹 눌러왔던 포악함이 마구 머리를 내밀었다. 광서가 소리쳤다.

　"빨리 끝내자! 시간 없다!"

　번개가 내리치듯 순식간에 치고 들어가지 못하면, 일은 더 복잡해진다. 기왕 이렇게 또다시 피를 보게 된 거, 아주 박살을 내버리겠다!

　두 승강기 앞에서 막둥이들을 두 그룹으로 나누었다. 그리고 똑같이 도착하기 위해, 하나, 둘, 셋 소리와 함께 승강기를 출발시켰다. 승강기가 상승하는 동안, 광서는 벽면에 기댄 팔 다리의 근육이 의지와 상관없이 미세하게 경련하는 것을 보았다. 광서 앞에는 파리한 입술을 꿈틀거리며 문에다 시선을 박아놓고 있는 어린 막둥이가 있었다. 여드름이 한참 피어나고 있는 녀석은 광서와 눈이 마주치자 금방 고개를 바닥으로 떨어뜨렸다. 가슴 한 언저리가 따끔거리는 건 죄책감일 터였다. 하지만 그 죄책감은 승강기의 상승과 더불어 금세 녹아들었고, 되레 느긋한 저의가 광서를 희감았다.

승강기 문이 열리자, 농성자들이 두드려대는 꽹과리 소리가 고막을 파고들었다. 광서는 목울대를 쥐어 비틀듯 고함을 내질렀다.

"이제부터 아무도 여기에서 못 빠져 나간다. 비상문 모두 잠가!"

그 소리와 함께 꽹과리 소리가 뚝 끊겨버렸다. 붉은 머리띠를 두른 농성자들의 고개가 일시에 광서를 향했다. '국가펀드는 자폭하라'는 현수막이 정면에 붙어 있었다. 그 순간, 수원 애들로 추정되는 녀석들이 이제야 비상사태를 직감했는지, 눈을 휘둥그레 뜨고는 관리사무실 안으로 우당탕 뛰어 들어갔다.

급습이었다. 철기의 말대로 미처 연장을 준비하지 못한 그들에겐 이미 승산이 없었다. 쌍욕을 퍼부으며 달려들던 한 녀석은 철기의 세찬 방망이질 한 대에 다리를 움켜잡고 나뒹굴었다. 나머지 녀석들도 일단 기세에 눌리자 맞닥뜨리기는커녕 어처구니없게도 허둥지둥 흩어지기에 바빴다. 전세는 순식간에 결정나버렸다. 그때부터 수원 애들은 속수무책으로 야구방망이에 난타를 당해야 했다.

그때 광서의 눈에 한 녀석이 눈에 띄었다. 녀석은 농성자들 맨 앞줄에 앉아 물개처럼 눈을 부릅뜨고 광서를 주시하고 있었다. 광서는 그 녀석을 바로 알아보았다. 상열의 집에서 마주친 바로 그 놈이었다. 광서는 한 막둥이에게서 야구방망이를 빼앗아, 바로 그 녀석에게 다가갔다.

"야, 이 씹새끼야! 니가 기부양자야?"

녀석의 얼굴이 새파랗게 질렸다. 광서는 야구방망이를 마구 휘두르기 시작했다. 녀석은 머리를 감싼 채 마치 거북처럼 몸을 잔뜩 웅크렸다. 얼마나 맷집이 좋은지, 광서는 정말 거북을 때리는 듯한 착각에 빠졌다.

숨을 헉헉 거릴 정도로 일방적인 방망이질을 한 끝에, 녀석이 정신

줄을 놓아버렸다는 걸 알았다. 광서는 야구방망이를 바닥에 내동댕이 쳤다. 바가지로 물을 덮어쓴 듯 온몸에서 땀이 주르륵 흘러내렸다.

세상에 이런 일도 있을 수 있구나. 완전히 예상을 뒤엎고, 두 배가 넘는 쪽수를 가지고도, 철기 말대로 이렇다 할 반항 한 번 못 한 채 이들은 허무하게 무너져버렸다. 전쟁은 이렇게 어처구니없이 막을 내렸다.

미처 도망가지 못하고 붙들린 수원 애들은 모조리 농성자들 앞으로 무릎이 꿇려졌다. 퇴로가 차단된 농성자들은 삽시간에 공포에 휩싸였다. 몸을 벌벌 떠는 사람들도 더러 눈에 띄었다.

"고원 부장!"

광서는 고원 부장을 큰소리로 불렀다. 마치 기다렸다는 듯, 고원 부장이 광서의 옆으로 달려와 바투 섰다. 그러고 보니, 상가 관리실의 거의 모든 직원들이 관리실 입구에 몰려와 사뭇 긴장된 표정으로 서 있었다.

"가서, 기분양자 명단장부 가져오세요!"

"알겠습니다!"

고원 부장은 지체 없이 관리실의 문서캐비닛으로 뛰어갔다. 골든게이트 전 사장 이광서는 이미 무자비한 양아치 이광서로 돌변해 있었다. 자신을 끝내 양아치로 만들어버린 눈앞의 잡것들을 모조리 숨통을 끊어주겠노라는 분노가 콧숨으로 마구 뿜어져 나오는 중이었다. 광서의 시선에 오들오들 몸을 떨고 있는 할머니 한 분이 들어왔다. 낯익은 사람이었다. 광서의 기억이 정확하다면 그 할머니는 상가 분양자가 아니라, 상가에서 의류부속품 도매를 하는 1층 세입자였다. 광서는 눈을 감고 숨을 가다듬었다. 광서는 농성자들 뒤에 동상처럼 버티고 서 있는 철기의 막둥이들을 향해 소리쳤다.

"막둥아! 비상문 하나만 열어!"

막둥이가 빠른 몸놀림으로 비상문을 하나 열었다. 광서는 농성자들을 노려보며 다시 목소리를 높였다.

"이 중에서 진짜 기분양자는 손대지 않겠다. 하지만 최상열에게 사주 받아 기분양자도 아니면서 돈에 팔려 일당벌이 하는 놈들은 절대 용서하지 않는다. 기회는 딱 한 번 주겠다. 이 기분양자 명단에 들어 있지 않은 놈들은 지금 당장 튀어나가!"

찬물을 뒤집어쓴 듯 얼얼한 침묵에 빠져 있던 농성자들이 일시에 술렁거렸다. 그리고 누가 먼저랄 것도 없이 일어서서 비상문을 향해 내달리기 시작했다. 그 수가 눈에 띄게 불어났다.

당황한 기색으로 연신 고개를 두리번거리며 이 상황을 지켜보는 한 녀석이 광서의 시선을 잡아당겼다. 녀석은 분명 수원 쪽 애가 아니었다. 아니나 다를까, 녀석은 벌떡 일어서서 광서에게 다가와 소리를 질렀다.

"나, 최상열 사촌이면서 기분양자야. 당신들 이게 뭐하는 짓거리야? 최상열이 감방 가고 나니까, 이제 눈에 뵈는 게 없어? 이광서 씨, 당신이 무슨 상관인데 이러는 거야!"

때마침 고원 부장이 기분양자 명단장부를 광서에게 건넸다. 광서는 싸늘한 눈으로 장부를 펼쳐 보았다.

"당신, 이름하고 핸드폰 번호 말해봐!"

"내가 왜 그래야 하지?"

광서는 더 이상 대꾸하고 싶지 않았다. 대신에 야구방망이 손잡이 부분을 불끈 쥐었다. 눈치를 챈 녀석은 믿기지 않는다는 표정으로 고개를 가로저었다. 턱을 약간 치켜들며 녀석은 광서를 똑바로 보며 말했다.

"당신 날 손댔다간 정말 큰일 나는 수……."

말을 끝마치기도 전에 녀석은 비명소리를 지르며 다리를 부여잡고 바닥으로 나자빠졌다. 광서는 녀석에게 방망이를 두어 차례 더 휘둘렀다. 거북 자세가 된 녀석은 과장된 비명을 질러댔다.

"누구한테 큰일 나, 이 씨팔 놈아! 상열이 아버지한테?"

광서의 직감이 맞는다면, 이 자식은 틀림없이 가짜 농성자들의 동원책이자 최상열의 아버지에게 직접 오더를 받은 놈일 거였다. 철기가 막둥이들에게, 저 새끼 끌고 자기 방으로 데리고 오라는 말이 떨어지기 무섭게, 녀석은 눈부신 속도로 후다닥 일어나 비상구로 재빠르게 도망을 쳤다. 여전히 우왕좌왕하고 있던 제법 많은 사람들도 녀석의 뒤를 황급히 따라나섰다. 할머니도 사라졌다. 얼마 후, 거짓말처럼 농성하던 사람들은 하나도 남아 있지 않았다. 오직 수원 애들뿐이었다.

그제야 손바닥이며 손목이며 팔이 얼얼해왔고, 어깨와 허리가 욱신욱신했다. 광서는 바지주머니에서 담배를 하나 꺼내 입에 물고 불을 붙였다. 그때 맞은편에서 낯익은 얼굴이 뚜벅뚜벅 걸어왔다. 김형우 이사였다!

무릎을 꿇고 앉아 있는 수원 애들을 휘익 둘러보고는, 김형우 이사는 곧장 광서에게로 다가왔다. 광서는 재빨리 담배를 바닥으로 떨어뜨리고 발로 비볐다. 눈치 빠른 철기가 그런 광서의 모습을 보고 야구방망이를 몸 뒤로 감추었고, 또 그런 철기의 모습을 본 막둥이들 역시 야구방망이들을 뒤로 숨겼다.

"이 자식들은 기분양자들과 아무 상관이 없는 놈들인가?"

"그렇습니다. 최상열이 오더를 받은 수원 주폭들입니다"

김 이사의 물음에 광서는 담담한 어조로 대답했다. 김 이사는 손으로 입술을 매만졌다. 잠시 생각하는 눈치더니, 뭔가를 결심했는지, 수원 애들을 향해 무겁게 입을 열었다.

　"만약, 오늘 좀 맞았다 하여 고소 고발을 한다거나 무슨 문제를 일으킨다면, 내 이름을 걸고 너희들 모조리 업무방해와 특수공무집행방해죄로 처넣어버리겠다! 난 비싼 밥 먹고 거짓말하지 않는다. 오늘은 기회를 주겠다. 당장 다들 돌아가!"

　비칠비칠, 몸을 일으키는 녀석들이 고개들을 숙인 채 서로를 향해 뭐라 웅얼거렸다. 그때 아악! 하는 짧고 날카로운 비명이 치솟았다. 광서에게 맞고 정신을 잃었던 녀석이 정신을 차리면서 무의식적으로 질러댄 비명인 듯싶었다. 수원 애들 몇 명이 다가가 녀석의 양쪽 팔을 붙잡고 일으켜 세웠다. 녀석의 날선 눈초리가 그새 광서를 향하고 있었다. 거 참, 깡다구는 살아 있어서……. 광서는 입속말을 중얼거렸다. 녀석은 부축을 받으며 천천히 승강기를 향해 복도를 빠져나가기 시작했다. 철기가 승강기 앞에 서 있던 막둥이에게, 문 열어주라고 외쳤다. 막둥이는 승강기 하강 버튼을 꾹 눌렀다.

　광서가 승강기를 타는 그 녀석에게 잠깐 한 눈을 파는 사이, 김 이사는 벌써 관리실로 들어가 직원들과 악수를 나누고 있는 참이었다. 김 이사는 아무 일 없었다는 듯, 사람 좋은 미소를 흘리며 직원들과 소소한 이야기를 나누고 있었다. 바로 그 즈음, 승강기 문이 열리면서 보안직원들 몇 명을 대동하고 윤광현이 왔다. 광현은 철기와 가벼운 눈인사를 나누었다.

　광현은 광서를 지나쳐 상가 관리실 쪽으로 걸어가 김 이사에게 꾸벅 인사를 했다. 김 이사의 얼굴에는 안도감이랄까, 아니면 앞으로의 과정에 대한 자신감, 혹은 확신 같은 것이 또렷이 각인되어 있었다. 김 이사는 광현과 이야기를 나누다 껄껄 웃었다. 그 웃음은 마침내 모든 것이 지나갔다는, 혼돈의 판때기가 정리되었다는 걸 의미했다. 그리고 그 웃음은 이제야말로 자유로울 수 없는 그 무언가에서, 광소가 비로소 해방되었다는 걸 의미하기도 했다.

신청서를 기재하다 결국 '관계'라는 단어에서 손이 멈추었다.

억수같이 쏟아지는 빗소리가 갑자기 광서의 귓속을 파고들었다. 구치소에 도착하기 전부터 빗줄기는 어느 정도 굵어 있었지만, 민원실에 들어왔을 때는 젖빛 안개가 피어오를 만큼 기세가 드세어졌다. 금세 그칠 비가 아니었다.

광서는 이제야 상열을 만나볼 때가 되었다는 것을 알았다. 한쪽 가슴에 납덩이를 매단 채 무작정 부산으로 내려갈 순 없었다. 친구라는 두 글자, 그 단어 하나를 쉽사리 적지 못하고 난감한 표정이 된 채로, 광서는 거센 빗소리를 들으며 한참을 우두커니 서 있어야 했다.

관계.

그 단어를 생각하며, 광서는 어처구니없게도 영화의 한 장면을 떠올렸다. 이렇게 막막할 줄은, 이렇게 당혹스러울 줄은 정말 몰랐다. 친구란 단어가 이토록 지독한 뜻을 갖고 있는 줄은 미처 몰랐다. 긴 한숨을 내쉬며 광서는 힘없이 고개를 꺾었다.

"광서야, 다시 만날 날이 꼭 오길 바란다. 그때는 내가 반드시 힘이 되어주마."

김형우 이사는 붉은 기운이 퍼져 있는 눈으로 광서를 바라보며 그렇

351

게 말했다. '힘이 되어준다'는 말에, 광서는 고개를 옆으로 꺾으며 픽, 웃었다. 물론 김 이사의 진심을 의심하는 건 결코 아니었다.

"이사님, 전 사업 소질이 없습니다. 설사 그런 게 있다손 치더라도, 앞으론 서로 사업적으로 부딪치지 않도록 하시지요. 우리도 알고 보면 악연입니다."

김 이사는 광서의 말을 가벼운 코웃음으로 받아쳤다.

"너 악연이라고 했냐?"

그렇게 되묻고는 좀 더 큰 소리로 코웃음을 쳤다. 그러나 얼마 안 가, 그의 얼굴은 무겁게 변해가고 있었다.

"우리 광서 때문에…… 내가 마음이 참 무겁다."

"또 시작이십니까? 나이가 서른하고도 반을 훌쩍 넘은 놈인데, 뭐가 마음이 무겁다고 그러십니까? 누가 들으면 제가 뭐가 없는 놈인 줄로 알겠습니다. 제 앞가림은 제가 충분히 알아서 할 테니, 걱정 붙들어 매십시오."

광서는 고개를 젖히며 혀를 찼고, 김형우 이사는 씁쓰레한 미소를 지은 채 그런 광서를 바라보았다.

"이사님, 이사님 눈에는 제가 진짜 답이 없어 보입니까?"

그는 대답은 하지 않고, 나지막이 물었다.

"지금 바로 부산으로 내려갈 거냐?"

광서는 짧은 침묵 뒤에 입을 열었다.

"친구 얼굴을 한 번 보고 갈 생각입니다."

"최상열을 말하는 거냐?"

광서는 고개를 끄덕거렸다. 김형우 이사의 얼굴이 창밖을 향했다.

"지금 성동구치소에 있지?"

352

"그렇습니다."

김 이사는 소파에서 일어나, 느린 걸음으로 책상 뒤 창가로 걸어갔다. 간헐적으로 내쉬는 그의 긴 호흡소리가 광서의 고막을 간지럽혔다.

"그러고 보면, 너희들 인연도 참 기구하구나."

기구하다.

잠시 숨을 멈추었다가, 테이블 모서리에 회오리 끈으로 연결된 볼펜을 쥐고 빈칸에 '친구'라는 단어를 기재했다. 누군가 문을 열고 들어섰는지, 민원실 안으로 흥분한 빗소리들이 후두두 쏟아져 들어왔다. 민원실에 신청서를 제출했다. 한 시간쯤 걸릴 거라는 말을, 안내민원실에 앉아 있는 교도관이 무표정하게 일러주었다.

담배를 태우고 싶었다. 민원실 밖, 길어봤자 1미터도 안 될 성싶은 건물 처마 밑으로 재빨리 이동했다. 그리고 담배를 꺼내 물었다. 장대 같은 빗줄기가 광서의 입에 물린 담배의 허리를 부러뜨려버렸다. 젠장! 광서는 벽에 바짝 기댄 채 다시 담배를 꺼내 물었다.

물걸레처럼 흠뻑 젖은 바짓가랑이가 모래주머니를 단 것처럼 묵직했다. 비가 억수같이 쏟아지는데도, 면회객들은 갈수록 늘어나고 있었다. 하나같이 침울하고 어둡고 눅눅한 표정들이었다.

몸에 짝 달라붙는 검정 가죽 상하의에 크롬 징이 빽빽이 박힌, 언뜻 일본 폭주족을 연상케 하는 사내 하나가 광서 옆에서 담배를 힘차게 빨고 있었다. 이어서, 아무리 적게 봐도 50은 넘어 보이는 헐렁한 희색 양복차림의 깡마른 초로의 남자도 광서가 있는 부근으로 동참했다. 가죽옷이 뭐라고 한마디 지껄였다. 비도 좆나게 오네. 뭐, 그런 소리를 한 것 같았다.

담배연기가 그의 말처럼, 좆나게 내리는 빗속을 헤집고 하늘을 향해 올라가다가 경계를 알 수 없는 어느 지점에서 흩어져갔다. 아직 한낮인데도, 하늘이 점차 짙은 회색빛을 덧칠해감에 따라 사위는 더욱 어둑해졌다. 짙은 먹장구름이 느린 속도로 이동해가고 있었다.

"광서, 너. 친구들 밟고 얼마나 잘되나 이제부터 내가 두 눈 똑바로 뜨고 지켜볼 거다! 성태도 마찬가지고!"

학찬은 그 말을 씹어뱉듯 쏘아붙였다. 성 행장의 구속을 왜 뜬금없이 나한테 갖다 붙이냐고, 이러쿵저러쿵 대꾸하고 싶지 않았다. 변명처럼 들릴까 싶어서였다. 성 행장의 구속은 곧 학찬이 마지막으로 도망갈 구멍마저 막혀버렸음을 의미했다. 광서는 그 이유 있는 분노를 이해할 수 있었다. 그래서 그런 넋두리조차 받아줄 수 없다면, 그건 참으로 잔혹한 짓이라고 생각했다. 학찬은 계속 왈왈댔다.

"지금 시중에 성 행장의 저축은행이 파산할 거라는 소문이 쫙 퍼졌다. 이제 우리는 이도저도 못 할 처지다. 넌 우리를 구한 게 아니라, 아예 박살만 내고 무책임하게 사라지는 거다. 니가 무슨 짓을 했는지 알긴 하는 거냐?"

학찬의 분노에 일절 토를 달지 않기로 했다. 이 순간에는 광서가 어떤 말을 하든, 그의 귀엔 굴절된 말로 들릴 거였기 때문이다.

"나중에 상열이 나오면 무슨 낯짝으로 만날래? 성태도 마찬가지고. 너희들 정말 친구한테 몹쓸 짓 했다는 것만 알아라!"

이마를 긁으며 전화기 위치를 반대쪽으로 바꿨다. 수화기에 대고 길게 한숨을 뽑아냈다. 그러고 난 다음, 학찬에게 말했다.

"학찬아! 사랑한다!"

겨우 생각한 단어가 고작 그거였다. 제기랄! 그렇다고 사랑이라니. 학찬의 음성은 고막이 찢어질 만큼 높았다.

"야, 너 정말 웃긴 자식이다! 또라이야, 또라이!"

학찬은 말끝에 '개새끼'라는 단어를 들릴락 말락 희미하게 붙이고는 일방적으로 전화를 끊어버렸다. 뒤늦게 후회가 밀려들었다. 아무리 그렇지만, 사랑한다고 말하다니. 젠장.

학찬의 말대로 성 행장의 J저축은행은 공권력의 집중적인 표적이 되었다. 이미 금융권 선수들 사이에선 이성래 사장의 사법처리설과 이어 터질 J저축은행의 뱅크런이 이미 초읽기에 들어갔다는 소문이 쫙 퍼져가고 있었다. 결국 파산의 길에 접어들었다는 뜻이었다. 그 방증의 하나가 J저축은행의 또 다른 핵심 관계자인 성낙명 상무의 갑작스런 잠적이었다. 이는 이성래 사장의 사법처리를 앞당기는 방아쇠 역할을 하는 것이었다. 검찰은 필리핀으로 도주한 것으로 판단, 인터폴 수배자 명단에 등재했다고 했다. 사무라이 문이 김형우 이사가 배석한 자리에서 통지해준 내용이었다. J저축은행이 이처럼 붕괴 조짐을 보이자 J저축은행을 제외한 다른 저축은행들은 스멀스멀 물밑 협상을 제안해오고 있다고, 김 이사는 광서에게 슬쩍 귀띔을 해줬다. 김성태의 전략이 제대로 먹히고 있는 중이었다.

"니가 이해해라. 학찬이는 지금 폐인 모드다. 학찬이가 제 자신을 더 잘 알 거다."

성태는 학찬의 전화 내용을 들려준 광서에게, 위로랍시고 건조한 웃음을 흘리며 그 말을 던졌다.

"곧 성 행장의 저축은행 빼고는 모두가 백기투항하게 될 거다. C편 드도 이제 본격적으로 움직이고 있다. 중국 상인단과 정식 계약 체결하는 날을 디데이로 잡아 상가 인수를 공식적으로 발표할 거야."

"성 행장의 J저축은행은 언제쯤 무너질까?"

그 질문에 성태는 잠시 뜸을 들였다.

"이건 내 추측이긴 한데, 아마 한 달 안에 끝장나지 싶다."

"그래? 아주 순식간이네."

그렇지, 순식간이지. 성태는 입맛을 쓰게 다시며 그 말을 덧붙였다.

"근데, 너 정말 상열이 면회 갈 거냐?"

"응."

어깨를 힘없이 내리며, 광서는 대답했다.

"그 자식, 어쩌면 면회 거절할 수도 있다. 너무 기대하지 마라."

성태는 결심공판이 얼마 남지 않아서 지금은 변호사와 머리를 맞대고 재판 준비에 열중이라는 것, 그리고 만약 무죄취지까지는 바라지 않지만 집행유예라도 선고된다면 당장 중국으로 건너가리라는 것, 혹시 기두표가 나온다면 같이하고 싶다는 것, 이렇게 몇 가지 이야기를 덧붙였다. 전화를 막 끊기 전, 성태는 이런 말을 던졌다.

"문석이 면회 신청도 거절했다더라. 참고해라."

'7'이라는 둥근 플라스틱 팻말이 부착된 문으로 들어갔다. 기다랗고 좁은 복도를 따라 방들이 여러 칸으로 나뉘어 있었다. 방에 딸린 여닫이문을 열고 들어가자, 아크릴 창과 쇠창살이 보였다. 방에 들어서자마자, 마치 오래된 가구 냄새를 연상케 하는 퀴퀴한 냄새가 코를 찔렀다. 창살 너머로 한 평 남짓한 수감자들의 공간이 있었고, 그 공간 뒤로 조그만 유리창과 옆으로 출입할 수 있는 어둑한 통로가 있었다.

잠시 후 그 공간 옆의 쇠문이 덜커덩 소리를 내며 열렸다. 교도관과 함께 누런 황토색 수의를 입은 최상열이 그 쇠문을 통해 나왔다. 상열은 아크릴 판을 사이에 두고 광서의 눈앞에 섰다. 한 달 남짓한 사이에 그는 몰라볼 정도로 퀭해져 있었다.

광서는 상열의 눈을 제대로 쳐다보지도 못했다. 먹먹한, 마치 공기가 다 빠져버린 진공상태의 공간에 광서 혼자만 서 있는 느낌이었다. 약간의 시간을 둔 후에야 광서는 상열의 얼굴을 쳐다볼 수 있었다. 상열은 옅은 미소를 입가에 지은 채, 광서의 침묵을 조용히 기다려주었다. 탁자에 배석한 교도관은 고개를 얼핏 들고, 어색한 적요에 빠져 있는 두 사람을 쳐다보았다.

"광서야, 오랜만이다."

결국 먼저 말을 걸어온 것은 상열이었다. 상열의 음성을 듣자, 묘한 격정이 일었다. 광서는 이맛살을 찌푸린 채 아무 대꾸도 하지 못하고 단지 상열의 두 눈만 멍하니 바라보고 있었다.

"이야기 들었다. 국가펀드에서 상가를 인수할 거라는 거. 과연 약속은 지켰네."

상열은 그 말을 하며 피식 웃고는, 고개를 숙였다. 하지만 그 웃음기는 얼마가지 않아 바람처럼 사그라졌다. 그리고 어느새 서늘한 표정으로 광서를 바라보았다.

"날 원망하고 있냐? 상열아."

그것이 광서의 첫마디였다. 상열의 서늘한 표정은 조금의 변화도 없었다. 차가운 시선이 더욱 차가운 느낌으로 광서의 가슴에 부딪쳐왔다.

"광서야, 내가 예전에도 너에게 말한 적이 있지만, 넌 세상을 제대로 몰라서 착각에 빠져 있을 뿐이야. 세상을 너무 믿지 마라."

"세상을 믿으면 어떻게 되는데?"

"결국 너만 상처받는다. 그러니 제발 철 좀 들어라."

광서를 쳐다보는 상열의 두 눈에 불끈 힘이 들어가 있었다.

"세상은 니가 생각하는 이상으로 교활해. 광서 니가 생각하는 세상 살이는, 내가 봤을 땐 일시적으로 붕 뜬 상태의 것일 뿐이야. 결국 세상은 자기들만 생각할 뿐이다. 니가 제대로 진절머리를 느껴봐야, 언젠가 내 말을 이해하게 될 거다. 넌 지금, 나중에는 아무 가치가 없는 곳에 엉뚱스럽게 헌신하고 있다는 것만 알아라. 너한테 남는 건 아무것도 없고 상처밖에 없을 거다."

"그렇다면 그 세상이란 건 정작 너였다. 난 널 믿고 너한테 많은 상처를 입었으니까."

광서는 정체모를 답답함에 목소리를 높였다. 하지만 곧 그 답답함이 통증으로 뒤바뀌는 걸 체험해야 했다. 광서를 바라보는 상열의 눈망울이 빠른 속도로 붉어졌다.

"넌, 끝내 날 안 믿었잖아, 친구야."

친구야. 상열의 입에서 나온 그 한마디가 심장을 얼어붙게 했고, 그 얼어붙은 심장이 쨍 하고 금이 간 것은 정말이지 한순간이었다. 그 금이 간 틈 사이로 반드르르한 물기가 퍼져 나왔다. 강하게 제어해 왔던 감정이 아주 순식간에 아수라장이 돼버렸다. 흠! 하는, 신음에 가까운 외마디 소리가 광서의 의지와 상관없이 입 밖으로 튀어나왔다.

"그 입 닥쳐라. 난 널 많이도 믿었었다."

"아냐. 니가 정말 날 믿었다면, 난 이 자리에 있을 이유가 없다. 니가 정말 골든게이트를 구할 작정이었다면 충분히 구할 수가 있었어. 내가 말했잖아. 넌 충분히 힘을 가지고 있었다고. 너, 이광서만 강건했다면 골든게이트는 모든 장애를 극복하고 빠져나갈 수 있었다고. 널 원망하냐고? 그래, 난 널 무척 원망한다. 이광서만 도와줬다면, 우리 모두가 살아남을 수 있었는데. 그런데 광서는 전혀 헌신할 가치가 없는 세상은 믿고 정작 너에게 헌신한 친구인 날 배신했잖아. 난 그게 너무 원망스럽고 억울하다, 광서야."

상열의 눈에서 눈물방울이 뺨을 타고 데굴데굴 흘러내렸다. 그 짧은 찰나, 가슴에 구멍이 통째로 뚫렸다. 식도와 목구멍이 마치 염산을 뿌린 듯 따끔거렸고, 눈앞이 뿌옇게 흐려졌으며, 코 안에서 시큼한 콧물이 쏟아졌다. 모든 게 눈 깜짝할 새였다.

"상열아…… 미안하다. 그래, 차라리 날 원망해라."

광서는 그 말을 간신히 내뱉고는, 여닫이문을 부서져라 열어젖히며 복도 밖으로 뛰쳐나왔다.

빗소리는 희색 허공을 가득 채우고 있었다. 한밤처럼 사방은 어둑어둑해져 있었고, 마치 드넓은 습지 위에 발을 디딘 양 코끝엔 물비린내가 진동했다. 몇 초 지나지 않아, 꼭지를 한껏 튼 샤워기 아래 서 있는 것처럼 옷이 흠뻑 젖어들었다. 광서는 가차 없이 쏟아지는 빗속에서 어깨를 들썩였다.

친구로서 약속하마. 네가 나 때문에 불편하게 되었다면, 나 역시 불편하게 지내겠다. 네가 차가운 콘크리트에 갇혀 있다면, 난 가시 울타리를 치고 내 스스로 거기에 갇혀 있으마. 불편하게 살면서 널 조용히 기다리마.

상열아! 사랑하는 나의 친구야. 그리하여 먼 훗날 우리 다시 만날 땐, 우리, 서로의 인생을 함부로 이해했다는 말을 꺼내지 말자. 성공했으니 행복했다는 말도 함부로 꺼내지 말자. 껍질만 남은 그런 삶을 이야기하지 말자. 결국 부질없다 해도 난 널 다시 한 번 믿어볼 것이다구치소 마당엔 어느새 보랏빛 안개가 수북이 깔려 있었다. 그 옛날 꿈에서 보았던 보랏빛이었다. 어디선가 둥둥둥 북소리도 들려오는 것 같았다. 목을 태울 것 같은 갈증이 솟구쳤다. 그제야 비로소 광서가 맞고 있는 비 알갱이들이 보라색을 투영하고 있음을 알았다. 온 세상은, 퍼플 레인의 차지였다.

〈끝〉

누군가 그랬습니다

이 원고를 많은 분들이 먼저 보았습니다. 글재주 없는 제가, 소설을 쓰리라고는 꿈도 꾸지 않았던 제가, 이런 글을 세상에 내놓아도 되는지 일종의 검열을 받고 싶었기 때문입니다. 저는 그러면서도 내심 기대했습니다. 좋았다, 재미있었다, 하는 말을 듣고 싶었습니다. 그러나 혹시 재미없다, 지루하다, 하는 말을 듣더라도 어쩔 수 없다는 '체념'도 얼마간은 가지고 있었습니다.

그런데 돌아오는 답은 매우 색달랐습니다. 한결같이 이건 실화입니까, 픽션입니까, 하는 물음부터 받았습니다.

저는 부정도 긍정도 하지 않았습니다. 실화로 받아들이면 실화인 거고, 픽션으로 보면 픽션인 까닭입니다. 독자 여러분께도 같은 말씀을 드릴 수밖에 없겠습니다.

사실, 현실은 소설보다 더욱 소설적입니다. 소설이라는 장르가 감당하기에, 현실은 방대하기 그지없습니다. 그러나 소설은 방향 없이, 정신 없이 뒤섞여 있는 현실에 빛을 쏘여줍니다. 소설을 통해 우리는 비로소 현실을 체감할 수 있습니다.

〈야수가 간다〉는 분명히 소설입니다. 그러나 저는 이 소설을 통해 감히 우리의 현실을 말하고 싶었습니다. 독자 여러분과 우리의 현실을 놓고 소통하고 싶었습니다.

누가 그랬습니다.
소통한다는 것은 어떤 의미를 공간에 퍼뜨리는 것이라고.
전달한다는 것은 그 의미를 시간에 퍼뜨리는 것이라고.
진즉에 소통되고 전달되었어야 할 얘기가 〈야수가 간다〉입니다. 이렇게 되기까지 3년이라는 시간이 필요했습니다. 책이라는 틀을 갖추기까지, 저는 형벌에 가까운 시간을 보내야 했습니다. 저만이 아닙니다. 제 아내와 가족과 저를 아는 많은 분들이 똑같은 고통을 감내해주어야 했습니다.
두레나루 회원들을 비롯한 많은 분들, 견뎌주셔서 정말 고맙습니다. 가슴에 꼭 묻어두겠습니다.

소설 〈야수가 간다〉는 끝났지만 현실의 〈야수는 간다〉는 지금부터 다시 시작되고 있습니다. 그 시작은 아마도 여러분의 몫일 듯싶습니다. 저는 여러분이 모두 야수가 되어 시대를 향해 질주해가는 모습을 보고 싶습니다. 열심히 박수치며 응원하겠습니다.

〈야수가 간다〉를 탄생시키는 데, 들녘 식구들이 고생 많이 해주셨습니다. 고맙습니다.

그리고 차유미, 고마워…….

2012년 6월 어느 날
이창욱 드림.